◆ 開 創 ◆

第二屆淡江大學全球姊妹校漢語文化學學術會議論文集

盧國屏
薛榕婷　主編

主辦單位：
淡江大學漢語文化暨文獻資源研究所
淡江大學漢學研究中心
中華民國漢語文化學會

臺灣 學生書局 印行

序

　　漢語文化暨文獻資源研究所，經過兩年的申請與籌備，終於在今年八月一日正式成立。2003 年的夏天，本所周彥文、盧國屏、陳仕華三位教授發動了申請與籌備的工作，對於一個新的理念的追求，他們三位付出了許多的心力與辛勞，今天不但是本所新成立的新學期，更是本所籌備的第一個國際會議的舉辦，本人要先向周、盧、陳三位教授致上感佩之意。

　　本所簡稱語獻所，在學術宗旨與方向上，是以文化研究為中心，以語言與文獻的研究為路徑；在學術目標上，我們希望在傳統漢學與文史研究上，擴大與開創新的研究領域與模式；在學術範疇上，我們企圖將古典文化研究模式與議題，銜接到現當代的文化系統中來；整體目的與理想，可以說是一種新漢學、新文化、新研究的追求與活化。當亞洲文化積極的受到國際關注、中國文化迅速崛起與翻新的 21 世紀，語獻所有強力的企圖心，在這種時空變換與學術更迭的環境下，扮演我們應該扮演的角色。

　　文化的研究，她應該是在時空與範疇上無遠弗屆的，人們提起「文化」概念，通常閃過腦海的概念，是古老的、過去的、傳統的生活與思想模式，這些當然是人類文化的精華與力量泉源所在；不過我們更覺得文化力量的灌注，是可以在現當代的生活與思想模式中延續與進行的，也就是說文化的進行與運作是不會切割的，既然如此，文化的研究又如何只進行古老的、過去的、傳統的部分，而

忘卻了與現當代人們的轉化銜接與接受呢？於是本所的文化研究重心，可以說便是圍繞在這個主體概念下，進行銜接與整合的工作，從古老到活躍、從過去到現代、從傳統到創新的任何文化議題，都是我們積極關注的。

　　語言與文獻是本所文化研究所採用的兩個路徑，我們認為在人類文化進行過程中，語言與文獻的發展歷程與運用範疇，可以貼切的反映出文化的演進與主要模式；當人類有了語言與文獻後，文化的內涵與精華便倍數的躍進，文化傳播的力量更是無遠弗屆。本所結合了語言與文獻的專業師資，除了這兩個領域的個別研究外，更企圖使雙方互補合作，形成一個新的研究型態，為文化的研究注入新的活水。

　　這次的「第二屆淡江大學全球姊妹校漢語文化學國際會議」，是本所成立的創所會議，意義深重，除了慶祝本所的成立之外，也希望在本所開創的「漢語文化」這個新領域上，結合國際學者的群體研究，給予我們未來的研究奠定厚實基礎。感謝參與此次會議的國內及國際專家學者，感謝籌備會議的所裡同仁，還有義務幫忙的中文所研究生薛榕婷。更感謝本所碩一新生，在新入學的開學前後，就積極投入籌備工作，並且兢兢業業的為各項會議細節認真努力，我們對開所的第一屆同學，寄予無限希望。

淡江大學漢語文化暨文獻資源研究所

所長　吳哲夫

2004.2.20

第二屆「淡江大學全球姐妹校漢語文化學學術會議」議程表

主題：漢語文化學

地點：淡江大學淡水校園覺生國際會議廳

日期	時　間	主　持	主　講	論　文　題　目
西元二〇〇三年十月十五日（星期三）	09:00~09:30	開　　幕　　式 淡江大學 漢語文化暨文獻資源研究所 吳所長哲夫		
	09:30~10:00	專題演講 高柏園（中華民國淡江大學）		
	10:00~10:20	中場休息、茶敘		
	10:20~12:00	周彥文 中華民國淡江大學	連清吉 日本長崎大學	從漢語到漢語文化學再到漢語文化圈
			湯廷池 中華民國東吳大學	漢語語法研究的國際化與本土化 The Internalization ation and Indigenization of Research on Chinese Syntax
			洪瑀欽 韓國嶺南大學	漢語全球化和復興儒家文化
	12:00~13:30	午餐、休息		
	13:30~15:10	湯廷池 中華民國東吳大學	Richard Shek 美國加州州立大學 沙加緬度分校	Old Idea in New Garb or New Wine in Old Bottle? The Concept of *Ren* in Tan Sitong's Thought
			周彥文 中華民國淡江大學	文獻屬性與書寫研究
			明鳳英 美國加州州立大學 長堤分校	The Discovery of the New: Novel and its Social Context in Late Qing China

	15:10~15:30	中場休息、茶敘		
	15:30~17:10	陳仕華 中華民國淡江 大學	黃沛榮 中華民國文化 大學	「部首字」在漢字教學上的重要性
			何金蘭 中華民國淡江 大學	漢字對越南喃字源起與演變之影響
			劉小琳 西班牙巴塞隆 納大學	漢字書法對加泰隆尼亞藝術家的影響
	17:30~20:00	歡迎晚宴		
西元二〇〇三年十月十六日（星期四）	09:00~10:40	劉長輝 中華民國淡江 大學	鄭樑生 中華民國淡江 大學	日本中世禪林的儒學研究
			丹羽香 日本中央學院 大學	關於中國通俗小說的出版之一個考察——以明代福建書房為中心
			邊成圭 韓國漢陽大學	蕭梁文學語言與文化的互動
	10:40~11:00	中場休息、茶敘		
	11:00~12:10	連清吉 日本長崎大學	連金發 中華民國清華 大學	臺灣閩南語固定語式試論 Fixed Expressims in Taiwanese Southern Min
			張學謙 中華民國台東 師院	臺語多文字的深層面向:文字的社會語言學研究
	12:10~13:30	午餐、休息		
	13:30-15:10	蔡淑玲 中華民國淡江 大學	金洪謙 韓國檀國大學	神話裡漢語之象徵性研究 A Study of Chinese Symbolic in the Myth
			黃復山 中華民國淡江 大學	東漢「定型圖讖」中的夢徵
			高婉瑜 中華民國中正 大學	動物性詈語的文化意義

15:10~15:30	中場休息、茶敘		
15:30~17:10	Richard Shek 美國加州州立大學	盧國屏 中華民國淡江大學	台灣語言環境關懷系列之一 無法漠視亦責無旁貸的人文關懷 ——當代台灣語言環境的檢視
		郭雅雯、蕭雅俐、劉巧雲 中華民國淡江大學	台灣語言環境關懷系列之二 語言規劃與社會文化 ——以中國大陸、新加坡、加拿大為例
		王盈方、莊欣華、黃立楷 中華民國淡江大學	台灣語言環境關懷系列之三 ——台灣地區語言規劃的歷史與未來展望
17:10~17:30	閉　幕　式 淡江大學 漢語文化暨文獻資源研究所 吳所長哲夫		
17:30-20:00	歡送晚宴		

開 創

目 次

· 開 創 ·

從漢語到漢語文化學
再到漢語文化圈

連清吉*

摘　要

　　漢字產生以來已有三千多年的歷史，其間所累積的智慧財產與文化的創造，無論是質或量都是無以倫比的。漢語是表音和表意的語言文字，藉以從事知的活動和文化的創出是中國人的傳統信念，故文字學乃成為中國學術文化諸領域的根底。換句話說漢字是中國文化的根源存在，也具有本質上的意義。通過漢語而形成漢語文化學更是中國特殊的文化環境。

　　新中國所實施的簡體字與羅馬字憧音是漢語簡化與通向世界之全球化的產物，但是簡體字與羅馬字憧音未必能體現漢語文化學的全體大用。至於「臺灣文字」的創造固有維持臺灣文化的作用，然而文字的異化卻有產生自我封

---

*　日本長崎大學環境科學部教授

閉性的危機。「受容→選別→融合→創造」是「日本文化」形成的過程，在選別外來文化而與自身固有文化的雛型融合，進而形成「東洋文化」演化中，可以理解「判斷性的取捨」、「轉益更新」與「傳統永續」是「日本的文化」創造的根源。日本融合漢語文化的過程與創造日本文化的根源性精神，或可以作為今日思考漢語存在意義的殷鑑。

關鍵詞：漢語　漢語文化學　漢語文化圈　漢字簡化　漢字異化　日本文化的根源性

前言：漢語是中國文化的顯現

當提起日本文化時，腦中立即浮現出疊（たたみ、和室）、和服、生魚片、天麩羅、壽司、相撲、溫泉、茶道、柔道、劍道、歌舞伎、能、落語（寄席）、漫才（相聲）、庭園等具體的形象。但是思索中國文化究竟為何物時，庶乎未必能立時顯現出具體形象。相對於日本的衣食文化，中國也有旗袍、唐裝、各地風味小吃、飲茶等，但是旗袍與唐裝的穿著，未必如日本一般，成為人生的必需品，在日本「七五三」（女兒三歲和七歲，男兒五歲）、成人、大學畢業、結婚時都穿著和服，而且在現代社會中，隨著節令、祭典儀式而穿著各種式樣的和服。中國也未必沒有京劇、豫劇、布袋戲等傳統藝能，卻不像日本之重視其薪傳，且表彰優遊於藝能而有卓越貢獻者為「人間國寶」。再者日本的「茶道」與「書道」皆源自中

國，臺灣推行飲茶的風氣，稱之為「茶藝」，講求自在逍遙，是藝術。「茶道」由技進道，以形器與方法的鍛鍊而體得究極養其生主。「書道」是由「習字」到「書道」，循序漸進，分級設段而究求其實質，即以外在的形式而保有其內在的實質。換句話說日本「茶道」「書道」「弓道」「劍道」的「道」兼有「器」與「道」的二層意義，一是「路」，即形而下的方法、工夫，一是「道理」，即形而上的究極、境界。換句話說日本諸「道」大抵是以外在的形式來保有其內在的實質，即通過方法的習得和工夫的累加而體得究極境界。

以此反觀中國的文化，歷史悠久、儒家思想傳承、以道教為主流的民間宗教信仰、逢年過節的慶典等固然都是中國文化的內涵，但是具體顯現出中國文化之特異於世界各國或為漢語與以漢語而形成的漢語文化學。故本文擬從漢語形成漢語文化學的觀點，論述漢語文化學的究竟，進而考察漢字簡化和異化的是非。

壹、以漢語形成漢語文化學

一、漢字與思惟方式

文字的形成經緯，根據許慎〈說文解字序〉說：「倉頡之初作書，蓋依類象形，故謂之文。其後形聲相益，即謂之字。文者物象之本，字者言孳乳而寖多也。」描寫事物形體的是「文」，即初文；組合初文，增益音韻而滋生的是「字」。就六書而言，「象形」與「指事」是初文；「會意」、「形聲」、「假借」、「轉

注」則是孳乳而生的「字」。分析六書的內容，「象形」大抵皆為
單純的記號或繪畫以表現具體物形的文字。《易·繫辭傳下》所說
的：「古者包羲氏之王天下也，仰則觀象於天，俯則觀法於地，觀
鳥獸之文與地之宜，近取諸身，遠取諸物」，不但說明了象形文字
的特徵，也敘述著象形文字是中國文字的原型。

　　指事是抽象概念的文字化。唯指事所使用的符號，卻有意識疏
通而達成共識的軌跡可尋。例如「一、二、三、四、十、上、下、
本、末」等，是用點、線等符號來表現抽象概念，而此符號之成為
共通的文字，乃說明古代中國人在符號使用以表現抽象概念上有共
同的意識。

　　從文字發展的過程來說，指事比象形的構造較為複雜，文字所
表示的思考方法也較為進步。換句話說象形逼真地顯現物體原來的
形貌；指事則是表達事物的文字，抽象概念的居多。雖然如此，就
六書而言，象形與指事依然是單純的圖像、符號的文字化，畢竟還
是獨體的初文。再從文字構造的發展過程來說，象形與指事是文字
形成的第一階段而已。

　　會意是象形或指事的兩個或兩個以上的形（形符）、意（意符）
組合而成的。形或意的組合，則含有複數構造之組織化的意識。再
者意符的組合，即以部首而統攝的字群，則蘊含有文字系列之分野
意識。因此，會意可以說是文字構造的第二階段。

　　形聲與會意同為複數初文組合而成的文字，唯會意是意符結
構；而形聲則是形（形符）與聲（聲符、或有意義的聲符）的組合。再
者，部分的會意文字是以分野意識而構成的部首字群；形聲則是形
符分野與聲符分野的再組成的文字系列。換句話說形聲是超越形符

之固定分野的概念，以形符與聲符之不同分野而進行文字的重新組合。因此，以跨越兩個領域的意識而創造出來的形聲，可以說是文字構造的第三階段。

會意與形聲是既已存在的初文的組合，假借則是為了有音無字者的文字化而進行的文字的借用，轉注是被借用的文字的本義的再生。換句話說假借是無而生有，轉注是本字久假的復歸，無論是借用或再生，都是抽象意念的運作與表現。再就文字結構而言，假借是音韻關係的文字借用，轉注則是根據初文（root）的文字系列。因此，可以說假借與轉注是綜合文字分野意識與字群組織性而產生的文字，也顯示出古代中國人之總合性能力，為文字構造的最終階段。

再從六書孳乳的現象，也可窺察出中國人重視現實與崇尚典型的思想特質。根據鄭樵《六書略》的記載，象形有 608 字，指事有 107 字，會意有 740 字，形聲有 21810 字。初文之象形與指事的字數相比，象形的字數約為指事的六倍。如上所述《易·繫辭傳下》所載「近取諸身，遠取諸物」的敘述與文字創造形成的經緯有密接的關聯。其所謂的「取諸身」，即取象於日常生活周遭具體物象，至於「取諸物」則是抽象事物的普遍化。就行諸文字的字數而言，具體物象描寫的初文遠比概念形狀化的為多。由此看來，古代中國人於具體物象的表現能力甚強；但是於抽象概念的表達能力則較為欠缺，此一性格則成為中國人思想事物而重視現實的特質。儒家「修己治人」的人文主義與「敬鬼神而遠之」的「敬遠」、「知之

為知之、不知為不知」的「合理主義」即是此一思想的具現。❶此一理性認知的思想傳統亦反映在中國古典文學上，中國文學作品的題材大抵以政治社會與吾人日常生活為主。再就文藝作品的數量而言，中國文學於記述社會事實的詩文為數甚多；但是運用想像力之神話與小說則較少。吉川幸次郎說：

> 中國文學不重虛構而尊重日常實際存在的經驗，散文以為敘述、詩以敘情為主流。……此一現象未必見於其他國家的文學。……由於中國文學繼承並發展中華文化之尊重人之日常生活的性質，故無論詩或散文皆不以虛構為文學創作的任務，而以吾人日常的經驗思考吾人存在的普遍問題，則是中國文學最大的特質。……中國文學到底是以人間社會的事實為中心，虛構的戲曲、傳奇、小說的數量體畢竟少數，而發生的時期也甚遲。可以說中國人尊重日常實在經驗的性格，也反映在文學作品的創造上。❷

由於中國人重視現實，即徹底地以人為中心之性格的影響，無論是文字的創造或文學的表現，大抵是以吾人日常生活為素材的居多。

　　再就六書字數而言，「字」的字數遠多於「文」，特別是形聲的字數更多，約為其他的總合。即中國文字的創造過程中，大抵是根據既已存在的初文、即象形、指事，而頻繁地進行組合、借用和

---

❶　金谷治《中國思想を考える》，頁 61－91，中公新書，東京：中央公論社，1993 年 3 月。

❷　吉川幸次郎〈中國文學の性質〉，《中國文學入門》，頁 109－111。講談社學術文庫，東京：講談社，1992 年 5 月。

再生，以創造新的文字。由此現象可以說中國人有尊重典型的傾向，即在既有的典型之上，下工夫而衍生孳乳。換句話說，與其創新，寧尊重典型，是中國人性格的特質。在人格的養成上，所謂「聖人」，是道德修養的究極理想，而「典型在夙昔」，即意味著以古代聖賢的行儀為人生在世的典範。此一尊重典型的傾向亦見於思想傳承與文學創作上。宋明儒學，即以發揮孔孟儒學的真義為依歸，而展開理學與心學的新局面。魏晉玄學則以老莊為其思想源流之一。故貝塚茂樹說戰國諸子的思想不但皆有獨創性，也居於中國思想史上開山始祖的地位，是中國思想史的黃金時代。❸換句話說，中國的思想傳承是以先秦諸子為典型而展開的。至於經學歷史亦然，經書大抵形成於戰國時代，經兩漢經注、唐代正義而有清朝考證學的發展。在中國文學的文體方面，詩雖大成於盛唐，然四言詩蓋源於《詩經》，五、七言與樂府的形式，大抵見於漢代。絕句、律詩的近體詩雖亦隆盛於唐代，魏晉南北朝時，即有對句之法，音韻之學，平仄的格調亦略具雛形，至唐而詩法益形嚴密，詩的形式底定，詩的面目一新。散文的發展亦復如此，唐宋古文家固然有「文以載道」、「文以明道」的提倡以振興八代之衰微；在行文的體裁上，則以秦漢的散文為宗尚，故八大家的古文頗有先秦諸子的神韻，如蘇洵取法《戰國策》的縱橫奇策而長於論辯，蘇軾有《莊子》豪邁飄逸的風格，王安石則有《韓非子》壁壘森嚴的格局。至於黃山谷江西詩派的「換骨奪胎」，李攀龍的「文必秦漢，

---

❸　貝塚茂樹《諸子百家·前言》，頁 1，岩波新書，東京：岩波書店，1987 年 4 月。

詩必盛唐」，更是尊重典型以創作詩文的典型論說。

綜上所述，由「具象描寫優於抽象思考」的現象可以看出中國人有重視現實的性格，又由「字多於文」的現象，可以說中國人有尊重典型的傾向。而典型的尊重，即重視既有存在學說或行為，然後於表現方法上推敲琢磨，以進行新的開展，乃是中國人創造性根源的所在。

二、漢字與古代社會

「卜辭」大抵為殷人與神靈問答的「記載文字」。甲骨文字記載著風雨的自然天候，殷商社會的諸現象，如王朝的政治、軍事、狩獵、婚喪的行事，定期或不定期的祭祀等，固然可以窺知殷商時代的宗教信仰，而當時的社會結構與生活環境亦可考察而知。如

　㈠亦、尤、牙、頁、肩、口、見、交

　㈡日、月、雨、云、虫、魚、象、鳥

　㈢罔、秉、舟、臼、午

　㈣鬼、異、畏、壺、已、豈、角

　㈤王、干、戈、兵、弓、軍

　㈥瓜、果、韭、衣、行、家

㈠為人體及人的行為的文字，㈡是與天地自然萬物有關的文字，㈢是有關生活及生活器具的文字，㈣是有關祭祀及其用具的文字，㈤是戰爭與象徵權利的文字，㈥是衣食住行的文字。大抵可以

窺知中國古代的社會構造、生活形態與宗教信仰等現象。❹

三、由漢字到思想再到普遍人生觀的形成

漢字通過何種思惟過程而形成思想架構的探求是理解古代中國人辨證方法之不可或缺的要素。中國人以字形表現抽象概念的方法誠如實表現人類精神的活動，而且文字成立至於的戰國時代諸子百家活躍的一千年間，既已通過文字的組合而展開人生觀、社會體制等思惟。

儒家思想與道家思想是中國傳統思想的兩大支柱，儒家集中精力於人間現實社會諸問題的解明，道家則以自然的觀照而保存人生在世的實質意義。故對人生社會的關懷可以說是儒道共通的課題，而如何生存人間世界的現實問題則是中國人最大的關心問題。換句話說儒家的「修己治人」與道家的「優遊自在」始終內在於中國人的心中，既能實現內聖外王的道德主體，又能自然無為的超越逍遙則是中國人普遍的人生觀。

四、由漢字到文學再到教養主義的形成

漢字是單音節的表意文字，中國的思想、文學乃至於書法藝術皆藉之而完成藝術性的表達。漢字雖是以一個字形表現一個概念，

---

❹ 有關漢字與中國古代社會構造、生活形態與宗教信仰的論述，參白川靜《漢字の世界》1，2（東洋文庫、平凡社、1992 年 1 月），《文字逍遙》（平凡社，1994 年 4 月），《漢字百話》（中公新書、1992 年 3 月），藤枝晃《文字の文化史》（同時代ライブラリー、岩波書店、1992 年 3 月）。

卻未必有單純化或固定化的缺失，反而因為雙聲疊韻等音樂性結合或同義連綿等字義的交錯組合，形成雙行對偶又具有音樂性節奏之修辭性濃厚的古典詩文世界。❺科舉取士以後，詩文的創作成為知識階層成就功名的重要手段，也是區別士庶的主要判準。在中國傳統意識中，所謂「士」（君子、讀書人、文人、知識分子）是指具有道義、政治和文化的能力和發言權的存在。至於「士」的必要條件是正確地把握以經書為中心之古典的意義，適切地實踐經義於人間社會和具備創作詩文的能力。科舉制度的成立則反映了此一傳統士人意識，歷代科舉的考試科目即顯現了傳統士人的性格。此傳統意識與以文舉士的科舉制度之所以能長久持續，是和中國傳統社會之尊重文學的普遍價值與中國言語構成之特殊性有密接的關連。換句話說在中國傳統社會中，存在著能表現中國古典詩歌之特殊技巧的「記載言語」，才有崇高的社會地位。在此人文意識下，便形成殊異於其他國度的社會與文學環境。❻

五、由漢字到書法藝術再到趣味性藝術的形成

　　文字的形式之美而形成書法藝術是漢字的基本特質之一。由「會意」與「形聲」多於「象形」「指事」的事實而言，漢字造形的組合性與象徵性的特徵要勝於描寫性與記號性，也由於此一特

---

❺　有關中國文字的特質，參白川靜《文字逍遙》，東京：平凡社，1994 年 4 月。

❻　有關中國文學環境的論述，參吉川幸次郎〈中國文學の環境〉〈中國文學とその社會〉，《吉川幸次郎全集》第一卷所收，筑摩書房，1997 年 10 月。

徵，漢字即成為最適合形成追求形式結構之美的文字。換句話說由於漢字具有構造性字形的特徵與中國人潛心於律動性的點線描繪，乃創造出「書法」的藝術之美。

在漢字形成的漫長過程中，猶如抽象畫於高度美的直覺感受與圖畫構成上的苦心經營，中國人亦以與生俱來的智慧營造文字的結構之美，因此作為「視覺藝術」之審美對象的可能原本即內在於漢字的六書結構之中。唯創造書法藝術的意識未必於上古時期既已確立，而是在漢字形成的過程中，由於各種新手法新形式的嘗試與創造的結果，隨著漢字字體演化的思索，乃形成文字結構藝術意識的覺醒，「書」乃成為六藝之一，而為一般知識分子體得教養的象徵之一。到了宋代，由於士人意識的擡頭，崇尚自由的風氣形成，乃產生適切表現自身內在精神的傾向。對書法的意識也由法帖臨帖的墨守轉變成自由表現之趣味性與鑑賞藝術。換句話說宋代以後，書法不但廣為一般社會大眾所參與，而且成為精神上相互契得的審美藝術或自適快意之體得的藝術。故宋代以後，書法發展成趣味性的藝術，而為表達中華民族智慧與情感的藝術結晶，與繪畫、詩文結合，成為「中國的」趣味，不但在中國文化史上有重要的地位，也是世界無可類比的藝術。❼

漢字產生以來已有三千多年的歷史，其間所累積的智慧財產與文化的創造，無論是質或量都是無以倫比的。漢語是表音和表意的語言文字，藉以從事知的活動和文化的創出是中國人的傳統信念，

---

❼ 有關書法的論述，參神田喜一郎《中國書道史》，東京：岩波書店，1985年6月。

故文字學乃成為中國學術文化諸領域的根底。換句話說漢字是中國
文化的根源存在，也具有本質上的意義。通過漢語而形成漢語文化
學更是中國特殊的文化環境。茲以圖顯示漢語形成漢語文化學的梗
概。

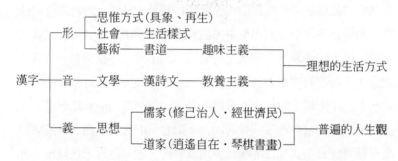

漢語→漢語文化學

貳、漢語文化圈的形成及其意義

隨著中國的勢力擴張與文化傳播，漢字與漢語文化也流傳到周
邊地域，故東亞地區各民族之間乃以漢字作為疎通意志的手段而形
成同文的「漢字文化圈」。在日本的江戶時代（1603－1886），即以
漢字作為大和民族的「記載文字」與「生活語言」，漢字甚且成為
日本與中國、韓國外交和文人學者交流的共通文字，漢詩文的創作
也成為知識素養的象徵。

內藤湖南以「螺旋史觀」說明東亞文化傳播的軌跡，由漢字形
成漢字文化圈正可以說明以中國為中心的文化擴張至周邊地域的情

形。至於周邊民族受到中華文化的影響而產生文化自覺，進而創造出自身文化的現象，則可以日本製造的「日本漢字」與日本訓讀漢籍的「漢文訓讀」為例來說明。日本以音讀和訓讀來理解漢字的音義，如「日」的音讀為「ひ」（hi），訓讀則為「にち」（nichi），「本」的音讀為「ほん」（hon），訓讀則為「もと」（moto）。至於字形的運用，到明治時期為止因襲中國文字之舊，昭和年代以後則施行漢字的簡化，如「觀」變為「観」，「國」為「国」，「關」為「関」，「經」為「経」，大抵減省漢字的繁複，而簡化後的漢字依然可以辨識原來的字義。再者創造新字，如「辻」（十字路），「峠」（坡道的頂點），「丼」（蓋飯），有關魚類的文字等，都是中國原本所無的，唯日本漢字大抵因襲「六書」的體例而創造的，見其字形或可知其字義。

「漢文訓讀」則是江戶時代以來，日本解析中國古典的獨特的方法，不但是為了符應日本文法使學者易於理解而於字裏行間加上所謂「返り點」的「一、二、三、甲、乙」和所謂「送り假名」的語尾助詞，也由於正確解釋漢籍的意義而訂定「返讀文字」「再讀文字」、「否定形」、「疑問形」、「禁止形」、「複合形」、「反語形」等訓讀方法及符合「漢文訓讀」的適當的日文口語翻譯。

日本漢字的運用創造與漢文訓讀可以說是受到中華文化的影響而象徵文化自覺的「日本的文化」。至於明治時代的「文明開化」，於接受西洋文明的同時，為了說明西洋文明近代化的產物而產生許多新的漢字詞彙，如「文明」「經濟」「科學」「物理」等。此象徵近代化的新詞彙隨著清朝末年「哈日」的潮流而傳入中

國，廣為近代中國社會所使用。日本近代產生的新漢語也成為中國近代言語的現象，正說明了周邊地區新興文化逆向傳入中心的文化現象。

結語：漢語的存在意義與
對漢字簡化和異化的質疑

　　合理化的以簡馭繁或許是適應現代社會生活的必須要求，在漢語的演化過程中亦有字形與字音簡化的傾向，如新中國所實施的簡體字即是漢語簡化的產物。又基於通向世界之全球化的政策性思考，則有以羅馬字憧音代替注音符號的漢語改革。雖然如此，就合理化而言，今日中國通行的簡體字如改「護」為「擦」，「畢」作為「穎」，「億」作為「叮」，「異」作為「呟」，「膚」作為「券」，「賓」作為「塩」，「療」作為「粗」等或根據形聲、會意的原則而改造文字，卻有不知其造字的原理組合則不能辨識其字義的曲折。至於「匍」（業）、「曆」（務）、「花」（倉）、「埔」（躍）、「蝕」（開）「擬」（導）的簡省，則有曖昧不明之虞。再就漢語文化學而言，漢字具有文字結構之美，漢字簡化則不免破壞文字結構的完整性，而造成書法藝術創造的障礙。至於解讀中國古典的困難也隨之產生，或將造成文化傳承的失墜。至於現代漢語憧音的「C」「X」，由於有英語之先入為主的觀念，與英語容易混淆而造成學習上的困難，又如「iu」「ui」的標識，簡略「e」的符號而產生發音不正確的現象。

　　造字原本是歷史文化傳播的手段，由於文字的存在，歷史文化

乃得以薪傳永續。然而文字的異化卻有產生自我封閉性的危機。臺
灣的歷史文化隨著治臺政權的轉移而呈現出融合多樣的文化形態。
作為生活營為的「生活語言」則有猪南方言，客家話，中原各地官
話及日本語、英語等外語，但是「記載語言」則是漢字。由於「生
活語言」與「記載語言」並行依存而臺灣的歷史文化乃得以永續不
墜。「臺灣文字」的創造固有維持臺灣文化的作用，但是起因於政
治的意識形態，則不免有畫地自限而困窮的危機。

　　日本在明治維新以後，雖曾有廢除漢字的聲浪，戰後也有使用
漢字的能力逐漸減低的傾向，但是「漢文」依然是大學聯考「國
語」科的一個項目，故為高中「國語」教學的必修課程。這也反映
日本擇善固執的精神所在。「受容→選別→融合→創造」是「日本
文化」形成的過程，在選別外來文化而與自身固有文化的雛型融
合，進而形成「東洋文化」演化中，可以理解「判斷性的取捨」、
「轉益更新」與「傳統永續」是「日本的文化」創造的根源。日本
融合漢語文化的過程與創造日本文化的根源性精神，或可以作為今
日中國在思考漢語存在意義上的殷鑑。

漢語語法研究的
國際化與本土化

湯廷池*

摘　要

　　本文從民初以來漢語語法的研究談起，首先指出以往研究方法的缺失（㈠文言與白話的討論常混雜不清、㈡因偏重書面語料的分析而忽略語言能力的探討、㈢因注意特殊例外的現象而忽略一般性或普遍性的規律、㈣過度依賴字義而疏忽詞法、句法、語用的結構與功能、㈤語法術語的使用常互有出入），再論述漢語語法研究的現代化與國際化過程（結構語法的影響、衍生語法的興起、從管轄約束理論經過原則參數語法到極小主義方案的發展），最後還提出有關當代漢語語法學的本土化與中文化的建議（㈠鼓勵以中文發表論文或演講、㈡努力把當代語法學的經典之作翻成中文、㈢重視漢語語法術語的選用與統一、㈣盡

---

*　東吳大學日語系所、清華大學語言所教授

量以漢語的例子來介紹語言學的基本概念與術語、㈤設法
引用與漢語具有語族或地緣關係的語料做為參考、㈥在描
述、整理與分類的傳統治學方法外兼採觀察、條理化與論
證的當代研究方法、㈦在漢語語法的研究外從事與其他語
言的對比分析、㈧嘗試各種語法論文的寫作體例）。本文
的初步結論是：當代漢語語法的研究在目標與方法上應該
積極現代化與國際化，但是在語料的選擇與文獻的建立上
不妨逐步採取本土化與中文化。

關鍵詞：漢語語法研究　現代化　國際化　本土化　中文化

一、前言

　　一般研究漢語語法史的人，都以馬建忠（1898）的《馬氏文
通》為中國第一部研究漢語語法的著作。依此說法，研究漢語語法
的歷史迄今纔一百多年。其實，《馬氏文通》所分析的語料限於
《論語》、《左傳》、《莊子》、《孟子》、《國語》、《國
策》、《史記》、《漢書》等書，基本上是先秦與兩漢的書面語語
法，而完全忽略了宋、元、明、清四代的口語或白話語料。而且，
書中的基本術語與句法分析幾乎完全蹈襲了拉丁文法，因而難免忽
略了許多漢語語法特有的現象。

　　到了民初以後纔有黎錦熙、高名凱、呂叔湘、王力等語法學家
提出文法革新的主張，想參考西方語言學的理論來建立漢語語法的
體系，並且開始對漢語的詞彙與句法結構做有系統的調查與研究。

此後，漢語語法的研究開始注意現代口語的語料，也重視漢語特有的語法結構與語法現象；前後掀起了「漢語的主語與賓語如何決定？」、「漢語是否有詞類的區別？」等有關漢語語法基本問題的論爭。從此，漢語語法的研究不再依賴拉丁文法或英語語法的間架來強行建立漢語語法的體系，漢語語法的基本概念與分析方法也有其獨特的創造與發展。例如，不但以「…詞」來表示「語法範疇」，而以「…語」來表示「語法關係」或「語法功能」，使「語法範疇」（'…'是「…詞」）與「語法關係」（'…'是…的「…語」）這兩個不同的語法概念有更嚴謹而明確的區別；而且，還提出「施事」、「受事」等術語來描述名詞組與介詞組在句子裏所扮演的「語意角色」。又現代漢語裏比較特殊的句法結構，例如「雙主句」、「存現句」、「無主句」、「倒裝句」、「簡略句」、「緊縮句」、「處置式」、「連動式」、「結果補語」、「程度補語」、「可能補語」、「趨向補語」、「數量詞組」、「方位詞」等，都有相當精緻的討論與分析。同時，漢語（包括各地方言）詞彙的蒐集、分析與整理也有系統地展開，整個漢語語法的研究呈現了空前未有的蓬勃氣象。

二、傳統漢語語法研究的缺失

從民初到六○年代，大約半世紀的漢語語法研究，在研究方法與態度上往往犯了下列幾點缺失。

㈠文言與白話的分析討論常混雜不清。其實，文言與白話這兩種不同的「語體」，無論是構詞或句法都有相當大的差別。在構詞

上，文言可以說是「字本位」的語言，所用詞彙以單音詞居多；而現代白話卻可以說是「詞本位」的語言，雙音與多音詞彙在數目上早已凌駕於單音詞彙之上。在詞法上，文言裏由於字數（即詞彙總數）的限制與複合詞的尚未大量產生，「詞類的轉用」遠比現代白話靈活而廣泛。在句法上，文言疑問句與否定句中常見的動詞與賓語名詞或代詞的倒序在現代白話裏已不再見。另一方面，現代白話裏常見的連接三個以上的人、事物或動作、平行的情態動詞共接一個動詞、或平行的動詞共帶一個賓語等情形卻是五四運動以後纔產生的句法演變❶。因此，文言與白話不能從「共時」或「斷代」的觀點來加以描述，而應該從「異時」或「歷代」的觀點來加以比較或對照。例如，高名凱《漢語語法論》、呂叔湘《中國文法要略》、何容《中國文法論》與許世瑛《中國文法講話》等著作都有文白並陳討論的情形。

　　㈡在語料的蒐集或分析上，過分注重以文字記載的書面資料，似乎以為唯有在印刷物上出現過的句子纔是真正合語法的句子，纔可以做為分析研究的對象。但是，在印刷物上出現過的句子只不過是我們的「語言能力」所能造出來的浩瀚無垠的語料中的滄海一粟而已❷，但決不能把分析研究的對象侷限於這些語料。我們不僅應該從日常生活的談話中尋找語料，而且還可以利用「內省」的工夫

---

❶　參王力《漢語史稿（上）》468-472 頁。這裏所附的例句都採自老舍的小說，不過在標點符號上稍做修改。

❷　根據數理語言學家的估計，單是字數在二十個字以內的英語句子就有"10^{30}"（10 的 30 次方）之多。雖然沒有人就漢語做類似的估計，但其結果必然也是一個天文數字。

直接分析自己造出來的句子，更可以拿這些句子去請別人就句子的
「合法度」與「語意解釋」加以判斷或比較。同時，我們不但要解
釋句子為什麼「合語法」，更要解釋句子為什麼「不合語法」，因
為合語法的句子是遵守「語法規律」所獲得的例句，而不合語法的
句子是違背語法規律所獲得的例句，都能反映相關語法規律的存
在，都值得做為我們研究分析的對象❸。

㈢過去的漢語語法研究，往往過分注重例外或特殊的現象，結
果為了顧慮特殊的例外，反而迷失了語言現象中「一般性」甚或
「普遍性」的規律。同時，語言是人類「約定俗成」的產物。語言
的發展與變遷有其一定的規律，並不完全聽命於「理性」或「邏
輯」的支配。就語法的研究而言，重要的是客觀地觀察語言現象，
發現其中有規則的現象而加以「條理化」。在廣大的語言現象中，
發現一些不規則或例外的現象，不但絲毫不足為奇，而且這些例外
現象的存在也無礙於一般性規律的建立。換句話說，我們不能因為
有一些例外的語言現象，就逕認為：這些例外的存在否定了一個能
解釋其他大部分語言現象的規律。例外現象的提出，唯有因此而能
找出一個可以解釋包括這些例外現象在內的、更概括性的規律的時
候，纔有意義、纔有價值。語法研究的目標之一就是尋找語法規
律，而例外或「反例」是用來檢驗規律的。沒有規律，就沒有例外
或反例，有了規律，纔能討論如何來處理可能的反例。

---

❸ 因此，當代語法理論的研究常以「**」、「*」、「*?」、「??」、
「?」、「(?)」等符號來區別有關例句的合法度，並試圖解釋這些不同程
度的合法度的由來。

　　㈣已往的語法研究，在分析語言的過程中過分依賴字義的因素。無論是詞類的定義與畫分或是詞語的意義與用法都從語意內涵著手，而忽略了詞法結構、句法表現或語用功能的分析。以詞類的定義與畫分為例，如果僅從語意內涵來界定詞類，那麼無論採用的是「列舉」或「界定」的方式，都難免因為有所遺漏或失於含混而無法周全。如果把詞類的範圍從名詞、形容詞、動詞等「主要詞類」擴大到方位詞、數詞、量詞、代詞、介詞、連詞等「次要詞類」，那麼詞類的定義就更不容易從語意內涵來界定，而且也更容易與其他詞類相混淆。但是如果把這些詞類的詞法、句法與語用功能一併加以考慮，那麼我們就可以說：⑴漢語名詞一般都不能「重疊」❹，形容詞以"XX"或"XXYY"的形式重疊，而動詞則以"X-X"或"XYXY"的形式重疊；⑵名詞可以與「限定詞」連用，形容詞可以與「加強詞」連用，而動詞則可以與「動貌標誌」或「動相標誌」連用；⑶數量詞組只能出現於名詞之前，可以出現於形容詞之前或後，而只能出現於動詞之後；⑷只有形容詞與動詞可以出現於「正反問句」；因而可以獲得相當明確的分類標準❺。再以詞語的

---

❹　只有「人人」等少數例外。其他如「星星、猩猩、公公、婆婆……」等名詞必須以重疊的形式出現，「家家戶戶」等僅在固定成語裏出現，而「三三兩兩、千千萬萬」與「條條（大路）、對對（佳偶）、張張（彩券）」等則分別屬於數詞與量詞。

❺　這並不表示每一種詞類的每一個詞都能同時滿足所有的標準。例如「屬於、含有、姓、像、叫做」等「靜態動詞」，在句法功能上屬於較為「有標」的動詞；因此，一般都不能重疊，也很少與動貌標誌或數量詞組連用。但是，仍然可以有「這本書<u>屬</u>不<u>屬於</u>你？」、「這一塊地<u>屬於</u>我<u>已經十年了</u>」等說法，因而可以判定為動詞。

意義與用法為例，「搖動」與「動搖」這些複合動詞的構成語素都一樣，所以無法從語意內涵來區別這一對動詞的意義與用法。但在詞法結構上，「搖動」是「述補式」而「動搖」卻是「並列式」，所以我們可以說「搖<u>得</u>動、搖<u>不</u>動」，卻不能說「*動<u>得</u>搖、*動<u>不</u>搖」。同時，在句法成分的選擇上，「搖動」必須以具體名詞為主語與賓語（如「<u>他</u>（用手）搖動<u>桌子</u>」），而「動搖」則以抽象名詞為主語與賓語（如「<u>敵人的宣傳</u>不能動搖<u>我們的意志</u>」）。他如「生產」是常以具體名詞為賓語的動態動詞（如「生產<u>汽車/家具</u>」），而「產生」則是常以抽象名詞（偶爾亦以具體名詞）為賓語的靜態動詞（如「產生<u>結果/影響/廢水/廢液</u>」）❻；「喜歡」常帶上賓語（如「很喜歡<u>音樂</u>」），而「歡喜」則不能帶上賓語（如「很歡喜（*<u>音樂</u>）」）；「痛苦」可以當名詞、動詞與形容詞用（如「這一種<u>痛苦</u>、<u>痛苦</u>了一生、很<u>痛苦</u>」）而「苦痛」則只能當名詞用（如「這一種<u>苦痛</u>、*<u>苦痛</u>了一生、*很<u>苦痛</u>」）；「對於」可以出現於主語之前或後（「如｛<u>對於這個問題</u>我/我<u>對於這個問題</u>｝沒有意見」）；而「關於」則只能出現於主語的前面（如「｛<u>關於這個問題</u>我/*我<u>關於這一個問題</u>｝沒有意見」）；「向來」可以出現於肯定句與否定句（如「他<u>向來</u>｛喜歡/不喜歡｝數學」），而「從來」則常出現於否定句（如「他<u>從來</u>｛*喜歡/不喜歡｝

---

❻　我們也可以說：「生產」是以「主事者」為主語的「活動動詞」或「受格動詞」，所以可以與「持續動詞」「在」或「受惠者」介詞組連用（如「這家工廠（正）在 替東南亞生產十八吋電晶體」）；而「產生」則是以「起點」為主語的「瞬成動詞」或「非受格動詞」，所以不能與持續動詞或受惠者介詞組連用（如「這家工廠（*正在）（*替一般市民）產生大量廢水」）。

數學」）❼。

　　㈤國內語法研究的另一項缺失是在語法術語的使用上常互有出入，相當紛歧。以表示語法關係的術語為例，除了「主語」以外還有「起詞」❽與「主詞」❾等說法；除了「賓語」以外還有「止詞」❿與「受詞」⓫的說法；除了「謂語」以外還有「述語」⓬的說法；除了「補語」以外還有「補詞」⓭與「表詞」⓮的說法；除

---

❼　但是也有「他從來就是這個樣子」這樣的說法。

❽　許世瑛（1968）《中國文法講話》的用語，也是《馬氏文通》與呂叔湘（1956）《中國文法要略》的用法。根據呂叔湘（1956），在敘說事情的「敘事句」（如「貓捉老鼠」）出現者稱為「起詞」，而在記述事物性質或狀態的「表態句」（如「天高，地厚」）、解釋事物涵義或辨別事物同異的「判斷句」（如「鯨魚非魚」）或表明事物有無的「有無句」（如「我有客人」）裏出現者稱為「主詞」。我們似無理由因為述語動詞的不同而區別「起詞」與「主詞」。呂叔湘先生在後來的著作裏也一律改稱為「主語」。

❾　這是呂叔湘（1956）的用語（參註❽）；目前在臺灣也有許多人在漢語與英語語法裏使用「主詞」的名稱。

❿　許世瑛（1968）、《馬氏文通》與呂叔湘（1956）的用語，專指「直接賓語」。

⓫　許世瑛（1968）與呂叔湘（1956）的說法，專指「間接賓語」。目前在臺灣也有許多人在漢語與英語語法裏用「受詞」來指「賓語」，包括直接賓語、間接賓語與介詞賓語。

⓬　何容（1959）《中國文法論》69 頁的用語（這本書的其他用語分別是「主語」、「賓語」）。現在亦有人以「述語」來稱呼動詞在謂語中所擔任的語法功能，相當於許世瑛（1968）的「述詞」。

⓭　許世瑛（1968）的用語。

⓮　許世瑛（1968）的用語，專指由形容詞（如「山高、月小」）或「形容詞性動詞」（如「山搖、地動」）充當的謂語。

了「修飾語」以外還有「附加語」❺的說法。再以表示語法範疇的
術語為例，「名詞」、「動詞」、「形容詞」這幾種用語較為統
一，而「代詞」（「稱代詞」、「指代詞」）、「介詞」（「介系詞」、
「介繫詞」、「前置詞」、「副動詞」、「次動詞」）、「連詞」（「連接
詞」、「接續詞」）等則有好幾種不同的用語。至於各種句式或句法
結構的名稱，則各自為政，莫衷一是。語法術語的紊亂，不僅影響
語法學家間彼此的溝通，而且更阻礙一般讀者的了解，實應早日謀
求統一。

三、漢語語法研究的現代化與國際化

以往漢語語法研究的最大缺點，其實，還是在於語法學家所依
據的語法理論本身具有嚴重的缺陷。無論是對語言本質的基本認
識，或是在語法研究的目標與方法上，都有先天不足之憾。例如，
過去的語法分析對於語法結構採取很皮相、很單純的看法，認為構
成句子的主要因素是「詞類」與「詞序」：屬於特定詞類的詞，依
照特定的詞序排列下來，就成為句子或其他句法結構。因此，研究
語法不外乎研究如何畫分詞類，各種詞類的詞如何形成較大的句子
成分（如「名詞組、動詞組、形容詞組、介詞組、數量詞組、子句、方位補
語、趨向補語、程度補語、結果補語」等），以及這些詞類的詞在句子
中出現於什麼位置與擔任什麼樣的語法功能，無形中語言的研究就

---

❺　黎錦熙（1933）《新著國語文法》的用語，現在亦有人以此做為英語術語
　　"adjunct"的漢譯。

淪為單純的「分類語言學」。例如，過去的語法研究對於語言的
「開放性」與「創造性」缺乏正確的認識，對於「音韻」、「句
法」、「語意」與「語用」在整個語言體系中所佔據的地位與所扮
演的角色未能做全盤的考慮，以及沒有適當的「理論架構」或「語
法體系」來達成語法規律的「明確化」與「形式化」等，都在在影
響了漢語語法研究的發展。

　　及至 Noam Chomsky ⓰的（1957）*Syntactic Structures* 與（1965）
Aspects of the Theory of Syntax 相繼出版，語法理論的面貌與語法研
究的方向乃發生了革命性的變化，因而世稱「杭士基革命」⓱。
「杭士基革命」以後的語法研究不再是任意主觀的臆測或武斷，而
是以語言事實為基礎、有語法理論做準繩的「經驗科學」。「語言
能力是構成人類心智的一個模組」（The language is one module of the
mind.）⓲，杭士基認為語言能力的研究在學術領域上屬於「認知科

⓰　Chomsky 的譯名依照英語發音似應為「喬姆斯基」（這是大陸語言學家
　　目前的譯法），這裏仍依照王士元、陸孝棟（1966）《變換語法理論》
　　（香港大學出版社）參照俄語發音的譯名「杭士基」。

⓱　Thomas S. Kuhn 在 *The Structure of Scientific Revolution* 一書中，曾主張科
　　學的發展是一連串的「學術革命」，並用「科學典範」的概念來解釋這種
　　科學上的學術革命。所謂「典範」，是指在某一個特定的歷史階段裏，決
　　定某一門科學研究的理論假設。當一個科學典範發現有太多的「反證」或
　　「異例」，因而無法以現有的理論假設來處理當前的問題的時候，就必須
　　由另外一個能處理這些反證或異例的新典範來取代，在這種情形下「學術
　　革命」於焉發生。

⓲　十七世紀的德國哲學家與數學家萊布尼茲（Leibniz）也曾說：「語言是
　　反映人心的最好的鏡子」（Languages are the best mirror of the human
　　mind.）。

學」中「認知心理學」的一環。他要求語言學具備高度的「科學性」，不但為語言研究設定了明確的目標，而且還提出了為達成這個目標所需要的種種「基本概念」與「公理」，更提供了建立語法理論所需要的精密而可行的「方法論」。根據杭士基，語法研究的目的有二。一是「語法理論」的建立，而建立語法理論的目標即是闡釋語言的本質、結構與功能，期以建立可以詮釋所有人類「自然語言」的「普遍語法」，或規範怎麼樣的語言纔是人類「可能的語言」。二是探求孩童「語言習得」的奧秘，也就是探討人類的孩童如何在無人刻意教導的情形下僅憑周遭所提供的殘缺不全、雜亂無章的語料就能夠在極短期間內迅速有效地學會母語⓳。「普遍語法」的建立與「語言習得」的闡明，其實是一體的兩面，不僅應該相提並行，而且可以相輔相成。對「普遍語法」更深一層的認識，可以促進對「語言習得」更進一步的了解；而發掘有關「語言習得」的真相，又可以用來檢驗或證實「普遍語法」的存在。至於各個語言「個別語法」之間的異同，則可以從「普遍語法」的「原則」與「參數」中推演出來：人類的自然語言都以普遍語法的原則系統為其「核心語法」，並就固定而有限的語法參數選定其「參數值」⓴。個別語言的共享同樣的原則系統，說明了這些語言之間的共同性；而個別語言的選擇不同的參數值，則導致了這些語言之間的個別差異。因此，漢語語法的研究必須納入普遍語法的理論體

⓳ 西哲柏拉圖（Plato）早在兩千年前即對這類事實感到詫異，故稱語言學上「柏拉圖的奧秘」（Plato's problem）。

⓴ 例如，「主要語在首」（head-initial）抑或「主要語在尾」（head-final）的參數、以及「空號主語」（*pro*-drop）的參數等。

系。換句話說，漢語語法的研究應該以普遍語法的理論為「前設理論」來檢驗或評估其研究成果。

　　杭士基的語法理論，對於語法所應具備的「妥當性」，提出三種不同程度的要求：即「觀察上的妥當性」、「描述上的妥當性」與「詮釋上的妥當性」。當一部語法根據有限的「原初語料」，把觀察所得的結果正確而無誤地加以敘述的時候，這一部語法（就該語言而言）就達成了「觀察上的妥當性」。以往漢語語法的研究，可以說是僅以期求達成觀察上的妥當性為目的的，而且往往連這個最低限度的妥當性都無法達成。但是，如前所述，有限的原初語料只是人類的語言能力所能創造的浩瀚無垠的語料中的極小部分。況且，連這一極小部分，如果不與更多其他語料一起加以觀察的話，也難以獲得正確而周延的敘述。因此，我們要求理想中的語法能達成更高一層的妥當性，即正確地反映或描述（以該語言為母語的人的）「語言能力」：包括判斷句子是否「合法」、「同義」、「多義」等的能力，補充原來的句子中被「刪除」的詞句的能力、判斷兩個詞句的「指涉」能否相同的能力，以及「創造」與「解讀」無限長或無限多句子的能力等。這樣的一部語法所具有的妥當性，就叫做「描述上的妥當性」。人類的語言能力隱藏於大腦的「皮質細胞」中，因此我們無法直接觀察或描述這個「語言能力」。但是，我們卻可以根據我們觀察與研究「語言」所得的結果來建立一套「具有描述上妥當性的語法」；凡是人類的語言能力所能辦得到的事情，這一套語法都能做得到。如此，語言能力可以說是「內化」的語法，而具有描述上妥當性的語法則可以說是「表面化」或「形式化」的語法。要達成描述上的妥當性，必須以一套健全的語法理

論為前提。這一套語法理論,必須根據人類自然語言的普遍性,就其內容、結構、功能與限制等提出明確的主張。例如,語法的體系應該由那幾個部門構成?這幾個部門彼此之間的關係如何?各個部門應該具備何種形式的條件或規律?這些條件或規律應該如何適用?適用的範圍、方式與結果等應該如何限制?這樣的語法理論,可以說是具有「詮釋上的妥當性」的語法理論。因為我們可以根據其內容與主張,從幾部「觀察上妥當的語法」中選出一部「描述上較為妥當的語法」來。既然「描述上妥當的語法」能夠反映人類語言的普遍性,那麼這樣的語法理論就可以說是間接地「詮釋」了人類的語言能力了。

杭士基的語法理論,以詮釋人類語言能力的奧秘或闡明孩童習得語言的真相為目標,並且要求把一切語法現象或語法規律都以「明確的形式」來加以「條理化」。所謂「條理化」與「形式化」,是指有關語法現象的陳述或語法規律的擬訂都必須「清晰」而「精確」,因而有「衍生語法」或「明確語法」之稱。在語法研究的方法上,杭士基主張「理想化」、「抽象化」與「模組化」。語法研究的「理想化」與「抽象化」表現於:⑴「語言能力」與「語言表達」以及「語用能力」之間的區分、⑵「句子語法」與「言談語法」或「篇章分析」之間的畫分、⑶「普遍語法」與「個別語法」之間的區別、⑷「核心語法」與「周邊」之間的分別、以及⑸「無標性」與「有標性」之間的分際等。其用意在於預先按照一定的優先程序來立定明確而可及的研究目標,然後循序漸進、步步為營地往前推進發展。而所謂「模組化」,是指把語法理論的內容分為幾個獨立存在卻能互相聯繫的「模」,並讓所有的語法結構

與語法現象都由這些模的互相聯繫與密切配合來加以「衍生」或「解讀」。衍生語法理論發展的歷史，可以說是語法「模組化」的歷史。例如，美國結構學派語言學的語法分析，只擁有以「鄰接成分分析」為內容的「詞組結構規律」這一個模；而杭士基卻不但介紹了「變形規律」這一個新模，並利用「一般原則」與「普遍限制」等方式把這些模的功能更加精細地加以分化，也更加密切地加以整合。

　　杭士基所倡導的「衍生變形語法」理論，至今已有近五十年的歷史。在這一段時間，理論內涵在明確的目標下不斷地推進與發展，因而呈現了諸多新的面貌。在 1957 年至 1960 年代前半期❹的「初期理論」裏，主要的關心是達成個別語法在「觀察上的妥當性」，因而有「詞組結構規律」與「變形規律」的提出，以及「深層結構」與「表面結構」的區別，並且為了符合「語法規律」與「結構敘述」的明確化，釐定了一套相當嚴密的符號系統。在 1960 年代後半期的「標準理論」裏，主要的關心是擴大語法的「描述能力」或擴張語法的「描述範圍」；也就是說，達成語法在「描述上的妥當性」，藉以確立變形規律的必要性與變形語法的優越性。另外，語意部門也在此一時期正式納入語法的體系裏，並且接受了 Katz 與 Postal 所提出的「深層結構決定語意」與「變形規律不能改變語意」的假設。在 1970 年代前半期的「擴充的標準理論」裏，語法的描述能力繼續膨脹的結果，變形規律的數目日益增

---

❹　以下理論發展階段的年代畫分與名稱，主要是為了敘述的方便。事實上，
　　在整個理論發展的過程並不容易如此畫清界限。

多，而語法描述的範圍也擴及否定詞、疑問詞與數量詞的「範域」，以及「預設」、「含蘊」、「言語行為」與「間接言語行為」等與語意或語用有關的現象。這一段期間，不僅在標準理論之外促成了「衍生語意學派」的興起，而且標準理論本身也被迫修改原來「深層結構完全決定語意」的立場來提出「部分語意決定於表面結構」的主張。另一方面，為了防止語法過分強大的衍生能力，陸續提出變形規律的一般限制與條件。及至 1970 年代後半期的「修訂的擴充標準理論」，「痕跡」、「濾除」、「約束」等新的語法概念不斷地出現。「反身代詞」與「人稱代詞」也不再由變形規律衍生，而改在深層結構裏直接衍生，再由「注釋規律」或「約束理論」來判斷這些反身代詞與人稱代詞能否與其「前行語」的「指涉相同」。另外，變形規律的內容日益趨於單純，不僅所有的變形規律都變成「可用變形規律」，而且順便也取消了有關變形規律之間「適用次序」的限制。

接著在 1980 到 1990 年代的「原則參數語法」裏，語法研究的主要的關心是如何達成語法理論在「詮釋上的妥當性」，以及如何把「模組語法」的概念發揮到極點。在這一個語法理論下，普遍語法的體系由「詞彙」、「句法」、「語音形式」與「邏輯形式」四個部門以及「規律」與「原則」兩個系統形成。「詞彙部門」在詞庫與原則系統配合之下衍生「深層結構」，而「句法部門」則援用變形規律從深層結構衍生「表層結構」，再經過語音形式部門與邏輯形式部門的變形規律分別衍生代表發音的「語音形式」與代表部分語意的「邏輯形式」。這一個理論的特點是「規律系統」的衰微與「原則系統」的興盛。詞組結構規律的功能已由詞庫擔任或由原

則系統（如「X 標槓理論」、「論旨理論」、「格位理論」等）來詮釋，
變形規律也只剩一條單純無比的「移動 α」（即把任何句子成分從任何
位置移到任何位置去）。這樣漫無限制的變形規律勢必「蔓生」眾多
不合語法的句法結構，但是所有由規律系統所衍生的句法結構都要
一一經過原則系統下各個原則的「認可」；否則要遭受「濾除」而
淘汰。原則系統下的各個限制或條件本來是獨立存在的，有其獨特
的內涵與功能，卻能互相連繫並交錯影響來詮釋許許多多複雜的句
法現象。同時，每一個原則都可能含有若干數值未定但是值域確定
的「參數」，由個別語言來選擇不同的數值；因而各個原則在個別
語言的適用情形並不盡相同。個別語言的「個別語法」以普遍語法
為「核心」內容來形成「核心語法」，另外可能還包含一些比較特
殊或例外的「周邊」部分來合成「個別語法」。如此，個別語法之
間的相同性或共通性可以從共同的核心語法來解釋；而個別語法之
間的相異性或特殊性則可以由參數值的選定與周邊部分的差距來說
明。「普遍語法」理論的樹立，不但能詮釋孩童如何習得語言，而
且也為「可能的語言」或「可能的語法」設定了相當明確的限制。
人類孩童之所以能根據殘缺不全、雜亂無章的語料而迅速有效地習
得母語，乃是由於他們天生具有類似普遍語法的語言能力。只要根
據所接觸的母語「原初語料」來選定原則系統中參數的數值，就能
迅速建立母語的核心語法。至於少數例外的周邊部分，則隨著年齡
的增長逐漸學習。在這一種普遍語法的概念下，不但沒有「為個別
語言而設定的特殊規律」，而且也沒有「為個別句法結構而設定的
特殊規律」。因此，「普遍語法」與「個別語法」的研究應該是同
時並行而相輔相成的。當前語法理論的趨勢是根據個別語言的實際

語料來仔細驗證普遍語法的原則系統與參數，使其更加周全而明確，更能詮釋語言習得的真相與普遍語法的全貌。普遍語法的原則系統包括：「X 標槓理論」、「投射理論」、「論旨理論」、「格位理論」、「限界理論」、「管轄理論」、「約束理論」、「控制理論」、「主謂理論」、「有標理論」等。

　　新近提出來的「極小主義方案」，更是為了進一步釐清原則與參數的內容與限制，把普遍語法所援用的「概念」與「機制」削減到最低限度而只剩下符合「概念上的必然性」的概念與機制。經過這種大刀闊斧的削減，「深層結構」與「表層結構」這兩個表述層次都從語法理論的討論中消失，「投射」、「論旨」、「管轄」與「約束」等原則系統也相繼報廢或被其他原則系統所取代。唯一的句法規律「移動 α」進一步改為「改變 α」（即對任何句法成分做任何處理），適用這一則規律的條件與限制也整合為包含「拖延」、「貪婪」、「最短距離」、「最小套環」等內容的「經濟性原則」。此外，當代語法理論也不只以杭士基為首的「管轄約束」、「原則與參數」或「極小主義」理論一種，其他還有「概化的詞組結構語法」（GPSG）、「詞彙功能語法」（LFG）、「功能語法」、「結構語法」、「認知語法」、「關係語法」（RG）與「系統語法」等多種。每一種語法理論都有其優缺點，都值得利用來探討漢語語法的奧秘。當前語法理論的探討越來越深奧，語法結構的分析也越來越細緻。語法研究的對象，不僅從具有語音形態與詞彙意義的「實詞」跨進具有語音形態而不具詞彙意義的「虛詞」，如「稱代詞」、「照應詞」與「接應代詞」等；而且已經邁入了不具語音形態亦不具詞彙意義的「空號詞」，如「名詞組痕跡」、

「Wh 痕跡」、「大代號」、「小代號」、「寄生缺口」等。語法
研究的領域也不再侷限於「句子語法」，一方面往下鑽入「詞
法」，一方面往外擴張到「言談語法」、「篇章分析」、「語料語
言學」。就是語法研究的貢獻，也除了漢語與其他語言的「對比分
析」以及「華語教學」以外，已經開始與科技相結合，而邁入「語
音合成」、「機器翻譯」、「人工智慧」等的研究領域。

　　中央研究院前任副院長張光直先生於 1994 年在《亞洲週刊》
上的一篇談話〈中國人文社會科學該躋身世界主流〉中開門見山地
指出：「二十世紀中國人文社會科學的研究不是世界的主流」，因
而主張國內的人文科學研究應該「跳出中國的圈子，徹底了解各個
學科主流中的關鍵問題、核心問題」。在語言學的領域中，他特別
提到 Noam Chomsky 的名字，認為 Chomsky 所提出的語法理論就
是我國人文社會科學應該努力躋身的世界主流之一。張先生所說的
「躋身世界主流」可以說是漢語語法研究的現代化與國際化的問
題。

四、當代語法研究的本土化與中文化

　　當代語法理論的發展真可以說是日新月異、突飛猛進，對於漢
語語法研究的影響也越來越深遠。因此，如何把當代語法理論引進
我國學術界，如何把當代語法理論應用於漢語語法的研究，以及如
何把當代語法理論與傳統漢語語法學兩相結合起來發揮相輔相成之
功效，應該是漢語語法研究的當務之急。但是國內目前的情況是，
不少學者都認為：當代語法理論過於玄奧，不容易了解，更不容易

傳授給學生。有些學者甚至認為：當代語法理論是虛有其表並無真正內涵的「洋框框」，對於漢語語法的研究不可能有所幫助。結果，除了國內語言學研究所以及較為開放進步的外國語文學系有開課講授當代語法理論與語法分析以外，一般中國文學研究所或中國語文學系的師生都很少有機會接觸當代語法理論，更無可能運用這些理論來對於漢語語法進行更深入的研究。產生這種情形的原因，一半是由於當代語法理論之不容易接觸或不容易了解，而另一半是由於國內學者對於當代語法理論的本質、目標與功能有所誤解所致。

先從當代語法學在國內不容易接觸或不容易了解說起。當代語法學的文章，無論是專業性質的論著或啟蒙性質的導論，大都是用英文撰寫的[22]。而且，文中所用的術語與概念，不但因為與傳統語法學的術語與概念截然不同而使一般學者感到陌生與疏遠，而且術語與概念本身內涵的抽象與複雜更讓一般學者畏懼甚而生厭。因此，如果要促進當代語法學的「本土化」，第一步就要進行當代語法理論論著的「中文化」。針對當代語法學的本土化與中文化，我們提出下列幾點意見。

㈠鼓勵專攻當代語法學的學者，以中文發表論文或演講，在上

---

[22] 到目前為止以中文介紹當代語法學的論著有湯廷池（1977）《國語變形語法研究：第一集，移位變形》、（1988）《漢語詞法句法論集》、（1989）《漢語詞法句法續集》、（1992a）《漢語詞法句法三集》、（1992b）《漢語詞法句法四集》、（1994）《漢語詞法句法五集》、（2000a）《漢語語法論集》、（2000b）《漢語詞法論集》與徐烈炯（1988）《生成語法理論》等。

課中也盡量使用中文來講解。如果有教學經驗豐富的語法學教授能抽出時間來撰寫當代語法學導論之類的書，那就對有志入門的學生更有幫助。

　　㈡也鼓勵國內學者努力把當代語法學的經典之作翻成中文❷。不過翻譯的工作並不容易做好：一方面要求譯者對當代語法學有深厚的基礎而能徹底了解原文的內容；一方面又需要以通順達意的中文表達出來。歐美學者所發表的當代語法學的文章，常常用詞較深、句子較長、句法結構也較為複雜。再加上文章內容的深奧、推理推論的嚴謹以及組織結構的緊密，翻譯可能是一件吃力不討好的工作❷。

　　㈢在當代語法學的翻譯或介紹中，最重要的工作之一是漢語語法術語的選擇與統一。目前當代語法術語的翻譯相當紊亂，不但影響語法學家彼此間的溝通，而且更阻礙一般讀者的了解，實應早日謀求統一。以當代語法學最基本的兩個術語‘generate, generative’與‘transform, transformational’為例，大陸有人翻成「生成」與「轉換」，而臺灣則有人翻成「衍生」與「變形」。「生成」一詞大概是承襲日本的術語；「生成」在日語屬於「動名詞」，因而可以有「生成する」（＝generate）的及物動詞用法。但是在漢語裡，含有結果動詞「成」的複合動詞「生成」，與「變成、換成、轉成、化

---

❷　行政院國家科學委員會有鑑於此，已經設立「國科會經典譯注計畫」，來資助國內學者從事經典著作的譯注。

❷　關於這一點，大陸的學者似乎比臺灣的學者做得較多。據筆者所知，在大陸已經翻譯的語法學著作有 Chomsky (1957) *Syntactic Structures* 與 Stockwell (1977) *Foundations of Syntactic Theory* 等。

成」一樣，都屬於不完全不及物動詞，必須在述語動詞後面帶上（主語）補語。因此，"Rules generate structures"可以用日文翻成「規則は構造を生成する」，卻不能用中文翻成「規律生成結構」。因為日文的翻譯表示「規律產生結構」，而與英文的原義相近；但是中文的翻譯則表示「規律變成（或轉成）結構」，而與英文的原義不合。又'transform'只改變句子的「詞組結構標誌」，並非把一個句子換成另外一個句子，因而「轉換」或「轉換語法」㉕的翻譯似乎仍有斟酌的餘地。另一方面，「衍生」雖然能表達'generate, yield'的意思㉖，並可以有及物動詞用法；但是形容詞'generative'所包含的「清晰」、「精確」與「完整」等意義卻未能表達出來㉗。至於「變形」，則表示改變（句子的）形態或詞組結構標誌，似乎比「轉換」更能接近原義（日語也採用這個術語）。但是「變形」在詞法結構上屬於述賓式複合動詞，因為在內部結構裡已經含有詞法上的賓語「形」；因此，不能直截了當地說「變形某一個句子結構（或某一個詞組結構標誌）」，而只能拐彎抹角地說「把某一個句子結構｛<u>加以變形</u>/<u>經過變形</u>｝成為另一個句子結構」。連這些最基本的術語，各家的意見與看法都如此分歧對立；

㉕ 另一方面，用「轉換語法」（transfer grammar）這個術語來稱呼（機器翻譯裏）把一個語言的語法結構轉換成另外一個語言裏與此相對應語法結構的規律卻相當適合。

㉖ 'generate'也可以解為'define, characterize'。所以，某些規律衍生某些結構的意思就是說：這些規律界定這些結構的內容與特性。

㉗ 「生成」一詞也未能表達這些意義，所以摯友董昭輝教授提議把'generative grammar'譯為「明確語法」。

至於其他更為複雜的術語或概念則更是眾說紛云，莫衷一是。但是我們不必為此太過悲觀或絕望，因為語言本來是「約定俗成」的，術語的翻譯更是如此。只要大家多嘗試翻譯、多提供意見，多參考比較而少固執己見，那麼較好的翻譯便會逐漸出現而取代較差的翻譯，最後由大家來共同採用或遵守。

　㈣關於當代語法學術語的選擇或統一，我們有下列幾點建議：

　1.「…詞」（表示「語法範疇」或「詞類」）與「…語」（表示「語法關係」或「語法功能」）的畫分相當重要；因此，最好能一貫地把二者加以區別。例如，語法關係或功能一律採用「主語」、「賓語」、「補語」、「定語」、「狀語」、「附加語」、「主要語」、「中心語」、「前行語」、「修飾語」，而不用「主詞」、「受詞」、「前行詞」等。又如，語法範疇一律採用「名詞」、「動詞」、「形容詞」、「副詞」、「介詞」、「連詞」、「（感）嘆詞」、「助詞」、「量詞」、「數量詞」、「限定詞」、「填補詞」或「冗贅詞」、「照應詞」㉘、「指涉詞」、「空號詞」，而不用「限定語」、「填補語」、「指涉語」或「空語類」等。

　2.語法術語的漢譯，應先研究原來外語術語的含義、典故與用法，務求漢譯術語在意義與用法上貼近原來的術語。例如，'(syntactic) island'與'island condition'不妨分別譯為「（句法上的）孤

㉘　英語的「填補詞」或「冗贅詞」有'it'與'there'兩種，而「照應詞」則有「反身照應詞」、「交互照應詞」、「名詞組痕跡」等。又在語法關係上，與「前行語」前後照應（即所謂的「照應現象」）時，照應詞也具有「照應語」的地位。

島」與「孤島條件」❷；'domain' 與 'scope' 不妨分別譯為「領域」與「範域」；'wide scope' 與 'narrow scope' 不妨分別譯為「寬域」與「狹域」；'strong crossover' 與 'weak crossover' 不妨分別譯為「嚴重的越位」與「輕微的越位」；'strong feature' 與 'weak feature'，不妨分別譯為「強屬性」與「弱屬性」；'de se (reading)' 與 'de re (reading)'，不妨分別譯為「自述（解釋）」與「轉述（解釋）」；'indvidual-level predicate' 與 'stage-level predicate'，不妨分別譯為「恆性述語」與「暫態述語」；'incorporation' 與 'excorporation'，不妨分別譯為「併入」與「外移」；'dominate'、'(improperly) include' 與 'exclude' 不妨分別譯為「支配」、「（非適切地）包含」與「排除」；'command'、'govern'、'bind' 與 'control' 不妨分別譯為「統制」、「管轄」、「約束」與「控制」。'compute'、'merge'、'converge' 與 'crash'，不妨分別譯為「運算」、「合併」、「融會」與「衝撞」。'referential index' 不應譯為「參考指標」，而宜譯為「指涉指標」；'reference time' 與其譯為「參考時間」，不如譯為「指示時間」；'(Case) Filter' 與其譯為「（格）鑑別式」，似不如譯為「（格位）濾除」來得與原義接近（而且，「濾除」也可以充當動詞來表示 'filter out'）；'arbitrary reference' 與其譯為「泛指」，似不如譯為「任指」（而以「泛指」來翻譯 'generic reference'）；'illocutionary act' 不應譯為「非表意行為」，而

---

❷　亦有人分別譯為「（句法上的）禁區」與「禁區條件」。其原意似乎是出現於孤島內的句法成分不能從孤島移出；照應等現象的條件也必須在孤島內滿足，不能往島外求援而尋求其前行語。

不妨譯為「表意（內）行為」（因為'illocutionary'的'il-'不表示否定，而表示'in-'（在內）的意思）。

　　3.術語的漢譯盡量選擇雙音節詞彙，至多不宜超過四音節，而且術語的內部結構與外部功能應該遵守漢語的造詞規律❸。例如，把'Case'譯為「格位」而不譯為「格」，是由於音節數量的考慮，而且「格」的決定也確實與其出現的位置有關。又如，'grammatical function'與'grammatical relation'與其分別翻成五音節的「語法功能項」與「語法關係項」，不如分別翻成四音節的「語法功能」與「語法關係」。又如'presupposition'可以翻成「預設」或「前設」，甚至有人翻成「前提」；但是如果考慮到'presuppose'的及物動詞用法，那麼「預設」似乎比「前設」或「前提」好。

　　4.漢語術語的採用，最好避免在漢語詞彙裡已經常用而且定了型的詞。因為這些詞已經有固定的意義與用法，讀者對這些意義與用法已經習以為常；所以不容易再賦給新的意義與用法，必須設法經過加字、換字等方式來創造新詞。例如，'environment'（環境）不妨譯為「語境」，'distribution'（分佈）不妨譯為「出現分布」，'occur(rence)'（發生）不妨譯為「（在句子中）出現」，'cooccur(rence) with...'不妨譯為「與…連用」，'cooccurrence restriction'不妨譯為「共現限制」或「共存限制」❹，'source'不妨

---

❸　參湯廷池（1988）〈新詞創造與漢語詞法〉。
❹　在口語的聽覺上，「共存限制」似乎比「共現限制」更易了解。

譯為「起點」而'goal'則不妨譯為「終點」❸，'experiencer'不妨譯為「感受者」而'patient'則不妨譯為「受事者」，'argument'不妨譯為「論元」或「論項」，而'thematic role'則不妨譯為「論旨角色」，'variable'不妨譯為「變項」，而'(null) operator'則不妨譯為「（空號）運符」，'subjacency condition'不妨譯為「承接原則」，而'adjacency condition'則不妨譯為「鄰接原則」。這些漢語術語都屬於書面語詞彙，而且語意內涵都相當清楚，似乎可以幫助初學者了解這些術語的意義與用法。又'morpheme'過去一向多譯為「詞素」或「詞位」，但是為了分辨「詞」（word）與「語」（morph）的區別，並保持與「音」（phone）、「音素」（phoneme）、「同位音」（allomorph）之間以及「字」（graph）、「字素」（grapheme）、「同位字」（allograph）之間的對應，不妨把'morpheme'譯為「語素」（即「語」(morph)、「語素」(morpheme)、「同位語」(allomorph)）。而且，如果有需要，「詞素」或可做為'lexeme'的譯名。

5.如果大陸、香港或日本語法學家已經率先翻譯，而且翻譯得相當妥切，那麼不妨參考或採用，以求學術術語的交流與暢通。個別學者首倡漢譯術語，或在論著中首次使用漢譯術語的時候，最好利用方括弧等標點符號加以引介，並以圓括弧附上原來的外語術語，以供其他學者或讀者的參考。在大學語言學研究所或語文學系擔任語法課程的教師也最好能互相交換所使用的語法詞彙，以供教學時的參考。語法學者出版專著的時候，最好也能附上索引與英漢

❸　王玉川先生曾建議：「終點」因與「中點」同音而易於混淆，不妨改為「末點」。

術語對照表❸，以為將來編訂語法學詞彙或語言學詞彙之用。

　　6. 有些術語的翻譯比較特殊：例如，'c-command', 'm-command', 'θ-role', 'c-structure', 'f-structure', 't-structure', 'i-structure'等不妨先並列「成分統制」與「c 統制」、「最大統制」與「m 統制」、「論旨角色」與「θ 角色」、「詞組（成分）結構」與「c 結構」、「功能結構」與「f 結構」、「論旨結構」與「t 結構」、「意像結構」與「i 結構」等之後，再選擇其中的一個來使用。又如'PRO', 'pro', 'Pro', 'SUBJECT'與'CHAIN'等則不妨譯為「大代號」、「小代號」、「空代號（或「空代詞」）」、「大主語」、「大連鎖」等。

　　其次，談到當代語法研究與教學的「本土化」的問題。僅僅把當代語法學的術語加以漢譯或用漢語發表漢語語法學的論著還不夠，更重要的是在課堂上能夠經常利用漢語的語料來講授語法學，好讓學生不但能夠透過漢語來了解語法學，而且還能夠透過漢語的語料來掌握當代語法理論與語法分析。關於當代語法研究與教學的「本土化」與「中文化」，我們提出下列意見與建議。

　　㈠從普通語言學的教學開始，盡量多引用漢語的例子來介紹語言學的基本概念與術語。例如，在「同位語」的討論中，只用英語或其他印歐語言的例示還不夠，最好能夠再以漢語的「上聲語素」在另一個上聲語素前面出現時，要讀陽平為例來說明所有漢語的上聲語素都有上聲與陽平這兩種「由音韻條件決定的同位語」；並以「不」在「有」前面出現時，要用「沒」（即「不」→「沒」/＿

---

❸　臺灣學生書局出版的《現代語言學論叢》已開始做這樣的嘗試。

「有」）為例子來說明「不」與「沒」這兩個「語」是「由詞彙條件決定的同位語」；更以「一、七、八、不」的「變調」來說明「兼由詞彙與音韻條件決定的同位語」。再如，以「上聲調」在「上聲調」前面變成「陽平調」或「半上聲」、「去聲調」在「去聲調」前面變成「半去聲」、以及漢語詞彙裏沒有由「合口韻頭」與「合口韻尾」前後合成的詞，而且由「齊齒韻頭」與「齊齒韻尾」前後合成的詞也只限於「崖、埋、睚、啀、涯」等少數幾個詞來說明漢語的「異化現象」。除了基本概念與現象的說明，盡量引用漢語的語料以外，有關的練習與作業也設法從漢語的語料中尋找問題。以有關「語素」與「同位語」的區別為例，表示完成貌的動詞「有」與詞尾「了」以及表示數目的「二」、「兩」與「雙」等，究竟是各自獨立的「語素」，還是共屬同一個語素的「同位語」？如果是同位語，那麼這些同位語的「互補分布」或「自由變異」的情形如何？漢語的語料也不限於共通語，應該包括各地方言，特別是當地所常用的方言，好讓學生對於自己的「母語方言」能有深刻的印象而引起動機來真正了解自己母語的特徵。當然，漢語語法的資料也不限於當代漢語「共時」與「比較」的研究，古漢語與中古漢語的語料也可以做為「異時演變」的研究對象**❸❹**。

　　㈡以往國內的語法研究，在歐美語法理論的影響下，無形中都

---

❸❹　有關筆者個人在這方面的嘗試，參湯廷池（1990）〈漢語動詞組補語的句法結構與語意功能：北平話與閩南話的比較分析〉、（1991a）'The Syntax and Semantics of Resultative Complements in Chinese: A Comparative Study of Mandarin and Southern Min'、（1991b）〈漢語述補式複合動詞的結構、功能與起源〉等。

以印歐語言（特別是英語、法語、德語、俄語與西語等主要語言）的分析研究為藍本。就是語法學的講授，也幾乎完全依賴英語的語料與分析，很少提到其他語言的語料。這固然是受了教師本身以及學生所受外語訓練的限制，但是從漢語的語族淵源與中國的地緣關係而言，日語、韓語、泰語、越語、南島語等語言的語料與分析也似乎應該在我國當代語法學的研究與教學上佔一席之地。這些國家與語言，隨著經貿來往與文化交流，與國人的關係將會越來越密切。我們應該捨棄潛意識中的「大中華思想」，而認真開始學習鄰近國家地區的語言。在語法學的教學中，我們也應該設法以這些語言的語料與分析為教材的一部分，以便能誘導學生對於這些語言感到興趣，進而引起學習這些語言的動機與興趣。

　　㈢國人傳統的語言研究比較偏向於「語史學」，在研究方法上比較注重個別語言的觀察、描述、分類與整理。而當代語法學的研究，則以觀察、分析與歸納自然語言所獲得的「前設理論」❸❺或「普遍語法」為基礎，或從這個前設理論或普遍語法出發，應用到包括漢語在內的個別語言上面的分析與研究來。不少國人對於這種前設理論或普遍語法的存在，採取懷疑的態度，甚至譏為「洋框框」而加以排斥。其實，語言學是屬於「認知科學」的一門「經驗科學」。凡是科學的研究，都不能任憑個人武斷的觀點或主觀的方

---

❸❺　亦有人譯做「後設理論」。‘meta-’本來有‘between, among, with, after’等意思。例如，為了分析或描述某一種「（對象）語言」（(object) language）的語言體系而另外創設更高一層的符號（語言）體系，就可以稱為「後設語言」（metalanguage）。這裏譯為「前設理論」是有意表示以自然語言的普遍語法理論來做為研究個別語言的藍圖或嚮導。

法來進行，而必須提出一套前設理論來闡明研究的目標、基本的假設、研究對象的內容與體系、檢驗或評估研究成果的方法等來做為進行研究的依據。而且，這些前設理論與普遍語法都是按照研究經驗科學的三項步驟：「觀察」、「條理化」、「檢驗」，針對自然語言研究其「普遍特質」而逐步建立起來的。就是把前設理論與普遍語法應用到個別語言的時候，也要經過「觀察」、「條理化」與「檢驗」的步驟，步步為營、井然有序地提出結論。在分析與檢驗的過程中，不但要盡量蒐集有利於結論的「佐證」或「獨立自主的證據」，而且也不能忽略不利於結論的「反證」，更要仔細檢討有沒有「其他可能的分析」。這種嚴謹的論證方法，常見於一般經驗科學的研究，卻是傳統的漢語語法研究可能忽略的。

　　㈣當代語法理論莫不以「普遍語法」的建立與「語言習得」的闡明為研究語法的兩大目標，而且這兩大目標所探求的問題與所獲得的成果可以用來互相驗證，因而可以說是一體的兩面。研究二者所獲得的答案都會告訴我們怎麼樣的語言纔是「可能的語言」；本來就是應該相輔相成，彼此互動的。因此，我們決不要把普遍語法的原則、條件與限制等視為語法研究的手銬腳鐐，而應該把這些原則、條件與限制等看成引導我們尋找正確答案的地圖與指南針。因為普遍語法的理論預先告訴我們怎麼樣的語言分析纔是可能的語言分析，也就是告訴我們怎麼樣的語言分析是不可能的語言分析；所以我們一開始研究就大致知道摸索前進的方向與答案大致的輪廓，不致於像隻無頭蒼蠅亂飛亂撞枉費時間與勞力。當然，我們也決不能毫無批判地盲目接受外來的理論，而必須針對漢語的語法事實仔細加以分析與檢驗。如果在漢語裏發現「真正的反例」，而不是

「似是而非的反例」；那麼我們就要尋找有沒有「其他更好的分析」、是否牽涉到「參數」在不同的語言裏可能有不同的「值」的問題、甚至於要認真檢討原則與條件本身是否含有瑕疵，因而應該加以修正甚或廢棄。

　　Chomsky 首次提倡當代語法學的論著 *Syntactic Structures* 於 1957 年出版之後，已經過了四十六個年頭。要當代語法學在國內生根，必須能運用漢語來分析或討論漢語語法，並且要設法把當代語法學推廣到每一個大學的每一個中國語文學系去。就這點意義而言，當代語法學的本土化與中文化只能說是剛剛起步而已。今後還要靠大陸、香港與臺灣三地以及鄰近地區的日本、韓國等國家的學者並肩合作，共同努力，纔能完成這個任重道遠的學術旅程。

漢語全球化和復興儒家文化

洪瑀欽*

摘　要

　　語言是傳達文化的媒體，故沒有文化背景的語言，決不能擴散到鄰邦。因此，漢族（中國）希望把漢語為全球化，則應該復興儒家文化，並且對世界人民用漢語宣傳儒家文化的優秀性和救世濟民的合理性之後才可以。其中最主要的，就是拿五千年的儒家文化的正統性來恢復漢族固有的歷史紀元；像西洋人尊敬耶穌一樣，尊敬孔子而且恢復祭孔儀式；為了解決當面世界人類的矛盾和痛苦，提倡儒家「明明德，親（新）民」的先後本末的道理和恢復三綱五常的倫理道德；將「以利為義」的經濟觀念來糾正「以利為利」經濟的矛盾和弊害。

---

*　韓國嶺南大學教授

一、引言

　　某一個語族和國家的語言擴散到鄰邦或全球去影響的方式大概有三種：一，是某一個語族和國家用武力佔領別國家之後，同時採用自己的語言和被侵國家的語言來統治國民；二，是某一個國家用武力侵略對方國家，一邊強化自己的語言，一邊壓殺對方國家固有語言的方式；三，是儘量提高自己種族和國家的文化水平，讓對方民族或國家自然為了接受那高水準的先進文化需要學習該語言的方式。

　　13 世紀的蒙古族和 17 世紀滿洲族佔領中原之後，通用蒙、滿語和漢語來統治中原的，是屬於第一種的方式；近代日本帝國侵略韓國、臺灣等地區，一面向本地人強迫學習日語，一面實行壓殺本地語言的政策是第二種的方式；歐洲盎格羅薩克森族也是用武力為尖兵登來東亞細亞大陸而作侵略的活動，而他們背著提倡萬人平等的基督教思想和先進科學技術進來積極宣傳自己文明的合理性。當時有的君主和執權階級雖然為了維持自己的權益而排斥他們的文明，而在專制君主制度之下，受殘酷壓迫的下層民眾和進步的知識份子，都為了自己的身份上乘和改善人民的生活水平，不但熱烈歡迎那載於軍艦進來的基督教思想和科學文明，而且為了深入瞭解萬民平等思想和科學文明儘量努力學習他們用的英文。所以，到了21 世紀的目前，英文在東亞細亞各國學術界和一般社會生活上，已經變成不用不行的存在。這個例子，是屬於第三種的方式。

　　我們拿這三種歷史上的語言擴散方式的例證來看，用第一、二方式的民族或國家，不但擴散的目的失敗，而且那語族的政權也必

然碰到滅亡或倒壞的命運；用第三種方式的語族和國家，則幾乎成功所謂本國語言全球化的計劃。

如此，則漢族為了達成漢語全球化的目的用什麼方法是最合理的呢？眾所周知，用漢語的中國人民已經超過 13 億，他們佔領的國土也是全地球四分之一左右的廣大領土，經濟也像天馬脫韁的氣象而快速發展。事實如此，用漢語的漢族和中國，當然到達了引導世界文化的地位。這麼大語族和超大國家，為了他們自己語言的全球化，將國家的威力來壓迫少數語族和弱小國家而強要用漢語嗎？這真是不僅最惡的想法，而且絕對不可以的道理。

那麼，怎麼辦？目前地球上的人類，因自然科學的發達和物質生產的豐富，大多數人民已經都能吃飽，享受極度的歡樂。可是，這發達的科學和豐富的物質，真正給人類帶來幸福而解決人類的痛苦嗎？不是。我們看一看世界人民的生活情況。很多國家集團生產核子彈等戰爭武器來互相威脅；公共機關的領導，受賄貪污，陰吸民血；家庭面臨子殺父、父棄子、夫離婦的禽獸之境的危險。因此，目前各國人民雖然在豐富華麗的物質生活當中，卻希望什麼救世主出現來拯救自己的矛盾和痛苦。那麼，拿什麼東西來解決這人類的矛盾和痛苦呢？我想，糾正面臨人類矛盾痛苦的秘訣，恐怕存在於以仁義道德為主幹的儒家文化裏面。

因此，漢族真正想要把漢語化為全球語言的話，應該像盎格羅薩克森族用武力為尖兵登來東亞細亞大陸宣傳萬民平等思想和先進科學文明一樣，先恢復自己的傳統儒家文化，並且向世界人類宣傳儒家文化具有的救世濟人性的效用。對這個問題的拙見是如下。

二、漢語全球化和弘揚傳統儒家文化

自古及今，每個民族和國家有自己獨特的文化。按中國歷史，從伏羲、神農、黃帝等神話傳說時代，經過夏、殷、周三代和漢、唐、宋、元、明、清到近代，以黃河、長江為生活背景的中原漢族跟邊方少數民族，混合為大中國，留下來所謂五千年歷史的漢文化。這個漢文化中的儒家文化，不但為漢族和中國歷代文化的中心，而且為全亞細亞地區的中樞文化。

漢人當然拿自己五千年的儒家文化來修正自己，把它載於漢語氣球而放飛到世界各國人民的胸懷，叫他們瞭解儒家文化的真面目而且同意它就是救世濟人的樞紐文化。

㈠ 恢復儒家正統的歷史紀元

某一個國家或是集團所用的紀元的含義是非常重要。紀元就是象徵該集團保持下來的一種正統性的根源。所以，沒保存自己紀元的國家和集團，它就是沒有歷史根源的存在。很可惜，西洋科學文明登入中國大陸之後，漢人屈膝西洋人的科學武力的威脅之下，一邊割讓領土為外國租借地區而丟了空間性的獨立，一邊拋棄漢人自己傳統紀元而接受西洋基督教紀元來認定「西元」，讓所謂五千年漢文化的根源隱藏於二千年基督教文化的下面。

> 「堯以是傳之舜，舜以是傳之禹，禹以是傳之湯，湯以是傳之文武周公，文武周公以是傳之孔子，孔子傳之孟子。」
>
> （韓愈，〈原道〉）

> 「傳曰，君子大居正。又曰，王者大一統。正者所以正天下
> 之不正也，統者所以合天下之不一也。」（歐陽修，〈正統論
> 上〉）

按這種重視正統的言論，韓愈和歐陽修一班的中國正統論者，也把
基督教紀元認為就是中國文化的正統根源嗎？可能不是。這個儒家
文化圈的矛盾和錯誤，不獨為中國近代歷史上的一大錯誤，並為全
東方人的丟臉。由這樣的漢人卑下自己的歷史過程，儒家文化和漢
語自然失掉了全球化的機會。

在永遠的時間上看，現在還是不太晚。漢族在語言全球化之
前，必須以儒家紀元來確定自己正統紀元而且恢復自己的歷史根源
和骨幹，讓世界人民瞭解人類文化的中樞根源到底在那兒。

㈡ 恢復儒家的祭孔習俗

近來去臺灣，參觀故宮博物院所藏的各種文化遺產、中央研究
院所藏的甲骨文資料、歷史博物館所藏的商周代銅器等的韓國學者
和去中國大陸看眼前的萬里長城、秦始皇的兵馬俑、曲阜的孔子
廟、明十三陵等的觀光客人，都感歎不已。回來說：「中國真是個
古老文化大國。」他們的這種直觀而表達的見解是沒有錯的。但
是，我們再想一想他們參觀所感的內容。那只是關於目見耳聞的有
形文物，不是關於由想像而心得的無形文化。

站在愛護中國傳統文化的觀點看，中國大陸的文化界，應該一
面保存傳統有形文物給世界觀光客人而講究金錢上的收入，另一面
由這一種的有形文物給觀光客人看無形的傳統文化。特別拿一個儒

家文化遺產來說，中國還是保存山東曲阜的孔廟等有關儒家的傳統
文物，可是，在那孔廟裏面，只有幾句說明孔子和弟子的牌子，而
看不見目前中國的儒家常來舉行祭孔的儀式。祭孔儀式雖然是形式
性的禮貌，而這形式性的祭孔儀式裏面真正有儒家的無形文化。

到了這裏，我們想像沒有禮拜耶穌儀式的倫敦、巴黎、華盛頓
的基督教禮拜堂。那樣的禮拜堂好像是一個失神肉體一樣沒有生命
的骨灰而已。大部分的西洋人都信仰耶穌，晝夜匪懈，去教堂而禮
拜耶穌，以耶穌所說的道理為精神基礎發展他們的先進文明。所
以，東方人也排隊跟著他們尊敬耶穌，禮拜耶穌，而且為了懂得耶
穌說破的道理學習他們帶來的英文聖經，英文自然化為全球化的語
言。

我想，孔子就是中國的聖人，而且代表全東方的聖人。像西洋
人尊敬耶穌一樣，中國人尊敬孔子；像西洋人禮拜耶穌一樣，中國
人應該禮拜孔子。中國人不尊敬孔子的話，全球的人自然看不起孔
子和中國人；中國人不祭孔的話，全球的人也不禮拜孔子，而且不
需要學習漢語，漢語自然不能化成全球化的語言。

三、漢語的全球化和復興儒家的倫理道德

所謂「諸子百家」當中，「儒家」是什麼？那就是服膺春秋時
代「繼往聖開來學的」的孔子思想而實現的學派或者是跟著那學派
的理論作日常生活的一班老百姓。那麼多的孔子的一代門生，戰國
時代的孟、荀卿，唐宋時代的韓愈、周敦頤、程頤、張載、朱熹等
都屬於代表性的儒家。這儒家思想的大淵源，應該在《易經》、

《詩經》、《書經》、《春秋》三傳、三種《禮記》、《孝經》、《爾雅》、《孟子》等十三經。但是，十三經的內容是太廣泛又複雜，普通的人不但難解那深遠的思想，而且不能拿它活用於日常生活。自古以來，歸納這十三經的內容為「仁義」，然而，「仁義」的概念也是太模糊。所以，到了宋代，程頤、朱熹等新儒學家為了簡單地而且邏輯地教育儒家思想的核心，在十三經中選出《大學》、《中庸》、《論語》、《孟子》來編《四書》，強調為必讀之書。由程、朱氏的觀點看，儒家思想的原貌，包含於《四書》，《四書》的要旨，是《大學》首章提到的三綱領和《中庸》首章所說的原性論。

㈠ 倡導明德親民的先後道理

《大學》首章說：「大學之道，在明明德，在親（新）民，在止於至善。」按朱熹注，「明德」是「人之所得乎天而虛靈不昧，以具眾理而應萬事者」。換句話說，它就是朱熹在〈大學集注章句序〉說的從古及今每個人從天賦予而生的本性即「仁義禮智之性」；「明明德」的前個「明」字，是「明之」，即每個人把自己「氣質所拘，人欲所蔽」的後天性而恢復到「仁義禮智」的本性；「親民」的「民」是從家族到世界人類的「別人」，「親」（新）就是「明其德者」（恢復仁義禮智的人）啓導別人，使他們修棄舊染之汙而恢復本性之善。達到修己治人的境界，這真是普天下的儒家永遠指向而到不了的理想境界即「至善」（仁）。究竟達到了這個理想境界的話，不管是誰當然不必破壞那麼至高至美至善的世界而保持（止）。

　　我們想一想《大學》說的這先由「格物→致知→誠意→正心」的階段而「勉修自己」之後，治理家族、國人、世界人類而到達理想世界（至善：仁）的觀點，有沒有深遠的道理？如果，我們站在「先修己，後治人」的立場，看目前全球人類的生活情況，則誰都能看得懂人類的矛盾和痛苦都是由「輕修己，重治人」的原因發芽出的東西。

　　想這一類的事情，特別我們韓國人覺得很慚愧。天下人已經明白知道，建立大韓民國之後，歷代大統領一位也沒有老百姓鼓掌歡送聲裏正正當當地退休的。為什麼呢？因為他們沒有實踐《大學》所說的明德親（新）民的先後道理。真的很可笑，某一位當過大統領的人士，在荊棘之中對朋友說：「最近我才讀《四書》，覺得很有道理。」

　　中國是儒家宗主國，13 億中國人率先垂範倡導明德親民的道理，而且努力實踐的話，世界人民都為了解決自己的矛盾和痛苦，跟著中國人學這永遠不變的明德親民的哲理和漢語。漢語自然乘著明德親民的思潮流入到世界方方面面而成為全球化的語言。

㈡ 強調三綱五常的生活倫理

　　最近大部分的知識份子說，「『三綱五常』因為是封建專制君主制度時代的倫理，所以，不符合于自由民主主義時代的精神。」那是沒有錯的說法。但是，我們在「三綱」（君為臣綱，父為子綱，夫為婦綱）和「五常」（父子有親，君臣有義，夫婦有別，長幼有序，朋友有信）的概念之中，除了「君臣」兩個字之外，哪一句話，不符合于自由民主主義時代的精神和生活呢？把「君臣」改為「上下」的

話，那也符合于現代生活的倫理。

去年，我參加貴陽修文縣主辦的陽明學會之後，拜訪貴州師範大學跟一位姓袁的教授在很多教授和學生們的前面，對儒家倫理的問題做過一場公開討論。我聽說那位教授是在毛澤東當時北京大學主導革命運動的學生。他還是贊成文化大革命的歷史性，而且很激烈地批評儒家思想的教條性。他特別對儒家三綱五常批判說：「君不必為臣下的綱，父親不必為子女的綱，先生不必為太太的綱。這三綱五常是讓中國落後的根本原因。」他的結論說：「與其讓我做遵守三綱五常的教條主義為堯舜，甯為自由放縱的遊浪兒。」我看，一部分的同學聽了他的講話，拍掌鼓勵。我覺得有一點奇怪，回答說：「在自由民主主義社會，保障個人的自由。您把您自己作為放縱的遊浪兒也是您的自由。但是，我與其做為放縱的遊浪兒，甯希望遵守三綱五常的教訓而為堯舜。」同學們聽了我的意見，也是拍手鼓勵。更有意思的，是那天晚上結束討論會之後回宿舍睡覺的時候，有人來篤篤叩門，我很吃驚起來問誰，他說：「我是本校的講師，對今天晚上老師討論的內容要說一聲。」我開門讓他進來，他囁囁說：「我平常對某要說的，今天老師代我說，覺得非常痛快，回家要睡而睡不著，不顧失禮跑來，請原諒……」云云

我們想一想，目前世界人類的社會病理現象，都由什麼原因出來呢？一言以蔽之說，那大部分是從「領導的人不努力為被治人的模範（綱），父母不努力為子女的模範（綱），夫婦互相不努力為互相的模範（綱）。」發生出來的。公司的老闆能為勞動者的模範，則勞動者決不會對老闆鬥爭；父母經常努力為子女的模範，則大部分的子女不會為放縱遊浪的青少年；夫婦互相努力為互相的模

範，則夫婦決不會離婚，而且不產生有父母的孤兒。成為這樣鞏固
基礎的社會，即是治療社會病裏現象的良藥。換句話說，老闆不努
力為勞動者的綱，則他不是老闆；父母不努力為子女的綱，則是壞
的父母；夫婦互相不努力為互相的綱，則是太亂而不能成家的夫
婦。

　　回顧過去東亞細亞的歷史，自己沒修養（不明明德）的愚昧專
制君主和獨裁領導，不知道「綱」（模範）的真意，把自己勉強為
群臣的「綱」。所以，他們想的「君為臣綱」的「綱」，那不是
「綱」，卻是殺人的「網」。有的父母和有的先生想的「綱」也是
一樣。發現「三綱五常」的宗主國是中國。中國學術界和文化界應
該用現代的觀點來解釋這三綱五常的意義來實行而且向世界人民呼
籲活用。

　　我看，韓國有非常聰明的某一派基督教的領導牧師。他曾經用
基督教的包裝紙包宋代新儒學的宇宙觀和接近儒家三綱五常的教理
來作所謂《原理》（他們的課本），去美國和歐洲等世界各國，宣傳
他們的教理。因科學發達吃飽而失掉家庭倫理受痛苦的西洋下層人
民聽了這個教理，好像春原燎炎一樣信仰，信徒越來越增加，成為
了不可思議的結果。聽說，日本、臺灣、中國大陸也有不少的信
徒。

　　如果中國復興儒家的三綱五常而推進的話，失倫受苦的世界人
民，都支援中國法古創新的新思潮而且要學習中國文化和漢語。

四、漢語全球化和實現儒家的經濟觀念

在人間生活，「經濟」是不可缺乏的存在。自古及今，很多戰爭的原因，差不多是跟「經濟」有關係。目前全地球的人民，也為了取得貿易經濟上的利益，更激烈地競爭。譬如說，韓國幾家電磁公司要賣給中國移動電話機非常努力；中國政府則對韓國政府很強力地要求開放太多的農產品市場。因此，不少韓國農民已經虧本，變成不作農的老百姓。

但是，孔子已經說過：「富與貴，是人之所欲也，不以其道得之，不處也。貧與賤，是人之所惡也，不以其道得之，不去也。君子去仁惡乎成名？君子無終食之間違仁，造次必于是，顛沛必于是。」（《論語》〈里仁〉第四）

由這孔子的觀點看，物質（富）和名譽（貴）雖然是不管誰也要得到的東西，然而不靠道德而得到的物質就是破壞仁的東西。所以，孔子的傳道師孟子也說，輕視仁義而無限地追求利益，則無論個人，國家之間也難免滅亡的命運。（《孟子》〈梁惠王〉上）儒家宗主國的中國當然為了世界人民的參考以仁義道德為基礎的經濟觀念。

㈠ 尊重「生而知之」的生產主體

聽說，共產主義社會不認定個人能力的差別，以共同產生而共同分配為經濟的原則。曾經用這樣的經濟理論來運營的共產主義國家，已經都經驗了難免貧窮的苦杯。按《大學》所說的「明明德」和周敦頤、程頤、張載、朱熹流的新儒家由〈太極圖〉說明的「理

一分殊論」的看法，人的來源（太極，理）和本性（仁，義，禮，智）
是一樣，而因氣質的差異，每個人具有的個性和能力都不一樣。
（范壽康，《朱子及其哲學》（臺灣，開明書局）第五章，〈朱子的自然哲
學〉參考）

> 「孔子曰：生而知之者上也；學而知之者次也；困而學之，
> 有其次也；困而不學，民斯為下也。」（《論語》〈季氏〉第十
> 六）

跟這孔子說法一樣，人生來有體力和智慧上的差異。有的人在一天
讀三四本的書能瞭解那內容，而有的人，一本書也不能讀完。有的
人一天能做百個產品，而有的人不能做五十個。如此，則按個人的
能力，安排高下的地位，而且分配多少的工錢，就是天然的原則。
用共同生產共同分配的理論來經營公司和國家的話，那樣的公司和
國家，因為違反天然的原則，一定失掉競爭力，究竟難免落後的悲
劇。

　　然而，在這裏有一個非常難解的事情：那就是分辨「生而知之
者」和「困而知之者」而適宜待遇的問題。歷史上為了解決這個問
題而發現的的辦法乃是考試制度。因此，考試制度以公平為生命。
公平則人人都服膺制度的合理性，能成為安分立命的和平社會。

㈡ 追求「以義為利」的經濟原理

　　我們都知道，自由民主主義社會的市場經濟以利益追求為其目
的。所以，資本家一面採用優秀人才，一面投入無限的資本，建立
工廠而生產商品，賣商品而追求利潤。可是，這市場經濟原理之下

的利潤追求，是內含富益富和貧益貧而發生社會階層之間的違和葛藤的矛盾。如果，國家不能預防這矛盾的經濟制度而招來階層之間的葛藤和鬥爭，則有產階級和無產階級都墜落於共滅的陷阱。目前世界各國人民，因為極深的貧富差異，富裕階層享受酒池肉林之歡樂，貧民階層不免饑餓枯死的痛苦，已經到了「貧而無怨難」（《論語》〈憲問〉第十四），「是日害喪，予及女偕亡」（《孟子》〈梁惠王章句上〉）的處地。我們想一想某一個極貧而不能活下去的女人抱幼子女在二十層公寓上投身自殺的情況。這自殺的原因到底在何處呢？我想那相當的原因在於「以利為利」的市場經濟的矛盾。

> 「孟獻子曰，畜馬乘不察於雞豚；伐冰之家，不畜牛羊；百乘之家不畜聚斂之臣，與其有聚斂之臣，寧有盜臣。此謂國不以利為利，以義為利也。」（《大學》）

如此，古代專制君主制度之下的經濟主體也這樣靠「以義為利」的原則，上層階級不僅不脫下層階濟所有的經濟基礎，而且保護下層經濟的安定。

中國雖然將「以利為利」的市場經濟原理來主導世界的經濟，而以「以義為利」的儒家經濟觀念來補充市場經濟的矛盾，則世界人民都仰視中國經濟制度的合理性，進一步，為了接受那好制度要學習漢語，漢語必然化為全球化的語言。

五、結論

　　某一個語族或是國家把自己的語言擴散到鄰邦的方式大概有三。那三種方式當中，對鄰邦用自己的語言來宣傳自己的獨特而且優秀的文化就是最理想的。所以，漢族（中國）想要把漢語為全球化語言，則應該先復興傳統儒家文化，並且對全世界人民用漢語宣傳那儒家文化的優秀性和救世濟民的合理性之後才可以。那要旨是如下：

　　1.漢族（中國）拿自己五千年的儒家文化的正統性來恢復漢族固有的歷史紀元，讓世界人民認識中華文化的來源；像西洋人尊敬耶穌而且禮拜一樣，尊重孔子的思想而且恢復祭孔儀式，給世界人民看漢族尊敬自己聖人的文化。

　　2.漢族（中國）為了解決當面的世界人類的矛盾和痛苦，把儒家「明明德，親（新）民」的先後本末的道理來實踐；把儒家三綱五常的倫理道德來對世界人民呼籲那救世濟民的效用。

　　3.當面世界各國，在「以利為利」的經濟理論之下，盡力展開所謂貿易戰爭。可是，無論個人之間或是國家之間也互相以「以利為利」的心理作為無限競爭，則究竟陷於共滅的悲劇。所以，漢族（中國）先拿儒家所說的「以利為義」一般的經濟觀念而實現，讓世界人民能糾正「以利為利」經濟的矛盾和弊害。

Old Idea in New Garb or New Wine in Old Bottle? The Concept of *Ren* in Tan Sitong's Thought

Richard Shek[*]

<u>Summary</u>

Tan Sitong (1865-1898) was a late 19th century reformer known for his radical ideas and heroic martyrdom. His principal concern was to save China from her inexorable decline and even possible demise as a country and a civilization. At the same time, he was deeply involved in a spiritual and religious re-examination, attempting to identify the ultimate purpose in life. Steeped in the Confucian tradition, Tan was nevertheless open-minded enough to look into Buddhism, Mozi's teaching, Christianity, and Western science in search of answers to his ultimate concerns. In his book, *Renxue* (Benevolence and Learning),

---

*   Professor of Humantigs of Religious studies California State University, Sacramento

Tan laid out his ideas and insights not only on current events and the problems China was facing, but the philosophical underpinnings of the universe as well as the central teachings of the major religions as he understood them. His main argument was that the Confucian notion of *ren* (benevolence, virtue, human-heartedness) was not only Confucian, but also Buddhist and Christian in nature. Furthermore, he maintained that was materialistic in character as well, pervading the entire cosmos as ether. Since ether was considered omnipresent by 19th century scientists, it had the potential to connect (*tong*) the myriad things and to make them equal (*pingdeng*). Only by recovering and actualizing this original attribute of *ren*, Tan reasoned, could China and the rest of the world get rid of the inequalities and abuses that had corrupted all civilizations. In other words, a perfect, utopian world was possible only with a correct understanding and implementation of *ren*. In reformulating this concept, however, Tan had changed its very core character. It was no longer uniquely Confucian or Chinese, and no longer purely philosophical. It became something that Confucius and his followers could hardly recognize. Tan had not simply dusted off an old Confucian idea to give it a new appearance, thereby trying to make it compatible with the needs of a modern world, he had actually changed the content of this concept so radically that it remained in name only. Perhaps it was the price Tan was willing to pay to keep the relevance of *ren*.

Key Terms

Ren	仁	Renxue	仁學
Sangang	三綱	Wulun	五倫
Pingdeng	平等	Zizhu zhi quan	自主之權
Tong	通	Tan Sitong	譚嗣同
Chongjue wangluo	衝決網羅		

Few concepts are as central to the Chinese philosophical discourse as *ren* (humanity, benevolence, virtue) is. Ever since the time of Confucius, the idea of *ren* has predominated the intellectual world of China's best and brightest minds. ❶ As Wing-tsit Chan has so shrewdly observed:

No other Chinese philosophical concept has gone through so many interesting phases of development as *jen*. Before Confucius' time, it was the specific virtue of benevolence. Confucius turned it into the universal virtue and basis of all goodness. In the Han times, it was interpreted as love, affection, and "people living together." In Han Yu (768-824),

---

❶ For a succinct discussion of the concept of ren in Chinese philosophical and religious discourse, see Yuan Xinai, "*Renxue* yu ren de ziwo jiangou" [*Renxue* and human self-construction] in *Renxue bainian -- Tan Sitong Renxue de huigu yu zhanwang* [The Centenary of *Renxue* -- Reflecting upon and Looking ahead at Tan Sitong's *Renxue*] (Taibei: Furen daxue chubanshe, 1999), 137-186. See also Wing-tsit Chan, "The Evolution of the Confucian Concept of *Jen*," *Philosophy East and West*, Vol. 4 (1955), 295-319.

it became universal love.　Neo-Confucianists of the Sung
period understood it variously as impartiality, consciousness,
unity with Heaven and Earth, the character of love and the
principle of the mind, the character of production and
reproduction, seeds that generate virtue, and so forth.❷

As China came under assault by the West since the 19th century, both
politically and intellectually, the interpretation of *ren* underwent a
dramatic change.　In the thinking of the progressive reformers toward
the end of the 19th century, *ren* took on a new meaning and assumed a
new significance.　Tan Sitong (1865-1898), the martyred hero and
daring participant of the abortive Reform of 1898, was the proponent of
just such a redefinition of this age-old Confucian concept.　Indeed, his
celebrated work, the *Renxue* [Benevolence and Learning], remains the
only book in Chinese intellectual history dedicated exclusively to the
discussion of *ren*.❸

　　What is truly remarkable about Tan Sitong's reformulation and re-
interpretation of *ren* is his attempt to make the indigenous Chinese idea
compatible with what was to him modern scientific knowledge
introduced from the West.　At the same time, ignoring all doctrinal
differences that separated the major religious traditions, Tan insisted

---

❷　Wing-tsit Chan, *A Sourcebook in Chinese Philosophy* (Princeton, New Jersey: Princeton University Press, 1973), 738.

❸　Wing-tsit Chan's comment was: "He [Tan] is still the only one in Chinese history to have devoted a whole book to *jen*."　See ibid.

that Confucian *ren* could be expressed equally eloquently by Christianity and Buddhism. What Tan did, in one bold stroke, was to imbue *ren* with new meanings and new functions, thereby radically changing the concept itself.

Ren as Ether

Liang Qichao, a political activist and prominent writer himself, once admiringly referred to Tan as "a meteor of the late Qing intellectual world."❹ Son of a governor, Tan Sitong disdained the career of a conventional bureaucrat. He traveled widely throughout the vast Chinese empire, practiced swordsmanship and boxing, and maintained a keen interest in the natural sciences and mathematics. But it was his intellectual eclecticism and his philosophical radicalism that distinguished him as an influential thinker who had successfully combined several disparate traditions together into a coherent whole and who had, at least to his own satisfaction, fully fathomed the profound meaning of *ren*. Having done so, he unhesitatingly called for the total rejection of all narrow and sectarian interpretations of the concept, and the tearing down of all conventions and normative principles. His *Renxue*, completed in early 1897, was a clarion call for the demise of

---

❹ See Liang Qichao's *Qingdai xueshu gailun* [A General Discussion of Qing Scholarship] (Originally published in Shanghai in 1921. Taiwan reprint: Taibei, Zhonghua shuju, 1971), 66.

the entire existing sociopolitical, as well as ethicoreligious system in China.　The *Renxue* begins with the following observation:

> The phenomenal world, the vacuous world, and the world of all sentient lives are pervaded by something extremely vast and [yet] minute, which adheres to, penetrates throughout, and connects and fills up all things.　The eye cannot detect its form, nor can the ear its sound, nor can the mouth and nose its taste and smell. For lack of a better term, I call it "ether".　When its function is manifested, Confucius calls it "benevolence", "origin", and "nature"; Mozi calls it "universal concern"; the Buddha calls it "ocean of nature" and "compassion"; Jesus calls it "soul", "love thy neighbor as thyself", and "regard thy enemies as thy friends"; scientists call it "affinity" and "gravity".　They all refer to the same thing.　Because of it, the phenomenal world came into existence, the void was established, and the sentient beings were born. ❺

This initial declaration made by Tan Sitong is noteworthy because he not only defines *ren* with the modern scientific term of "ether", a notion prevalent in the West and popularized by Christian missionaries in

---

❺　All quotations from the *Renxue* are based upon the Chinese text provided by Sin-wai Chan in his *An Exposition of Benevolence: The Jen-hsueh of T'an Ssu-t'ung* (Hong Kong: The Chinese University Press, 1984), hereafter cited as RX. This quote is found on p. 239.　Chan's translation of this passage (different from the version above), can be found on p.67.　Unless otherwise acknowledged, all translations are mine.

China through their publications,❻ he also identifies this Confucian concept with the core values of Mozi, the Buddha, and Jesus. He thus imbues *ren* with both a sense of modernity and universality in an unprecedented and breathtaking manner.

Ether, in 19th century scientific thinking, was the basic substance of the universe. It was understood as the element of all elements, the very building block of everything in the cosmos. All-pervading throughout the entire space, it was the source as well as nature of all existences. It constituted all things, and it was inherent in all things. What is truly remarkable in Tan Sitong's understanding of ether is that in addition to being a material substance, it also has an ethicoreligious function. As indicated in the above quote, ether's function is expressed and made manifest in the central ethical teachings of the major religious traditions, both Chinese and non-Chinese. The benevolence of Confucianism, the compassion of Buddhism, and the Golden Rule of Christianity are seen equally as the very expression of ether. Thus while the "substance" of ether is materialistic, its "function" is spiritual and ethical. It is small

---

❻ Most notably the *Wanguo gongbao* [The Globe Magazine, later renamed Review of the Times], 1874-1883, 1889-1907. (Taiwan photolithographic reprint, Taib'ei, Chinese Materials and Research Aids Service Center, 1968). For the missionary introduction of modern scientific and other secular ideas to China and their impact on Tan Sitong, see my "Some Western Influences on T'an Ssu-t'ung's Thought," in Paul A. Cohen and John E. Schrecker eds., Reform in Nineteenth-Century China (Cambridge, Massachusetts: Harvard University Press, 1979), pp. 194-207.

wonder that Tan Sitong proclaims with conviction: "It is only when one fully understands both the substance and function of ether that one can begin to discuss *ren*."❼

Ren's Interconnectedness

If *ren* is indeed the function of ether, then, like ether, it also necessarily pervades the entire universe. Tan thus repeatedly asserts that "throughout the universe, *ren* alone exists." ❽ He further maintains that *"Ren* is the function of ether, through it the myriad things in the universe are created, and through it they are interconnected."❾ Indeed, the very distinction between *"ren"* and *"not-ren"* rests on whether there is interconnection (*tong*) or blockage (*sai*).❿ Following this line of reasoning, Tan points out that in Chinese, paralysis of the body or limb is called "not-*ren*" (*buren*). It is because the sensory messages of the nerves have been blocked. Conversely, when the body is fully functioning, with all the nerves properly interconnected, one can gain a complete awareness of the outside world and the cosmos, thanks to the pervasiveness of ether as electricity and gravity.⓫ In the final

---

❼ RX, p. 240. See Chan's translation on p. 68.
❽ See both Sections 5 and 6 of RX, p. 242. Chan's translations, pp. 75, 76.
❾ RX, p.241. Chan's translation, p. 74.
❿ RX, p. 241. Chan's translation, p. 73.
⓫ This argument is made eloquently in both Sections 3 and 4 of RX, pp.240-241. Chan's translation, pp. 73-75.

analysis, what Tan arrives at is the conclusion that all Confucians, Buddhists, and Christians have agreed upon, namely, that the self forms one body with the universe. Any sense of separateness, hierarchical distinction, and discrimination will be a blockage of ether and a violation of *ren*.

Based on this interpretation of ether and ren, Tan Sitong strongly calls for interconnection in four fundamental areas: between the superior and the inferior (*shangxia tong*), between China and the world (*Zhongwai tong*), between male the external and female the internal (*nannu neiwai tong*), and between the self and others (*renwo tong*).❿ The last interconnection, in particular, is "the common principle (*gongli*) among the three teachings [of Confucianism, Buddhism, and Christianity]."❽ The total, unobstructed reach of <u>ren</u>, according to Tan, is the ultimate concern of all the major religious traditions. He states, "Thus all the founders of religions, whether it is the Buddha, Confucius, or Jesus, address exclusively the issue of *ren*. Though they may occasionally touch upon other topics, they do so merely to use what has been established by custom in order to illustrate the function of *ren* and to make the common people understand more easily. There is nothing that equals *ren* [in importance]."❽ The breakdown of all

---

⓬ RX, p. 290. Chan's translation, pp. 208-209.
⓭ Ibid. Chan's translation, p. 209.
⓮ RX, p. 243. Chan's translation, p.77.

distinctions and discriminations lies behind the benevolence of Confucius, the compassion of the Buddha, and the universal love of Jesus.

Ren's Incompatibility with China's Socio-political Ethics

Yet *ren* can be obstructed, disturbed, and confused by human action, particularly the human penchant to use titles, statuses, and relations to distinguish oneself from others, with the ultimate aim of benefiting oneself at the expense of others. Tan calls these devices of discrimination and oppression "*ming*" (names), and the tradition they create, "*mingjiao*" (tradition of names). Tan begins Section 8 of his *Renxue* with this observation:

> The confusion and disturbance (*luan*) of *ren* are caused by names ... Names are created by humans so that when the superior use them to oppress the inferior, the latter cannot help but submit. In this manner, the abusive and deleterious effects of the Three Bonds (*sangang*)❺ and the Five Cardinal Human Relations (*wulun*)❻ during the last several thousand years have

---

❺ Since the Han dynasty, *sangang* refers to the relationship between ruler and subject, father and son, and husband and wife, in each case the former is considered far superior to the latter.

❻ *Wulun* refers to the *sangang* plus the two relationships among brothers and friends.

been most severe. The ruler uses names to constrain the subjects; officials use names to bully the people; fathers use names to oppress their sons; husbands use names to put their wives under bondage; while brothers and friends each use a name to resist and countermand one another. Is it possible for *ren* to prevail at all?❶

Because of Tan Sitong's unique interpretation of *ren*, his objection to and criticism of the unequal relationship inherent in the *sangang* social configuration are unreserved and bitterly strong. Tan is most vocal is his complaint against what he regards as an insidious social system: "When the calamity of the relationship between ruler and subject reaches its utmost, it is only natural that fathers and husbands will try to use names to control the sons and the wives. These are all the harm caused by the name of *sangang*. Wherever names are applied, they not only shut people up so that they dare not speak, they also shackle people's minds, so that they dare not think."❶ He further explains, "*Sangang* is most intimidating to the people. It has the power not only to make them cower in fear, it also shatters their souls."❶

Tan's radical reinterpretation of *ren* enables him to see the irrational and unreasonable nature of China's social and political hierarchy. Regarding the ruler-subject relationship, Tan offers his bold

---

❶   RX, p. 243.   Chan's translation, p. 78
❶   RX, p. 278.   Chan's translation, p. 173.
❶   RX, p. 279.   Chan's translation, p. 174.

characterization:

> When human beings first appeared, there was no such
> relationship as ruler and subject. Everyone was part of the
> people. As the people could not rule themselves, nor did they
> have the time to do so, they chose one person among themselves
> and elevated him to be the ruler. Since this elevation is a
> collective act, it is not the ruler who chose the people, but is in
> fact the people who chose the ruler. Since this elevation is a
> collective act, the distinction between the ruler and the people
> cannot be such that he is far above them or below them. As
> this elevation is a collective act, it is because of the people that
> later comes the ruler. The ruler is only the branch, while the
> people are the roots. In this world no branch should make the
> roots suffer; likewise, no ruler should make the people suffer.
> As the elevation is a collective act, similarly the removal of him
> can also be a collective act. The ruler is [chosen] to work for
> the people; his ministers assist [him] in working for the people.
> When taxes are levied from the people, they become funds to be
> used for the administration of the affairs of the people. If the
> affairs are not administered, then it is commonsensical that the
> person [in charge] be replaced ... How can it be that just because
> he has been elevated and honored, the ruler can deplete all that is
> produced with the people's blood and sweat in order to satisfy
> his lust, vanity, profligacy, and murderous instincts?[20]

This breathtaking statement that characterizes the nature and source of

---

[20]　RX, p. 272. Chan's translation, pp. 153-154.

monarchical power illustrates Tan's unconventional and uncompromising thinking. He mocks the claims of the despots and exposes the folly of the blind obedience he demands of his subjects. He points out with unflinching boldness the conditional nature of the sovereign's authority, and calls for the removal of incompetent and therefore illegitimate rulers. He debunks the myth of inviolability and sanctity of the monarch.

If Tan Sitong is radical in his critique of the ruler-subject relationship, he is equally untraditional in his assessment of the father-son relationship. He argues:

> The name of ruler and subject can be debunked as it is created by humans. As to the name of father and son, since it is commonly believed that it is mandated by Heaven, people merely hold their tongue and dare not question. Little do they know that ... the son is the offspring of Heaven, as is the father. Fatherhood is not something that a man simply acquires or succeeds to. Thus father and son are equal (*pingdeng*).㉑

The superiority of the father over the son, the very core of filial piety, is here unceremoniously refuted. By claiming that there is a higher and more ultimate origin to the father-son relationship, Tan undermines the hierarchical basis of this age-old Chinese familial value. Similarly under attack from Tan is the husband-wife relationship. He notes matter-of-

---

㉑   RX, pp. 278-279.   Chan's translation, pp. 173-174.

factly that "that which distinguishes a man from a woman are the few inches of reproductive organs."❷ For this reason, "to exalt the male and to denigrate the female is a most uncivilized and unreasonable practice ... If we realize that both men and women are the treasured products of Heaven and Earth, that they have unlimited virtues to undertake great enterprises, then they are equal and are mutually in balance (*pingdeng xiangjun*)."❷ Yet in China, "unrelated [man and woman] with no concern for each other are forced to join together for life as husband and wife. On what can they rely to maintain their own rights and consider the other a good partner? This is the suffering brought about by the idea of *sangang*. As the husband regards himself as primary, he of course treats his wife as sub-human."❷ Again, Tan's major complaint against this last component of the *sangang* focuses on its lack of equality.

To him, the ultimate attribute of *ren*, and the best exemplification of the interconnection between self and others (*renwo tong*), is the principle of equality (*pingdeng*); yet the *sangang* relationship, considered axiomatic by the Chinese for much of their history, is fundamentally unequal and unegalitarian. This is what drives him to inveigh against the most sacrosanct aspect of China's social and

---

❷ RX, p.246. Chan's translation, p. 85.

❷ Ibid.

❷ RX, p. 279. Chan's translation, p. 174.

political ethics. It is also precisely the reason why, among the Five Cardinal Human Relations, Tan singles out friendship as the only positive component. He opines: "Among the Five Cardinal Human Relations, friendship is the least harmful and most beneficial. It causes no pain, and it brings about quiet joy. Of course, how we choose our friends matters also. Why is that the case? The first reason is "equality", the second, "freedom", and the third, "using discretion in expressing our feelings". In short, not losing our right of autonomy (*zizhu zhi quan*)㉕."㉖ As Tan sees, the true benefit of friendship is the ability of human beings to interact with others in an equal, free, and autonomous way, with no oppression and exploitation. What Tan ultimately envisions is a world in which friendship is the only human relationship remaining. The other four relationships can be abolished or at least be made to model after friendship. "Only when friendship alone is honored will the other four human relations cease to exist even when not formally abolished. Only when realizing that the four human relations should be abolished will the power of friendship grow.

㉕ The term "*zizhu zhi quan*" (literally meaning the right to make decisions or the right to be one's own master) became a popular slogan for the reformers of the 1890's. As I have argued elsewhere, it was most likely introduced by missionary writers who, in connection with their discussion of the ethical implications of their Christian religion, argued for the equality of all human beings before God, thus their "*zizhu zhi quan*". See my "Some Western Influences on T'an Ssu-t'ung's Thought," esp. pp. 197-200.

㉖ RX, p. 280. Chan's translation, pp. 176-177.

Nowadays people within and without China talk vainly about reform; yet as long as the five human relations remain unchanged, all the essential principles and great theories will have no way to begin. How can we even deal with *sangang*!"❷

Ren's Ultimate Nature as Equality

It appears that Tan's unrestrained criticism of the rapacity of the ruler, the overbearing power of the father, and the dominance of the husband is based on his vision of the ideal human relationship, which is one of equality. This insistence on equality is in turn premised on Tan's understanding of the inherent nature of *ren*, exemplified by the pervasiveness and interconnectedness of ether. To Tan, a genuine realization of the full potential of *ren* must by definition involve the leveling of all hierarchy and the eradication of all inequality. It is because of this logic that he sees the three major religious traditions as identical in aspiration and in social effect. To him, common to Confucianism, Buddhism, and Christianity is the transformative and reformist impulse that each of them manifests in changing the existing society from which each emerges:

> Despite their differences, the three teachings have one thing in common: all of them change what is unequal into what is equal ... Ever since China truncated the interconnection between

---

❷ Ibid., Chan's translation, pp. 178-179.

Heaven and Earth, only the emperor could make offerings to Heaven. As the emperor oppressed the entire world with his monopoly of Heaven, the world regarded him as if he is Heaven itself. Even though he trampled on and robbed the people like a thief, they dared not reject him, thinking that he has the mandate of Heaven. Thoroughly befooled, the people suffered from extreme inequality. Confucius appeared and changed [the status quo]. He ... placed his power in the *Chunqiu* (Spring and Autumn Annals), which rejects the excessive authority of the emperor, and restores the control of Heaven over the ruler. In this manner Confucius could praise and condemn the emperors and the feudal lords from his [self-ascribed] position of the Uncrowned King (*suwang*) ... This is the change effected by Confucius. In the West, since the time of Moses' promulgation of the Law, the so-called Ten Commandments, there was much distinction in class, title, and authority. Referring to Heaven as the God of Israel, they looked down on the rest of the world. There was utter inequality. Jesus appeared and changed [the status quo]. He loudly proclaimed that everyone is a child of the Heavenly Father, and that everyone is a small part of Heaven. Thus everyone possesses the right of autonomy (*zizhu zhi quan*), thereby breaking down the selfishness inherent in the state and the family. Gathering up like-minded people to establish a Kingdom of Heaven [in the place of state and family], this is the change effected by Jesus. In India, since the time of the establishment of the caste system, people were divided into four classes. The upper classes were kings, nobles, and officials through hereditary succession, while the lower classes were menial workers and slaves, also through hereditary transmission. This was most unequal. The Buddha appeared and changed [the status quo]. His teaching within the mundane world is one of equality, while his teaching for the transcendent world far surpasses Heaven itself. This is the change effected by the Buddha. The Three Teachings are different, yet are the same in bringing about change [in the status quo]. The changes they brought about are different, yet are the same in calling for equality.❷❸

This long quote attests to Tan Sitong's understanding of the central messages of Confucianism, Christianity, and Buddhism. He sees these three traditions as innovative and revolutionary, changing and transforming the existing society into a better and more egalitarian one. Despite the differences in their respective social setting and the content of their beliefs, all three religions aspire towards the utopian goal of perfect equality among the people. This does not mean, however, that the appearance of the three religions invariably ushers in the millennium or the golden age. Instead, each of them falls prey to imposters who adulterate and distort the original teachings, rendering them misunderstood and impotent. Tan describes the degeneration of Confucianism thus:

> When Confucianism was first established, it demolished old teachings, reformed existing institutions, abolished the power

---

❷❸ RX, pp. 268-269. Chan's translation, pp. 142-144.

monopoly of the emperors, promoted government of the people by themselves (*minzhu*, literally meaning people being masters of themselves), and changed what was unequal into equal. But those who followed Xunzi's teaching had completely decimated its fundamental spirit and instead retained only its superficial form. They gave the ruler unlimited and tremendous power, thereby enabling him to use the Confucian teaching in their control of the world. These followers of Xunzi insisted on treating the term of lunchang (human relations and constant virtues) as the true essence of Confucianism ... In addition, they further included the Three Bonds (*sangang*) to create a most unequal social system.㉙

The corruption of the Confucian tradition is paralleled by the degeneration within Christianity:

The founding of Christianity went through a similar path. When it established the Kingdom of God, it provided people with the right of autonomy (*zizhu zhi quan*) and turned all inequalities into equalities ... Yet before the tradition was widely accepted, the pope of Rome appeared and, using Jesus' teaching, turned Heaven into his private domain in order to control other people. Even majestic kings are crowned and dethroned by his whim, some even having to flatter him by kissing his hands and feet. Hundreds of battles were fought in the name of the religion, and casualties reached millions. This is similar to the calamity of the emperors after Confucius' time.

㉙   RX, p. 271.   Chan's translation, p. 150.

Then Martin Luther's group gained ascendancy and for the first time the pope lost his prestige while the true teaching of Jesus was again revealed.　Thus Christianity's decline was caused by the pope.　It was revived through the effort of Luther. Confucianism's decline was brought about by the rulers and by those who taught the erroneous teaching that glorified the rulers' power.　The one who revives it is yet to appear.　I pray for the arrival of a Martin Luther in Confucianism.❸⓿

In Tan's view, the reformist and revolutionary nature of each of the religions needs to be rejuvenated periodically in order to stay true to its original teaching.　There is thus always the need for revivalists who can restore to each tradition its true spirit.　This is what motivates Tan to act as the prophetic figure who, bracing himself for persecution and even martyrdom, remains steadfast in his mission and calling and boldly moves forward to challenge all existing ideas and institutions which to him have betrayed and distorted the authentic meaning of *ren*.　Tan calls this quixotic but necessary act *"chong jue wangluo"*—the breaking free from all traps and snares. In the Preface to his *Renxue*, Tan comments on the various breaking frees that need to be undertaken in order to liberate ourselves from all bondage:

> First we should break free of the trap and snare of profit and status.　Next we should break free of the trap and snare of vulgar studies such as empirical research (*kaoju*) and textual

---

❸⓿　RX, p. 272.　Chan's translation, pp. 151-152.

exegesis (*cizhang*).　Next we should break free of the trap and snare of all the learnings in the world.　Next we should break free of the trap and snare of the ruler.　Next we should break free of the trap and snare of the human relations and the constant virtues.　Next we should break free of the trap and snare of Heaven.　Next we should break free of the trap and snare of all the religions in the world.　Finally we should break free of the trap and snare of the Buddhist Dharma.　Only when there is real break free can we say that there ultimately are no traps and snares.　Only when there are no traps and snares can we say that there is real break free.　Thus to say that we need to break free of all traps and snares means that we have not broken free of all traps and snares.❸

Tan's targets of　breaking free from include not only the usual and expected suspects such as material concerns, authority of the ruler, and the burdens of the family and other human relations, all of which he rails against most severely in his book, but the very religious teachings on which he bases his criticism. His iconoclasm is so thorough that he is willing to undermine the very foundation of it.　He is prepared to, as one graphic Zen image puts it, "sit on a tree branch extending out from a precipice and saw it off".

---

❸　RX, p. 236.　Chan's translation, pp. 57-58.

Conclusion

Tan Sitong was a late 19th century Confucian scholar who was under a great deal of pressure. His country verged on total collapse. His worldview was challenged by the scientific discoveries of the West and the universalistic teaching of Christianity. At the same time, he was strongly attracted to the compassionate message of the Buddha. Searching deep into his soul and his inner being, he arrived at a new understanding of the core concept in his Confucian upbringing, *ren*. This *ren* was the answer to all his intellectual and religious queries. At the same time, it was a panacea to all of China's problems as well. For this *ren* was not a mere philosophical concept, it was in fact a material substance confirmed by modern science. Tan understood it as ether, the building block of the universe, invisible, imperishable, and pervasive. *Ren* as ether was best exemplified by electricity, which could reach the furthest corner of the cosmos and could link up and connect all things into one network or circuitry. Furthermore, *ren* was no longer a monopoly of Confucianism, for it was equally well expressed by Christianity and Buddhism.

Tan identified the ultimate nature of *ren* as equality. Common to all the three religions, according to Tan, was the egalitarian impulse which, when fully realized and actualized, would produce a society that was non-hierarchical and non-exploitative. It would be a society where every individual would be autonomous. Assessing the existing institutions and values, Tan saw the need for radical change in order to implement the full potential of *ren*. This was the foundation of his social and political reformism and revolutionism.

In the course of re-defining *ren*, Tan had contributed much to the discourse on this central Confucian notion. Was he giving this age-old idea a new appearance, making it compatible with the demands of a new world, or did he actually change its content so much that it remained Chinese and Confucian only in name, with its meaning completely transformed? A fair analysis of the *Renxue* would have to conclude that the latter is the case. To be sure, Tan's very usage of the term belied his attachment to his Confucian heritage. Yet in his reformulation the term had lost its original identity. It no longer was exclusively Confucian, or even Chinese. Its manifestation was trans-cultural, indeed cosmic. It was not just ethicoreligious, it was at the same time materialistic and concrete. As Wing-tsit Chan has so aptly observed, *ren* to Tan Sitong was "not only a characteristic of reality, but reality itself."[32]

---

[32]   Wing-tsit Chan, *A Sourcebook in Chinese Philosophy*, p. 738.

文獻屬性與書寫研究

周彥文*

摘　要

　　所謂文獻屬性，是指中國古代典籍文獻在詮釋意義上的學術性格。這種學術性格，並非目錄學上的分類可以局限或劃分的。而文獻的詮釋角度有多種，本文選擇以書寫方式為切入點，並以《戰國策》及《資治通鑑》為主要的舉例對象。

　　該二書在敘述史事時頗有不同，因此導引出讀者對史事有不同的認知，以及由其敘述模式所塑造出的文化環境各異的疑慮。從這兩項疑慮，本文反思我們現在所認知的古代社會文化，終究是真實的存在，抑或只是文獻典籍只是因其屬性而塑造出來的虛擬環境？

　　上述反思頗難實證，同時也因切入及詮釋的角度各異而有不同的解讀。但對映而言，這種反思卻可以使我們重新找尋文獻研究的理念與路徑。

＊　淡江大學中文系教授、語獻所教授

關鍵詞：文獻　文獻屬性　文獻分類　書寫方式　目錄學
　　　　　資治通鑑　戰國策　儒家　縱橫家　文化環境

一、正名

　　就目錄學的觀點而言，中國歷代的典籍文獻因學術系統的不同
而有著明顯的類別區分，各類典籍之間也因編目時的「排斥原
理」❶而壁壘分明，互不相屬。但是這種分類方式，只能大塊區分
的呈現出中國學術有那些類別，卻未必能夠完全呈現出單一文獻典
籍的學術屬性。

　　所謂文獻典籍的學術屬性，是指中國古代典籍文獻在詮釋意義
上的學術性格。這種學術性格，既不是指一書在目錄學分類上的類
別，也不是指其寫作體例，而是指其學術傾向。

　　舉例而言，《資治通鑑》在目錄學的分類上屬於史部編年類。
史部意指該書的內容是以史事的記載為主，編年類則為該書的編寫
體例。這樣的分類方式，除了讓我們知道《資治通鑑》為編年體史
書外，卻不能呈現該書在撰寫時的學術觀點：我們無法從「史部編
年類」一辭中看出該書的選材標準為何，也看不出其評論的學術基
礎為何。所以「史部編年類」只呈現了該書在目錄學上的類別位
置，但是其學術屬性是儒、釋、道或是法、名、墨，卻不能因之彰

---

❶　所謂排斥原理，指編目時各類自有其定義，使各書籍只能屬於一個類別，
　　而與其他類別的屬性定義相互排斥，如此才不會造成分類上的混亂。

顯。❷

　　所文所要思考的問題是：如果文獻典籍可以從學術屬性來重新審視的話，那麼文獻類別的區分，則可以有迥異於目錄學分類法的另一種方式。這種新區分出來的文獻類別之間，其屬性既然有其學術上的差異，那麼每一種不同屬性的文獻，在書寫方式上是否又有一些可供探討的差異？

　　固然我們可以質疑，每種文獻既有其學術屬性，那麼其書寫方式當然是依其所屬學術觀點來撰寫的。例如儒家屬性的典籍就是以儒家觀念寫成，法家屬性的典籍就是以法家的觀念寫成，似乎討論的空間不大。但是本文所持的觀點是：怎麼寫、寫什麼，都只是過程和手段，重點是書寫的方式造成了怎樣的結果。

　　所謂造成了怎樣的結果，意指由文獻的記載所塑造出來的整體文化環境。文獻的本質就是在做記載，可是我們若用宏觀的角度來看，記載的觀點和選材的標準，是可以塑造出文獻記載的對象時代的文化環境的。若再結合目錄學上的分類來看，當某一種類別的典籍其文獻屬性都有一致趨向時，我們便容易在解讀時，把當時的文化環境和其文獻屬性相結合。

　　例如說，我們如果在史部傳記類中看到的人物記載，大都是儒家屬性的聖賢行為，我們若是就此以為這種風範就是古人的普遍常態，以為古人的行事標準一律都是以儒家的價值觀為法則，並認為

❷　此一問題，亦即圖書分類與學術分類的分野，兩者之間固然有其重疊之處，但在某些依書籍體裁作為分類標準的類別中差異卻很大。請參見拙著〈從唐宋時期的春秋學著作論文獻繫學架構〉，中國書目季刊 33 卷 4 期，2000 年 3 月。

古代社會都有一種以儒家教條為典範的普遍現象，為那就有待質疑了。又如現在在市面上看到的《中國文學史》著作，書中談到元代文學時，大多只介紹元代的散曲或戲劇，於是許多初學者就會以為元代是一個少有傳統詩文的時代，這就大錯特錯了。

　　因此，文獻屬性與書寫方式之間的關係，可能是研究文化環境的一個切入點。本文即試著簡單的舉出一點例證，來探討這項假說是否能夠成立。

二、取樣

　　本文就文獻屬性的相對性，選取了《戰國策》與《資治通鑑》二書為例，❸試圖找尋出一些例證，作為討論的依據。

　　首先我們對此二書的性質應要有一些基礎的認識。《戰國策》一書歷來在目錄學的分類上並不固定，把它放在史部的比較多。例如《隋書·經籍志》、《舊唐書·經籍志》、《新唐書·藝文志》、陳振孫的《直齋書錄解題》都將此書列入〈雜史類〉。這是一種依體的分類方法，正如前文所言，這種分類法是看不出這部書的學術屬性的。❹

　　在晁公武的《郡齋讀書志》和《宋史·藝文志》中，《戰國

---

❸　本文對《資治通鑑》的取材，以記載戰國史事的卷一至卷五為限，以下凡述及該書者皆準此。

❹　《漢書·藝文志》將《戰國策》列入〈六藝略·春秋類〉，那是因為當時史部還沒有獨立，所以「崇質」列入春秋類中。但是基本上仍是只呈現了《戰國策》的史書性質，其學術屬性仍是看不出來的。

策》卻被隸入了子部的〈縱橫家類〉中。❺這種以典籍的本質意義來編目的「崇質」作法，就比較有意義了。何謂「縱橫家」？《漢書·藝文志》的〈諸子略·縱橫家〉小序所下的定義說：

> 縱橫家者流，蓋出於行人之官。孔子曰：「誦詩三百，使於四方，不能顓對。雖多，亦奚以為？」又曰：「使乎，使乎！」言其當權事制宜，受命而不受辭，此其所長也。及邪人為之，則上詐諼而棄其信。❻

《隋書·經籍志》該類小序則承上說，有較詳盡的定義：

> 縱橫者，所以明辨說、善辭令，以通上下之志者也。《漢書》以為本出行人之官，受命出疆，臨事而制，故曰：「誦詩三百，使於四方，不能顓對。雖多，亦奚以為？」《周官》掌交，以節與幣，巡邦國之諸侯及萬姓之聚，導王之德意志慮。使辟行之，而和諸侯之好，達萬民之說。諭以九稅之利，九儀之親，九牧之維，九禁之難，九戎之威是也。佞人為之，則便辭利口，傾危變詐，至於賊害忠信，覆邦亂家。❼

按縱橫家的來源其實是出於戰國時代的合縱說與連橫說。在司馬談

---

❺ 《宋史·藝文志》中的子部〈兵書類〉中又重複登錄了《戰國策》一書。我個人認為這是錯誤的重出，並非有「互見」的意涵，故可以略而不論。

❻ 世界書局版頁 35。

❼ 世界書局版頁 77。

〈論六家要旨〉中並沒有縱橫家，❽道理很簡單，就是因為縱橫家並沒有一種明確的學術主張，不能成為一個學派。所以在《漢書・藝文志》和《隋書・經籍志》所下的定義中，可以看出這些所謂的「縱橫者」，其構成份子其實就是一群游說諸侯以達政治目的的說客。他們以「利、親、維、難、威」為不同的切入點，隨機應變，設辭以說服諸侯。而這些人大多數都是以利益為動機，並不是以一種特定的學術上的理想信念為動機。所以記載縱橫家言的這批文獻，其學術屬性就是沒有明確的學術宗旨，只是記錄言談的機鋒而已。

至於《資治通鑑》，眾所周知，這是一部作為帝王施政借鑑的書。就其文本來看，作者司馬光在取材時頗為寬廣，並不避諱選取縱橫家言。但在剪裁、措辭、評論時，則多以儒家說為基調，並輔以法治的觀念。尤其是在全書精髓所在的評論部份，很明顯的都是以儒家學說為準。因此我個人認為，這部書的學術屬性是儒家的，是以儒家的仁義禮法為明確的立論觀點。在這一點上，和《戰國策》是有頗強烈的對立性。

同樣是記載戰國時代的史事，但是其文獻屬性卻截然不同，這就是本文選取這兩部書作為討論依據的原因。

現在，我們可以選取一些樣本，來看看不同學術屬性的文獻典籍，是如何記載同一件事情；以及二書在取材時，各有什麼不同的取向。

---

❽　見《史記・太史公自序》。

三、舉證

　　就整體而言，由於《資治通鑑》二百九十四卷之中，戰國的部份只佔前五卷，相較於三十三卷的《戰國策》，史料的選擇空間當然少了很多。因此《資治通鑑》在史料的選材上，必定有「擇其要者」的內在規則。也就是說，我們在讀《資治通鑑》時，應要先有其取材皆有特定意義的認知。《戰國策》則不同，它是普遍記錄戰國時代縱橫家言的書，甚至並非縱橫家，只要是言談間有其機鋒可載，有辯說的意味的事件，都列入記錄。所以從兩書相互對照的角度而言，更可以看出《資治通鑑》的學術屬性。

　　以下即以《資治通鑑》作為敘述主軸，經由該書和《戰國策》的比較，略舉數事，以呈現《資治通鑑》的整體學術取向：

　　1.明顯屬於儒家系統的人物和學說，《資治通鑑》會採錄，但是《戰國策》多不記載：

　　《資治通鑑》卷一載孔子的孫子子思二事，❾其一載子思推荐苟變於衛侯，衛侯因「變也嘗為吏，賦於民而食人二雞子，故弗用也」，子思論辯說：

> 夫聖人之官人，猶匠之用木也，取其所長，棄其所短；故杞梓連抱而有數尺之朽，良工不棄。今君處戰國之世，選爪牙之士，而以二卵棄干城之將，此不可使聞於鄰國也。

這事的結局是：「公再拜曰：謹受教矣！」第二件事是子思以直道

---

❾　採用臺北市建宏出版社民國六十六年本。以下同。

進諫衛侯，茲節錄部份原文如下：

> 衛侯言計非是，而群臣和者如出一口。子思曰：「以吾觀
> 衛，所謂『君不君，臣不臣』者也！」……子思言於衛侯
> 曰：「……君出言自以為是，而卿大夫莫敢矯其非……如此
> 則善安從生！詩曰：『具曰予聖，誰知烏之雌雄？』抑亦似
> 君之君臣乎！」

這事的結局如何，卻沒有記載。其中「君不君」一段出自《論語·
顏淵篇》，「具曰予聖」一段出自《詩經·小雅·正月篇》。按以
聖人為說，並且引用儒家經典、或深具儒家色彩的典籍，這是儒家
學者論述事件時的典型模式，也是見載於文獻中的典型書寫模式。
此二事《戰國策》皆不載。❿

　　《資治通鑑》又載錄孟子語，例如卷二載孟子見魏惠王，王
曰：「叟不遠千里而來，亦有以利吾國乎」一段，全部迻錄自《孟
子·梁惠王下》。⓫卷三又載孟子入見魏襄王而出，語人曰：「望
之不似人君」一段，則出自於《孟子·梁惠王下》。對儒家學者來
說，《孟子》書是一部十分重要的典籍，而義利之辨又是非常重要
的觀念。可是這些言論《戰國策》皆不載。

　　《資治通鑑》卷五又載子順事。按子順為孔子六世孫，當時秦
將伐趙，於是魏國君臣間就討論此事對魏國的影響。大家都認為對

---

❿　《戰國策》採用臺北市九思出版公司民國六十七年本。以下同。
⓫　孟子回答魏惠王的一段，在《資治通鑑》中都將「王」字改為「君」字。
　　胡三省註曰：「不與魏之稱王也」。

魏國有利，只有子順引「先人」的話力駁魏國大夫。後又記載子順任魏為相，初時官吏「咸不悅，乃造謗言」，於是：

> 文咨以告子順，子順曰：「民之不可與慮始久矣，古之善為政者，其初不能無謗。子產相鄭，三年而後謗止；吾先君之相魯，三月而後謗止……。」文咨曰：「未識先君之謗何也？」子順曰：「先君相魯，人誦之曰：『麛裘而韠，投之無戾。韠而麛裘，投之無郵。』及三月，政化既成，民又誦曰：『裘衣章甫，實獲我心；章甫裘衣，惠我無私。』」文咨喜曰：「乃今知先生不異乎聖賢矣！」

到了九個月之後，子順去相，又引伊尹和呂望為證，說：「二國之不治，豈伊、呂之不欲哉？勢不可也。」按援引古聖先賢，又佐以孔子語，還是如上述所謂的儒家學者的典型模式。而此事《戰國策》亦不載錄。

甚至有並非明確的儒家學者，但是引用儒家觀念及經書者，《資治通鑑》多會採錄。如卷二載趙良引《詩經》：「得人者興，失人者崩」，又引《尚書》：「恃德者昌，恃力者亡。」❷來勸說商鞅，並且說商鞅的作為是「非恃德也」。此事《戰國策》亦不載錄。

2.兩書對同一事件的說法不同：

《資治通鑑》卷五記載了一段魏武侯和吳起的對話：

---

❷　胡三省註曰：「逸詩也……逸書也。」

> 武侯浮西河而下，中流顧謂吳起曰：「美哉山河之固，此魏
> 國之寶也！」對曰：「在德不在險。昔三苗氏，左洞庭，右
> 彭蠡，德義不脩，禹滅之。夏桀之居，左河濟，右泰華……
> 脩政不仁，湯放之。商紂之國，左孟門，右太行……脩政不
> 德，武王殺之。由此觀之，在德不在險。若君不脩德，舟中
> 之人皆敵國也！」武侯曰：「善！」

按此事《戰國策・魏策一》亦載錄，不過吳起的應答卻和《資治通
鑑》所載不同。《戰國策》記載吳起的說法是：

> 河山之險，信不足保也，是伯王之業不從此也。昔三苗之
> 居……恃此險也，為政不善，而禹放逐之。夫夏桀之國……
> 有此險也，然為政不善，而湯伐之。殷紂之國……有此險
> 也，然為政不善，而武王伐之……從是觀之，地形險阻，奚
> 足以霸王矣！

按《資治通鑑》所載，是以「德義不脩、脩政不仁、脩政不德」三
事，導出「在德不在險」的重點。可是在《戰國策》的記載中，吳
起的話卻變成了要善於為政。雖然這也是正面的意思，可是儒家德
治主義的觀念不見了。尤其是《戰國策》在文末導出「足以霸王」
的結論，這和《資治通鑑》更是大異其趣的。

又有一例可看出二書之不同：《資治通鑑》卷三載燕王噲時，
發生「子之之亂」，燕國「搆難數月，死者數萬人，百姓恫恐」。
於是：

> 齊王問孟子曰：「或謂寡人勿取燕，或謂寡人取之……不

取，必有天殃，取之如何？」孟子對曰：「取之而燕民悅則取之，古之人有行之者，武王是也。取之而燕民不悅則勿取，古之人有行之者，文王是也。以萬乘之國伐萬乘之國，簞食壺漿以迎王師，豈有他哉？避水火也。如水益深，如水益熱，亦運而已矣！」

《戰國策·燕策一》亦載此事，但在「子之之亂」後記載道：

> 孟軻謂齊王曰：「今伐燕，此文、武之時，不可失也。」王因令章子將五都之兵，以因北地之眾以伐燕。士卒不戰，城門不閉，燕王噲死。齊大勝燕，子之亡。

按《資治通鑑》所引出自《孟子·梁惠王下》。孟子的話十分明白易曉，就是伐與不伐，以民心向背為依歸。周文王不伐殷，到了武王時才伐殷，就是民心向背的問題。可是在《戰國策》中，以文、武並稱，就和《資治通鑑》的意義有別。《戰國策》中載及孟子的只此一次，卻與《孟子》書中的原意完全不同。

再舉一例以明二書之不同：原本質於秦的楚太子，因殺死秦大夫，亡歸。秦因之伐楚，楚遂將太子質於齊「以請平」。秦以講和為名，誘劫楚懷王，於是在齊國引發了要不要歸還楚太子的爭論。此事《資治通鑑》卷三記載道：

> 齊湣王召群臣謀之，或曰：「不若留太子以求楚之淮北。」齊相曰：「不可，郢中立王，是吾抱空質而行不義於天下也。」其人曰：「不然，郢中立王，因與其新王市曰：『予我下東國，吾為王殺太子。不然，將與三國共立之。』」齊

王卒用其相計而歸楚太子，楚人立之。

《戰國策》中此事兩見，〈齊策三〉載曰：

> 楚王死，太子在齊質。蘇秦❸謂薛公曰：「吾何不留楚太
> 子，以市其下東國。」薛公曰：「不可，郢中立王，然則是
> 我抱空質而行不義於天下也。」蘇秦曰：「不然，郢中立
> 王，君因謂其新王曰：『與我下東國，吾為王殺太子。不
> 然，吾將與三國共立之。』然則下東國必可得也。」蘇秦之
> 事，可以請行；可以令楚王亟入下東國；可以益割於楚；可
> 以忠太子而使楚益入地；可以為楚王走太子；可以忠太子使
> 之亟去；可以惡蘇秦於薛公；可以為蘇秦請封於楚；可以使
> 人說薛公善蘇子；可以使蘇子自解於薛公。

自「蘇秦之事」以下「可以……」數句，是假設之辭。《戰國策》
於下文便因此設論，辯說蘇子提出的方法可以達到許多有利益的目
的。至於最後是否歸還太子，卻沒有提到。《戰國策·楚策二》中
又提及此事：該策說：

> 楚襄王為太子之時，質於齊。懷王薨，太子辭於齊王而歸。
> 齊王隘之：「予我東地五百里，乃歸子。子不予我，不得
> 歸。」太子曰：「臣有傅，請追而問傅。」傅慎子曰：「獻
> 之地，所以為身也。愛地不送死父，不義。臣故曰獻之

---

❸　南宋鮑彪註本作「蘇子」。原註曰：「（蘇）秦死至是二十年矣，此非代
　　則屬也。」

便。」太子入,致命齊王曰:「敬獻地五百里。」齊王歸楚
太子。

按《資治通鑑》顯然取用齊相「不可,郢中立王,是吾抱空質而行
不義於天下也」一語為訓,著眼點還是在於行仁義。但是〈齊策〉
與〈楚策〉則以利義或權謀為敘述重點,同是一事,所以立論的觀
點卻完全不同。

3.《資治通鑑》中提倡「尊王」的觀念,是《戰國策》中所沒
有的:

尊王在於名分,名分在於守禮。所以《資治通鑑》一書始於三
家分晉,用「刺」的筆法來記載戰國之始。宋末元初胡三省註《資
治通鑑》,對於該書起始「初命晉大夫魏斯、趙籍、韓虔為諸侯」
一句註曰:

> 此溫公書法所由始也……三家者,世為晉大夫,於周則陪臣
> 也。周室既衰,晉主夏盟,以尊王室,故命之為伯。三卿竊
> 晉之權,暴蔑其君,剖分其國,此不法所必誅也。威烈王不
> 惟不能誅之,又命之為諸侯,是崇獎奸名犯分之臣也。《通
> 鑑》始於此,其所以謹名分歟!

在此句後亦有司馬光的評論說:

> 臣光曰:「臣聞天于之職莫大於禮,禮莫大於分,分莫大於
> 名。何謂禮?紀綱是也。何謂分?君、臣是也。何謂名?
> 公、侯、卿、大夫是也……」

是則《資治通鑑》一書的立論根本，就在於守禮制，定名分，因以
尊王。這種一以貫之的學術屬性，在《戰國策》中是看不到的。而
對於《資治通鑑》中「尊王」的記載，《戰國策》中所載也不相
同：《資治通鑑》卷一載：

> 齊威王來朝。是時周室微弱，諸侯莫朝，而齊獨朝之，天下
> 以此益賢齊王。

但是同樣一件事在《戰國策》中就有不同的說法。《戰國策·趙策
三》中記載了一段魯仲連游說魏國辛垣衍的對話：

> 魯(仲)連曰：「梁未睹秦稱帝之害故也，使梁睹秦稱帝之
> 害，則必助趙矣。」辛垣衍曰：「秦稱帝之害將奈何？」魯
> 仲連曰：「昔齊威王嘗為仁義矣，率天下諸侯而朝周。周貧
> 且微，諸侯莫朝，而齊獨朝之。居歲餘，周烈王崩，諸侯皆
> 弔，齊後往。周怒，赴於齊曰：『天崩地坼，天子下席。東
> 藩之臣田嬰齊後至，則斮之。』威王勃然怒曰：『叱嗟，而
> 母婢也。』卒為天下笑。故生則朝周，死則叱之，誠不忍其
> 求也。彼天子固然，其無足怪。」……

在《資治通鑑》中，齊威王是尊王的賢君，但是在《戰國策》中，
則變成了不守禮法名分的人。換言之，《戰國策》中的齊威王並沒
有「尊王」的形象。

　　4.《資治通鑑》多標榜德治主義，《戰國策》中則少有此意：
　　「德治」一向是儒家中一項重要的施政觀念，所以《資治通
鑑》中對此觀點的敘述頗多。例如前文所述卷二載趙良引《尚

書》：「恃德者昌，恃力者亡。」來勸說商鞅，以及卷五吳起說：
「在德不在險」都可算是在申明德治主義。此外可再舉二例以明
之：《資治通鑑》卷一載三家分晉前晉國之事曰：

> 初，智宣子將以瑤為後，智果曰：「不如宵也。瑤之賢於人
> 者五，其不逮者一也。美鬢長大則賢，射御足力則賢，伎藝
> 畢給則賢，巧文辯惠則賢，強毅果敢則賢；如是而甚不仁。
> 夫以其五賢陵人而以不仁行之，其誰能待之？若果立瑤也，
> 智宗必滅。」弗聽。

按重仁德而不重才能，本即儒家重要理念，此事《戰國策》則不
載。

又如卷四載「（衛）嗣君好察微隱」事，《資治通鑑》於文後
引荀子的話評論說：

> 荀子論之曰：成侯、嗣君，聚斂計數之君也，未及取民也。
> 子產，取民者也，未及為政也。管仲，為政者也，未及修禮
> 也。故修禮者王，為政者強，取民者安，聚斂者亡。

所謂修禮，亦即德治政治之一環。凡此觀念，在《戰國策》中皆不
顯。

5. 《資治通鑑》對儒家以外的學派或學說，多有貶斥之意：
對於縱橫家，《資治通鑑》的評價一向不好。例如卷三載張儀
最後由秦入魏，相魏一年而卒。《資治通鑑》論道：

> 儀與蘇秦皆以縱橫之術遊諸侯，致位富貴，天下爭慕效之。

> 又有魏人公孫衍者，號曰犀首，亦以談說顯名。其餘蘇代、
> 蘇厲、周最、樓緩之徒，紛紜遍於天下，務以辯詐相高，不
> 可勝紀……

並引《孟子·滕文公下》語，謂張儀等人「惡足為大丈夫哉」；又
引揚雄《法言》語，謂張儀和蘇秦乃「詐人也，聖人惡諸」。

　　對於名家的學者和學說，《資治通鑑》也是採取貶斥的態度。
卷三記載道：

> 有公孫龍者，善為堅白同異之辯，平原君客之。有孔穿自魯
> 適趙，與公孫龍論臧三耳，龍甚辯析，子高（按即孔穿）不
> 應……明日復見平原君……對曰：「……僕願得又問於君：
> 今謂三耳甚難而實非也，謂兩耳甚易而實是也，不知君將從
> 易而是者乎，其亦從難而非者乎？」平原君無以應。明日，
> 謂公孫龍曰：「公無復與孔子高辯事也。其人理勝於辭，公
> 辭勝於理，終必受詘。」鄒衍過趙，平原君使與公孫龍論白
> 馬非馬之說。鄒子曰：「不可……夫辯者……及至煩文以相
> 假，飾辭以相悖，巧譬以相移，引人使不得及其意，如此害
> 大道……衍不為也。」……公孫龍由是遂詘。

按公孫龍於《戰國策》中出現一次，〈趙策三〉載公孫龍建議平原
君不要益受封地，平原君用其議而不受封。可是在《資治通鑑》中
的公孫龍卻是「受詘」的，可見二書在學術屬性上的不同。

四、解讀

　　以上分五項，約略舉出了兩書的一些差異。重點在於，這些差異可以有什麼詮釋上的意義？

　　首先要說明的是解讀的理念。文獻典籍皆有其屬性，學術性的典籍有其學術屬性，文學創作性的典籍則有其風格屬性。僅僅知道文獻典籍在目錄學上的分類，只能掌握其部份的特質，惟有辨析其學術或風格屬性，才能完全掌握文獻典籍的本質。

　　而文獻典籍的屬性，是經由書寫方式構成的。尤其是學術性的文獻典籍，其編寫時的取材標準、剪裁筆法、寫作體例、敘述及評論的學術觀點，以及辭語的選擇，都是構成學術屬性的要素。唯有在解析這些條件後，一書的學術屬性才能彰顯。

　　辨明文獻典籍的學術屬性，其目的是在詮釋及解讀文化環境。無論是縱向的探討歷史長河中的某一項文化主題，抑或是橫向的研究一個時代的文化環境，其實我們的依據都是前代留下來的文獻典籍。因此，分別出典籍的文獻屬性，並將各類不同屬性的文獻典籍相互對比，才能釐清某個主題或某個時代的文化環境。

　　簡言之，書寫方式可以構成文獻屬性，而綜合諸典籍的文獻屬性，則可以歸納出文化環境。反向亦然，如果我們要研究文化環境，則必需先從典籍入手，了解典籍，必先了解其文獻屬性；要了解文獻屬性，則必需先解析文獻的書寫方式。

　　以本文所舉的《資治通鑑》及《戰國策》為例，我們若要了解戰國時代的文化環境，這兩部書都是很好的切入點。若單一的從《戰國策》一書來看，戰國時代似乎是一個諸子百家地位皆平等的

時代，不專主某派學說的縱橫家行走於各國之間，並且時常左右了國際局勢。當時的文化環境，是以國家利益和政治利益為先，而毫無信義可言。國與國之間可以趁人之危以伐其國，可以為了利益而不守信諾，而且這些行為都並沒有受到譴責。對於古聖先賢的尊重仍在，但是不是效法其道德品行，而是追慕其事功。至於儒家學說，就《戰國策》的記載來看，在當時是很沒有地位的，儒者的論說往往被視為迂闊而不切實際，被採納的很少見。

可是在《資治通鑑》中，戰國時代的文化環境就有所不同了。該書在有限的篇幅中，從其他典籍內擇取有關儒家人物或學說或事件的記載納入書中，藉以提高儒家在書中的出現比例和影響力。在同一件史事的記載上，《資治通鑑》總是採用對儒家比較有利的說法；同時又把儒家的基本理念如尊王、德治、及仁義禮智信之類的相關事件或言行亦一併納入，並再相對的貶斥縱橫家及名家等其他學說。

更有甚者，《資治通鑑》在敘述時還使用了類似因果的筆法來呈現儒家學說的優越性。例如前文所引卷一智果說智宣子不可傳位於瑤，否則「智宗必滅」一事，後文果有韓、魏、趙三軍「大敗智伯之眾，遂殺智伯，盡滅智氏之族」的記載。又如前文所引卷二趙良以「恃德」勸商鞅一事，文末說：「商君弗從，居五月而難作」等等。

《資治通鑑》的這些作法，究其目的，旨在營造一種儒家思想在戰國時代至少仍然存在，甚且有部份影響力的文化環境。甚至更要藉此呈現出儒家思想在歷史上始終不變的重要性、恆久性，以及絕對的正確性。

　　於是我們對於戰國時代的文化環境的認知就很容易被導引了。如果我們不知相互比較，只單獨的選擇《資治通鑑》或《戰國策》，所歸納出來的時代文化環境是不一樣的。

　　這就引發了一些問題。我們除了因為選讀的文獻不同，會產生對史事有不同的認知之外，最大的問題還在於對文化環境認識的偏差。本文只是在不同的獻屬性領域各舉一個例子而已，但是試想，假設現存的記載戰國史事的文獻，其屬性絕大多數是都是儒家的，那麼我們是不是很容易被導引去做出「儒家思想在戰國時期頗為流行，且具有很大的影響力」的推論？

　　更進一步說，如果我們意圖對於某一個時代的文化環境有所了解，那麼我們就應該先考慮到：我們的研究方法是使我們真正的了解了一種文化環境的真象，還是我們只是認識了由少文獻所「塑造」出來的文化？換言之，文化環境是可以經由文獻來「塑造」的，一部文獻典籍的書寫方法構成了該典籍的文獻屬性，許多相同屬性的文獻，就可以「塑造」出一種文化環境。如此說來，我們現在對某一個時代的文化環境的認知，是不是意味著那是由文獻典籍所共同塑造出來的虛擬場景而已？

　　我個人認為這是一個值得思考的地方，尤其當一種學術思想形成主流的時候，學者們如果以一種共同的書寫方式去創造同一種學術屬性的文獻典籍，那麼被記載的對象時代就被虛擬成與此學術思想雷同的理想世界，並且與此學術主張在此理想世界中產生互動關係。例如說，《資治通鑑》的寫作是處於以儒家思想為主流的時代，於是作者就以此為基準，通過書寫方式的運用，塑造出具有儒家性格的歷史文化環境。事實上這種文化環境等不等於真象，還待

考察，可是至少在此書中已經虛擬出了儒家的文化環境。於是在此
文化環境之下，所有仁義禮智信的行為都是合理而可行的，也都是
受到尊重的。當我們進入這個虛擬環境中時，自然也就接受了一切
儒家的思想言行，絲毫不會覺得有什麼不合理之處。可是當我們和
另類文獻屬性的典籍參照閱讀時，可能結果就不一樣了。畢竟某一
種虛擬文化環境只能存在於和它同一屬性的文獻之中，而未必存在
於真實的世界中。

　　如果這個假設性的思考觀點可以成立的話，文獻和文化就可以
做對應研究了。我們可以這樣思考：如果某一種文化環境是由同一
類文獻屬性的典籍所塑造出來的，那麼和類不同文獻屬性的典籍之
間若能相互比較，是否就可以呈現出一個相對較真實的文化環境
呢？當然，有些問題似乎永遠無法實證，同時也因切入點、詮釋方
法、解讀角度的不同而產生不同的結論，可是若能以認識文獻本質
的方式入手，宏觀的去做研究，畢竟是可以比較接近事實的。

五、結　論

　　由書寫方式而文獻屬性而文化環境的研究進路，其精義在於做
大量的文獻屬性的歸類，以及各類文獻屬性之間的對比研究。本文
只舉出兩部書為例，當然是不足的。可是本文旨在提出一種文獻－
文化研究的方法和觀念，希望能對這個議題提出一些思考的空間。

　　此外，我們相對的也應該要注意到文獻的撰寫時代的問題。例
如《資治通鑑》的撰寫時代是宋代，那麼我們在解讀《資治通鑑》
所載錄的對象年代的同時，我們其實也在解讀宋代的思想文化。也

就是說，文獻的解讀是具有撰寫年代和對象年代的雙向意義的，這是在做文獻研究時不可忽略的事。

至此，本文可以做出兩項簡單的結論：其一，典籍因其書寫方式的不同，而產生不同的文獻屬性。由文獻屬性所構成的文化環境，很可能只存在於該屬性領域的文獻之中。其二，文獻是要分類做對比研究的，若非如此，則其研究的可信度堪虞。而要達到文獻分類的目的，不能只靠目錄學，而是要經由辨析文獻屬性，產生對文獻本質的認知，這才是最重要且最基本的工作。

The Discovery of the New: Novel and its Social Context in Late Qing China

Feng-ying Ming[*]

In Late Qing China, a new notion of the xiaoshuo 小說 , or novel, was developed and widely accepted by Chinese writers and readers. In a short period of time, the novel came to be regarded as the most important literary genre by many writers and general readers alike, largely shrugging off its old stigma of being the "small way" (小道 xiaodao) or a mere exercise in trivial craftsmanship (雕蟲小技 diaochong xiaoji). A number of critics even announced its superiority to other, more conventionally prestigious, genres like poetry (詩 shih) and the classics (經 jing). The principal reason the novel was so promoted by the late Qing political reformers was their notion that it could serve as the main vehicle to enlighten the people and to build China into a stronger country. According to Liang Qichao 梁啓超 (1873-1929), probably the most important theorist of this new trend, the novels to be assigned this important task were regarded as being

---

[*]   California State University, Long Beach

necessarily different from those Chinese novels that had preceded them. He thus called them "New Novels" (新小說 xin xiaoshuo).

The abrupt change of status and the quick acceptance of the New Novel may sound overly dramatic, especially to those who hold an evolutionary and incremental view of literary development. But in late Qing times, the *notion* of the New Novel did appeal to the imagination and appetites of many late Qing writers who were caught between conflicting desires to adapt Western knowledge, to resist foreign invasion, and their sympathy for radical reform. Under an unusual sense of urgency to save the country and the people, writers accepted innovative ideas concerning the novel and tried to accommodate this literary call brought about by the reformers. The best known of the late Qing writers, in fact, did not even start writing multi-chapter novels in the vernacular until after 1902, after Liang Qichao launched his new journal, *New Novel*, the first issue of which contained Liang's resonant call for the value of fiction, "Xiaoshuo yu qunzhi zhi guanxi" 小說與群治之關係 (On the relationship between fiction and public governance). For instance, Wu Jianren, while a famous newspaper editor and writer of short pieces in classical Chinese prior to that time, did not begin to serialize his first vernacular novel until 1903, and it duly began serialization in Liang's new journal.

The notion of "New Novel" was first promoted by Liang Qichao in 1902. However, similar ideas have been raised by several others both before and after Liang. **[Note that Liang has articles about the novel**

prior to 1902 himself] Prior to 1902, the Western missionaries Young John Allen, (1836-1907, Chinese name Lin Lezhi 林樂知)❶, John Fryer (1839-1928, Chinese name Fu Lanya 傅蘭雅),❷ and the Chinese reform thinker Kang Youwei have all suggested that novels might be instrumental in rectifying bad social customs and in enlightening the mass of the people.❸ More importantly, after 1902, a number of late Qing critics, theorists, writers, and editors started a zealous discussions on what the "New Novel" was meant to be. This group of enthusiastic late Qing intellectuals brought into being an interesting corpus of narrative, debates, and theories as part of their attempt to construct an agenda for the New Novel.❹ These narratives reveal a specific set of perspectives conjured up by the interaction of multiple factors, including that of the changing social momentum, the impact of Western influence, a consciousness towards the uncertain future, and a new

---

❶ See Gu Changsheng 顧長聲, *Chuanjiaoshi yu jindaii Zhongguo* 傳教士與近代中國 (Missionary and the Contemporary China), Shanghai: Renmin chubanshe, 1995.

❷ See Gu Changsheng 顧長聲, *Chuanjiaoshi yu jindaii Zhongguo* 傳教士與近代中國 (Missionary and the Contemporary China), Shanghai: Renmin chubanshe, 1995.

❸ See Kang Youwei 康有為, *Riben shumu zhi* 日本書目志 (Bibliography on Japanese Publications), Shanghai: Datong yishu ju, 1897.

❹ See selected articles on the theories of novels in Chen Pingyuan 陳平原 and Xia Xiaohong 夏曉虹, eds., *Ershi shiji Zhongguo xiaoshuo ziliao* 二十世紀中國小說資料 (Materials on Twentieth-century Chinese novels), Volume 1, 1897-1916, Beijing University Publication, 1997.

market economy.

The late Qing novels were paradoxes in many ways. Despite an emphasis on nation building, the New Novel more often than not failed to live up to the vital mission that had been set for it. While writers were eager to produce New Novels, they did not quite know what its actual potentially might be or even what it was ideally supposed to be. They worked from new foreign ideas and structures even as they kept a foothold in old narrative forms. They injected a utopian vision into their writing, but failed to find a way to fuse this vision with the rigid New Novel agenda. They put their trust on this projected novelistic form that probably would never exist. The result is, in spite of a boom in the production of Late Qing novels, the New Novel, nevertheless, was doomed to a mission that it found impossible to fulfill.

Some of the intentions of individual authors, and how the expression of those intentions reflect historical and personal moments, are difficult to reconstruct. There are a number of possible reasons: the rapid and unpredictable change ongoing in late Qing society, the multiple groups of people engaged in the production of the New Novel, and writers' unreliable recollections and inconsistent interpretations of their own writings. One of the most important factors one needs to note here is that the primary group of authors for the late Qing New Novels were a group of literati writers who newly took writing as a way of living. They were the first group of "professional writers" in urban Shanghai. They each had their own different literary background, political convictions, possible former exposure to Western Learning, varying level of survival needs, and most importantly their own literary imaginations and inclinations.   In the midst of the boisterous discussions as to what the New Novels was supposed to be, each of them produced what they considered to be New Novels in their own way.   Though most of them claimed nation-building as their shared literary goal, they were basically delivering each of their own versions of the New Novels, based on the multiple factors mentioned above.   The combination of these multifarious factors make late Qing New Novels one of the most intriguing and important subjects awaiting further study.

Two Characters

One of the more interesting novels of the late Qing period is the 1905-06 *Xin Shitouji* 新石頭記 (The New Story of the Stone) by the prolific writer Wu Jianren.   In this story, a rewrite of the extraordinary eighteenth-century epic narrative *Dream of the Red Chamber* 紅樓夢 (Hongloumeng), Wu brings back only three characters from the original: Jia Baoyu 賈寶玉, the romantic and impractical hero from the classic text, Xue Pan 薛蟠 , his ne'er-do-well brother-in-law and Beiming 焙茗, Baoyu's personal servant.   He reincarnates them in turn-of-the-century Shanghai, where the two main characters each witness and respond in dramatically different ways to the political crises and drastic changes taking place in Chinese society.   Interestingly enough, Wu elects not to bring back any of the female characters from the original, an odd choice given their central place in that narrative.

Not so surprising, however, is that Jia Baoyu and Xue Pan are interested in totally different sets of things that the new city of Shanghai has to offer. When Baoyu first arrives in Shanghai, he finds that Xue Pan has been there for two years, has become a successful merchant who has made good profits in trading, but has lost money in running a bookstore.　Faithful to his character in the original text, Xue enjoys all the sensational and materials aspects of Shanghai, including horse racing, gambling, roaming around the city, visiting brothels, and amusing himself with the many intriguing foreign goods on sale. Unlike the dilettante hero who in the original despised books concerned with Confucian teaching and was mainly interested in literary amusements regarded by his straight-laced father as being frivolous, however, the new Baoyu has become vitally interested in "observing things" 看東西 (kan dongxi),❺ through which he gains knowledge and makes judgments about politics and national affairs.　He also takes a great interest in recently published books and newspapers ❻ that contain accounts of how society works.　The relationship between the

---

❺　Wu Jianren, *The New Story of the Stone* (Xin shitou ji), Zhongzhou guji chubanshe, 1988, p. 35.

❻　In *The New Story of the Stone*, the newspapers that Jia Baoyu is especially interested in are Shiwubao and Zhixinbao.　See Wu Jianren, The New Story of the Stone (Xin shitou ji), Zhongzhou guji chubanshe, 1988, p. 50.

two cousins is summed up in the following conversation:

> Baoyu asked [Xue Pan]: " ... Since you have been here two years earlier than I, you must know a lot about Shanghai's social customs and people." ... Xue Pan replied: "Let me tell you frankly, this here Shanghai is different from other places: aside from the four things, horse racing, garden sightseeing, opera, and brothels, there is no fifth thing. Even if there were, it would simply be an add-on to these four things." Bao Yu smiled: "I asked you about Shanghai's social customs, but you are only telling me about what you have been doing." Xue Pan jumped up and said: "If you don't believe me, starting tomorrow I'll take you around Shanghai for the next two full months, and then you'll know its like this or not!" ... Xue Pan said: "I have not seen you for the past several years, but how is it that you've become a different person, treasuring books in a way you never did before?"❼

When Xue Pan offered to lend Baoyu books from his own bookstore, Baoyu happily responded: "I was just looking for some books to read. What kind of books do you have? If you only have the traditional classics and histories, then I don't want them since I have read them before. I am only interested in books that were written recently."❽

The next day Xue Pan brought in a record player to show Baoyu, and is surprised that Baoyu was not interested in it at all. Xue Pan said:

---

❼ Wu Jianren, *The New Story of the Stone*, pp. 31-32.

❽ Wu Jianren, *The New Story of the Stone*, p. 32.

"This is called a record player! If you sing a song into it, it will play it for you accurately again and again, even a thousand times or ten thousands times. Isn't it ingenious? Baoyu asked: "What use is it?" Xue Pan said: "Use? It is just for people to listen to the songs." ... Baoyu said: "Don't play any more; it sounds like neither man nor beast. In fact, its disgusting. What a bore to actually spend money on something like this. ... [The foreigners] make money on this kind of useless thing. I am amazed people actually spend so much to buy it." Xue Pan said: "You may say its useless, but foreigners use it to record their wills, or to record important conversations." Baoyu said: "I see. So something of real use to others is taken by the likes of you and frivolously ruined." Xue Pan said: "How is that you turned into such a prig? ... All I want is to listen to a song or two!"❾

In a later conversation between Baoyu and Xue Pan, Baoyu expands upon his reasons for becoming frustrated with Xue Pan's playful attitude toward foreign imports, pointing out the unfair trade between China and foreign countries:

Baoyu said: " ... I think that since the foreigners bring so many things to China to sell　year after year, won't they sooner or later end up taking all of China's money home with them? ... It is true that international trade has existed for ages, and did not just come into being, but the principle is to exchange what we

---

❾　Wu Jianren, *The New Story of the Stone*, p. 33-34.

have for what we do not have -- only this can be called trade. But let me ask you why are there so many stores selling foreign goods, but not a single store selling Chinese products to foreigners? ... So although trade is proper, they should ship useful goods to us. Things like these musical instruments and record players are all useless, nothing but playthings. They bring them over here and command a big price. Such things are hardly indispensable, so why do you have to spend good money on them?" Xue Pan said: "You have no idea how popular this thing is. You are the only person who has seen it that didn't like it."❿

The contrast between the two characters is clear. Xue Pan finds him himself in a Shanghai that is a dream come true to him: it is a place of endless novelty and amusement, with bountiful opportunities to make money to support his indulgences. Baoyu, on the other hand, has been inspired by what he sees in a very different way: he has immediately tuned into the new Shanghai media and become fixated on the discussions of national affairs he finds therein. More than that, however, he has become painfully aware of the cost of the material pleasures that Xue Pan mindlessly pursues. In other words, they are both aware that the have stumbled into the realm of the "new" in 1900 Shanghai, but they perceive that "new" in diametrically opposed ways.

---

❿ Wu Jianren, *The New Story of the Stone*, pp. 36-37.

Two Versions of the New

Clearly, then, the notion of "new" was not simple. It was constantly attached to the discourse on the novel in the final decade of the Qing, but the ambiguities of the term as it crops up there have rarely been explored. What is "the newness" that late Qing writers talked about? How was this "newness" defined, disseminated, and produced? What, in the end, is so "new" about the New Novel? Is the New Novel, meant to be the primary literary mode of its time, simply an imaginary term propounding the grandiose and dazzling spirit of the period? Was "newness" recognizable to late Qing readers or even to the writers themselves? Furthermore, when we as scholars look for newness or "literary modernity" in Late Qing works, in what sense are we defining it? Do we look only for familiar elements that are compatible to our own experience of modernity?

In this chapter, I will argue that the notion of the New Novel was complicated by the two differing definitions of the "new" that we can see represented in outline by Jia Baoyu and Xue Pan. The first understanding, that of Baoyu, is that of the serious intellectual definition as "New Learning" 新學 (xinxue), as established by reform intellectuals such as Yan Fu 嚴復 and followed in Liang Qichao's notion of the "new novel." The second, that of Xue Pan, was a notion of the new as urban novelty, as source of amusement and wonder, as well as of profit -- more than anything else a matter of lifestyle.

Therefore, the first "new" is that of intellectual or political idealism aiming at a better China, new citizens, and the revitalization of society and culture, something I will term the "ideologically new." In this form "new" is an active verb: to renew, revitalize and rejuvenate. The second "new," on the other hand, is the product of a new urbanity, what enables the transformation from traditional modes of life (i.e., that which had preceded the new urban scene) to something different, but not defined programmatically. Here, "new" is merely an attributive, something that expresses the flavor of popular urban life. I will term this sort of xin the "phenomenally new."

Many of the paradoxes of the New Novel result from the diverse perceptions and imagination of these two notions, with the large corpus of late Qing texts exemplifying a good deal of confusion and ambivalence between the "intellectual new" and the "popular new." Both understandings, however, existed at the same time in late Qing society, and both viewed the "new" as overwhelmingly positive. The former attempted to produce novels conveying nation-building ideology, while the latter was more intent upon the novel as a commodity, a source of amusement that could be consumed as urban fashion, an accessory that marked their urbanity. While those understanding "xin" as urban novelty did not stand in opposition to Liang's perception of the ideal, they did, like Xue Pan, fail to grasp its full range of application. On the other hand, Liang's famous inability to create a satisfactory novel of his own indicates the other side of the gap between the two. It seems clear enough that Liang implicitly based his notion of the novel's popularity on the more frivolous definition, but his embrace of the form was predicated upon the idea of raising the intellectual gravity of the genre by imbuing it with new content of the serious sort, something he could not pull off in his own efforts in narrative. From his perspective, the chief problem with conceiving the New Novel lay in the integration of intellectual "thinking" 思想 (sixiang) into the narrative. Liang's late furious denunciation of the novel in 1915 represents a kind of realization of the impossibility of fusing the two different definitions, all the more bitter for its being so belated.

On Xin

The array of diverse representations of the notion of "xin" in the Late Qing New Novels was certainly not what Liang Qichao would have expected. To understand fully the ramifica-tions of Liang's notion of the "new," it is first necessary to understand something of the long and complex progression of the word over the long course of Chinese history.

The origin of the word "xin," according to *Shuowen jiezi* 說文解字 (On the origin and connotation of words), is "to cut wood" *famu* (伐木), or just "firewood" *chaixin* (柴薪)⓫ However, the meaning of the word

---

⓫ See *Hanyu dacidian* 漢語大詞典 (Great dictionary on Chinese language), vol. 6, Shanghai: Xinhua shudian, 1990, p. 1065.

very early came to center around the concept of "newly emerging," "what has not been used before," or simply "something, or someone that is in opposition to the old [thing or person]." Such use can be found in one of the folk songs titled *Gu yange* (古豔歌) "Ancient Glorious Lyrics" which was included in the *Book of Songs* (Shijing 詩經): "The new [lover] is surely good?   But what can one do to the old [lover]?" (Qi xin kong jia, qi jiu ruzhihe? 其新孔嘉，其舊如之和？) It can also be used to refer to abstract "things," such as the use in *Zuozhuan* 左傳 : "Pay respect the new [events], record the old [events], award the service, and be on good terms with the families" (Lixin, xujiu, luxun, heqin 禮 新、敘舊、祿勳、合親).   "Xin" also had a verbal use early on, meaning "to renew" or "to rejuvenate" (*gengxin* 更新), exemplified by this use in *Shujing* 書經: "The old dirty customs are contagious. They should be all renewed." (jiusu wuran, xian yu weixin 舊俗污染， 咸與惟新). "Xin" can also be used as an adjective, i.e. "refreshing" or "innovative."   Such use is exemplified by the line from *Liji* 禮記 (Book on propriety): "Mingshui's accounts on [the country of] Qi are impressive for their refreshing perspectives" (Mingshui shuo Qi, gui xin ye 明水說齊，貴新也).   As time went by, the notion of "xin" came to be closely related to the Chinese concept of *bian* 變 (transformation), or *ge* 革 (revolution).   It was also used as a pun for *xing* 興, meaning to cause something to flourish and *xing* 醒, to awaken.

"New Learning" (Xinxue)

The coupling of *xin* with *xue* (learning) can be traced back to the literary critic Liu Xie 劉勰 (c. 465-522), and sharply negative comments in his *Wenxin diaolong* on the new literary trends of his time. As Liu wrote: "A sharp wit with new learning (*xinxue*) goes chasing after the extraordinary and loses the proper" (*xinxue zhi rui zhu qi er shi zheng* 新學之銳，逐奇而失正)."**⓬** The term was also used in three other periods of Chinese history to refer to newly-rising scholarly trends running in opposition those already in existence. These include the study on archaic classics (guwen jingxue 古文經學) in the end of Han dynasty under the usurper Wang Mang's 王莽 government, Wang Anshi 王安石 school of study on classics (jingxue 經學) in Northern Sung dynasty, both regarded in Chinese history as illegitimate because of the their radical novelty and the regimes they were associated with. The third example is the new repertoire of knowledge that came into being under the influences of the Western Learning 西學 (xixue) in the late Qing era. The different kinds of "new learning" in these three different periods of time were all received with ambivalence and resistance.

⓬　Translated by Stephen Owen, *Readings in Chinese Literary Thought* (Cambridge, Mass.: Council on East Asian Studies, Harvard University, 1992), pp. 238-239.

Xin in The Great Learning 大學 (Daxue)

A vital place for the notion of "xin" in post-Song dynasty Chinese social and political discourse was, however, guaranteed by its use as the operative verb in one of the three principia (*gangling* 綱領) of the Great Learning (Daxue 大學), the key text of Zhu Xi 朱熹 (1130-1200) *daoxue* 道學 (known in English as "Neo-Confucianism"). In the conventional order, the three are, "keeping luminous virtue unobscured" (*Ming mingde* 明.明.德), "renewing the people" (*xinmin* 新民) and "coming to rest in perfect goodness" (*zhi yu zhishan* 止于至善).❸ The passage had originally read *qinmin* 親民 (to cherish the people), but the philosopher Cheng Yi 程頤 (1033-1107) had emended the text in order to emphasize the more active notion that renewal was meant to play in the process of government and self-cultivation alike. To the extent that the Neo-Confucians regarded the text as addressing those in positions of power, including the emperor and his officials, about the most important things in governing the people, the book was interpreted to lay particular stress on continuously renewing or rejuvenating the spiritual or moral strength of the people.

To accomplish these goals, the governing party was meant to constantly help the people to clean out the old squalidness and to

---

❸   See Daniel K. Gardner, *Chu Hsi and the Ta-hsueh: Neo-Confucian Reflection on the Confucian Canon* (Cambridge, Mass.: Council on East Asian Studies, Harvard University, 1986), pp. 35-36.

diligently engage in constant rejuvenation. The *Great Learning* provides specific guidance in the first chapter, the "Jing" 經 (classics) section, where it is stipulated that: "The essence of the Great Learning is to renew [re-strengthen] people's sense of morality, and to renew [re-energize] people's spirit till it reaches perfection."❹ In the tenth chapter, the word "xin" was brought up again as a reminder to the educated or to political leaders to remember to constantly cleanse themselves by washing away the "dirtiness" that they might happen to accumulate in the course of their mundane daily lives, and consequently to strive for a newer and the better self:

> On the Shang emperor's washing basin, these words were inscribed: "Be a new person today; be a new person everyday, be a new person day after day, again and again (*ririxin* 日日新). King Kang Hao also says: "People should be encouraged to be new persons." The Book of Songs says, "Though Zhou is an old country, King Wen follows the heavenly mandate to re-build and renew it. Therefore, a virtuous emperor should do his best in reforming and rejuvenating his people.❺

Western Missionaries and the "New Learning"

In late Qing times, the term "xinxue" (New Learning 新學)

---

❹　*The Great Learning* 大學 (Daxue), Chapter one, Book on the classics.
❺　*The Great Learning* 大學 (Daxue), Chapter ten, Book on the biographies.

enjoyed a major revival and its meaning went beyond simply "a new trend of learning." It was sometimes intermingled with the phrases of "xinshi xuetang 新式學堂," or "xixue 新學" to refer to a new style of school with emphasis on the knowledge from the West. The term "xinxue" was used by the Western missionaries as early as 1887. In that year, Christian Literature Society for China (Guangxuehui 廣學會, 1887-?), probably the most influential Western sponsored educational society in China at the turn of the century took "xinxue" as synonymous , with "Western learning" (*Xixue* 西學) and as the primary emphasis of the editorial agenda in their publications: "[Our goal is to] Use knowledge from Western countries to enhance the knowledge of China, using New Learning from Western countries to advance Old Learning of China" (yi xiguo zhi xue guang Zhongguo zhi xue, yi xiguo zhi xinxue guang Zhongguo zhi jiuxue 西國之學廣中國之學, 以西國之新學廣中國之舊學).⓰ In the same year (1887), the term "xinxue" was used by Timothy Richard in his eight-chapter long pamphlet entitled *Qiguo xinxue beiyao* 七國新學備要 (Key policies on New School System in Seven European Countries), also known as *Xinxue* 新學, *Xinxue bazhan* 新學八章 (Eight Chapters on the New Learning) or

---

⓰ Quoted from Guo Yanli 郭延禮 , *Jindai xixue yu Zhongguo wenxue* 近代西學與中國文學 (Contemporary Western Learning and Chinese Literature), Nanchang 南昌: Baihuazhong wenyi chubanshe 百花洲文藝出版社, 2000, p. 28.

*Modern Education.*❶　In Richard's later recollection of this article, he said:

On October 18ᵗʰ [of 1882?] I took my family to Tientsin [Tianjin]. There I had an offer of translation work for the Government at the Arsenal, with a salary of $600 a year, but I could not contemplate breaking with missionary work.　So on November 14ᵗʰ I went to Peking, where I took a house which had formerly belonged to Bishop Shereshewsky, of the American Episcopal Mission.　The London Committee suggested that we should return to Shantung, and I agreed to do so if they would allow me to establish a Christian College at Chi-nan-fu, the capital.

Pending the reply of the Baptist Committee, I prepared a pamphlet on *Modern Education* as carried on in the seven leading nations of the world.　In it I emphasized four methods of education -- the historical, the comparative, the general, and the particular.　In other words, I showed how one must compare

---

❶　Timothy Richard, *Qiguo xinxue beiyao* 七國新學備要 (Key policies on New School System in Seven European Countries), also known as *Xinxue bazhang* 新學八章 (Eight Chapters on the New Learning).　The article was written in 1887, but did not publish until 1889.　See *Wanguo gongbao* 萬國公報 (Eastern Times), vol. 2, 1889.

This book and his later *Rectifying School System* 整頓學校 (Zhengdun Xuexiao) are both dealing with the issue of Chinese education.　Also see the discussion of it in Wang Shukuai, *Foreigners and Wuxu Reform* 外國人與戊戌變法 (Wairen yu wuxu bianfa), Nangang:　Academia Sinica, Institute of Contemporary History, 1965.

the progress of the various nations, that one must acquire a general knowledge of things, and exact knowledge of some particular department -- that is to say, something of everything and everything of something. This pamphlet I distributed among the leading statesmen in Peking and presented to Li Hung-chang in Tiantsin.

In the pamphlet I suggested that the Chinese Government should commence educational reform. ....⓲

In the Chinese version of this pamphlet, Timothy Richard used examples of educational transformation in the past to emphasize the importance of continuous educational reform:

> Since the Han dynasty, ... the various states in China established their own new styles of school (*xinfa shangxue* 新法上學). These were called "General Schools" (*pu shuyuan* 普書院). That is one such transformation. In the Daoguang 'D ¥ú period (1821-1850) each state, county, and town also founded a new style of elementary school (*xinfa chuxue* 新法初學). This was another transformation (*xinfa you bian yi xinfa* 新法又變一新法). In the Tongzhi 同治 (1862-1874) and Guangxu 光緒 (1875-1908) reigns, new style high schools and mechanical schools were also added. There is thus continuous renewal of the already renewed policy, and continuous reform of the already reformed policy, (*xinfa zengxin, bian zhi zai bian* 新法

⓲ William E. Soothill, *Timothy Richard of China: Seer, Stateman, Missionary and the Most Disinterested Adviser the Chinese ever Had*, London: Seeley, Service & Co. Limited, 1924, p. 158.

增新，變之再變).⑲

Richard's idea of "xinxue dagang" 新學大綱 (Outline of the New Learning) consisted of four principles: The "four methods of education -- the historical, the comparative, the general, and the particular" that he brought up in the English version of this proposal were re-labeled as the principles of "heng" 橫 (horizontal), "shu" 豎 (vertical), "pu" 普 (general), and "zhuan" 專 (specific). In Richard's words:

> What is the new approach [to New Learning]? It is nothing more than "heng," "shu," "pu," and "zhuan." What is "heng"? The study of what is important for our country, which must be the same as the important subjects in the various foreign countries. This refers to historical study. What is "shu"? The study of the causes of past disaster and success. This refers to comparative study. What is "pu"? The thorough and inclusive study of whatever people need to study, including things from the past, things that are helpful for the present, and things that were created by heaven. This represents general study. What is "zhuan"? It refers to study that specializes on one thing, but is applicable to many other things. It is study that will lead to innovative and amazing discoveries and is

---

⑲　Timothy Richard, "Preface to *Xinxue*"《新學》序 (Xinxue xu), *Wanguo gonbao* 萬國公報 (Eastern Times), vol. 2, 1889. Collected in *Wangguo gongbao wenxue* 萬國公報文選 (Selected articles from Eastern Times), Beijing: Sanlian shudian, 1998, p. 518.

specific.[20]

Richard's notion of "xinxue" was quoted later by Liang Qichao in 1896 in an article entitled "On the danger of not understanding the fundamentals of reform" (*Lun bianfa buzhi benyuan zhi hai* 論變法不知本原之害). In Liang's retelling of how Timothy Richard sought to help China to develop the "New Learning," Liang intermingled the terms of "*xuexiao xingui*" 學校新規 (new policies for the schools), "xixue" 西學 (Western Learning), and "xinxue" 新學 (New Learning) to refer to the same thing: i.e. (1) a new type of school emulating the newest schools in the West, and (2) a new curriculum emphasizing on the study of Western Learning. As Liang wrote:

> Timothy Richard's words are truly astonishing. He said: "When Western officials offered advise to Chinese, what they are really concerned about is to protect their own countries. When I returned to England in 1882, I knew that the Chinese people were bound to adapt the repertoire of Western knowledge in the near future. No matter where I went, whether it was England, France, or Germany, I tried to visit the education department in each country so as to pick up educational policies to strengthen the New Learning (*zhenxing xinxue zhi xue* 振興新

---

[20]　Timothy Richard, "Preface to *Xinxue*"《新學》序 (Xinxue xu), *Wanguo gonbao* 萬國公報 (Eastern Times), vol. 2, 1889. Collected in *Wangguo gongbao wenxue* 萬國公報文選 (Selected articles from Eastern Times), Beijing: Sanlian shudian, 1998, p. 518-519.

學之學) to share with the Chinese people.　Once when I was in a new country, I respectfully asked about their new educational policies (*xuexiao xingui* 學校新規).　An official asked me the purpose of my learning about their New Learning and I told him honestly that I was planning on sharing the information with the Chinese.　Before I could finish my words, the official became very upset.　"What do you think it would do to our country if you teach　the Chinese to master Western knowledge (xixue 西學)?" ...　When Westerners meet Chinese officials, they indulge in all kinds of nice phrasing and flattering words about the Chinese people.　They praise Chinese knowledge as the most superior in the whole world.　They want to make Chinese proud of what they have, so as to strengthen their contempt for the New Learning.❷⓵

恫乎李提摩太之言也。曰，西官之為中國謀者，以保護本國之權利耳。余于光緒十年回英，默念華人博習西學之期，必已不遠。因擬謁見英法德等國學部大臣。請示振興新學之學。以儲異日傳播中華之用。詒(?)至某國，投剌進謁其學部某大臣。叩問學校新規……大臣因問余考察本國新學之意。餘實對曰，欲一傳諸中華也。語未竟，大臣佛(?)然變色，汝教華人盡明西學，其如我國何……西人之見華官，每以諛辭獻媚，曰貴國學問，實為各國之首，一嬌其自以為是之心，而堅其藐視新學之志。

---

❷⓵　Liang Qichao 梁啓超 , "Lun bianfa buzhi benyuan zhi hai" 論變法不只本源之害 (On the danger of not understanding the fundamentals of reform, written in 1896.　See *Yingbinshi wenji leibian* 飲冰室文集類編 (Anthology of Ice Drinker's essays), vol. 1.,　Taipei:　Huazheng shuju, year not indicated, . 13.

The three different accounts of Timothy Richard's notion of "xinxue" given by Liang and Richard himself are indicative of the rather loose definition of the term at the time. It does seem, however, that the notion of "xin" at the end of the nineteenth century, was heavily embedded in notions of Western Learning, which was also referred to by Richard as "modern."

Zhu Yixi 朱一新 (1846-1894)

The loosely defined notions of "xin" and "xinxue" that Timothy Richard and Liang Qichao were dealing with can also be seen in the writings of conservative intellectuals, with their concern over the many ramifications of the idea of the new. In conservative thinking, "xin" stands primarily for technological gadgets and utilitarian novelty devoid of moral substance, and thus dangerous to Chinese society. Such concerns was exemplified by Zhu Yixin 朱一新:

> The barbarians (rongdizhe 戎狄者) are far away from the principles of "yi" (righteousness 義) and "li" (propriety 禮). For them, there is no concept of propriety towards the relationship between emperor and official, between father and son, between elder and younger brothers, or between husband and wife. In their view, the sacred Classics and Histories are of no use, only the transformed or modified ones (bian zhe 變者) and the new and the strange ones (xinqi 新奇). ... We might think that we are only borrowing foreign customs for our use, but such minor convenience [as we might gain] may hurt the

fundamental spirit of our country substantially.　How can we follow treacherous and self-serving thinking (qiaoli zhi shuo 巧利之說) like this?㉒

No matter how biased and out of context this statement may sound to be, it does convey the spirit of the opposition to the notion of "xin," one that ironically foretold one of the two opposing definitions of "xin" that I will discuss later in this chapter, that of the urban novelty.

The *"Xin"* of *"Xinmin"*

Following the Song interpretation of *The Great Learning* use of "xin," the notion of "xinmin" (to revitalize the people) was eventually to become the most important part of the reform discourse of Late Qing times.　In the late nineteenth century, Chinese contact with the West, especially that with newly-arrived Western missionaries, added new dimensions to the notion of "xin."　Timothy Richard, for example, first used the term "xinmin" in his article "Jiushi jiaoyi" 救世教益 (Save

---

㉒　Zhu Yixin 朱一新.　Quoted in Sa Mengwu 薩孟武, "Wuxu bianfa yiqing de yangwu yundong ji fandui de yanlun" 戊戌變法以前的洋務運動及反對的言論 (The Foreign Affair Movement before Wuxu reform and its intellectual oppositions), *Wanqing sixiang -- jindai Zhongguo renwu lun* 晚清思想——近代中國人物論 (Late Qing thoughts -- the leading intellectuals in contemporary China), Taipei:　China Times Publication Company, 1980, p. 157.

the world by good teaching) published in 1894.㉓ In this article, Richard brought forth what he considered to be the "four great policies benefiting to the people" (*si da limin zhengce* 四大利民政策) in order to help China become a stronger country. These four policies include: "cultivating the people" (*yangmin* 養民), "teaching the people" (*jiaomin* 教民), "pacifying the people" (*anmin* 安民), and "revitalizing the people" (*xinmin*). Some years later, in 1902, Liang Qichao set forth his own influential notion of "xinmin shuo" 新民說 (On revitalizing the people).㉔ In the opening announcement of the *New People News* 新民叢報 (Xinmin congbao), Liang Qichao indicated that: "The word 'xinmin' was adapted from the Great Learning. In order to renew our country, we believe that we have to first renew our people. China's not being able to become strong has lot to do with the lack of sense of

---

㉓ See Timothy Richard, the seventh chapter of *Jiushi jiaoyi* 救世教益 (Save the world by good teaching), serialized in *Wanguo gongbao* 萬國公報 (Eastern Times), vol. 36 & 37, 1894. The same idea was brought up again in Timothy Richard's later work "Xin zhengce" 新政策 (New policy), in Wanguo gongbao 萬國公報 (Eastern Times), vol. 87, 1896. Also collected in Zhu Weizheng 諸維錚, ed. Wanguo gongbao wenxuan 萬國公報文選 (Selected articles from Review of Times), Beijing: Sanlina shudian, 1998, pp. 108-123.

㉔ Liang Qichao 梁啓超, "Xinmin shuo" 新民說 *Xinmin congbao* (New People News, 1902-?). The book contains 13 sections 節 (jie). The first three sections were published in the first issue of the New People News in 1902, and the last section was published in New People News in 1906. Also collected in *Yinbinshi wenji leibian* 飲冰室文集類編 (Categoried anthology of essays written in ice drinking study), Taipei: Huazheng shuju, year unknown.

morality and lack of wisdom in our society in general.　We therefore take it as our responsibility to fix this problem."❷ Basically following the connotation of "xin" used in the *Great Learning*, Liang Qichao's "xin" also means to "renew" or to "rejuvenate."

However, Liang directed the philosophical dimension of "xin" in a more exclusively utilitarian direction.　He moved the original "personal-cultivation" 修身 (xiushen) dimension of "xin" toward the idea of "physical maintenance" 養身 (yangshen).　In other words, the philoso-phical depth of "xin" is appropriated into an utilitarian means to "govern a country" (*zhiguo* 治國).　In his long article *Xinmin shuo* 新民說 (On rejuvenating the people), Liang wrote:　"A country is made of people. ...　If a person desires longevity, then he will have to study the art of physical heath.　Likewise, to build a prosperous and safe country, the art of rejuvenating people's spirit is the most important."❷ However, in late Qing times, the notion of "xin" as "revitalization" was complicated by its other levels of meanings, i.e. the meaning of "the newly emerging" or "the innovation" embedded in the term "xinxue" which I will be talking about below.

---

❷ See Liang Qichao's editorial agenda published in the first issue of *Xinmin congbao* 新民叢報 (New People News), *Xinmin congbao*, no. 1.　See also *Liang Qichao nianpu changbian* 梁啓超年譜長編.

❷ Liang Qichao 梁啓超, *Xinmin shuo: Shaonian Zhongguo de guomin xing gaizao fang'an* 新民說：少年中國的國民性改造方案, Chapter 3, "Shi xinmin zhi yi" 釋新民之義 (On the New People), p. 46.

Zhang Zhidong's *Quanxue pian* (A Proposal on Education): *Xin (new) and Jiu (old)*

Not unlike its precursors, including Liu Xie in the Northern and Southern Dynasty and Wang Anshi in the Song Dynasty, late Qing New Learning was confronted with challenges and criticism. It further prompted a series of potent debates and arguments over the superiority of "xin" 新 (the new) or "jiu" 舊 (the old). The contrast between "xin" and "jiu" was highlighted by opposing terms, such as "New Learning" 新學 (Xinxue) vs. "Old Learning" 舊學 (Jiuxue), or the "new style of school" 新式學堂 (xinshi xuetang) vs. the "old style of school" 舊式學堂 (jiushi xuetang). The tension between the old and the new was described in late Qing official Zhang Zhidong'd 張之洞 (1837-1909) "Preface" to his own significant book *A Proposal on Education* 勸學篇 (Quanxue pian) written in 1898:

> Those who try to remedy to present situation promote New Learning, while those who are concerned about the harming the Dao defend the Old Learning. There are great divergences. The old Learning group has been overly concerned and not able to do much, while the New Learning group is also facing diverse views and unable to achieve much. The Old Learning group fails to see the importance of being comprehensive; the New Learning group, on the other hand, has no solid grasp of the fundamentals. ... Those who adhere to the old thus come to fault the new even more, and those who uphold the new despise

the old.❷

　　……圖救時者言新學，慮害道者守舊學，莫衷於一。舊者因
噎食廢，新者歧多而羊亡。舊者不知通，新者不知本……則
舊者愈病新，新者愈厭舊。

　　Besides the conventional tension between the old and the new, Late
Qing New Learning's strong emphasis on Western knowledge 西學
(xixue) constituted another level of tension, i.e. the tension between the
indigenous "China" (zhong 中) and the imported "Western" (xi 西).
Some supporters of the Western Learning even went so far as to define
"New Learning" as "Western Learning."　When proposing a new style
of education, Zhang Zidong, for example, said the following:

　　… 　Students should learn both the new and the old.　The Four
　　Books and Five Classics, Chinese history, politics, maps are the
　　Old Learning.　Western government, literature, history are the
　　New Learning.　The Old Learning should be the principle, and
　　the New Learning should be the utility.　Neither one can be
　　neglected.❷

　　其學堂之法約有五要：一曰：新舊兼學。四書五經、中國史
　　事、政書、地圖爲舊學。西政、西藝、西史爲新學。舊學爲
　　體，新學爲用，不使偏廢。

❷　Zhang Zhidong, "Preface" for *On Learning* 勸學篇 (Quanxue pian), written in
　　1898.　Reprint, Zhengzhou: Zhongzhou chubanshe, 1898. p. 41.
❷　Zhang Zhidong, *On Learning* 勸學篇 (Quanxue pian), written in 1898.
　　Reprint, Zhengzhou: Zhongzhou chubanshe, 1898, p. 121.

Though late scholar-officials like Zhang Zhidong certainly did not oppose the Old Learning, his remarks reveal an inclination toward the New Learning that was representative of progressive late Qing thinking on the issue. While ostensibly taking traditional learning as his epistem-ological base, by associating the new knowledge with functional utility, "xin" gradually came to represent a rejuvenating force, mostly adapted from the West; "jiu," on the other hand, was representative of the old and the ineffective indigenous repertoire of knowledge.

The Empress Dowager's Defense: The court position between "xin" and "jiu"

Despite having been bitterly opposed to the comprehensive reform set in motion at court in the summer of 1898 and having gone so far at to back the violently anti-foreign Boxer Rebellion two years later, after the Boxer defeat the Empress Dowager Cixi had by the year of 1901 become an advocate of the new. On January 29, 1901, the Qing court, announced a momentous imperial edict (*shangyu* 上諭) ordering the launching of a "new administration" (*xinzheng* 新政) comprising the effort to set up new courtly rules (*zhifa* 治法), and to recruit new officials of administrative ability (*zhiren* 治人). The edict declared the goals of the "new administration:" "By every available means of knowledge and observation, seek out how to renew our national strength, how to produce men of real talent, how to expand state revenue, and how to revitalize the military."[29]   Primarily delivered from Empress Dowager's point of view, the 1901 edict defended the imperial court from being accused of suppressing the "new:"

> How can anyone say that in suppressing this insurrectionary movement, the Empress Dowager declined to sanction anything new?   Or that in taking away from and adding to (sunyi 損益) the laws of our ancestors we [the court] made plans to completely abolish the old?   We sought to steer a middle course between the two extremes, and to follow a path to good administration. ...

It is important to add that, in reaffirming the Empress Dowager's commitment to "follow a path to good administration," the 1901 edict, at least on the literal level, is indicative of an effort on her part to not just go beyond the polar opposition between the new and the old as well as that between China and foreign countries, but to try to obliterate any real distinction: "We have now received Her Majesty's decree to devote ourselves fully to China's revitalization, to actively *suppress using the opposing concepts of the "new" and "old"*.   We make it our agenda *to adapt the best from China as well as from the foreign*

---

[29]   The "Reform Edict" 上諭 (shangyu) given in January 29, 1901.   Reproduced in *Guangxu chao Donghua lu*, IV, 135-136.   The translation is from Douglas R. Reynolds' *China, 1898-1912: The Xinzheng Revolution and Japan*, Cambridge: Council on East Asian Studies, Harvard University, 1993, p.203.

countries."㉚ (emphasis added)   With this complete submersion into the realm of political utility, however, the discourse of "new" was also removed from its original intellectual and philosophical context.

While trying to suppress the new/old and China/foreign oppositions with one hand, with the other the edict was highly critical of what it regarded as the superficial adaptation of Western Learning in Chinese society in the past, and urges a more profound study of the full range of Western knowledge:

> Those who have studied Western methods up to now have confined themselves to the spoken and written languages and to weapons and machinery.   These are but surface elements of the West and have nothing to do with the essentials of Western learning.   Our Chinese counterparts to the fundamental principles upon which Western wealth and power are based are the following precepts, handed down by our ancestors: "to hold high office and show generosity to others," "to exercise liberal forbearance over subordinates," "to speak with sincerity," and "to carry out one's purpose with diligence."   But China has neglected such deeper dimensions of the West, and content itself with learning a word here and a phrase there, a skill here and a craft there, meanwhile hanging on to old corrupt practices of currying favor to benefit oneself.   If China disregards the essentials of Western learning and merely confines its studies to surface elements which themselves are not even mastered, how

---

㉚   Ibid., p.202.   The italicized emphasis is mine.

can it possibly achieve wealth and power?**❸❶**

Reform Intellectuals and "xin"

Many Chinese intellectuals in the Qing, such as Gong Zizhen 龔自珍, Feng Guifen 馮桂芬, and Wang Tao 王韜 had all at different times and occasions called for socio-political changes and renewal. Gong Zizhen, for example, emphasized "bian" 變 (transformation) as a crucial component for social progress: "Ever since ancient times, there have been no laws that are unalterable; no opportunities that happen without prior plans; no single thing that is untransformable; no custom that is unchangeable." **❸❷** Kang You Wei also claimed that "Transformation is the heavenly law," (Bianzhe tiandao ye 變者天道也) and that "Nothing is unchangeable, and no time is devoid of changes" (Wu yi bubian, wu le bubian 無一不變, 無刻不變). Kang celebrated the notion of "xin" as the following:

> If the thing is new, it will be strong; if it is old, it will be weak.
> If it is new, it will be fresh; if it is old, it will be rotten. If it is
> new, it will be alive; if it is old, it will be rigid. If it is new, it
> will be liberal; if it is old, it will be stagnated. This is a natural

---

❸❶ Ibid., p. 203.

❸❷ See Gong Zizhen 龔自珍, "Shang daxueshi shu" 上大學士書 (Letter to the Honorable Scholar in court), collected in *Gong Zizhen quanji* 龔自珍全集 (Complete anthology of Gong Zizhen), vol. 2, Zhonghua shuju, 1959, p. 319.

law.[33]

Kang Youwei also considered that "a new world is constituted with spectacles and exotica, a new voice is constructed with things from European and foreign countries" (Xinshi guiqi yijing sheng, geng sou ouya zao xinsheng 新世瑰奇異境生，更搜歐亞造新聲).[34]

Other late Qing intellectuals further explored the possibility of "renewing with transformation and revolution" (biange qiuxin 變革求新).[35] Huang Zunxian 黃遵憲, for example, called for a strident break away from the old:

> …My hands record what I have to say [in mind],
> How can the ancients confine me?
> With the simple colloquial language,
> I produce my writing with great freedom.
> Given another five thousand years later,

---

[33] Kang Youwei 康有爲, "Shang Qingdi diliushu" 上清帝第六書 (The six letter to the Qing emperor), collected in *Kang Youwei zhenglun ji* 康有爲政論集 (Anthology of Kang Youwei's political essays), vol. 1, Zhonghua shuju, 1981, p. 212.

[34] Kang Youwei, "Yu Shuyuan lunshi jianji Rengong, Rubo, Manxuan" 與菽園論詩兼寄任公、儒博、曼宣 (Discussing poetry with Shuyuan, also sharing with Rengong, Rubo, and Manxuan), *Kang Youwei shiwen xuan* 康有爲詩文選 (Selected poems of Kang Youwei), Renmin wenxue chubanshe, 1958, p. 264.

[35] See Xu Deming 徐德明, *Zhongguo xiandai xiaoshuo yasu liubian yu zhenghe* 中國現代小說雅俗流變與整合 (The convergence of the elite and popular trends of modern Chinese novels), Beijing: Shehui kexue wenxian chubanshe, 2000.

People will cherish my writing as treasure from the ancient times![36]

To Huang, accepting foreign influence would be an effective way to break away from the old: "Singing beyond the realm of China" 吟到中華以外天 (Yindao Zhonghua yiwai tian).[37] He celebrated the "new" as mankind's mastery over nature through modern technology, the electric light:

A thousand radiant lamps hang like fluorescent pearls,
Illuminating this portrait of gods who banquet in the night.
Strung in nets like tasseled clouds, they resemble showers of flower petals-There is a paradise of immortals in this realm of mortal flesh.[38]

Other late Qing intellectuals further announced the adaptation of the foreign as ways to reach for the new. Among them, Huang Ren's

---

[36] Huang Zunxian, *Zagan* 雜感 (Random thoughts), collected in *Renjinglu shicao jianzhu* 人境盧詩草箋注 (Annotated poetic manuscript from the Human Realm Studio), annotated by Qian Zhonglian 錢仲聯, vol. 1, Shanghai: Shanghai guji chubanshe, 1981, p. 42-43.

[37] Huang Zunxian, "Fengming wei Meiguo Sanfulanxisiguo zonglishi liubie riben zhujunzi" 奉命爲美國三富蘭西士果總領事留別日本諸君子 (Written for the General Consulate from San Francisco, America and to bid farewell to the Japanese gentlemen), collected in Ibid., p. 340.

[38] Huang Zunxian, from Ibid., p. 831. See discussion of this poem in J. D. Schmidt, *Within the Human Realm: The Poetry of Huang Zunxian, 1848-1905.* Cambridge University Press, 1994.

remarks were representative: "The new will be generated by planting integrated cultural components coming from European countries and Japan in our brains."❸❾　Qiu Fengjia's 邱逢甲 poems conveyed the same inclination in adapting Western influences: "A new horizon will not be reached by simply following the ancient's lead, a writer will have strike their pens across the global earth" (Zhikai qiangu budaojing, bili hengjue dongxiqiu 直開前古不到境，筆力橫絕東西球).❹❶

In the literary works written by this group of intellectual writers, we can find many examples where "Western Learning" became the major components of the Late Qing notion of "xin." Huang Zunxian poems foregrounding the influences from the foreign were regarded by Kang Youwei as true literary innovations where "the strength from Europe and America are adapted and integrated" (Cai oumeiren zhi chang, huicui rongzhu er zide zhi 采歐美人之長，薈萃熔鑄而得之). Huang's many poems celebrating Western technological inventions including steamboats, telegraphy, and the camera were praised by Liang

---

❸❾　Huang Ren 黃人, "Guochao wenhui -- Xu" 國潮文彙 · 序 (Preface to essays written in Guochao), see *Zongguo jindai lunwen xuan* 中國近代文論選 (Selected contemporary Chinese essays), vol. 2, Renmin wenxue chubanshe, 1961, p. 488-489.

❹❶　Qiu Fengjia 邱逢甲, "Shuojiantang ji tici wei Duli Churen zuo" 說劍堂集題詞爲獨立出人作 (Written for Duli churen and dedicated to the Talk and Sword Studio), See *Lingyunhairilou shichao* 嶺雲海日樓詩抄 (Poems written in the Tower of Cloud, Ocean, and Sun), Shanghai: Shanghai guji chubanshe, 1982, p. 84.

Qichao as models for a "new [artistic] conception" 新意境 (xin yijing).
Liang Qichao's translated novel *Shiwu xiao haojie* 十五小豪杰 (The
Fifteen Little Heroes), on the other hand, was perceived as a work that
"joins together the essence of European and American [culture and
politics] for the sake of forging the mental strength of Chinese
people."❹

Literati Writers and the pre-"xin" late Qing Novels

Bao Tianxiao and Yan Fu

How were the New Learning and the intellectuals who embraced it,
such as Yan Fu, perceived by the general Chinese people? What was
the primary concern of the literati at the time? What was the impact or
misunderstanding involved with the public reception of his notions of
the new or of new knowledge? As one of the most influential
intellectuals at the time, especially after his translation of the theory of
evolution was published, Yan Fu became one of the mostr prominent
representatives of "New Learning" for the Chinese literati. The
following is an interesting account of Yan Fu's talk given on the
Western notion of "Mingxue" (logic), written by the late Qing writer

---

❹　Bai Xia 白瑕 (Should be xia with grass radical on the top), "Shiwu xiao
haojie-Xu" 十五小豪傑 · 序 (*Preface to The Fifteen Little Heroes*), collected
in *Zhongguo jindai wenlun xuan* 中國近代文論選 (Selected contemporary
Chinese essays), vol. 2, Renmin wenxue chubanshe, 1961, p. 232.

Bao Tianxiao, one of the first generation of Chinese professional literati-writers:

> At that time, Mr. Yan's *Mile mingxue* 慕勒名學 (John Stuart Mill's Logic) was first published by "Jinsuzhai Translation Center" (Jinsuzhai yishu chu 金粟齋譯書處) [where Bao Tianxiao worked at the time]. Since a number of people could not figure out what kind of knowledge that the term "mingxue" 名學 referred to, someone suggested to us that since Mr. Yan was visiting Shanghai at the time, why not organize a gathering and ask Mr. Yan to give a talk so everyone could learn about it. We therefore asked Mr. Yan's permission. He kindly consented. So we choose a date, borrowed a big house, and invited a number of people to attend Mr. Yan's talk. We called this gathering "The logic symposium" (Mingxue jiangyan hui 名學講演會).
>
> We invited quite a few people. Other than the frequent visitors to our "Jinsuzhai Translation Center" office and the celebrities who used to frequent Wu Yanfu's house, we also invited a number of well-known and powerful persons... . Among them Zhang Jusheng 張菊生 (i.e. Zhang Yuanji 張元濟) and Zheng Suzan 鄭蘇堪 (i.e. Zheng Xiaoxu 鄭孝胥). ... Zhang Taiyan 章太炎 was also there. There were also many uninvited others. ...
>
> The talk was scheduled for two o'clock in the afternoon. But Mr. Yan did not arrive until after three. We later heard that he was addicted to opium, so he got out of bed late everyday. After his meal, he also needed time to smoke, so he was late.

He had a deep dark mustache, wore a dark blue robe (since people still wore queues back then, there was hardly anyone wearing a Western suit yet), a pair of glasses with thin gold frames -- with one leg of the frame broken but tied with black colored thread. He was from Fujian province (i.e. southern China), but spoke with a polished Beijing accent. He was a high ranking official, but wearing the look of a unconventional and unrestrained intellectual.

The equipment we had was unlike the typical setting in high school. There was no podium. We simply arranged a small desk on the east side of the room, a chair next to it. There were flowers and tea utensils on the desk. The seats for audience were in semi-circle. ... Mr. Yan was rather composed. He carried a little notebook with him, ... His talk was very organized. However, in his talk, he used many English terms which confused most of the people who did not understand English. This kind of knowledge was the profound kind which for many people was difficult to follow even if they tried to understand. Frankly speaking, I myself proof-read Mr. Yan's *Mule mingxue*, but I still could not follow him very much. I know very well that most of the audience who attended Mr. Yan's talk was not there to listen to him, but simply to see him. They came because it was a fashionable thing to do, and they followed the crowd.㊷

㊷ See Bao Tianxiao 包天笑, *Chuanyinglou huiyi lu* 釧影樓回憶錄 (A memoir from the house of bracelet shadow), Hong Kong: Dahua chubanshe 大華出版社, 1971; reprinted by Shangxigujichuban she 山西古籍出版社, in 1998, pp. 289-290.

This talk lasted for about an hour. Mr. Yan stood through his talk. Though we prepared a seat for him, he never sat down. He said many modest words, and his posture was graceful and his manner was composed. Though it was only an hour, it still must have been already strenuous for him. After the talk, we served tea and a snack, then the audience left gradually. Zhang Jusheng and several others stayed. Zhang was Mr. Yan's old friend. They worked together when they founded "Tongyi xuetang" 通藝學堂 (School of general education) in Beijing. However, Zhang did not stay long either.

As for "mingxue" (logic), Mr. Yan admitted that though he introduced and translated it, he did not consider it an easy matter either. Late on, he translated another book called Mingxue qianshuo (A short introduction to "Logic"). But that book was not translated by Jinsuzhai. Among the people who study the New Learning (xinxue) in the present time, not many of them mention this category of knowledge any more. Someone told me that it is called "Lunlixue" 論理學 in Japan. In our country, the term "Luoji" 邏輯(logic) has been widely used. It is also called "Luogi xue" 邏輯學 (the study of logic). I heard that the word "Luoji" was first used by Mr. Zhang Xingyan 章行嚴. I am not sure if it originated from the term "Mingxue" or not. I will ask Mr. Zhi Hutong 之弧桐 about it when I get a chance.

As Bao wrote, "... most of the audience who attended Mr. Yan's talk was not there to listen to him, but simply to see him. They came because it was a fashionable thing to do, and they followed the crowd."

In other words, what this crowd of Shanghai intellectuals could perceive of the "New Learning," and probably of the "new" in general, remained mostly as "phenomenon," instead of being ideologically or intellectually oriented knowledge.

Bao Tianxiao's (1876-1973) account of Yan Fu's talk and what Yan represented shed new light on our study of the "new" in late Qing China. In addition to his comments on Yan Fu, Bao Tianxiao's life experience is also emblematic of the general reception of the "new" at the last turn of the century. As one of the many Chinese literati, Bao was brought up as a traditional scholar in late nineteenth-century China, but was also an enthusiastic follower of the New/Western learning and the reform thinking set forth by people such as Liang Qichao. He was a loyal reader of new style magazines and newspapers, including Liang Qichao's *Shiwubao, Shenbao, Xinwenbao*, and *Zhongwai yuebao.*[43] As the influence of the traditional examination system waned in the years before it was terminated entirely in 1905, he and many other traditionally trained literati became professional writers and editors of the earliest group of popular magazines and newspapers in China.

By the age of 26 in 1902, Bao Tianxiao had published three

---

[43] See Bao Tianxiao 包天笑, *Chuanyinglou huiyi lu* 釧影樓回憶錄 (A memoir from the house of bracelet shadow), Hong Kong: Dahua chubanshe 大華出版社, 1971; reprinted by Shangxigujichuban she 山西古籍出版社, in 1998.

translated novels (*Jiayin xiaozhuan, Sanqianli xunqing ji, Tie shijie*),❹ founded one vernacular newspaper (*Suzhou baihua bao*) and one translation journal (*Lixue yibian*). As the person in charge of a translation center, Bao had also sponsored the publication of several important translations by Yan Fu, including *Mile mingxue* 慕勒名學 (John Stuart Mill's Logic), *Yuanfu* 原富 (Adam Smith's The Wealth of Nations) and *Qunxue siyan* 群學肆言(Herbert Spencer's A Study of Sociology). It was in the year of 1902, the same year that Liang Qichao brought forward his theory of the New Novel, that Bao sponsored Yan Fu's talk.. However, unlike many of the Late Qing "New Novelists" who were inspired by the theory of the New Novel theory, Bao did not write any New Novels. In fact, he did not write any novels at all until 1906, when he was, according to his own account, lured by the handsome payments offered by the publishing business.

What kind of novels were the literati writers writing at the time?

Bao Tianxiao's case leads to a related question: What was the literary scene like at the time when reform thinkers such as Yan Fu and Liang Qichao were advocating their notions of "new?" What did

---

❹ Among them, Jiayin xiaozhuan was a love story. *Sanqianli xunqin ji* was a story about how an orphan looked for his mother. *Tie shijie* was an imaginary war between French and Germans.

Liang and other reform writers have to work with when they endorsed the use of novels as a reform vehicle in 1902? What are the possible reasons for their ambivalence, despair and for their hope?

In fact, we can see that novels or "novel-like" narratives touching upon the "new," i.e. the foreign and the exotic, already existed in late Qing writing when the New Novel theory was first brought up. A glance of the novels published between 1898 to 1902 suggests that some late Qing novelists had already been using the "novel" as a genre to explore China's future. ❹ Obviously, the term "xiaoshuo" 小說 (novel) was a rather inclusive one, referring to narratives that dealt broadly with subject matters ranging from fictional love stories to factual history. Some of these subsisted as examples of a popular literary genres providing space for common people's fantasy and imagination. Some served as a bridge between China and the foreign while providing perspectives to understand foreign countries. Some provided ways to make sense of a changing society. Some provided details on current political incidents.

The majority of the novels were, however, "popular novels" 通俗 小說 (tongshu xiaoshuo) dealing with subject matter such as romance, prostitutes or the lives of knight-errants. Among them are *Haitian*

---

❹ *Zhongguo tongsu xiaoshuo zongmu tiyao* 中國通俗小說總目提要 (A handbook and bibliography of Chinese popular novels), Jiangsu: Zhongguo wenlian chuba gongsi, 1990.

hongxue ji 海天鴻雪記 (*Sea, sky, snow and the seagull*, 1899),㊻
Nanchao jinfen lü 南朝金粉錄 (*Southern dynasty and the golden
powder*, 1899),㊼ *Caizi qiyuan* 才子奇緣 (Talented scholar and his
love story, 1899),㊽ *Si da jingang qishu* 四大金剛奇書 (*The four
courtesans from Shanghai*, 1900), ㊾ *Leizhuyuan* 泪珠緣 (The
Romance of Teardrops, 1900),㊿ *Liang yuan heji* 兩緣合記 (The story

㊻　Erchun jushi 二春居士, *Haitian hongxue ji* 海天鴻雪記 (*Sea, sky, snow and
the seagull*), first serialized in *Youxi bao* 遊戲報 (Playful News), 1899.
Published as a book in 1904, by Shijie fanhua baoguan 世界繁華報館
(Worldly Splendor News Publication).

㊼　Yanshan yisao 燕山逸叟, *Nanchao jinfen lü* 南朝金粉錄 (Southern dynasty
and the golden powder), 1899.　Lithograph printed version in 1899.

㊽　Author unknown, *Caizi qiyuan* 才子奇緣 (Talented scholar and his love story),
1899.

㊾　Also known as *Xida jingang zhuan* 四大金剛傳 (The biographies of four noted
prostitutes), *Haishang dida jingang qishu* 海上四大金剛奇書 (The unusual
history of four great prostitutes in Shanghai), *Haishang Qinlou chuguan yeyou
zhuan* 海上秦樓楚館冶遊傳 (Stories from the Shanghai courtesan houses),
Danao shanghai qinlou chuguan yanyi 大鬧上海秦樓楚館演義 (Stories of
riots from Shanghai courtesan houses).　Written by "Chousi zhuren" 抽絲主
人 (The master of silk making) in 1900.　See related studies about this book
in Wei Shaochang 魏紹昌, *Wu Jianren yanjiu ziliao* 吳趼人研究資料
(Materials about Wu Jianren), Shanghai:　Guji chuban she, 1980.

㊿　Chen Diexian 陳蝶仙, *Xin leizhuyuan* 新淚珠緣 (The new story of teardrops),
first published in *Yueyue xiaoshuo* 月月小說 (Novel monthly), no. 19-24,
1908, published as a book in 1910, by Shanghai Qunxue she 上海群學社.

of two good marriages, 1900),**㉛** *Yingchuang qingwan hualiu jiata* 螢窗清玩花柳佳談 (Flowers, willows, and love stories for leisure time, 1900),**㊾** *Xianxia wuhua jian* 仙俠五花劍 (*Great knight-errants and the five-flower sword, 1901*; also known as *Hongxiannü* 紅線女 [*The red-thread girl]*),**㊿** *Yecao xianhua chou yinyuan* 野草閑花臭因緣 (Wild weeds, outdoor flowers, and stinky marriage, 1901),**㊼** and *Tiannü sanhua* 天女散花 (*Fairies spreading flowers*, 1901).**㊽**

There were also novel-like accounts based on folk legends,

㉛ Wu Huaqing 吳華卿, pen-named "Liangxiang xiyu sheng Huaqing wushi" 憐香惜玉生華卿吳氏 (Scholar of Liangxiang xiyu, Mr. Wu from Huaqing), *Liang yuan heji* 兩緣合記 (The story of two good marriages), publisher unknown, 1900.

㊾ Author unknown, *Yingchuang qingwan hualiu jiata* 螢窗清玩花柳佳談 (Flowers, willows, and love stories for leisure time), publisher unknown, 1900.

㊿ Haishang Jianchi 海上劍癡 (The sword lover from Shanghai), *Xianxia wuhua jian* 仙俠五花劍 (*Great knight-errants and the five-flower sword*, also known as *Hongxiannü* 紅線女 [*The red-thread girl]*), 1901.

㊼ Yuehu Yüyin 月湖漁隱 (Fisherman Hermit from the Moon lake), *Yecao xianhua chou yinyuan* 野草閑花臭因緣 (Wild weeds, outdoor flowers, and stinky marriage), lithography version printed in 1901; printed again by Shanghai Zhangfuji shujü 上海章福記書局 in 1918.

㊽ Author Unknown, *Tiannü sanhua* 天女散花 (*Fairies spreading flowers*), lithography version published by Shanghai Zhenhuan xiaoshuo she 上海振寰小說社, 1901. Also known as *Huanqing xiaoshuo Tiannü sanhua* 幻情小說天女散花 (The fantastic novel: Fairies spreading flowers).
Zhongguo tongsu xiaoshuo zongmu tiyao 中國通俗小說總目提要 (A handbook and bibliography of Chinese popular novels), Jiangsu: Zhongguo wenlian chuba gongsi, 1990.

historical incidents, or socio-political events. Among them are *Ping Jinchuan quanzhuan* 平金川全傳 (A Biography of General Pingjinchuan, 1898),❺ *Zhuona Kang Liang erni yanyi* 抓拿康有爲二逆演義 (Romance of the Capture of Two Rebels Kang Youwei and Liang Qichao, 1899),❺ *Huoshao shanghi hongmiao yanyi* 火燒上海紅廟演義 (The Burning Down of the Red Temple in Shanghai, 1900).❺ However, after 1900 these subjects were soon replaced by accounts of the politics and history of foreign countries or problems between China and certain foreign countries. Among this group are *Bolan de gushi* 波蘭的故事 (The story of Poland, 1901),❺ *Etu zhanzheng* 俄土戰爭

❺ Xiaoshan jüshi 小山居士, *Ping Jinchuan quanzhuan* 平金川全傳 (A Biography of General Pingjinchuan), Fuwen shuju, 1899. Also known as *Nian da jiangjun pingxi zhuan* 年大將軍平西傳 (The Great General Nian quell the Western border), or *Nian da jiangjun ping Jinchuan* 年大將軍平金傳 (A story of Great General Nian quell the Jin).

❺ Gurunye daoren 古潤野道人, *Romance of the Capture of Two Rebels Kang Youwei and Liang Qichao* (Zhuona Kang Liang erni yanyi 抓拿康有爲二逆演義), lithography version published by Shanghai Tongwen shujü 上海同文書局, 1899.

❺ Banchi sheng 半癡生, *Huoshao shanghi hongmiao yanyi* 火燒上海紅廟演義 (The Burning Down of the Red Temple in Shanghai), lithography version published in 1900.

❺ Dutou shanren 獨頭山人 (i.e. Sun Yizhong 孫翼中), *Bolan de gushi* 波蘭的故事 (The story of Poland), serialized in *Hangzhou baihua bao* 杭州白話報 (Hangzhou vernacular news), 1901.

(Russian War, 1901),⑥⓪ *Feilübing mindang qiyi ji* 菲律賓民黨起義記
(Philippine Civilian Uprising, 1901),⑥① *Meilijian zili ji* 美利堅自立記
(A History of the Independence of America, 1902)⑥② *Zhongdong
dazhan yanyi* 中東大戰演義 (An Account of the Middle Eastern War,
1901),⑥③ *Jiujie zhuan* 救劫傳 (Civilian Riots and the Western Army,
1902),⑥④ *Tanxiangshan huaren shounüe ji* 檀香山華人受虐記 (The
Unfair Treatment of Chinese People in Hawaii, 1902),⑥⑤ *Zhongdong
hezhan benmo jilüe* 中東和占本末記略 (The Peace War in the Middle
East, 1902).⑥⑥

⑥⓪　Xuan Fanzi 宣樊子 (i.e. Lin Xie 林獬), *Etu zhanzheng* 俄土戰爭(Russian
　　War), publisher unknown, 1901.

⑥①　Xuan Fanzi 宣樊子 (i.e. Lin Xie 林獬), *Feilübing mindang qiyi ji* 菲律賓民黨
　　起義記 (Philippine Civilian Uprising, publisher unknown, 1901.

⑥②　Xuan Fanzi 宣樊子 (i.e. Lin Xie 林獬), *Meilijian zili ji* 美利堅自立記 (A
　　History of the Independence of America), 1902.

⑥③　Hong Xingquan 洪興全, *Zhongdong dazhan yanyi* 中東大戰演義 (An
　　Account of the Middle Eastern War), Hong Kong: Zonghua yinwu zongju 中
　　華印務總局, 1900.

⑥④　Genlu jüshi 艮廬居士 (i.e. Hu Sijing 胡思敬), *Jiujie zhuan* 救劫傳 (Civilian
　　Riots and the Western Army), published in *Hangzhou baihua bao* 杭州白話報
　　(Hangzhou vernacular news), 1902.

⑥⑤　*Tanxiangshan huaren shounüe ji* 檀香山華人受虐記 (The Unfair Treatment
　　of Chinese People in Hawaii), 1902.

⑥⑥　Pingqingke 平情客, *Zhongdong hezhan benmo jilüe* 中東和占本末記略 (The
　　Peace War in the Middle East), published in *Hangzhou baihua bao* 杭州白話報
　　(Hangzhou vernacular news), 1902.

Xin and Qi

In fact, writings dealing with the exotic foreign and the sensational grotesque had been points of interest to Chinese readers for a long time. **(Give an example from *Things of the Strangeness*.)** In late Qing times, some newspapers and magazines used the words "xin" (new) and "qi" 奇 (extraordinary) as part of their titles. They were also used as part of the titles for literary columns, such as "Bizarre events and interesting things" 奇聞異事 (qiwen yishi) or "unusual heresay" 異文 (yiwen). *Haishang qizhu* 海上奇書 (Amazing books from Shanghai, 1892), the earliest Chinese literary magazine, for example, featured a column titled "Woyouji" 臥游集 (Imaginary traveling) featuring not only conventional travelogues, but also illustrations and stories of foreign sites, planets in outer space, and people living in those places. It also included stories such as "Babylon City" (Babiluan cheng 巴必鷥城), "E'riduo Plateau" (Er'riduo gaotai 厄日多高臺), "The grave of the King Desuolu" (Disuoluwang mu 第索祿王墓), and "An idol from the planet Jupiter" (Gong muxing renxing 供木星人形).**❻** Another paper titled *Qiwenbao* 奇聞報 (Extraordinary News, 1898-1897) "provided readers with accounts of the most recent, new, and extraordinary

---

❻ See Han Ziyun 韓子雲 (Huayeliannong 花也憐儂) eds., *Haishang qishu* 海上奇書 (Amazing books from Shanghai), printed by Dianshizhai shuju, and distributed by Shenbaoguan, February 1892 to November 1892.

things."❻❽　Some articles featured in Qiwenbao were: "Li Chunsheng's travelogue in Tokyo" (Li Chunsheng youli riben dongjing ji 李春生游歷日本東京記), and "Korean geography and social customs" (Chaoxian jiangyu fengsu ji 朝鮮疆域風俗記).

Another prevalent literary features in the late Qing newspapers and magazines were translated articles or excerpts from New Learning textbooks. *Yuyan bao* 寓言報 (Fable News, 1901-1905), for example, featured Zhou Guisheng's 周桂笙 column title "Xieyi" 諧譯 (Playful translation) where scientific knowledge and Western terms are introduced.❻❾　*Xinxiaoshuo* 新小說 (The New Novel, 1902-) also carried a similar column entitled "Zhixinshi xin yi cong" 知新室譯叢 (New translations from the new knowledge studio), written by "Shanghai zhixinshi zhuren" 上海知新室主人 (The master of the Shanghai New Knowledge Study), the pen-name of Zhou Guisheng.❼❶ After 1906, a similar column run by Zhou Guisheng entitled "Xin'an yicui" 新庵譯粹 (Translation from the new studio) can also be found in *Yueyue xiaoshuo* 月月小說 (The Novel Monthly, 1906-1909). Other writers such as Xu Zhuodai 徐卓呆 and Chen Diexian 陳蝶仙 were also known for their contributions to this category of writings.

In the first decade of the twentieth-century, the concept of "xin"

---

❻❽　See "Kuangkai baoguan shuo" 廣開報館說 (On the establishment of news publisher), *Qiwenbao* 奇聞報 (Extraordinary News), March 30, 1898.

❻❾　See *Yuyan bao* 寓言報 (Fable News).

❼❶　See for example, *Xinxiaoshuo* 新小說 (The New Novel), no. 22, 1905.

was also applied to the considerable number of re-writes of a number of traditional Chinese novels.❼ In many or these re-writes, the original stories were re-cast into new socio-political contexts to convey new ways of perceiving or interpreting the Chinese social reality. Among them are works such as *Xindang xianxing ji* 新黨現形記 (The real stories of the new party, 1904),❼ *Xin shuihu* 新水滸 (New Water Margin, 1904, 1907, 1909),❽ *Xin rulin waishi* 新儒林外史 (New stories of the officials, 1904),❾ *Xin Zhongguo zhi haojie* 新中國之豪

---

❼ For the novels bearing the word "xin" in its titles, see *Zhongguo tongsu xiaoshuo zongmu tiyao* 中國通俗小說總目提要 (Annotated bibliography of the Chinese popular novels), Jiansu shehui kexue yuan 江蘇社會科學院 (Jiangsu Social Science Institute) ed., Beijing, Zhongguo wenlian chuban gongsi, 1990.

❼ Jie Yu 嗟予, published by *Xinxin xiaoshuo* 新新小說 (New new novels), a magazine, Shanghai, no. 2, 1904.

❽ There are three different version of *Xin shuihu* 新水滸 (New Water Magin) written in the first decade of the twentieth century. The first one was written by Huanjinlu zhuren 寰鏡廬主人, published in *Ershi shiji da qutai* 二十世紀大舞臺 (The big stage of the twentieth century), vol. 1 and vol. 2, Shanghai, 1904. The second one was written by Xileng dongqing 西泠東青, and commented by Xieting tingzhang 謝亭亭長 in 1907 and published by Xin shijie xiaoshuo she. The third one was written by Lu Shi'e 陸士諤, *Xin shuihu* 新水滸 (New Water Margin), Shanghai: Gailiang xiaoshuo she, 1909.

❾ Baihua daoren 白話道人 (Lin Jie 林獬), *Xin rulin waishi* 新儒林外史 (New stories of the officials), *Zhongguo baihua bao* 中國白話報 (Chinese vernacular news),1904.

傑 (The hero of new China, 1906),⑮ *Xindang shenguan facai ji* 新黨
升官發財紀 (The prosperity of the new party members, 1906),⑯ *Xin
fengshen zhuan* 新封神傳 (New Fantastic stories, 1906, 1908),⑰ *Xin
chahua* 新茶花 (New romance of the camellia, 1907), ⑱ *Xin
Guanchang xianxing ji* 新官場現形記 (New stories of the officialdom,
1907, 1908, 1909),⑲ *Xin Zhongguo zhi chuanren* 新中國之偉人 (The

⑮　Written by "Xin Zhongguo zhi feiwu" 新中國之廢物 (The useless person of
　　the new China), *Xin Zhongguo zhi haojie* 新中國之豪傑 (The hero of new
　　China), published in *Xin shijie xiaoshuo she bao* 新世界小說社報 (The new
　　world novel news), 1906.

⑯　Author unknown, *Xindang shenguan facai ji* 新黨升官發財紀 (The prosperity
　　of the new party members), publishing place unknown, published by Zuoxin
　　zhe 做新社, 1906.　Also called *Xindang shenguan facai ji* 新黨升官發財記
　　(The prosperous official and financial career of the New Party members).

⑰　Da Lu 大陸, *Xin fengshen zhuan* 新封神傳 (New stories of gods and
　　goddesses), published in *Yueyue xiaoshuo* 月月小說 (Novel monthly), no. 1, 2,
　　3, 4, 7, & 10, 1906; published as a book in 1908 by Qunwenshe in Shanghai.

⑱　Zhong Xinqing 鍾心青, *Xin chahua* 新茶花 (New romance of the camellia),
　　publisher unknown, 1907.

⑲　There are 3 versions of the *Xin Guanchang xianxing ji* 新官場現形記 (New
　　stories of the officialdom) written in the first decade of the twentieth century.
　　The first one was wriitn in 1907, by Hangzhong laoyun 杭州老耘 and Nanman
　　yeren 南蠻野人, published by Biaomeng shushi 彪蒙書室.　The second was
　　written in 1909Author unknown, *Xin Guanchang xianxing ji* 新官場現形記
　　(New stories of the officialdom), Shanghai, Gailiang xiaoshuo she, 1908.　The
　　third was written in 1909, by Yungqiu qiaozi , Shanghai, Wenming xiaoshuo
　　she.

great persons of the new China, 1908),⑧⓪ *Xin lieguozhi* 新列國志 (New record of the various countries, 1908),⑧① *Xin jiu shehui zhi guai xianzhuang* 新舊社會之怪現象 (The current strange events of the new and the old China, 1908),⑧② *Xin jiyuan* 新紀元 (New era, 1908),⑧③ *Xin leizhuyuan* 新淚珠緣 (The new story of teardrops, 1908),⑧④ *Xin qiangun* 新乾坤 (The new world, 1908),⑧⑤ *Xin guanchang xiaohua* 新官場笑話 (Jokes from the field of the new officialdom, 1909),⑧⑥ *Xin qixia wuyi* 新七俠五義 (New stories of the seven knight errants and

---

⑧⓪ Cang yuan 蒼園, *Xin Zhongguo zhi weiren* 新中國之偉人 (The great persons from the new China), published in *Shishi bao* 事時報 (Current event news), 1908.

⑧① Author unknown, *Xin lieguozhi* 新列國志 (New record of the various countries), Shanghai: Gailiang xiaoshuo she, 1908.

⑧② Written by "Lenyan pangguan ren" 冷眼旁觀人 (The indifferent observer), *Xin jiu shehui zhi guai xianzhuang* 新舊社會之怪現象 (The current strange events of the new and the old China), Sanyue huitong yinshuguan, 1908.

⑧③ 碧荷館主人, *Xin jiyuan* 新紀元 (New era), Shanghai: Xiaoshuolin she 1908.

⑧④ Chen Diexian 陳蝶仙, *Xin leizhuyuan* 新淚珠緣 (The new story of teardrops), first published in *Yueyue xiaoshuo* 月月小說 (Novel monthly), no. 19-24, 1908, published as a book in 1910, by Shanghai Qunxue she.

⑧⑤ Xichuang shanmin 西窗山民, *Yueyue xiaoshuo* 月月小說 (Novel Monthly), vol. 8, no. 20, 1908.

⑧⑥ Xiangmeng ciren 香夢詞人 (Fragrant dream lyric writer), *Xin guanchang xiaohua* 新官場笑話 (Jokes from the field of the new officialdom), Shanghai: Xiaoshuo jinbu she, 1909.

five loyal warriors, 1909),⑧⑦ *Xin shitou ji* 新石頭記 (New Story of the Stone, 1909),⑧⑧ *Xin Sanguo* 新三國 (New Romance of the Three Kingdoms, 1909),⑧⑨ *Xin sanguo zhi* 新三國志 (New Record of the Three Kingdoms, 1909),⑨⓪ *Xin xiyouji* 新西遊記 (New Journey to the West, 1909),⑨① *Xin huayueheng* 新花月痕 (New romance of flowers, moons, and tears, 1909),⑨② *Tebie xin guanchang xianxing ji* 特別新官場現行記 (A very special new story of the officialdom, 1909),⑨③ *Xin jinpingmei* 新金瓶梅 (New golden lotus, 1910),⑨④ *Xin niehai hua* 新孽

---

⑧⑦　Zhi Yi 治逸, *Xin qixia wuyi* 新七俠五義 (New stories of the seven knight errants and five loyal warriors), Shanghai: Xiaoshuo gailiang she, 1909.

⑧⑧　There are two version of *Xin shitouji*. One is written by Nanwu yeman 南武野蠻, *Xin shitou ji* 新石頭記 (New Story of the Stone), Shanghai: Xiaoshuo jinbu she, 1909. The second one is written by Lao shaonian 老少年 (Wu Jianren 吳趼人), *Xin shitouji* 新石頭記 (The New Story of the Stone), 1905.

⑧⑨　Lu Shi'e 陸士諤, *Xin Sanguo* 新三國 (New Romance of the Three Kingdoms), Shanghai: Gailiang xiaoshuo she, 1909.

⑨⓪　Zhuxi yuyin, *Xin sanguo zhi* 新三國志 (New Record of the Three Kingdoms), Shanghai: Shanghai xiaoshuo jinbu she, 1909.

⑨①　There are two version of *Xin xiyouji* 新西遊記 (New Story of the Stone) written in the year of 1909. The first one is written by Leng Xie 冷血 (Chen Leng 陳冷), Shanghai: Xiaoshuolin, 1909. The second one is written by Zhu Meng 煮夢, Shanghai: Gailiang xiaoshuo she, 1909.

⑨②　Po Yu 婆語, *Xin huayueheng* 新花月痕 (New romance of flowers, moons, and tears), Shanghai: Gailiang xiaoshuo she, 1909.

⑨③　Yanling yinsou 延陵隱叟, *Tebie xin guanchang xianxing ji* 特別新官場現行記 (A very special new story of the officialdom), Wenming xiaoshuo she, 1909.

⑨④　Huizhu nüshi 慧珠女士, *Xin jinpingmei* 新金瓶梅 (New golden lotus), Shanghai: Shanghai Xinxin xiaoshuo she 上海新新小說社, 1910.

海花 (New flower of the sea of retribution, 1909),⑨⑤ *Xin Shanghai* 新上海 (The New Shanghai, 1910),⑨⑥ *Xin chipozi zhuan* 新痴婆子傳 (New story of the crazy lady, 1910),⑨⑦ *Xin tiandi* 新天地 (New world, 1910),⑨⑧ *Xin gui shijie* 新鬼世界 (The new world of ghosts, 1910), ⑨⑨ *Xin ernüyingxiongzhuan* 新兒女英雄傳 (New Heroes and Heroines, 1912),⑩⑩ and many others.

From the above survey, we can conclude that within a few years of Liang Qichao's promulgation of his thesis on the "new novel," the notions of "xin" as it was represented in late Qing newspapers, magazines, and other popular publications were constituted by various diverse understandings running parallel to the two contrasting notions of the "new" that we discussed above. Along with a certain degree of fantasy and imagination, they are constituted primarily of the foreign, the exotic, and Western knowledge.

---

⑨⑤   Lu Shi'e 陸士諤, *Xin niehai hua* 新孽海花 (New flower of the sea of retribution), Shanghai: Gailiang xiaoshuo she, 1909.

⑨⑥   Lu Shi'e 陸士諤, *Xin Shanghai* 新上海 (The New Shanghai), Shanghai: Gailiang xiaoshuo she, 1910.

⑨⑦   Xiaoyan jushi 笑盦居士, *Xin chipozi zhuan* 新癡婆子傳 (New story of the crazy lady), Shanghai: Shanghai xin xin xiaoshuo she, 1910.

⑨⑧   Shu daizi 書帶子 (Book bag), *Xin tiandi* 新天地 (New world), Shanghai: Chujiwen shuju, 1910.

⑨⑨   Author unknown, *Xin gui shijie* 新鬼世界 (The new world of ghosts), published in Shenzhou bao (Shenzhou news), 1910.

⑩⑩   Author unknown, Xin ernüyingxiongzhuan 新兒女英雄傳 (New Heroes and Heroines), Shangwu tushu she, publishing date, unknown.   Reprint, 1912.

Between "Entertainment" and the Promotion of the "New"

However, due to the multiple and diverse definitions of the "new," one of the unique features of late Qing newspapers and magazines was the running of tabloid reports and writings concerning serious national issues side-by-side in the same publication. In thus juxtaposition, we can find many examples where the representation of the various different definitions of "xin" intersected with one another. Thus, while sometimes, "xin" was used as a front for simple entertainment, at other times, "entertainment" in fact was a front for serious news. In other words, some serious publications proclaimed taking nation-building as their primary agenda while carrying tabloid content, while others placed writing concerning important national issues in the entertainment publications. *Qixinbao* 奇新報 (The New and Extraordinary News, 1901-1902) is a good example. Known as a tabloid newspaper covering mostly the news of the pleasure quarters, it featured also serious articles and writings dealing specifically with Western science and history. It carried columns such as "Guozhong zhi guo" 國中之國 (Country inside of country), "Waiyang yiwu" 外洋異物 (Unusual things from foreign countries), and "Tianwen xikao" 天文細考 (Astronomic information) where information about Western science, technology, economical situation, and geo-political facts were included.[101]

In contrast to *Qixinbao's* publishing of serious writing in a brothel newspaper was the high sounding *Zhina xiaobao's* 支那小報 (China News, 1902-?) including of sensational subject matters on its pages. Proclaiming itself to be a serious newspaper, *Zhina xiaoba* also "took the new and the extraordinary as our editorial agenda" (lunshuo zhu xinqi 論說主新奇). In fact, the first issue of the newspaper featured an article entitled "Our Editorial Emphases on 'xin' and 'qi'" (Benguan lunshuo yi xinqi erzi biaomu jie 本館論說以新奇二字標目解).[102] It also included a column entitled "Qixin" 奇新 (The new and the Extraordinary).[103] Many other representative newspapers and magazines such as *Xiaoxianbao* 消閑報 (Leisure News, 1897-1906), *Qubao* 趣報 (Fun News, 1898-?), *Yuyanbao* 寓言報 (Fable News, 1901-1905), *Caifengbao* 采風報 (Custom News,1898-1911), *Xiaolinbao* 笑林報 (Forest of fun, 1901-1907), and *Huashijie* 花世界 (World of flowers,

---

[101] See introduction to *Novelty News* 奇新報 (Qixibao, 1901-1902) in Wei Shaochang 魏紹昌 ed., *Zhongguo jindai wenxue daxi* 中國近代文學大系 (A Treasury of Modern Chinese Literature), volume on historical date and index, Shanghai: Shanghai Bookstore, 1996, p. 201-202.

[102] See A Ying 阿英, *Wanqing wenyi baokan shulü* 晚清文藝報刊述略 (A brief history of Late Qing literary newspaper and publications), p. 81.

[103] For a comprehensive survey of late Qing newspapers, see Wei Shaochang 魏紹昌 ed., *Zhongguo jindai wenxue daxi* 中國近代文學大系 (A Treasury of Modern Chinese Literature), volume on historical date and index, Shanghai: Shanghai Bookstore, 1996.

1903-1911)⑩ also published sensational tabloid news right next to writings that were serious discussions of pertinent national issues.

The interesting juxtaposition of "xinqi" and "xin" in these publications complicated the representation of "xin" in late Qing times. Theoretically, in the late Qing writings concerning nation-building were largely considered "new" (xin) while writings related to entertainment were considered "old" (jiu). However, the subject matter of "sensational novelty" (xinqi 新奇) cut across the ideological demarcation of "xin" and "jiu" because the sensational news could not easily fit into the categories of the old or the new. New things were naturally "sensationally appealing" (qi) to many, but things that were "sensationally appealing" (qi) may not have been "new." In fact, the traditional Chinese "fantastic" (zhiguai 志怪) has been always sensationally appealing to its readers. In other words, in its process of actual practice, the publication of popular newspapers and magazines undermined the reform thinkers' ideological attempts to demarcate clear space between the new and the old.

⑩　For introduction of Late Qing newspapers, magazines, and publications, see Wei Shaochang 魏紹昌 ed., *Zhongguo jindai wenxue daxi* 中國近代文學大系 (A Treasury of Modern Chinese Literature), volume 30: Historical date and index, Shanghai: Shanghai Bookstore, 1996.

Conclusion: The General chracteristics of the two types of "xin" in the New Novel

In this study, I use the two opposing definitions of "xin" as references points to unpack the details and process where the Late Qing novels were produced. The advocacy of the New Novel theory runs parallel with the notion of "New Learning" 新學 (xinxue) and "New People" (xinmin) that the reform intellectuals upheld. It replicates the reform intellectuals' yearning and search for effective change to make China stronger and better. It also echoes the general social psychology of Late Qing society. The notion of "xin" here in the New Novel theory is "to renew," "to reform," with extended meaning of "awakening" and "enlightening." However, when the reform intellectual notion of "xin" was disseminated and put into social and cultural practice in Late Qing society, it underwent internal changes. The notion of "xin" quickly became the zone of new urban novelty and new social phenomena. That is to say, "xin" came to have two dimensions: one in theory, the other in actual practice. In its theoretical or intellectual aspect, the central question of "xin" is how to motivate a whole range of political, cultural, and social reform so that China can become "new." The second area is on the level of practice. Once the theory of the New Novel was put into practice, the many of the novels degenerated into depiction of the eye-catching and the sensational. The novel came to be transformed from the realm of intellectual speculation, humanistic concern, and patriotic devotion to that of the experiential and sensational. These two dimensions of "xin" were both written into the New Novels.

The first group of novels inherited the spirit and thinking of the "intellectual xin" in terms of their avowed dedication to the mission of reform and enlightenment. Most of the authors of these novels were reform intellectuals who inscribed their political thinking and observation directly into their novels. In their works, the notion of "xin," followed Liang Qichao's use, implying "renewal" or "rejuvenation." Liang's unfinished novel *Xin Zhongguo weilai ji* 新中國未來記 (The future of new China, 1902), and Luo Pu's *Dongou nuhaojie* 東歐女豪杰 (Eastern European heroine, 1902) are representative among this group of works. In spite of their earnest endorsement of reform ideals, the number among this group of works are rather limited. They are often over-burdened by the loaded political messages. Therefore, though they were highly acclaimed and constantly referred to by the intellectual audience, they never had a big audience. Neither was they ever claimed as *literary* successes by the critics. I will call this group of works "New Novels of Intellectual Reformer."

The second group of works were written mostly by literati writers who either endorsed the reformer's political ideals or simply followed or even took advantage of the New Novel as a literary trend to make profit out of their writings. This group of writers flattened out the intellectual depth of "xin" and made it into urban novelty. These novels mostly portray or represent new and exotic events occurring in Late Qing society. In these works, the notion of "xin" holds multiple dimensions. To certain extent, we can say that these works are the "secularized" version of New Novels, where the concern for reform or enlightenment was, in varying degrees, minimized, faded into the background, or simply used as a facade for the old style of novels dealing with matters that the New Novelists denigrated. Many of them turned out to be simply catalogues of the new and bizarre phenomena in Late Qing society. Though many of these novels were labeled as New Novels, the original "intellectual" emphasis mostly regressed into "eye-witness experience" or "social exposé." Many of these texts degenerated into sensational accounts of the social grotesque. Though some of the literati writers, such as Wu Jianren, tried very hard to support and endorse the reform agenda, their works often reveal a certain sense of uncertainty towards the notion of "new." In fact, many of them waver between the two definitions of "xin," becoming devoid of strong reform rigor and passive in their representation of "xin."

New Novels across the Spectrum of the "New"

Obviously, not all the subject matter of late Qing novels fit flawlessly into either of these two contrasting definitions of "xin." Most of the novels, in fact, are "traveling" between the two categories.

Some of them bear more emphasis on the ideologically new, while others put more stress on the socially new, but a majority criss-crossed between the two. For example, some of the self-claimed New Novels simply used the seeming portrayal of "xin" as a facade to appeal to the intellectual market, while a number of others adapt popular narrative modes, such as that of romance, detective story, or fantastic story to convey ideological messages. It is not unusual to find that the narratives "travel" across the spectrum between the two contrasting categories of the narrative on "xin." These "traveling" narratives often read like wild fancy or narrative patchwork. Take the well-known Dongou nühaojie as an example. The first half of the novel was about the political thinking of the Russian Nihilists, but the second half degenerated into a semi-detective story where the beautiful nihilist heroine was portrayed as a mysterious actress who changed her dresses constantly as a camouflage. The story is left unfinished.

Some of the late Qing novelists also found their models in Western works. Many of the novels thus produced were a melange of imaginative re-recreation and translation traveling under the guise of being purely translated works. With so much modification added in by the Chinese writer (or "translator"), the result often lost its original context while still taking on the aura of the authentic voice of the "Western" and "new." However, this kind of "new" is largely based on the writer's individual interpretation of the "foreign" or the "new." Mixing with the residue of the traditional Chinese elements, the "new" represented in these works often appeared to be stunning and fantastic.

Under these circumstances, in spite of the powerful effects of the theory of the New Novel and the large group of novelist followers it inspired, what these novels present is a broad spectrum of the "new," intermingling various dimensions of political ideology and social phenomena. The promotion of the New Novel theory also triggered the production of a large corpus of debates and discussions on "What is the new?" In fact, the notion of the "New Novel" provided a space for late Qing people to debate, discuss, and experiment on the notions of the future new China. However, one should note that on the philosophical level, the state of "xin" is basically unreachable, as at the very moment that it is reached, it is no longer "new." It is in this sense we can argue that the significance of the New Novel as a discourse is far greater than the New Novels itself. What the Late Qing writers was able to write into what they considered as the New Novel was no more than a "by-product" that come along with the efforts of "discarding the old" and "imparting the new."

Because of the wide range of these texts, critics and scholars who adopted the New Novel" agenda and mode of thinking in their effort to make sense out of this group of works have generally come up with various ways and discourses to name them. Among them, for example, are the recent discourses of "Fin-de-siécle splendor" and "repressed modernity" coined by David Wang. Other critics of our time have fixed on the youthful reform rigor conjured up at a time of crisis while failing to take into account the struggle and ambivalence embedded in the seemingly positive and rigorous assertions about reform of the late Qing.⑥ Many have noticed the superficial "boom" of the novel market while failing to notice the uncertainty hidden underneath such a phenomenon. It might also be convenient for some to name these superficial phenomena as major innovations or as "moments of literary modernity."⑥ However, while we are eager to make sense out of this interesting yet perplexing group of works, it is important for us to resistant the temptation to rush into any kind of celebration that might short-circuit the inquiry into the diversity of the New Novel movement, no matter how theoretically provocative it might be to do so. The reason why people in "our era" cannot understand the late Qing era's literature is that we have lost the sense of immediacy and energy specific to the late Qing time. We can not understand the energy of the period so that what all we can do is to "evaluate" the aesthetic quality of the literature, to rate the success or failure of each novels. When commenting on the New Novel agenda, Su Manshu stated that "Each generation has its own literature," a useful guide to the fact that we are in substantially different intellectual or emotional zone than peole of the late Qing. What was appealing to them may not appeal to us at all.

---

⑥ Gimpel.
⑥ David Wang.

「部首字」在
漢字教學上的重要性

黃沛榮*

摘　要

　　本篇論文主要從四個方向來討論，分別是「部首的沿革及功用」、「部首字在漢字教學上的意義」、「部首字學習價值的評比」、「利用部首字進行漢字教學的方法」等等，從論文的分析中，我們更可了解到利用「部首字」在教學上的重要性。

壹、「部首」的沿革及其功用

　　「部首」是字典編排中依筆畫結構或字義分類而選定的領頭字；從另一個角度來說，「部首」也是一個表示字義類別或提供檢索的「部件」。字書按字義編排文字，在《倉頡篇》中已略見端

＊　　文化大學中文系文學組教授

倪；將文字歸於「部首」，則始於東漢許慎《說文解字》❶。然而，《說文》並未使用「部首」一詞，僅在〈序〉中提及「分別部居，不相雜廁」、「方以類聚，物以群分」。「部首」兩字連用，當在明代❷。明釋真空《篇韻貫珠集・卷一》「改併玉篇賓成海篇部頭數目」說：

> 《玉篇》五百四十二，今列部首四百四。

又於卷三「檢篇海捷法」說：

> 取字求聲欲檢篇，舊模迷亂又重編。先將部首數知畫，次以偏旁究本源。❸

皆使用「部首」一詞。

---

❶　南唐徐鍇於「分別部居，不相雜廁」下注云：「分部相從，自許始也」。
❷　蘇尚耀先生〈中文部首介紹：部首的創造和沿革〉云：「至於將『部首』二字連在一起當名詞來用，依我所見，似乎直到清朝才逐漸普遍起來。……在清人之前，只有元人吾丘衍（西元 1271 至 1311 年），在他的《學古編》說：『《倉頡》十五篇，即《說文》目錄五百四十字，許氏分為每部之首。』明初宋濂（西元 1310 年至 1381 年）在《漢隸字源・序》中說：『竊意伏羲之畫八卦，即字之本源；倉頡衍為古文，共五百四十言，列為《說文》每部之首。』這元明時代一前一後兩位學者，……他們都提到了『每部之首』雖然不曾直接寫出『部首』連文，卻顯現有很清楚的部首觀念了。」按：蘇氏認為在清朝以前，只有元人吾丘衍、明人宋濂嘗用「每部之首」，而未見「部首」二字連用，其說並不可信。實則明萬曆時人真空已使用「部首」一詞，詳見下引。
❸　並見明釋真空《篇韻貫珠集》（《四庫全書存目叢書》經部小學類冊213，濟南：齊魯書社，1997 年 3 月）。

　　《說文解字》分為五百四十部首，其主要的目的，乃是「分別部居，不相雜廁」、「方以類聚，物以群分」，例如「玉」部收錄：玉瓓瓔璗瓌瓏瓛瓚瓥玲珛珋珢珘珤玗珕珢珇玏玒玓玕玜玗玒玞玠玢玨玥犾玲玫环玳珧珊珀玻珃珀珅珅珌珥珧珚珗珺珵珹珤珤珤瑝琤琥琦琨琚琫琗瑓瑕瑙瑚瑛璟璚璘璙璣璩璢璦璧璪璯璲璱璴璵璶璷瑮璽瓅瓏瓔琬瑑琮琯琲琸琺琻珒瑋瑀瑂瑉瑭瑄玷珀珌玻玼珣珋珆珆珓珊珌等字，都與「玉」有關；「目」部收錄：目盯盰盲盷直盺盷盺盼盽盾盿眀省眂眃眄眅眆眇眈眉眊眍映眐眑盵眣眤眥眦眧眨眩眪眫眬眭眮眯眰眱眲眳眴眵眶眷眸眹眺眽眼眿睊睋睌睍睎睏睐睑睒睓睔睕睖睗睘睙睚睛睜睝睞睟睠睡睢督睤睥睦睧睨睩睪睫睬睭睮睯睰睱睲睳睴睵睶睷睸睹睺睻睼睽睾睿瞀瞁瞂瞃瞄瞅瞆瞇瞈瞉瞊瞋瞌瞍瞎瞏瞐瞑瞒瞓瞔瞕瞖瞗瞘瞙瞚瞛瞜瞝瞞瞟瞠瞡瞢瞣瞤瞥等字，都與「目」有關。但是各部中所收的字，是以字義排列，

　　而非根據字型的結構。因此《說文》區分部首，並不具備有效的檢索功能。如玉部中：「玲」、「瑲」、「玎」、「琤」、「瑣」、「瑝」等字，都是「玉聲」；「瑉」、「玤」、「玲」、「璗」、「琚」、「璒」、「玖」、「珢」、「珢」、「玦」、「瓅」、「瓏」、「瑠」、「璁」、「玼」、「璠」、「璽」、「瓅」、「珣」、「琯」、「瓛」、「瑈」、「珣」、「瑂」、「璒」、「玖」、「玕」、「瑎」一組字中，除「琚」釋為「瓊琚」，「珣」為「玉屬」外，都是「石之次玉者」或「石之似玉者」之意。這種做法，與後代字書根據楷書字型筆畫的多寡來排序迥不相同，因此難以檢索。

　　再從 540 部首排列的順序來看，許慎於〈序〉中曾說「據形系聯」，例如「一」部下接「上」、「示」、「三」、「王」、

「玉」、「玨」、「气」等部,「食」部下接「亼」、「會」、「倉」、「入」、「缶」、「矢」、「高」等部,都是如此;但是於字形無法系聯之時,則又強為分部,以維繫其形式上之需求,因此在分部上,難免有若干牽合之處。例如「牛」部之後次「犛」部,次「告」部,次「口」部,實則「犛」部僅有 3 字,「告」部僅有 2 字,可不立部,但因許慎想系聯「牛」「口」二部,故立「告」已承上啟下;又如「白」部之後次「鼻」部,次「皕」部,次「習」部,次「羽」部,實則「習」部僅有 2 字,可不立部,因要系聯「白」、「羽」二部,故立「習」部以承上啟下;又如「鬼」部之後次「由」部,次「厶」部,次「嵬」部,次「山」部,實則「嵬」部僅有 2 字,可不立部,因要系聯「鬼」、「山」二部,故立「嵬」部以承上啟下。換句話說,如果只就字形區分部首而不予串連,則「告」、「習」、「嵬」等部就不必分。

　　《說文》以後,南朝梁顧野王撰《玉篇》,此書收錄的文字,不像《說文》「今敘篆文,合以古籀」,而是以正書作為字頭,其編排體例,則大致亦遵循《說文》的部首,而略有修訂。在部首數目方面,增刪五百四十部為五百四十二部,刪者如「哭」、「延」、「教」、「眉」、「后」、「弦」、「書」等,增者如「父」、「處」、「兆」、「磬」、「索」、「床」、「單」、「丈」、「畫」等。在部首排序方面,又將《說文》「據形系聯」的部次改為「事類相從」。不過《玉篇》雖然改變了《說文解字》的部首次第,把內容有關的部首排在一起,仍不便於檢索,故《四庫全書總目·康熙字典·提要》說:「《玉篇》字無次序,亦難檢閱。」直到明代梅膺祚的《字彙》,才做大幅度的改變。

　　《字彙》簡化《說文解字》的部首，把區分過於繁細的部首予以合併，選取《說文》208 部，新增宀、弋、无、父、爿、艮 6 部，共 214 部。其次，在部首次序方面，改以筆畫多寡排列。每部所收的字，按部首外的筆畫數排列。自此書以後，部首就兼具有檢索的功能，《字彙補》、《正字通》、《康熙字典》等書，皆沿用 214 部首的架構❹，部首功用的重心，也由「分類」而兼於「尋檢」文字。此種方式，仍是當前臺灣編印的字典、詞書部首排序的主流。

　　《字彙》的架構是根據部首及筆畫數目來排列，個然是據有檢索的功能，但是由於下列三個原因，使得檢索的效果大打折扣：

　　一、由於漢字部件的組合有不同的變化，以形聲字而論，即有左意右聲、右意左聲、上意下聲、下意上聲、內意外聲、外意內聲等、部首的位置並不固定。例如「記」、「警」、「辯」、「變」都屬「言」部，部首所在的部位卻各不相同。以「碧」自來說，「王」（玉）、「白」、「石」皆為 214 部首之一，學生很難確定何者才是「碧」字的部首。

　　二、214 部首不足以涵蓋所有的漢字分類，只好採用引申或聯想的方法，歸到相關的部首之中，例如「糸」字意為絲線，作為部首，固可統攝「紡」、「紗」、「素」、「純」、「細」、「結」、「絮」、「絲」、「絡」、「經」、「絹」、「綾」、

---

❹　《四庫全書總目·康熙字典·提要》云：「康熙四十九年，乃諭大學士陳廷敬等，刪繁補漏，辨疑訂訛，勒為此書。仍兩家舊目，以十二辰紀十二集，而每集分三子卷，凡一百一十九部。」然今傳四庫本《康熙字典》仍為 214 部。

「綢」、「綿」、「維」、「綏」、「練」、「緯」、「編」、「線」、「緞」、「縑」、「縫」、「織」、「繪」、「繫」、「纖」等字，但是有關顏色的字，由於沒有合適的部首，因此「紅」、「綠」、「紫」、「絳」等字也都歸入「糸」部，它們之間的關係是基於各種顏色的絲線或布料。若是難以引申、聯想，在不能沒有「部首」的情況下，只好置於一個毫不相干的部首中。例如「輝」字本作「暉」，从日、軍聲，部首為「日」；後世用「輝」字，由於沒有「光」部，只好從權將它歸入「車」部之中，以致與部首的意義脫節。

　　三、由於古人造字的取意或觀點與現代不同，歸入某些部首中的字，未必可見其意。如「女」部中「媽」、「姐」、「姊」、「妹」、「姨」、「姥」、「婦」、「嬸」、「姑」、「娥」、「媳」、「婢」等字確與女性有關，然而「嫉」、「妒」、「媚」、「嫌」、「奸」、「婾」、「嬾」等則屬於人的品性與弱點，與性別並無必然的關聯，大都是古代重男輕女的觀念下的產物。

　　因此，利用部首字從事漢字教學的時候，必須了解「字類」的觀念。所謂「字類」，就是在「部首」觀念的籠罩下，不管是「物類」或「事類」，都轉化成為「字類」；也就是說，基於約定俗成，「部首」的意涵經過引申後得以擴大。例如「魚」字本為魚類的象形❺，像「鮭」、「鮪」、「鯊」、「鯽」、「鯉」、

---

❺　《說文》云：「魚，水蟲也。象形。……凡魚之屬皆從魚。」「水蟲」意為「水中的小動物」。但是既曰「象形。……凡魚之屬皆從魚」，則指魚類無疑。

「鯛」、「鱈」、「鱸」等字，都從「魚」；也可指魚類的身體部分，又如「鰓」、「鱗」等。作為部首，就可泛指「水族」，如「魷」、「鮑」之類。又如「肉」字本象肉形，故「肌」、「肥」、「胖」、「脂」與肉直接相關的字都從「肉」，但是作為部首，又引申指「人的身體部位或器官」，如「肚」、「肢」、「股」、「肩」、「脅」、「胸」、「脊」、「腰」、「腳」、「臂」、「臉」，以及「肝」、「肺」、「腎」、「腸」、「腦」、「膽」等未必與「肉」的本意有關的字。因此在從事漢字教學時，必須先闡明「部首」的象徵意義。

貳、部首字在漢字教學上的意義

近幾十年來，漢字教學並沒有長足的進展，主要由於缺乏教學理論作為指引，甚至連漢字學習的目標以及步驟，亦沒有正確的認識。尤其是中國大陸推行簡化字以來，原來的部首架構破壞無疑，對於部首字更是不予重視。以中國漢語水平考試的「漢字等級大綱」為例，共收 2905 個單字，按其使用的重要程度分為甲乙丙丁四級，甲級 800 字，乙級 804 字，丙級 601 字，丁級 700 字。這個單字表是來自詞語表，詞語的選取則根據詞頻的統計，某些在口語中不常用到的部首字就被排在次要或更次要的地位，以致把「土」、「寸」、「木」、「止」、「欠」、「玉」、「田」、「石」、「竹」、「耳」、「金」、「骨」、「鳥」等部首字列在乙級，把「弓」、「犬」、「貝」等字列在丁級。可見字表的編者僅從「用字」的立場去選字，以致過度重視詞頻而忽略部首字在漢

字辨識上的重要性。在學過「買」、「賣」、「負」、「責」、「財」、「貨」、「貴」、「賤」、「賺」、「賠」、「貪」、「貧」、「賞」、「賭」、「費」、「賀」、「貼」、「貿」、「資」、「質」等字後，再去測驗學生會不會「貝」字，可謂本末倒置；反之，若能先學「貝」字，對於從「貝」之字的辨識與書寫，將會事半功倍。

　　漢語水平考試的字表所引發的問題是「測驗等級」與「學習經驗」的不協調，甚至是順序的錯亂。這是由於字表的選取是以「詞本位」作為學習的取向；也就是說，由「詞」的使用頻率去決定「字」的學習價值。這種做法不足為訓。因為，學習漢字的目的是多元的，不應只著眼於「用字」。根據個人的心得，漢字教學的目標應包括：

　　1.識字：從學過的字去辨識其他字。

　　2.寫字：掌握字形特點去寫字。

　　3.用字：使用學過的字去構詞。

　　從「識字」的立場來說，先學部首字，有助於辨識同一部首的字，進而嘹解字義。例如學過「木」字，對於以「木」作為意符的字，就可知道大概與「樹木」有關；學過「貝」字，同時知道「貝」是古代的貨幣，就可推知以「貝」作意符的字大概與「錢財」有關。倘若從構詞的立場來看，帶有「木」、「貝」的常用詞並不太多，因此根據「詞頻」來決定「字級」的做法，自然值得商榷。

　　再從「寫字」的立場來說，能正確的寫出一個字，必須掌握字形的結構。大部分的部首字都是獨體字，可透過較早的古文字形來

理解造字的本形本義，進而增加學習時的效果；合體字則是由多個部件合成，透過部件來學習，可以化整為零，減少學習的障礙。由於許多「部首」同時也是有用的「部件」，因此學習部首，就等於掌握了常用的部件。

從「用字」的立場來說，許多重要的部首字都是象形字，與人或周邊生活息息相關，屬於最常用的字，例如「人」、「八」、「刀」、「力」、「十」、「又」、「口」、「土」、「夕」、「大」、「女」、「子」、「寸」、「小」、「山」、「工」、「己」、「巾」、「干」、「心」、「戈」、「戶」、「手」、「斤」、「方」、「日」、「月」、「木」、「欠」、「止」、「毛」、「水」、「火」、「父」、「牙」、「牛」、「犬」、「玄」、「玉」、「田」、「目」、「石」、「示」、「禾」、「穴」、「立」、「竹」、「米」、「羊」、「老」、「耳」、「肉」、「自」、「言」、「貝」、「車」、「長」、「門」、「雨」、「馬」、「鳥」……等，這些最基本的字可用在生活的各個層面，不應根據「詞頻」來決定它們的學習價值。例如帶有「耳」字的詞彙，如「耳目」、「耳朵」、「耳根」、「耳語」、「耳聾」、「刺耳」、「悅耳」、「逆耳」等，某些詞彙並不常用，但是「耳」的觀念在生活中相當重要，絕對應該優先學習，因此不應過度重視這些字的出現頻率。

綜合上述所論，漢字教學比較適合採用「字本位」的漢字教學法，一個一個部首（部件）詳加學習，且累進發展，才會有理想的效果。

參、部首字學習價值的評比

　　站在漢字教學的立場，傳統的 214 個部首，其學習價值並不等同。況且部首太多，在學習時應該有先後之分。因此，本文兼從漢字的辨識、書寫與使用三個角度，對部首字重作評估：

　　1.這個部首在現代漢語中是不是一個「整字」❻？也就是說，除了作為部首之外，它是不是一個可以即學即用的單字。「人」、「刀」、「土」、「大」、「女」、「子」、「山」、「弓」、「日」、「月」、「木」、「水」、「火」、「犬」、「玉」、「田」、「石」、「見」、「角」、「貝」、「言」、「車」、「金」、「馬」、「骨」、「鳥」等部首，都能符合這個原則，而「宀」、「冂」、「冖」、「勹」、「攵」、「夂」、「宀」、「广」、「廴」、「疒」、「艹」、「辵」（辶）等都不符合。

　　2.以一個部首來說，收入這個部首的字多不多？換言之，它是不是一個重要的部首？例如「見」部與「貝」部同為七畫，「見」部中常見的字只有視、規、覓、親、覺、覽、觀等字，而「貝」部則有負、財、責、貨、貪、貧、費、賀、貼、貴、買、貿、資、賈、賊、賓、賢、賣、賞、賭、賜、質、賽、賺、購、贈、贏等字，可見部首也有大小之別。從識字的立場來說，先認識收字較多的部首字絕對有利。

　　3.這個部首字以及部首中的字，是不是與現代人的生活息息相

---

❻　許多部首，在《說文解字》中都是獨立的字。此處以現代漢字為主，採取較嚴格的標準。

關？也就是說，它是不是最常用的字或詞？像「耒」、「臼」、「舛」、「艮」、「辰」、「采」、「韭」、「韋」、「黹」、「麻」、「黽」、「龠」、「鬲」等部首中的字，對現代人來說，就未必有優先學習的必要。

4.從「字」的角度來說，這個部首字的構詞率高不高？例如「寸」與「子」同是三畫，「寸」字僅用在寸心、寸草、尺寸、方寸、分寸、頭寸等詞彙中，而「子」字可用於子女、子弟、子夜、子虛、子嗣、子彈、子孫、刀子、小子、父子、日子、公子、王子、夫子、孔子、半子、仙子、瓜子、臣子、老子、弟子、軍子、車子、兒子、房子、拍子、杯子、妻子、胖子、面子、孩子、核子、原子、釘子、哨子、孫子、院子、梳子、脖子、笛子、盒子、圈子、棋子、童子、黑子、棒子、猴子、帽子、裙子、遊子、電子、筷子、傻子、獅子、椰子、碟子、粽子、嗓子、種子、箱子、蓮子、餃子、燕子、褲子、館子、鴿子、鍋子、鞭子、鬍子、鏡子、騙子、襪子、聾子等詞語中，兩者構詞率之高下，自不能相提並論。

5.從部件的身分來說，它是不是一個常用的部件？也就是說，他的構詞率高不高？舉例還說，「乙」、「士」、「歹」、「毛」、「爪」、「片」、「牙」、「甘」等部件，構字率就都不高。

根據上述原則，個人訂定三個評比的標準：

1.學會這個部首字，對於辨識其他的字是否會有幫助？（即上述第二點原則）

2.這個字在現代漢語中構詞率高不高？所構出的詞語是否重

要？（既然能夠構詞，當然是一個「整字」，構詞率高，表示與現代生活息息相關，因此這個標準可以包括上述第一、三、四點原則）

　　3.學過這個字以後，在學習其他生字時，是否較能掌握字形的結構？（即上述第五點原則）

　　筆者曾根據上述三個標準，將 214 個部首逐一評比，選出對於漢字教學較為重要的部首❼，以做為漢字教學的基準。

肆、利用部首字進行漢字教學的方法

　　部首字的學習，固然可以一個一個去學；亦可根據 80 個部首字構成數以百計的單字，再用單字去組詞，編成詞庫。編纂教材時，可由專家就某一主題，在詞庫中選取詞彙去編寫課文。學生從詞彙中掌握許多重要的部首與部件，進而有助於日後的識字、寫字與用字。這種教學設計，當可強化及深化漢字教學的效果，可從兩大途徑入手：

　　1.從「構字」著眼，將最常用的部件❽剔除「非整字」的部分，共得 40 個常用的整字部件：（順序仍按頻率之高低）

(1)口	(2)一	(3)人	(4)日	(5)土
(6)木	(7)十	(8)目	(9)大	(10)又
(11)糸	(12)女	(13)田	(14)言	(15)虫

---

❼　見黃沛榮：〈最具有優先學習價值的字/部件/部首〉，收入《漢字教學的理論與實踐》，臺北：樂學書局，2003 年 3 月，頁 190。

❽　見黃沛榮：〈部件教學法的運用及其局限〉，同上注，頁 97。

(16)止　(17)立　(18)火　(19)心　(20)金

(21)玉　(22)戈　(23)禾　(24)隹　(25)寸

(26)山　(27)士　(28)刀　(29)月　(30)工

(31)白　(32)竹　(33)夕　(34)力　(35)車

(36)皿　(37)米　(38)子　(39)石　(40)巾

2. 從「認字」著眼，就部首中選出最重要的字，亦有 40 個：

(1)人　(2)刀　(3)力　(4)口　(5)土

(6)大　(7)女　(8)子　(9)山　(10)巾

(11)心　(12)戶　(13)手　(14)日　(15)月

(16)木　(17)水　(18)火　(19)玉　(20)田

(21)目　(22)石　(23)示　(24)竹　(25)米

(26)耳　(27)肉　(28)衣　(29)見　(30)言

(31)走　(32)足　(33)車　(34)金　(35)門

(36)雨　(37)食　(38)馬　(39)魚　(40)鳥

次重要的部首字，也有 40 個：

(1)一　(2)八　(3)又　(4)口　(5)宀

(6)寸　(7)小　(8)工　(9)广　(10)弓

(11)戈　(12)攴　(13)斤　(14)方　(15)欠

(16)止　(17)牛　(18)犬　(19)瓜　(20)疒

(21)白　(22)皿　(23)禾　(24)穴　(25)立

(26)糸　(27)羊　(28)羽　(29)舟　(30)艸

(31)虫　(32)行　(33)角　(34)貝　(35)辵

(36)邑　(37)非　(38)阜　(39)隹　(40)頁

上述部首，絕大多數是整字，也是重要的部件。學過以後，可以透

過其「部首」的身分去了解字意，可以根據它「整字」的身分去構詞，也可以利用其「部件」的身分去組字，可謂一舉數得，因此，最具有優先學習的價值。

　　經由兩種不同的途徑，選出下列 72 個最具學習價值的「整字部件」，同時也是「部首」的字：

　　　　一人（亻）八刀（刂）力十又口土士夕大女子（孑）寸小山工
　　　　巾弓心（忄）戈戶手（扌）斤方日月木欠止水（氵）火（灬）
　　　　牛（牜）犬（犭）玉（王）瓜田白皿目石示（礻）禾穴立竹米
　　　　羊（𦍌）羽耳肉（月）舟行衣（衤）見角言貝走足車金門隹雨
　　　　非頁食（𩙿）馬魚鳥

至於在現代漢字中不成字的部首，則有 11 個：

　　　　囗宀广攴（攵）疒糸（糹）艸（艹）虫辵（辶）邑（阝）阜
　　　　（阝）

從事漢字教學之時，為增強學生認字、寫字的效果，編纂教材時應嚴格區分字級，將最重要、最有用、最活耀的字及部件優先編入教材。

　　當然，有用的部首並不只上述的七、八十個，可以按照學生的程度作適當的擴充，例如：入、凵、厂、尸、幺、彳、生、网、臣、谷、身、酉、革、鬼、黑等。利用這些部首，可以組出數以百計的常用字來。茲將上述「部首」與「利用部首組出的字」列出：

　　　　人子分化引心文方比毛水片仔加功囚市幼打犯玉生用白目石
　　　　立休件份全列吉名合因回地好如字守安忙有此江灰竹老自行
　　　　位伴利助告困壯把村決谷車車依來到取和固始姓季居岸府怕
　　　　性房放明析法況治牧壯知空臥芳花芬近附信保哀室封屋幽建

律怒思按持指政故架泉活珍相科秋突紅約美耶致苦計負軍郊
音風首香准剛原哲家設座息料時書案格氣浙特珠祝粉草躬迷
酒針馬健區參問堅婚張強彩得接排啟清涯理現瓶略眼祥符細
習莊規許設貴貧逐部陪魚鳥最圍富悲悶握湖焦然畫痛發短童
筆答結菊菜視賀貴買超進開間閒集雲飲意想愧新溫準溪煩照
節罪聖裝裡解詳話資路較運遊道達雷飾塵奪實對幕慣慚漸碧
福精緊維罰聞語誠趕遙銀障駁魂劇影慮慰憤暫標模樂潭碼窮
範線蓮衛賞賢靠養駕奮學導憶獨穌謀辨辦醒錦頭幫應懂戲聰
雛霜鞠鮮點醫雞題鯉羅邊鏡類願寶癢蘇鐘護辯顧權變靈

利用上述單字，可以構出數以千計的詞，例如：

人類、分析、分辨、分類、導引、心願、文字、方案、比
較、毛筆、水鳥、水邊、仔細、加強、功利、囚犯、幼童、
打架、犯罪、生活、生涯、白話、休息、休閒、吉祥、回
憶、地點、好運、如此、如願、守衛、安心、安全、安慰、
江蘇、灰塵、老實、自新、告誡、把握、村莊、依靠、到
達、和氣、姓名、季節、怕癢、性格、房屋、房間、放心、
法律、治理、牧童、狀況、知道、空軍、空氣、臥室、芳
香、花架、花瓶、芬芳、近視、附近、信封、保守、保持、
保障、保衛、保養、保護、幽谷、建設、思想、按照、指
導、政府、故意、故障、珍寶、相信、科學、秋天、秋季、
突然、紅酒、美好、耶穌、計劃、負責、郊區、音樂、風
霜、首飾、香水、香氣、准許、剛強、原因、原來、哲學、
家裡、座位、時間、時鐘、書架、案件、浙江、特有、珠
寶、祝賀、粉筆、草原、迷路、針對、針線、馬路、參謀、

問答、問題、堅固、堅持、強壯、強健、接近、排列、啟發、清醒、理想、眼鏡、祥和、符合、習慣、規律、貧窮、逐漸、部分、部首、陪伴、魚片、最近、圍困、富強、富貴、悲哀、湖邊、焦慮、痛苦、發明、發現、發達、短暫、結婚、買菜、超市、超車、進行、開始、開幕、集合、雲彩、飲料、飲酒、意思、想法、新竹、新居、新聞、新鮮、溫泉、溪邊、煩心、煩悶、照相、照顧、節約、聖賢、裝飾、解困、解決、解圍、詳和、詳細、資料、路遙、運氣、道理、道路、雷射、奪取、奪標、對話、慚愧、碧玉、碧潭、福分、福氣、精細、緊張、維持、語音、趕緊、銀行、影子、憤怒、暫時、標準、模範、碼頭、蓮花、賞罰、靠岸、靠近、養生、養雞、駕車、奮發、導致、導遊、獨立、獨特、謀略、辦法、辦案、醒目、錦鯉、幫忙、幫助、應用、懂得、戲劇、聰明、雖然、鞠躬、鮮明、點鐘、醫生、羅馬、願意、寶石、辯駁、權力、變化、變好、靈魂

上述 246 個詞彙僅屬舉例性質，如作全面整理，數量當更可觀。這些詞彙都包含 4 至 8 個部首，學會一個詞彙，就等於會寫好幾個部首。將這些有用的詞彙化整為零，再積少成多，學生在學習漢字的時候，就能夠掌握漢字結構的關鍵字型。熟悉這些部首，既有助於漢字的辨認，也有助於漢字的書寫。

伍、結語

漢字教學重點，是訓練學生認字、寫字及用字。「部首字」在

上述方面都可發揮重要的功能。本文由部首著眼，指出應該優先學習的漢字以及學習的途徑。今後在編纂教材時，若能就某一課的主題，在上述詞庫中選取 20-30 個相關的詞彙，編成課文，學生在學習時，就會學到許多重要的部首、部件，同時也是重要的字。倘若教材不能配合，教師也可採用「補充教材」的辦法，在每次上課時多教學生一個有用的詞彙，數週下來，學生程度必然大幅提昇。例如學會「照相」一詞，也就學會了「日」、「刀」、「口」、「灬」、「木」、「目」六個部首。

有關漢字，我們堅持使用傳統字型。不過傳統字型筆畫較多，外國人士或海外華裔子弟未必能夠接受這種理念，因此，開發有效的「漢字教學法」就顯得極為重要。個人根據實際經驗，針對漢字教學作通盤之思考，本文所介紹的「漢字教學法」，應可大幅提升學習漢字的效果，既適合外國人士或海外華裔子弟，也適合於本國學生的學習。敬祈大雅君子不吝指教。

漢字對越南喃字源起
與演變之影響

何金蘭*

摘　要

　　本篇論文主要針對越南喃字的起源、從其出現的年代、演變、構造……等等，作為討論的方向，並提出喃字的優點及缺點作為看法，讓人對越南的喃字，有更進一步的了解與認知。

一、前言

　　越南與中國之間的互動關係十分密切且複雜；從地理位置上看，兩國處於一上一下、相依相連的形勢；從政治歷史方面來看，兩國相合相分、和好廝殺的次數相當頻繁；從教育和社會層面上來觀察，兩國人民所接受的薰陶相似，形成的社會結構、文化風氣、

＊　　淡江大學中文系教授

節慶禮儀、風俗習慣等亦無甚大差異；而若以語言文字來作為探討
對象，更會發現兩國之間的語言和書寫，其依附糾纏更是難分難
解，不可隔離。

　　直至二十世紀初 1915 年之前，越南都以漢字作為其正式的文
字，無論是朝廷政府的官方文書文件，貴族、士大夫和知識份子的
詩、文作品，或是民間的記載、書函，一切均以漢字書寫。高級知
識份子的仕途、小老百姓有可能所接受的教育、文學文化藝術之創
作、民間寺廟所題、碑石所刻，甚至日常生活等各種不同層面，在
相當漫長的時間內，唯一使用的文字只有漢字。因此，在越南的整
個政治、歷史、教育、社會、文化的發展史上，漢字所佔的地位，
不但是時間特別長久，其影響更是特別深遠，已經完全融入越南的
民間及其社會的每一階層。

二、越南喃字之源起

㈠ 喃字出現的起因

　　越南民族使用漢字的長久及深入，可從漢字被喚為「吾字」想
見一斑。不僅高級知識份子視漢字為唯一的文字，一般民眾也是如
此；甚至漢字不識一個的文盲，在其日常生活的語言中，總會出現
以漢越音說出的詞彙、成語、或是被認為典雅的句子，他不但會
說，也聽得懂，了解其意義。

　　然而，漢字是世界上最難學習的文字之一，即使越南文學作品
全以漢字寫成，閱讀者也不過是當時能夠接受教育的少數高層社會

階級而已；甚至是生活中所需要的書信、契約、房屋田地牲畜的買賣證明文字等最簡單的事情也全用漢字，小老百姓當然無法認字識意。另一方面，漢字雖然能將許多越南的話記下來，但是，越南民族所講的話，並非全部源自漢字的越南言語，而是漢字無法書寫的「純越語」，不是「漢越」音的話言。

大部學者認為越南喃字最早會出現的原因，正是因為漢字不能記寫「全部」的越南言語，尤其是政治、經濟、社會上的需求，其中以宗教信仰和行政方面最為殷切。

宗教方面：民間在重要的祭祀時刻必須將每人的姓名紀錄下來。鄉村百姓通常是以最普通或通俗的「言語」來命名，即是漢字無法記寫的純越語。於是紀錄者只能以發音與其相似的一個漢字記下，再於左邊添上「口」字或「丶丿」記號，或於右邊加上「」符號。後來，更出現了紀錄者自己認定的意思，加上「車」、或「巨」、或「」字，以提醒閱讀者此非漢字，而是應讀成民間純越語的音，即「喃」音才對。

行政方面：民間鄉間各種交易往來的文件都需清楚記載人名、地名、村名、路名、田地等非常鄉土的「音」，紀錄者以這種新創造出來的「喃」字書寫，讓閱讀的人大致上可以揣測出本來的發音，即越語音；老百姓的家譜族譜亦因此而用喃字記寫祖先名字。

由於喃字的出現，文學家、詩人亦漸漸以喃字創作，因此，民間作品或流傳普遍和深遠的歌謠，或地方小調多為喃字，經過一段相當長時間的創造和修訂改變，逐漸發展成一套異於漢字、自成系統的文字，用來記寫越南民族言語中的純粹越語，在文學史，亦開拓出另一片民族色彩濃厚的面貌。

㈡ 喃字出現的年代

　　喃字被創造出來的年代，歷來有許多不同的說法：阮文素認為喃字在第八世紀時已被使用；法國漢學家伯希和（P. Pelliot）和卡迪耶（L. Cadière）則斷言喃字應產生於第十三世紀；陳荊和以為第十一世紀時已有喃字；筆者在南越西貢文科大學的老師寶琴先生認為喃字可能萌芽於第八至第十世紀之間，成立於第十一世紀而盛行於第十三世紀。此外，越南河內漢喃研究院前院長潘文閣指出雖然有數種不同意見：或認為喃字應已於第二世紀東漢時自士燮開始，而以為應於第八世紀才出現，或第三種觀點則強調至第十三世紀陳朝時才有喃字詩文；但事實上，大部分的學者和研究者都同意喃字之形成應不會早於第七、第八世紀，而喃字最早出現的時間應該是在第八、第九世紀❶。

　　這種依據漢字創造出來的文字漸漸被大量使用，特別是十三世紀之後，喃字詩文開始出現，至十八、十九世紀發展蓬勃，形成越南文學中喃字文學亮麗的新面貌。越南文學史上被推崇為最偉大最優秀的文學家阮攸❷，其被視為最傑出的喃傳《斷腸新聲》（*Doan*

---

❶　見潘文閣〈chu Nôm cua ông cha ta di vào bô nhó Quôctê〉，原刊於《文藝》第十三期（1785），越南作家協會，1994 年 3 月 26 日，今收入《*nam Hán lôm1991-1995*》，「漢喃研究中心」出版，1995，P.309-310。

❷　阮攸（Nguyên Du 1765-1820）被公認為越南文學史上最傑出的文學家，於黎朝滅亡後被迫出仕阮朝，赴使中國，並完成喃傳《斷腸新聲》（*Doan Tru'òng Tân Thanh*）以釋其懷念故國之情。

Tru'òng Tân Thanh）❸即於 1802 年至 1814 年之間完成。其他著名的喃傳如阮輝似（Nguyêñ Huy Tu 1746-1813）的《花箋傳》、阮廷炤（Nguyêñ Dình Chiêu 1822-1888）的《陸雲仙傳》、不知撰者名姓的《碧溝橋奇遇》、不知撰者名姓的《二度梅傳》❹等等。十八、十九世紀之前的喃傳，例如十六、十七世紀所寫的，目前能見到的不多，主要是當時此類文字和文體才剛興起，表達技巧手法尚未十分成熟，作者不多，收藏者亦少。即使至十九世紀喃傳已發展至最盛，知識份子和大部分士大夫的觀念中，仍然覺得「喃」字嫌「俗」，無法與「漢」字的「雅」相比。以阮攸這篇已被譽為「天下第一」、早已為越南民族傳誦喜愛的六八體喃傳長詩《斷腸新聲》為例，作者於臨終時告誡其子孫：「《斷腸新聲》只不過是『搜集村言村語』以搏天下人一笑，供其消閒解悶而已，決不可以喃文書寫流傳於世。❺」

---

❸　《斷腸新聲》又名《金雲翹傳》或簡稱《翹傳》，為一首共有 3254 句的六八體長詩，以喃字寫成。此詩以中國青心才人之小說《金雲翹傳》為其故事藍本，阮攸以此傑作表露其迫不得已出仕阮朝的重重心事和無奈心境。

❹　有關越南喃傳的發展，可參考陳光輝《越南喃傳與中國小說關係之研究》（上、下二冊），國立臺灣大學中國文學研究所博士論文，民國六十二年十二月，臺北。

❺　見 Nguyên Lôc，《*Van Hoc Viêt Nam-Nua Cuôi th'ê ky XVIII nu'a dâu thê ky XIX*》，Tâp I，P.39-40。

三、越南喃字的演變

㈠ 喃字的角色

　　儘管喃字在朝廷學術、文學領域被視為不如漢字「雅」，然而將近十個世紀的時間之中，喃字在越南文化方面所扮演的重要角色是不容忽視的。正如「喃字」於最初被知識份子思索和制定的目的，認為必須創造一種能夠補充漢字所不能書寫的「越南話」文字，它真正且確實地紀錄、載寫了越南民族純粹的話言、保存和發展民間最大和最深的文化基礎，為越南民族的文化和社會面貌貢獻了最珍貴的確認和維護。

　　正如上文所提過的，喃字最初是根據漢字的意義和「漢越」發音逐漸創建出來的「越語」文字，因此，要了解喃字，書寫者和閱讀者必須具備下列最起碼的條件：

　　一是，認識漢字，了解其義且能夠讀出漢字的漢越音；

　　二是能夠說越語，對越南語言有透徹的認識；

　　三是創造或書寫及閱讀喃字時，能夠依據漢字之義及其漢越音，造出並了解、推斷每一喃字的「純越南話」發音及其意義。

㈡ 越語的語源

　　由於喃字所書寫的為純越語，因此，為了更容易理解喃字的構造，我們先對越語的語源稍作解釋；另一方面，為了能掌握越語的發音，說明中所用的書寫越南字為經過法國神父 Alexander de

Rhodes 轉變為拉丁化之後的「國語」越南文字❻。

越語的語源大約可分為五類：

1. 完全源自漢字的越語，讀音是標準的漢越音，例如「才」字讀為 tài，「命」字讀 mênh，「民」字讀 dân，「省」字讀 tỉnh。

2. 源自漢字，但讀音雖與漢越音接近卻有些許差異的，例如「車」字漢越音讀 xa，越語喃音讀 se，「代」字漢越音讀 dai，喃音讀 dòi；「局」字漢越音讀 cuc，喃音讀 cuôc；「孤」字漢越音讀 cô，喃音讀 côi。

3. 可能源自漢字，但讀音與漢越音相差甚大，例如：「家」字漢越音讀 gia，但越語喃音讀 nhà；「買」字漢越音讀 mãi，但喃音讀 mua。

4. 純粹越語喃音但其讀音與另一字的漢越音讀音完全相同；例如：純越語數字「一」的喃音 môt 與「沒」字的漢越音一樣，越語喃音「倒」的 ngã 與「我」字的漢越音一樣。

5. 純粹越語，無任何相同漢越音發音的漢字。

(三) 喃字的構造

為了能夠記寫上述五種讀音的越語，歷代知識份子就依據下列幾種方法創造喃字❼：

---

❻ 有關越南拉丁化文字「國語」，將於後文稍作說明。

❼ 喃字的構造可參閱 Vû Van kính 之 Dai Tu Diên chû nôm，nhà xuât ban Van Ng hê TP Hô Chí Minh，1999。

1.借用漢字：

(1)用漢字原來之義，發漢越音讀音，如越語語源中之第一類。

(2)用漢字，發漢越音讀音，但以越語喃音之義為其義，而非漢
字原來之義，如越語語源中之第四類。

(3)用漢字原來之義，但不發漢越音，而是發越語喃音，例如：
「天」字的漢越音為 thiên，但在喃字文本中應讀成純越語
的 trời 音（即「天」義）；或如「日」字，其漢越音為 nhât，
但在喃字文本中應讀成 ngày，即「日」義。

此外，亦有用漢字並且用其原來之義，讀音與漢越音相近，
但有些許差異的，如越語語源中之第二類。

(4)用漢字但讀音與漢越音相差甚大。此類喃字的構造有幾種方
法，一是借用整個漢字，如越語語源中的第三類；二是借用
半個漢字，或一漢字的一小部份，讀音則根據文本中的越語
之義而發音，因此有時漢越音為平音，轉成越語喃音時變成
仄聲，或剛好相反；有時則須依照漢越音的平仄來轉成越語
喃音中的平仄，但讀音當然與漢越音相異。

再以源自漢字「買」為例，其漢越音讀音為 mãi，但我們發
現在喃字文本中可以讀成 mãi，mải，mải，mảy，mây，
mây，mảy，mảy，mé，mẻ，mói，mỉa，甚至亦有讀成 vói
音的。在這 13 個不同的讀音中，最後一個音（vói）是連原
來的 m 和 ãi 都完全不見了，換成甚大的 v 和 ói，其他十二
個讀音則有第一個是漢越音（mãi）有十一個保留了 m，而將
ãi 轉換成不同的音。

或再以源自漢字「弄」為例，在喃字文本內可以發現有下列

許多不同的讀音：lông、lóng、lổng、lông、lùng、lúng、lủng、lông、lụng、lòng、rộng、rụng、rồng、rủng、sóng、sông、sống、sổng、trổng、trống、tròong、vung。在 22 個讀音裡，第一個 lông 是漢越音，9 個仍保留 l 音，4 個將 l 轉成 r，4 個將 l 轉成 s，3 個將 l 轉成 tr，1 個將 l 轉成 v。

從上列兩個例子（「買」和「弄」），可以看出漢字的漢越音轉化成別的讀音之後的複雜情況。正因越南原本只用漢字，漢字對越南民族、文化和社會影響之長久和深遠更會使創造喃字時產生多種雜亂和困難，從目前還能讀到的喃字文本即可得知。

此四種喃字構造方法都是利用漢字而形成的，讀音則因每種不同的原因目的而有不同的發音方式。

2.會意方式

此會意方式乃取用兩個各有其意義的漢字來表達某一越語喃音之義，因而創造出一個同時具有此二漢字意義的「喃字」。

例如：「呑」包含有「天」（漢越音 thên）和「上」（漢越音 thuong）二字，但在純越語的喃音讀音是與此二音完全不同的 tròi，意指「天」，「上天」，「上蒼」等。在如「唅」字，包含「口」（漢越音 khâ）和「含」（漢越音 hàm），但「唅」的越語喃音則讀成 ngâm，意指含在嘴裡。第三例如「舔」或「舑」或「舓」或「舐」四種寫法的字，都包含或是「肉」或是「月」（漢越音 nhuc）及「舌」（漢越音 thiêt），而越語喃音則讀成語此二音不同的 lúoi，意指舌頭。

　　三例均為借用二漢字造成一會意法的喃字。

3.諧聲或形聲方法

　　此法比假借漢字法較晚出現，但比其他方法都多樣複雜許多。此種方法的構造具有部分指意部分指音，因此讓閱讀者較容易讀出喃字讀音。此類喃字總含有指音部分是與讀者要讀初期越語喃音的字音相近，而指意部分則清楚明示此喃字的意義；而其寫法更是變化多端：或是兩個漢字併在一起，或是一漢字的一或部分與另一漢字的一半或部分來造出一個新的具喃音讀音的喃字。除此之外，每個此類喃字都會因創造者的修養和習慣而將漢字的邊旁或上下左右置放於他認為好的位置；不過，大部分的創造者還是將指意部分置於左而指音部分置於右；而且通常左邊部分的字是筆劃較少而右邊部分的字則筆劃較多，當然，有時也會因書寫者的習性而剛好相反，或甚至同一個人寫同一喃音字，也會因不同的時空而造出位置各異拼湊而成的喃字。例如：「𡂄」一字包含了左邊上「不」（漢越音 b'ât）下「幸」（漢越音 hanh）及右邊「磊」（漢越音 lôi），但「𡂄」的越語喃音讀音為 rủi，意指「不幸」，「運氣不好」。

　　除此之外，也有許多「喃字」運用諧音法造成，結果卻是—純漢字，但其讀音與其含義卻不是此漢字所原有，若讀成漢越音會造成與其文本中意義不合或完全無義。

　　例如：「坦」字漢越音為 thản，但被視為喃字時讀音為 dân，意指「土地」。

　　或如：「坡」字漢越音為 pha，但喃字視為「土」（thô）與「皮」（bi）的結合，喃字讀音為 bó，意指「邊」、「邊緣」。

㈣ 同一喃字多種寫法的原因

1.正如上文曾指出，每一喃字都很可能因為被創造時，受到創造者對漢字的理解，曾接受過的教育和訓練背景，寫字習慣，所認為合理的原則等等而會寫出與他人所造之喃字不一樣的形勢或面貌。

在以前文提到過的「㐅」（trời）一字為例。此字的喃字寫法有下列多種：「天」、「夫」、「㐅」、「𡗶」、「𡗶」、「𡗶」、「𡛈」、「𡗶」、「夻」、「夻」、「㐅」或以「至」（漢越音為 chí）意被造出來的喃字有下列數種：「㕪」、「㫌」、「㹊」、「㙩」此喃字越語讀音為 dên。

2.除此原因外，南越和北越的越語發音不同，也會造成南越喃字與北越喃字不盡相同。

南越語言發音與北部不同的地方，比如說：

H→Q：hoat 發成 quat

D，Gi 與 V 之間不分：Doi、Gioi、Voi 同音

C 與 T 不分：các、cát 同音

N 與 G 不分：càn、càng 同音

N 與 NH 不分：chín、chính 同音

N 與 NG 不分：chun、chíng 同音

N 與 NH 不分：mìn、mình 同音

I 與 Y 不分：hai、hay 同音

O 與 U 不分：sao、sau 同音

A 與 OA 不分：thả、thỏa 同音

I 與 UY 不分：chiên、chuyèn 同音

2 與 ～ 符號不分：

正因兩地許多音不完全相似，讀音不同，影響到喃字創造者在創造時受到不同程度的轉變，形成同一喃字而有不同的寫法與面貌。

㈤ 喃字的優點與缺點

喃字是由於越南民族因最初只用漢字，無法紀錄全部其越南言語而產生的一種文字，因而在漫長的時間中一點一滴建立下來，同時也保存了社會和文化在演變時留下的真實面貌，尤其是文學家們許多不朽的喃字優秀作品。但是喃字本身在呈現出來時仍有些優點和缺點。

其優點如：因喃字也能如漢字般讀出來，有的字形或字音明顯清楚，一看到即可明白其音義，比後來的拉丁化國語文字更清晰，例如「秊」和「㐌」越語都發成 nam，但「秊」明顯指「年」，而「㐌」指「五」。

其缺點如：同一個字可以產生出太多不同的讀音，因其諧聲形聲的原因；而在創造時也沒一個定準，各人創造各人自以為對的喃字；有時在利用漢字造字時，反而會少了一撇多了一點，或草寫時隨興而塗等。

四、結語

越南喃字於第九、第十世紀出現之後，經過歷代知識份子的努力與創造、增添、修改，於十三、十四世紀開始興盛。喃字文學於

十八、十九世紀進入其最輝煌和蓬勃時期，為越南文學留下漢字書寫文學之外的作品，真實記寫越南民族文學文化及社會演變和進步面貌。

　　法國傳教士 Alexandre de Rhôdes 遠赴越南傳教之餘，並為越南民族創造了另一種拉丁化的越南新文字。這種新文字之易學、易記、易懂❽很輕易就取代原來的漢字和喃字之地位。法國於 1862 年和 1864 年攻下越南的下六省，不久越南即成為法國的殖民屬地。為了能夠教育一般老百姓和掌握情勢，拉丁化越南文成為越南民族學習和使用的文字，1915 年之後更廢除掉漢字與喃字。除了局勢原因之外，拉丁化越南文在學習過程上比起另外兩種文字真是容易太多了，絲毫不覺困難和痛苦，民眾當然願意讀和寫這種令人頗有成就感的新型文字。

　　由於漢文難學，喃文似乎更不容易，因此在拉丁化越文興起之後，原來的漢字及喃字文本都可以改寫成拉丁化文字，學習漢字和喃字的人少了許多。

　　目前河內有一所漢喃研究院，收藏非常多的喃字文獻資料，在漢喃文字的研究上提供相當珍貴的原始文獻。研究院內有研究員，繼續努力對漢喃字方面進行持續的研究。此外，在越南境內的部分大學也有漢喃系的教學，不過，與其他科系的學生人數比較起來，顯然是少了些。在越南境外，日本和歐洲部分國家的學者對喃字的興趣不小，研究者正試圖將目前尚能尋到的有關喃字資料整理收藏保管，希望能在這一方面進行一直尚未找出答案的各項研究。

---

❽　先父學習拉丁化越南文只用三天時間，就能夠說、讀、寫。

漢字書法對
加泰隆尼亞藝術家的影響

劉小琳*

摘　要

　　加泰隆尼亞 Cataluna 為西班牙 Espana 的一個自治區，卻有著獨自的語言、風俗和不同的人文景觀。因地臨近法國使它較西班牙其他地區更能迅速地吸收來自法國、德國的人文、藝術資訊。

　　一股在西方二十世紀興起的禪思想及漢字書法的潮流也影響了當地的一些藝術家。米羅（Joan Miro, 1893-1983）1966 年第一次到了日本，觀賞過書法表演，此後這遠東經驗豐富了他日後的藝術創作，塔比耶斯（Antoni Tapies 1923-）在早年就已接觸佛教、禪宗、道家等思想，其創作中時常出現書法線條的筆觸……

　　書法藝術對他們創作的影響並不是單純表現在線條、

---

*　巴塞隆納大學美術系博士班研究生

文字符號上，更深層的是在哲學層面，如空無、禪的表現。這些書法影響下的創作對我們認定的書法的定義「漢字書法是一門建構在以漢字為基礎上的書寫藝術，如果沒有漢字則無書法」實實在在做了挑戰。然而古老的漢字書法卻在這裡突破文字的束縛展露一股新的生機。在探討書法對西方藝術影響的同時也可以使我們用另外一種角度來看我們熟悉的一種藝術媒材，或許會有一種新的發現及啟發。

　　本論文的重點在於提供一種欣賞及好奇的角度來探討東西方文化的交流與影響，因此我選擇了以探討自己身處的加泰隆尼亞的藝術家米羅及塔比耶斯為出發點，希望能對漢字與西方文化的關係做一深入的剖析與貢獻。

壹、漢字書法對西方藝術界的影響

　　西方藝術改變的時機正是整個西方世界在科學、社會等方面面臨劇變的時期。物理學上愛因斯坦的相對論的發現，跳脫了我們以往的線性思考；心理學上佛洛依德的對性及夢的研究使得人類不再只注重表象，轉往更深層的面去了解人類自身，超現實主義受到了很大的啟發。科技的演進方面相機、電影……的發明帶給人類不同的視野。新科技的創新帶給人類更豐富的物質享受，但心靈的空虛也使人類尋求宗教上的解釋以尋求解脫，禪宗在二十世紀的流行也解釋了這種需求。

　　也就是面臨轉變才更擴大其包容度及深度，在傳統的以描繪外

在世界的藝術觀逐漸崩毀之後,藝術家們由外在事物的注意力轉移到內心世界的表現,各種對藝術的實驗和各種探索豐富了其內容。在藝術上,康丁斯基(Wassily Kandinsky, 1866-1944)對藝術精神的重新解析及定義使物象的繪畫觀開始瓦解。他初步試驗色彩音樂的作品,這些畫及他的藝術理論開創了後來被稱為「抽象藝術」(abstract art)的作品❶。

漢字書法也是在抽象藝術家們進行多面向的實驗中,如材質、形式、色彩等發現的一個新天地。有關書法展覽部份;故宮博物院也在 1935、1940、1961、1970 年分別在倫敦、莫斯科、美國五個大城(華盛頓、紐約、波士頓、芝加哥、舊金山)、大阪等地展出書畫器物等國寶。❷單純的以書法作品為展覽為主題則要到 80 年代之後才出現。日本明治維新放棄鎖國政策,大舉推行東西方文化交流。1954 年紐約現代美術館展出了日本書法作品近 40 件;1956 年,從巴黎現代美術館開始,日本書法在歐洲巡迴展出,同時,日本書法也開始在美國各地巡迴展。同時展出的還有日本禪畫——禪、精神意味、書法、水墨形式,幾乎成為東方藝術的集中表現❸。有關書法的外文著作,最先論述中國書法的外文專著有兩本。一本由一位美國學者與一位日本學者合作撰寫的,名曰:《中國書法》(英文版);另一本《漢代以來的中國書法》(法文版)作者則是一位旅法華人學者 Yang Yu-Shun。1938 年蔣彝在倫敦出版了他的《中國書

❶ E.H. Gombrich, (1994)《藝術的故事》,譯者:雨云,臺北市:聯經,頁452。

❷ 《藝術家雜誌》,1997,249 期,頁 242。

❸ 劉墨,《書法與其它藝術》,2002,瀋陽:遼寧出版社,頁 235。

法》（英文版），1964 年 Richard Barnhart 在 *Archives of the Chinese Art Society of America* 雜誌第一次發表了專門研究書法理論的文章《衛夫人筆陣圖與早期書法理論》。這無疑開啟了西方研究書法理論的先河❹。

　　靠著這些少數的書法展覽及專著，書法在西方漸漸引起西方藝術界的興趣。令人好奇的是，作為一種文字的藝術，隔著語言的差異性，他們怎麼欣賞這一門東方藝術。書法的功能是傳遞文字的內容，但用毛筆所寫出的線條卻具有一種生命力，以線條表現出氣韻生動及神韻的筆勢及靈動使得書法有一種純粹造形的美感，尤以狂草最能說明。書法這種以筆勢表現出線條的靈動及快速的書寫方式和超現實主義的自動書寫，快速的寫下潛意識或夢境的內容有著相似點，超現實主義雖不能說受其啟發，但這種忘我的創作方式引起後來西方的注重東方書法，也影響了行動繪畫的發生。波洛克 Jakson Pollock（1912-1956）的滴流畫作畫方式和狂草書家張旭的書寫方式及精神上的相近，我們在這裏看到了東西藝術精神的互通。另一美國畫家馬克·托比 Mark Tobey（1890-1976）曾在日本習書法及中國詩，他的「白色書寫」系列，將中國書法做了新的轉換，融合入自動書寫技法營造出一種東方美學的空間意識。在 1954 年在法國由艾思提恩 Charles Estienne 發起的法國的點彩派（Tachisme）則深受書法筆墨效果的吸引創造出一種抒情抽象（Lyric

---

❹　柯逦柏（Andre Kneib），〈現代西方對中國書法的論述及其他〉，摘自《東方美學與現代美術研討會論文集》，1992.6，臺北市：臺北市立美術館，頁 36。Kenib 為法國著名漢學家，精研書法與藝術哲學，此篇文章對西方對書法研究有清楚論述。

Abstractionism）的筆觸及動勢來表達藝術家的情感。以蘇拉吉 Pierre Soulages（1919-）、亨利・米肖 Henri Michaux（1899-1984）、喬治・馬修 George Mathieu（1921-）、漢斯，哈同 Hans Hartung（1904-1989）等人最為有名。在德國的禪團體在比希爾 Julius Bissier（1893-1965）及溫特 Fritz Winter（1905-1978）的作品中可看出所受書法影響最大。

這些藝術家之中有些曾到過日本、中國，有的親身嘗試過寫書法，不然就是從少數的書法展覽或書冊獲取靈感或資源。在精神上或形式上接受過的影響或多或少表現在他們的作品中。在 40、50 年代興起的這股熱潮首先是在兩個世界藝術之都巴黎及紐約發生，隨後也擴及到其他的城市。

圖一、蘇拉吉作品 書法時期 1947　　圖二、比希爾作品 無 1964

・開　創・

貳、加泰隆尼亞的藝術活動

　　加泰隆尼亞是西班牙的一省卻有著獨自的語言、文化及人文風情。在這塊肥沃土壤孕育出的大師有高第 Antonio Gaudi（1852-1926）、達利 Salvador Dalí（1904-1989）、畢卡索 Pablo Piccaso（1881-1973）、米羅 Joan Miró（1893-1983）及塔比耶斯 Antoni Tàpies（1923-）等世界級藝術大師。

　　他們都曾在此生長學習到後來皆前往藝術之都巴黎居住，經常往來於巴塞隆納及巴黎之間，參與兩地的藝術活動。在 40 年代之前的加泰隆尼亞藝術界無視著巴黎及紐約等地的藝術實驗，他們依然嘗試著解決印象派、後期印象派、野獸派、前鋒派遺留下來的問題。西班牙內戰時期對藝術的危害頗大，只靠著 ADLAN（1930-1936）的一些成員出版文件及演講會來聯繫藝術活動❺。在第二次世界大戰後，藝術家們決定朝純抽象的表現作為語言表達。因此在 1945 年在巴黎由米肖・塔比耶 Michel Tapié 發起的非形式藝術 Arte informal（Art informel）提供了幾種創作的方向如另類藝術（art autre）、行動藝術（action painting）、點彩派（tachismo）、空間主義（espacialismo）、物質繪畫（pintura matérica）主導了 50 及 60 年代的藝術方向❻。這股非形式藝術的風潮在巴塞隆納 1948 年則產生殼

---

❺　Lourdres Cirlot, *La Pintura Informal En Cataluña*, 1990, Generalitat Cataulña, Barcelona , p155.

❻　Lourdres Cirlot, *La Pintura Informal En Cataluña*, 1951-1970, 1983, GRUPO A, Barcelona, p21.

子七點 Dau al Set 藝術團體❼，靈魂人物則是 Antoni Tàpies，在沙巴特（Sabadell），1960 年也出現 Group Gallot 的非形式藝術團體❽。巴塞隆納非形式藝術風潮，主要來自巴黎及紐約兩地的影響，他們的作品有的也呈現了如克利式的象形符號及如法國點彩派的書法筆觸和行動繪畫的表演。從有限的文獻，難以得知他們個人和東方書法的接觸深淺，不過，隨著鈴木大拙的一系列有關禪的思想譯本在西方社會的流行，有關東方的主題也漸漸引起大眾興趣。西班牙對東方藝術的接觸比起法國、英國及德國要晚的多，起初是透過巴黎而接觸到日本版畫，後來由於西班牙內戰及佛朗哥執政，更是中斷了與東方的接觸。他們必須經由巴黎或少數書籍來增加對東方藝術的了解，甚至直接前往東方旅行，這樣的經驗對他們日後的創作都起了重大的影響。

接下來我們以兩位加泰隆尼亞藝術家為例，探討漢字書法和他們的淵源及對創作的影響。一位是享譽國際的大師瓊安·米羅 Joan Miró，另一位則是近年為國際所看重的安東尼·塔比耶斯 Antoni Tàpies。

---

❼ Lourdes Cirlot, *EL GROUP <DAU AL SET>*, 1986, Cátera, Madrid.
❽ *DEL NUAGISME A LA CRISI DE L'ART INFORMAL, ART SABADELL 1957-1970*, 2001, Museu d'art de sabadell, Barcelona.

參、米羅 Joan Miró

一、和東方的淵源

　　米羅和東方文化的淵源是一個令人感興趣的議題。少年時代，經由他的父親所經營商店及以前居住的地方販賣一些來自日本的商品。1888 年的巴塞隆那的萬國博覽會獲得了一批日本版畫，被收藏在現代美術館。他生長的環境提供他一個可以常常看到東方藝術品的機會。在第一次的日本之旅，和 Masao Kameda 的對談中，畫家也說從小就有很多機會接觸到東方事物，同時也有一本漢字字典。❾之後，在巴黎居住的期間，從這個深受東方文化吸引的城市，他更加深入的了解了遠東文化。在 40 年代美國幾次的展覽的短暫停留，受到當地禪思想流行的著迷。1947 年米羅從美國歸來之後，其畫風受到當時美國藝術家重視筆觸的畫風，他的畫風也漸漸朝向筆觸隨意帶有書法著意味的線條。1966 年為了在東京美術館的展覽第一次訪問日本。在寺院及博物館看了許多繪畫、雕塑、陶藝及書法作品。同時結識了詩人及評論家瀧口修造 Shuzo Takiguchi（1903-1979），他在 1940 年已寫過關於米羅的專著。日本之旅帶給他在藝術、思想上很大的衝擊，如他寫給朋友雅克·杜賓 Jacques Dupin 的信表露的：「……我感觸殊深，無可名狀，猶如

---

❾　Pilar Cabaña, *La fuerza de Oriente en la obra de Joan Miró*, 2000, Eleta, Madrid, p12.

初抵巴黎時的心情擬之……」⓾在日本之旅期間，他深受各種禪宗思想形式的表達的吸引，如庭園、寺院及繪畫、書法等等。空的概念、人與大自然的關係、詩與書、畫的關係、宣紙、墨色的深淺、流暢的線條、象形符號等這些影響都在他後來的作品中一一顯現出來。1970 年由於大阪國際博覽會的「煤氣展廳」的負責人的邀請，他再度赴日，並且在博覽會現場製作了一幅大壁畫及陶瓷壁畫。

二、對符號及書法的熱情

「米羅藝術中的繪畫成份在很大程度上由象形文字或表意符號組成，他的圖畫不僅可供觀賞，還可作為象形文字或漢字閱讀。他的圖畫是書寫等同於描繪，符號等同於概念、等同於形式。米羅的風格可稱之為象形文字的風格。」⓫米羅曾有一本名為《收音機的藝術》的書，由一列符號對照收音機的不同部份，如電阻、線圈等。這本書內文是阿拉伯文，封面是一幅名為「跳舞旁聽生彈哥德教堂的風琴」。注意看封面的圖畫，有些為畫家運用的圖案則和書裡的符號近似。

他對凱爾特族的文字、阿拉伯文及漢字書法的象形文字深感興趣，後者可以說是他對符號的熱情的綜合。符號可以傳達意念、思想，米羅將它作為傳達藝術甚至如日本禪僧洗匡 Gibon Sengai（1750-1835）用符號來傳達禪宗思想。洗匡名為「宇宙」的作品僅

⓾　*Miró: Spirit of Orient*，1995，臺北：臺灣藝術教育館， p17。

⓫　劉墨，《書法與其它藝術》，2002，瀋陽：遼寧出版社，頁 247。

是由三角形、方形、圓形構成的書法作品卻啟發了當代的許多藝術家。受洗厓的影響，他在 1970-1971 年間，曾嘗試著製作一幅圓形、一幅三角形、另一幅方形的巨幅圖畫，不過都沒有成功。

　　第二次訪日時，他參觀東京現代美術館的書法展，獲贈一幅書法作品，據 Masao Kameda 說，毛筆是他第一次訪日時，少數有興趣購買的東西之一。在馬右卡的基金會也保存了他的一些毛筆、墨條、硯臺及水墨畫。他喜歡模訪書法家寫書法的神態寫著在印在火柴盒、扇子上的一些名稱、住址。從他自述自小就有一本漢字字典，我們可以猜想他是不是也常常一樣畫葫蘆的寫著看不懂的文字。在偶然的機會裡他嘗試著要去理解這些文字的意義，如他一幅《向瀧口修造致敬》的作品裡寫著小、山、↑ 幾個漢字，但在畫家的眼裡，這些不論是漢字或日文帶給他卻是如同欣賞畫一般的享受。

　　如同漢字的象形文字表達自然事物如樹木、太陽、月亮的直接，米羅也發展了出一套屬於他自己的私密的語言，如女性——生命；四條穿越中心的線——星星；紅點——太陽；樓梯——逃避；腳——根、土地的力量或速度；運動——小點……。甚至在他的作品《兩人同時愛上一女子》裡，畫裡的女性形象和漢字的「女」很相像；在《人投鳥一石子》裡，鳥也通過不同的象形文字出現，星星和女人亦然。⓬

　　米羅在圖畫裡運用表意符號及象形文字的方式使他和他同時代的超現實主義畫家們的畫風不太一樣，與其說他是個畫家，不如說是個詩人。在到巴黎之後，他的作品漸漸發展成是寫、畫並用的風

⓬　同上，頁 247。

格。在他後來的作品中，強烈的色彩及幾何造型的表意符號、獨特的線條筆觸欲意營造一股詩的空間氣氛。這和中國詩、書、畫可以相融合的精神是一致的，他曾說：「我看不出詩歌與繪畫有何區別。有時我為畫提詩，有時為詩配畫。中國的文人學士不也是這樣做的嗎？」⓭

　　畫家在欣賞書法的線條、筆觸、氣、動勢更勝於它的文字意義。如果說書法在我們是一門文字書寫的藝術，那我們的畫家則是由這文字→圖畫的轉譯過程中再由他的私密經驗詮釋成自己的一套圖畫文字。因此漢字書法對畫家的影響在於其形態及線條、空間等豐富了他們的藝術語彙、擴大了視覺經驗及藝術思想的深度。

　　接下來我們可由幾幅米羅的作品看書法對他創作的影響。

圖三、米羅作品圖
向瀧口修造致敬 1979

圖四、象形文字遊戲及米羅的語言

⓭　同上，頁248。

圖五、米羅 無題
195X130cm 1966

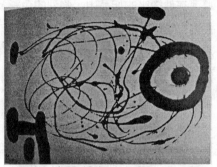

圖六、米羅 繪畫　22.5X32cm 1963

圖七、米羅 詩人之作
130X195cm　1968

圖八、米羅 繪畫一
22X33cm　1969

　　圖五、此幅為第一次自日本歸來的最先完成的兩幅作品之一，原圖全部是由黑色構成，只有一點為紅色。粗礦的線條及畫筆擦出的筆觸效果也是當時日本漢字書法所追求的，米羅可說是由此得到靈感。

　　圖六、米羅在到過東方之前，在作品中即已呈現純粹的流動線條，一種東方書法的韻味及禪的意味流露無疑。

　　圖七、畫筆在大畫布上「寫」出如狂草書法的線條，似字又不像字，運筆自由的詩人之作，畫家莫非想像自己為古代中國詩人用毛筆作詩？

　　圖八、右邊的一畫彷若漢字書法的筆法，在米羅手中，漢字書法早已融入其個人風格，作為其創作泉源之一。

肆、塔比耶斯 Antoni Tàpies

一、對東方的探索

　　塔比耶斯是現代藝術史上常被提起的藝術家。1923 年出生，他的成長過程經歷了西班牙內戰的殘酷，對他這一輩的許多加泰隆尼亞藝術家都產生不可抹滅的影響。他的畫風自早年的超現實主義畫風到成為西班牙非形式主義的大師，歷經了大約 40 年的時間。他的風格主要是把沙子、彩色土、白堊粉、大理石粉、頭髮、鬍鬚末、綿線、布片、紙片等混合在一起、厚厚地塗在畫面上營造出一股如牆面的質感。奇特的是他的名字塔比耶剛好和「牆」（Tapia）同音，在經歷了那麼多年的探索、實驗之後，他終於找到了自己的語言。牆的意象有如時間的流逝遺留下的痕跡、靜宓的特質、厚重、樸實等等，和菩提達摩的面壁修行、禪寺院子裡的沙耙成如條狀或帶狀或禪宗的靜、寂、幽玄的特質卻有相似之處。畫家的名字與他的藝術風格及其思想內涵宛如宿命般緊緊相繫，不可思議。

　　他的東方接觸和米羅一樣都是來自於家庭環境的接觸。塔比耶斯曾回憶他父親在他小時講述亞洲：「去接觸東方文化經常能激起

我的想像，我在長大的過程常記著中國與印度才有真正的智慧，他
們也是使詩與藝術能盡善發揮出來的一種人。」❶塔比耶斯對三種
文化產生興趣——原始文化、西班牙史前文化及非洲文化，但其對
亞洲文化如印度教、道教、佛教及禪宗有更多的了解。他從未放棄
提昇及深入了解印度、中國及日本等三大文化，一種豐富哲學及精
神上的渴望大過於藝術目標的追尋。從小對東方書籍的接觸及他對
東方文化的景仰甚至使他在巴塞隆那市所成立的基金會裡的圖書館
藏有為數眾多的有關東方藝術書籍。

二、和禪及書法的淵源

　　他的作品和東方世界是平行的，如：一種勢的線條使我們想起
中國或日本的書法；在標題上，我們找到 1949-1950 年的：《印度
人的倫敦》（*Londres Hindú*），《亞洲會》（*Asia junta*）……等等❶。
在 80 年代以後，塔比耶斯作品中的禪道思想愈發明顯，他曾說：
「中國那些最靠近禪的教導的藝術家，得到的靈感最為強烈。我是
在那些畫僧的作品裡，看到了高度的完美……。如果說，這些大乘
派佛教的信仰是中國智慧，乃至遠東智慧這一宏偉建構的最完美形
式，那是絕對不過份的。這些信仰，至今還對西方某些大哲學家產
生巨大影響，並在各種宗教隨處可見的懈怠當中，依然能滿足 20
世紀人的智性苛求，這恰是因為這些信仰中具有最真實的人文

---

❶　莊詰，〈不盡的終局——達比埃與禪道〉，《藝術家雜誌》148 期，1987
　　年 9 月，頁 60。

❶　Lluis Permanyer, *Tàpies y La Nueva Cultura*, 1986, Poligrafas, Barcelona, p11.

性。」⓰塔比耶斯的創作不僅在材質上的變化，它的作品背後往往意涵深刻的思想。1958 年底開始他大量使用被認為不值錢的材料來創作，如硬紙板、盒子、稻草、糞便、臭襪子等，因此他的藝術又被稱為「貧窮藝術」，意在諷刺西方世界那種消費及浪費的社會現象。把現實生活中已經沒有價值的東西變成有價值的作品，卑微者也有他們的作用及價值。他的作品裡具有的那種強烈的政治、民族意識及存在主義的精神，這樣的理性思考卻和禪宗的思想是背道而馳的，不過有趣的是他對自然物的關心及使用，對每一樣事物的尊重從椅子、一撮毛髮、報紙、木版、洗澡盆、床、杯子、罐子等等，地位都是相等的，這又和禪宗裡對最卑微的事物如掃地、吃飯中的實踐，從對事物的關注去悟得自性有異曲同工之妙。

　　和他的厚實的牆面相對的是他一系列得自水墨、東方書法的靈感的作品。他運筆的線條、筆觸超脫了他所生長的土地，那是來自於漢字書法及水墨畫的影響。也許塔比耶斯逐漸地脫離了過去反抗西班牙內戰及專制政權的強烈意識形態，在七零年代後期開始加入比較隨意的、輕盈的風格，他對街頭塗鴉也有莫大的興趣，在他畫面上經常出現的符號如：十、A, T 等，在眾多的詮釋下，有不同的解釋，然我則認為這些符號從一開始畫家有意義的使用到後來則是銜接上一種類似街頭塗鴨式的樂趣。

　　他的作品出現許多幅和書法有關的標題：如《書法》（*Caligrafia*, 1977）、《白色書法》（*Caligrafia blanca*, 1976）或《書法與十字架》（*Caligrafia i creu*, 1976），大部份的創作方式都是以墨汁

⓰　李黎陽編著，《塔皮埃斯論藝》，2002，北京：人民出版社，頁 173。

或繪畫在紙面上營造出一種類似東方水墨畫或筆觸如草書的線條，甚至出現如印章的圖案。乍看之下，這種風格和布洛克的滴墨畫或漢斯哈同的抒情畫風或其他非形式主義的畫家沒有什麼不同。然而我們不能只單純地就形式談影響，就野心及企圖心來說，由於他對東方文化涉入的廣度及深度，使他在畫面背後的哲學思想來得比布洛克或哈同深厚。

塔比耶斯是一個創作多，話也多的人，時常我覺得在他的著作裡他所了解的東方文化比從我們從畫面上感受到的要多許多。不過這也顯示了異國文化對一個藝術家的影響是十分漫長且複雜的，所有藝術家從異國文化學習到的終將是成為其創作新藝術語言的肥沃土壤及動力來源，以塔比耶斯為例也證實了從異國文化取材必得要以深入了解該文化，否則只有形式上的模擬，其作品也缺乏深度。

我們舉幾張塔比耶斯的作品，看書法對其創作的影響：

圖九、畫名為白色書法，呈現的是典型塔比耶斯的風格，像牆上亂筆的塗鴉，也許他在這裡意欲推翻傳統書法美學的優雅及黑色主體，用一種理性的手段寫出自己的書法。

圖十、有幾幅他的作品都是長條狀的，類似漢字書法的尺寸。一筆黑色厚重連續不斷的筆勢，上面簡單寫了幾個數字，名為書法，這種東西方語言符號的轉換遊戲，不由得人會心一笑。

圖十一、禪的意境及一種空靈的意味表露無疑。筆勢優雅，由其構圖來看，倒像是山水畫的意境。

圖十二、用筆墨畫出符號，其構圖及筆法是如此東方，甚至我們可以看到藝術家用鉛筆寫的符號如由上至下的東方格式。

圖九、塔比耶斯　白色書法
70X109cm　1976

圖十、塔比耶斯
書法　186X48cm
1977

圖十一、塔比耶斯　布局及中國墨
220X210.5cm　1979

圖十二、塔比耶斯　符號
78.5X57.5cm　1979

伍、結論

　　英國著名美術評論家里德在其著作《現代繪畫簡史》說道：
「一個新的繪畫運動崛起，這個運動至少部分地直接受到中國書法
的啟示❿。」這本著作是在 1964 年出版，其書中對書法價值的闡
釋正是在西方這一股漢字書法熱潮之後，里德也說書法藝術：「究
其本質，乃是一種造型的運動之美而非圖案和死板的故作姿態
❽。」

　　從米羅及塔比耶斯的作品中，我們可以感受到他們的確是領略
到這種書法的運動之美，使感情能從單純的線條中流露出來，雖然
我們知道一個草書家要經過多少年的筆法苦工及才氣才能到達運筆
自如，隨心所欲的寫出氣韻、傳神的線條。在西方，藝術自由的表
達卻二十世紀抽象繪畫出現後才得以實現，書法的線條藝術性為這
群不認識漢字及不了解其意義的藝術家所欣賞及模仿，實在少見。

　　從單純的形式模仿到對書法意義的了解，卻是須要更多的翻譯
書法古籍理論成外文讓書法知識得以流通世界，書法理論從文言翻
譯成白話文尚少，更何況是英文的、法文的、德文的或我所處的西
班牙文世界？

　　若有一天書法知識在西方社會能像西方藝術史知識在東方一樣
的普及的話，我們大可不必再談東西方藝術的影響了，我們不能希
冀所有的藝術家都能像塔比耶斯對東方文化有深入研究及反省的能

---

❿　劉墨，《書法與其它藝術》，2002，瀋陽：遼寧出版社，頁 230。
❽　同上，頁 232。

力，否則談書法的影響都將只是在形式上打轉而已，而因欠缺資訊及知識而不能有更深刻的了解及更偉大的創作出現，這對全球的藝術界及漢學界將會是多大的損失？

後學藉此機會在國際漢學會議上發表有關藝術的議題，其目地在於強調藝術與語言、文化的息息相關，書法的雙重語言性〈文字及繪畫〉已在西方的抽象繪畫上被揭露出來，然而須要更多的漢語人才將書法及書法知識作更廣大的推廣，才能談到更深層面的知識及意境理解，期待大家一起努力！謝謝！

· 開　創 ·

日本中世禪林的儒學研究

鄭樑生[*]

摘　要

　　自從儒家經典之一的《論語》於三世紀末經由朝鮮半島東傳日本以後，中國經學在六世紀初已被彼邦作有系統的移植，從此日本人士閱讀漢籍之風氣日盛，研究儒家經典已成為他們步入宦途的敲門磚。於是講授儒家經典者日多，以儒學自成一家之言者漸夥，於是以朝廷公卿為中心的儒學研究形成了一個高峰。惟至後來，因武士掌握政權，公卿沒落，致儒學逐漸式微、僵化。並且自鎌倉時代以後，復因國內戰亂頻仍，人多尚武輕文。尚武輕文的風潮當然無法蘊育深刻的哲學思想。故此後至德川家康建立江戶幕府為止的約四百年間，日本的儒學研究，除以五山禪僧為中心的禪林文學一支獨秀外，其他文藝、學術則鮮有可觀者。

　　區分日本中世文化與古代文化的最大標幟，就是古代

---

*　　淡江大學歷史系教授

文化主要受到六朝文化與唐文化之影響而發達，且對它具
有親近性；中世文化則深受宋、元、明文化之影響。從事
輸入宋、元、明文化者雖不侷限於禪林，然無論在質或在
量上，曾費最大氣力且最熱心移植宋儒新說者卻是禪僧。
所以就這種意義上言，五山禪僧既是日本中世最進步的文
化前驅，也是標幟著該國中世文化特徵及形成具有極大貢
獻者。那麼，五山禪林研究儒學的情形如何？即為本文探
討之重點。

一、前言

「德者善政，政在養民」，此固為《尚書》所記載禹王的話，
卻簡潔地表示了中國自古以來儒教政治思想的核心。天命使有德者
為天子，天子如失德，則此天命便轉移至他人，此即易姓革命。德
政與易姓革命乃中國政治思想的兩大基石，儒教即由體君子之德的
道德之學，與以君子之德來治國之政治學兩個層面所構成。❶

日本雖以《尚書》及其他儒家經典作為大學的教科書，並用之
以培養官吏，以為輔翼帝德之資，卻以排除易姓革命為前提，故其
德治主義與中國有異，形成日本政治思想的特色。平安時代的儒學
由公卿貴族執牛耳，然隨著時間的流逝，律令制度所規定的官吏之
學問——明法道、明經道、文章道等學科竟產生興盛與式微的差

---

❶　多賀宗隼，〈御家人の統制と教育〉，《圖說日本文化の歷史》，五（東
　　京，小學館，昭和五十四年十一月），頁一九一。

異。故至中世時，最隆盛者為文章道（日後之紀傳道），而經學研究
與思想則一蹶不振，致學問與現實乖離。保元之亂❷，尤其承久之
亂❸以後，無論政權或朝儀都如桑榆暮景，欲振乏力，致大學教育
與經學之研究傳統已失。但在另一方面，經學卻有以新形貌來恢復
活力的徵兆。帶給日本中世經學研究帶來活力者為禪僧，他們鑽研
儒學時所用教本與公卿貴族之用漢唐古註者不同，乃採宋儒新註
書，給前此已經僵化、停滯不前的儒學研究灌注充沛的活力，而其
研究成果亦有足觀者。因此，本文擬探討那些禪僧研究新儒學的情
形以就教於方家。

二、日本禪僧與朱子學的關係

　　自從菩提達磨將禪宗東傳中國以後，至宋代已相當興盛而獲不
少士大夫之皈依，此可由曉瑩禪師《雲臥紀談》、《羅湖野錄》，
文瑩禪師《湘山野錄》、《玉壺野史》，方勺《泊宅編》，曾敏行
《獨醒雜志》等北宋人之各種紀錄窺見其端倪。就宋儒新說之倡始
者周、程、張、邵諸君子言之，他們與禪宗也有不少淵源。如據諸
君子與宋代學者的紀錄，周濂溪曾就學於鶴林寺僧壽涯，與東林之
常聰禪師，程明道學於興國寺，嘗稱禪之威儀曰：「三代禮樂在

❷　保元之亂，一一五六年，因皇位繼承問題，及藤原氏內部爭奪關白職位問
　　題糾結在一起而引起的動亂。
❸　承久之亂，一二二一年，日本朝廷企圖打倒鎌倉幕府，恢復公卿勢力，而
　　以後鳥羽上皇為中心發起的軍事行動。結果，幕府獲勝，公卿勢力急速式
　　微。

此」。程伊川則以釋迦為西方賢者，言佛教亦有敬以直內之教。邵
康節有〈學佛吟〉，其世界觀有根據佛說之概。張橫渠之氣聚散論
似佛之輪迴說，〈西銘〉之宗旨則酷似明教契嵩禪師之孝論。❹至
於南宋大儒朱晦菴，其師胡籍溪、劉屏山、劉白水、李延平諸儒皆
曾學禪，而晦菴也曾問敬之義於文禮禪師，且珍重大慧宗杲禪師
《語錄》。❺朱子學之得於禪教者為心性說，故晦菴以心之本體為
虛靈不昧而具眾理，應萬物，以心為萬事之根本與出發點。禪對心
的修養有大、小乘二法，前者乃隨時隨地處於無心之境，後者則是
坐禪，亦即在一定場所，一定時間裏，以求達到淡然無心之境，而
朱子學之修養法居敬、靜坐亦由來於此。❻

　　朱子學與禪俱以明心之本體為要，然其歸趨雖同，徑路、方法
則異。禪不立文字，故雖有修養工夫，卻不專事學問研究，朱子學
則學問研究與修養工夫兼顧。前者之修養在坐禪，以心傳心，頓悟
見性為宗，後者則格物、致知、窮理、誠意，以明虛靈不昧之本體
──心，一旦豁然貫通，便與禪之見性相同。此兩者的歸趨雖同，
目的、立足點卻迥異，即朱子學立足於有（入世），禪立足於無
（出世），前者智德不離，知行合一（研究：智、知；修養：德、
行），使一身完美，以舉小而教化庶民，大而治國平天下之實為目
的，禪則無此目的。簡言之，朱子學係取禪之心學而予以儒化，以
為達到修齊治平之目的之基礎；取禪之修養方式，使之成為有秩序

---

❹　足利衍述，《鎌倉室町時代之儒教》（東京，有明書房，昭和四十五年五
　　月，影印版），頁三二～三三。

❺　同前註。

❻　足利衍述，前舉書頁三三～三四。

的、平易的而無弊害，亦即將它作儒教的改良，並從事知慧的研究，使之成為實際的、世間的一環。❼

　　如據日本史乘的記載，將朱子學首傳至扶桑者為不可棄俊芿法師，之後則有赴日傳布禪宗的華僧蘭溪道隆、兀菴普寧、無學祖元、一山一寧，及至中國學禪之日僧辨圓圓爾等。中、日兩國的這些僧侶所師事者俱為南宋之禪僧，其通曉朱子學者則為北礀居簡、癡絕道沖、無準師範、環溪惟一等臨濟宗名衲。茲圖示如次：

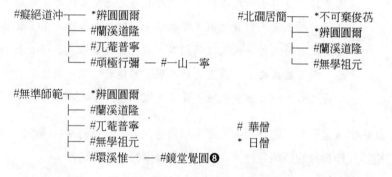

由上圖可知，將朱子學傳播於日域之中、日兩國僧侶，均曾師事癡絕道沖、北礀居簡、無準師範等高僧，他們對宋儒新說均有精湛的研究，而尤以癡絕、北礀為然。癡絕云：

> 大哉心乎，巨無不周，細無不久；增不為贅，減不為虧。默爾而自運，寂然而善應。不疾而速，不行而至。方體不能拘，度數不能窮，昭昭然在日用之中。而學者不得受用者無

---

❼　足利衍述，前舉書頁三四～三五。
❽　足利衍述，前舉書頁三八。

　　他，蓋情想汩之，利欲昏之。細則為生住異滅所役，麤則為
　　地水火風所使。忘己逐物，棄真取偽，卒於流蕩不返者，舉
　　世皆是。儻能去心之蔽，復性之本，於日用之中，明見此
　　心，則情想利慾，生住異滅，地水風火，皆為吾之妙用。❾

此語有如朱子學派之心性論，明顯受到程、朱二子復性說之影響。
又云：

　　儒者曰：「君子深造之以道，欲其自得之也。自得之，則居
　　之安，居之安，則資之深；資之深，則取之左右逢其原，故
　　君子欲自得之也。大凡欲明個事，須有自得之妙。然得心未
　　忘，則不能居之安。居安之地不脫，不能資之深。果能忘其
　　所得之心，脫去居安之地，資深之域，皆為吾之妙用。❿

此係引《孟子》〈離婁篇〉之語，以言道在自得，且將左右逢原的
境界比作禪教的頓悟見性，以融合儒、釋兩教。北磵則云：

　　大乘之書五部，咸在釋氏，所以破萬法者也。為《詩》，為
　　《書》，為《禮》，為《易》，為《春秋》，則聖人所以妙
　　萬法者也。初以《般若》破妄顯真，則《詩》之變風變俗
　　也。次以《寶積》顯明中道，則《書》之立政立事也。次以
　　《大集》破邪見而護正法，則《春秋》明褒貶，顯列聚，大
　　中之道也。次以《涅槃》明佛性，神德行，則《中庸》之極

---

❾　癡絕道沖，《癡絕和尚語錄》，卷下，〈示至明維那〉。
❿　癡絕道沖，前舉書，卷上，〈示懶庵居士〉。

　　廣大而盡精微也。次以《法嚴》圓融理事，則《易》之窮理
　　盡性也。⓫

此乃言大乘佛教的五部經典與儒家的五經旨意合而兩教一致，且以
《中庸》代表《禮記》，說它「極廣大而盡精微」；《周易》為
「窮理盡性」之書；《春秋》則合乎「大中之道」，這很明顯的在
祖述朱子之學。

　　一二六〇年（南宋景定元年，文應元年）赴日的兀庵普寧，他說
儒、釋兩教之一致曰：

　　儒教亦云：「君子務本，本立而道生」。此本即是自己本命
　　元辰，本來面目。得此本立，方可得道生，本若不立，何緣
　　得道？⓬

此係解《論語》〈學而篇〉有子所言「務本」之本為心性，它與禪
教之本來面目同一不二。一二六九年（南宋咸淳五年，文永六年）東渡
的大休正念則言儒、釋、道三教之一致曰：

　　文行忠信，常樂我淨。清淨無為，各正性命。三足鼎分今，
　　乾坤泰定。⓭

　　談實相，與禮樂，抱至一，等先覺，覺乎後覺。覺此道於渾

⓫　北磵居簡，《北磵外集》〈儒釋合〉。
⓬　兀庵普寧，《兀庵禪師語錄》，卷上。
⓭　大休正念，〈三教圖贊〉之一。

沌之前，返澆漓而復于大朴。**⑭**

此言孔子之文行忠信，釋迦的常樂我淨，老子的清淨無為，俱為正
性命之道，故三教無不以明心為要，而道出三教一致之所在。其言
釋迦之談實相，孔子之興禮樂，老子之抱至一，而各覺後覺，而施教
之跡彼此有異。至於以儒教言明心之要，則係根據朱子學而來。**⑮**

一二七九年（南宋祥興二年，弘安二年）受鎌倉幕府執權（職稱）
北條時宗之聘前往日本的無學祖元，也甚受日域人士之尊崇，北條
不僅親執弟子之禮，還在鎌倉建圓覺寺以之為開山（一二八二）。
無學曰：

> 坐禪之時，一切放下，此身此心，要與太虛平等圓滿，而不
> 見太虛之量。**⑯**

> 不隨聲色名利，死生恐怖，便隨六道輪回，處處作用。處處
> 出沒，處處遊戲。入火不燒，入水不溺。在方同方，在圓同
> 圓。與太虛同一相貌，謂之圓覺道場。**⑰**

> 道學先正心，正心可學道。**⑱**

此係將心比作太虛，以言心即太虛，這種說法可能是根據張橫渠之
太虛說而來。王陽明以心有人心與道心，雜私欲者為人心，不雜私

---

⑭ 大休正念，〈三教圖贊〉之二。
⑮ 足利衍述，前舉書頁五九。
⑯ 無學祖元，《佛光禪師語錄》，卷七，〈示慧蓮道人〉。
⑰ 無學祖元，前註所舉書，同卷，〈答太守問道法語〉。
⑱ 無學祖元，前註所舉書，同卷，〈偈糟屋三郎衛門〉。

欲者為道心,道心即天理。人心得其正為道心,道心失其正為人心。去私欲即去過分之欲,是為正心(意誠),即返於天理(明德之道)。擔任公職者以愛民為明德,若懷有愛財之心,則貪污不正;欲為好官或好民意代表,必去愛財之欲,歸於正道。是人求達其至善之境,以修身為本,其工夫為正心。⑲因此,無學對正心兩字的理解,應是根據《大學》〈傳之七章〉而來。

至於在一二九九年(大德三年,正安元年)奉元成宗之命,東渡詔諭日本的一山一寧,他曾贊孔子說:

> 學為萬世所師,道由一貫而傳;也知三千高弟,尚泥六籍陳言。⑳

此言孔子之教在明心性,故歎惜三千高弟拘泥於《六經》之陳言。一山雖未言儒、釋兩教之一致,然從將孔教視為重視心性者觀之,則他之有這種想法,實不言自明。又說:

> 道同佛祖,以深慈拯覬黎元,德合乾坤,以至仁鎮隆社稷。㉑

足利衍述以為如從深慈與至仁相對的情形來看,則一山係將佛之慈視如儒之仁,而由此認為儒、釋兩教之一致。㉒

自一山東渡後,日本禪林便開展研究中國學術之機運,而此一

---

⑲ 陳式銳,《唯人哲學》(廈門,立人書報社,民國三十八年一月),頁九。

⑳ 一山一寧,《一山國師語錄》,卷下。

㉑ 一山一寧,前舉書,卷上。

㉒ 足利衍述,前舉書頁六八。

時期適為中國禪林文學世俗化的時代，❷故其作風也被原原本本的東傳日本，或許因此播下日本禪林文學發達的種子。此乃由於以一山為始的禪林學術系統，經虎關師鍊以後，主要由京都東福寺傳衍下去，而東福寺又是五山文學的的大本營之一的關係。因系出東福寺的禪僧具有古典主義的，研究學術的傾向，所以出身該寺的僧侶自然有擅長文學的，但鑽研學術者更多，如岐陽方秀、桂菴玄樹等是。❷

　　與此相對的，在元末前往日本的華僧清拙正澄、明極楚俊、竺仙梵僊等大師，他們都曾受元末偈頌運動的洗禮，❷欲於日本佛教界推展文藝運動，乃以竺仙為中心製作偈頌，而雪村友梅、月林道皎、石室善玖、中巖圓月等僧侶，則組織一個友社從事創作偈頌。此一組織成為五山文學的胚胎，而五山文學的雙璧絕海中津與義堂周信，皆曾受這些高僧的薰陶。❷

　　絕海曾於一三六八年（明洪武元年，正平二十三年、應安元年）偕汝霖良佐至中國，師事季潭宗泐、龍門清遠等高僧。於覲見明太祖之際，就日本熊野之徐福祠為題，獲賜唱和。他著有詩文集《蕉堅稿》，分別由僧錄司左善世獨菴道衍，與杭州中竺寺如蘭和尚為其

❷　玉村竹二，〈教團史的に見たる宋元禪林の成立〉，《墨蹟資料集》（美術研究資料）附冊。

❷　鄭樑生，《元明時代東傳日本的獻──以日本禪僧為中心》（臺北，文史哲出版社，民國七十三年八月），頁二七～二八。

❷　同註❷。

❷　鄭樑生，前舉書頁二八。

作〈序〉與〈跋〉，而其作品受季潭的影響頗深，❷所以他能將元末明初世俗化的禪林學移植日本。此後，絕海的門派主要以京都建仁寺為中心傳衍下去。他們均擅長駢文而富於詩的技巧。義堂的門流則大體以京都相國寺為中心，作風平明而工於散文。當時日本禪林學習中國文學的情形既如此，又出現擅長詩文、學行俱高的高僧，則其他禪僧之群起效尤，造成研究中國詩文的風氣，殆無疑慮。❷

得在此附帶一言的就是：日僧辨圓圓爾留學東歸（一二四一）之際曾帶回大批漢籍，其關於朱子學者有胡安國《胡文定春秋解》四冊，張九成《無垢先生中庸說》二冊，朱熹《晦菴大學》一冊、《晦菴大學或問》三冊、《晦菴中庸或問》七冊、《晦菴集註孟子》三冊，《論語直解》三冊❷、《五先生語》二冊❸等。

日僧既然接受對朱子學有造詣的華僧之教導，且於學成回國之際帶回許多相關圖書，則那些圖書之對日本朱子學之發展，自然會產生相當的作用。更何況有一山一寧等對此一學術領域有極高成就者東渡弘揚，遂促使日本朱子學研究達，造成五山文學的高峰。

---

❷　請參看《蕉堅稿》〈序〉。

❷　鄭樑生，前舉書頁二九。

❷　《普門院經論章疏語錄儒書等目錄》書為唐。朱震、薛季宣、汪革三人都是程子的再傳弟子，他們均著有《論語直解》。如據足利衍述的研究，朱震所註書見於趙希辨之〈跋〉，及《郡齋讀書志》〈附志〉。因上舉《目錄》書為唐，故可能為朱震所註書。

❸　《普門院經論章疏語錄儒書等目錄》作《五先生語錄》，王應麟《小學紺珠》謂：「周茂叔、程明道、程伊川、張橫渠、朱晦菴鑶五先生」。

三、日本禪林的儒學觀
——以宋代朱子學為中心

㈠ 日本禪林的宋學觀

　　眾所周知，宋學與禪之教理靈犀相通，其作為實修的居敬窮理與禪之打坐見性有一脈相通之處，故禪僧易於理解且感受其親近性。初時，儒者中雖有人排佛，但在禪僧方面如明教契嵩、北礀居簡、癡絕道沖、無準師範等，卻言儒佛不二而倡三教一致，對儒學採包容的立場，而這種風潮支配了宋代禪林。另一方面，利用宋學的概念或理論來說禪，這對親近宋學的上層士大夫或知識階層弘揚禪旨頗為有效。因此，從宋代至元代之間的禪林，尤其江南的禪林，研究宋儒新說者頗多。而禪宗東傳日本，乃正值宋學風靡於學界與思想界的南宋以後，亦即在既從事禪的修行，又肯定、容納宋學的南宋以後的禪林。❸並且當時又有許多學行俱高的華僧渡日弘揚禪教，從而促使彼邦禪林研究宋學的風潮。

　　當我們批閱於一二四六年東渡日本，歷住筑前圓覺、京都泉涌、來迎院、鎌倉壽福諸寺，成為鎌倉建長寺開山的蘭溪道隆之《大覺禪師語錄》時，可發現如下之一段文字：

　　　　蓋載發育，無不出于天地，所以聖人以天地為本，故曰聖希
　　　　天。行三綱五常，輔國弘化，賢者以聖德為心，故曰賢希

---

❸　芳賀幸四郎，《中世禪林の學問および文學に關する研究》（京都，思文
　　閣，昭和五十六年十月），頁五一。

> 聖。正身誠意,去佞絕姦,英士踏賢人蹤,故曰聖希賢。乾
> 坤之內,宇宙之間,興教化,濟黎民,實在於人耳。㉜

蘭溪所謂聖希天、賢希聖、士希賢,即周濂溪《通書》〈志學〉第
十之語,正身誠意出自《大學》八條目,蓋載發育得自《中庸》,
由此當可窺知其朱子學造詣之一斑。

　　據文獻的記載,華僧一山一寧的學問該博,四部之書,無不窺
者。其日本弟子虎關師鍊稱美之曰:

> 教乘諸部,儒道百家,稗官小說,鄉談俚語,出入氾濫,輒
> 累數幅,是以學者推博古。㉝

因此,緇、素俱師事於他。可見一山對佛、儒兩道之學都有相當的
研究。他曾說:

> 學者萬世所師,道由一貫而傳。也知三千高弟,尚泥六籍陳
> 言。㉞

由此觀之,一山係以孔教為明心性之要旨者,所以他痛惜三千高弟
之拘泥於六經之陳言而忽略其要旨。一山雖未曾明言儒、佛兩教之
一致,然他既以孔教之要為心性,則其內心之有此意,實不言自
明。

　　渡日華僧對朱子學的看法既如此,那麼,其日籍弟子們的新儒

㉜　蘭溪道隆,《大覺禪師語錄》,卷中,〈建長寺小參〉。
㉝　虎關師鍊,《濟北集》,卷一〇,〈一山國師行狀〉。
㉞　一山一寧,《一山國師語錄》,卷上。

學觀又如何？義堂周信曰：

> 凡孔孟之書於吾佛學，乃人天教之分齊也，不必專門，姑為
> 助道之一耳。經云：「法尚可捨，何況非法」。如是講則儒
> 書即釋書也。**㉟**

此雖係將儒學作為教化世俗之用，而基本上並未脫離釋教，但對於
新、舊兩註的看法，則對宋儒新註的評價頗高。曰：

> 近世儒書有新舊二義，程、朱等新義也。宋朝以來儒學者，
> 皆參吾禪，一分發明心地，故註書與章句學迥然別矣。《四
> 書》盡朱晦菴，菴及第以《大慧書》一卷，為理性學本。云
> 云。**㊱**

宋儒新註既然較漢唐古註為優，那麼其差異如何？義堂又曰：

> 漢以來及唐儒者，皆拘章句者也。宋儒乃理性達，故釋義太
> 高。其故何？則皆以參吾禪也。**㊲**

此話雖難免自抬禪學之譏，卻可由此瞭解其宋學觀。至於他所說
「《四書》盡朱晦菴」一語，值得我們注意。

日本禪林首先講授《四書集註》者為岐陽方秀，**㊳**他對新儒學
的看法是：

㉟　義堂周信，《空華日用工夫略集》，應安四年（一三七一）六月六日條。
㊱　前註所舉書，永德元年（一三八一）九月二十二日條。
㊲　前註所舉書，永德元年（一三八一）九月二十五日條。
㊳　文之玄昌，《南浦文集》〈與恭畏阿闍梨書〉。

曾子傳孔子之孫子思，子思傳孟子。孟子歿而言性事絕不
傳。漢儒終不知性，宋儒始興。……宋朝濂溪先生周茂叔云
太極也後，始傳二程子，二程至朱晦菴，儒道一新。❸

可見他也重視宋儒新註，以朱晦菴為儒學之正統而尊重宋學。

　　時代稍晚的翱之慧鳳不僅對宋學頗為傾倒，對晦菴本人也崇拜
不已。曰：建安諸夫子出于趙宋南遷之後，有泰山巖巖之氣象。截
戰國、秦、漢以來上下數千歲諸儒舌頭，躬出新意。聖賢心胸，如
批霧而見太清。數百年後儒門偉人名流，是其所是，非其所非，置
之於鄒魯聖賢之地位。仰之如泰山、北斗，異矣哉！三光五嶽之
氣，鍾乎是人，不然奚以至有此乎。❹

　　此乃對晦菴之景仰之語，可見他對朱子學的評價之高，對朱子
有五體投地之概。季弘大叔則曰：

居士知彼天乎？天寔不易。云天者，道也，理也，性也，一
心也。仰而觀蒼蒼者謂之天，不近於兒童見耶？昔聖宋之盛
也，周、邵、程、朱諸夫子出焉。而續《易》學不燄之光於
周、孔一千餘年之後。太極無極，先天後天之說，章章于
世。天非有先后之異，均具于太極一氣之中而已矣。且夫人
之脩身誠意者，天與吾一而能樂其天者也。……天謂人欲幾
斬絕，則云理，云道，云性，云一心，皆囿于吾混焚一理之
中。猶如太極生兩儀、四象、八卦，凡天地萬物，含容于一

❸　桃源瑞仙，《雲桃抄》〈報本章〉。

❹　翱之慧鳳，《竹居清事》〈晦菴序〉。

太極也。❹

桂林德昌更曰：

> 譬諸儒宗，則文武傳之周公，周公傳之孔子，孔子傳之孟
> 軻。孟軻之後，不得其傳。迨趙宋間，濂溪浚其源，伊洛導
> 其流，橫渠助其瀾，龜山揚其波，到朱紫陽，集而大成。❷

認為朱熹繼承了儒家道統。由於他們如此傾倒於朱子學，以為此學
就是繼承孔、孟之道統者，所以才會有人說出如下的話：

> 以一心窮造化之妙，正《四書》、《五經》之誤，作《集
> 註》，作《易本義》，流傳儒道正路於天下者莫若朱文公。
> 不以朱子為宗，非學也。❸

此段文字可謂將朱晦菴捧上了天。

(二) 日本禪林對宋學的詮釋

眾所周知，日本中世禪林大都對儒學有很深的造詣，留下許多
不朽業績。以明初至中國的絕海中津言之，僧錄司佐善世道衍為其
詩文集《蕉堅稿》作〈序〉曰：

> 日本絕海禪師之於詩，亦善鳴者也。壯歲挾囊乘艖，泛滄溟

---

❹　季弘大叔，《蔗菴遺稿》，及《蔗軒日錄》文明十七年（一四八五）九月
二十六日條。

❷　桂林德昌，《桂林錄》〈除夜小參〉。

❸　笑雲清三，《古文真寶抄》，前集，〈朱文公勸學文〉。

來中國，客于杭之千歲嵒，依全室翁以求道，暇則講乎詩文。故禪師得詩之體裁，清婉峭雅，出於性情之正，雖晉唐休徹之輩，亦弗能過之也。❹

翰林學士宋濂則為與絕海禪師偕往中國的汝霖良佐之文稿作〈跋〉曰：

日本沙門汝霖，所為文一卷，予讀之至再。見其出史入經，旁及諸子百家，固已嘉其博贍。至於遣辭，又能舒徐而弗道，豐腴而近雅。❺

日僧對中國詩文的造詣既如此，對宋學的理解又如何？就《周易》而言，虎關師鍊曰：

朱氏《易傳》，乾之九三曰：「九陽爻，三陽位」，重剛不中也。且以〈文言〉九三重剛不中，以為合義。然於九四重剛不中，則無故而言。九四非重剛，重字疑衍也，甚矣。以己之惑之，而嫌聖人之言，以為衍也。朱之為儒，補罅苴漏，鉤深闡微，可以繼周紹孔者也，而未稽之，何耶？❻

此乃批判朱子所解「重剛」為陽爻陽位為誤，而以上下二體六位連

---

❹ 伊藤松貞一，《鄰交徵書》，二篇，卷一，〈詩文部・明〉。

❺ 同前註書同篇同卷同部〈跋日本僧汝霖文稿後〉。

❻ 虎關師鍊，《濟北集》，卷一九，〈通衡之四・辨朱文公《易傳》重剛說〉。請參看拙著〈日僧虎關師鍊的華學研究〉，見鄭著《中日關係史研究論集》，六（臺北，文史哲出版社，民國八十五年二月），頁九三～一四八。

陽為重剛；並且又以朱子因經文內容不合自家之說，遂以之為錯
衍，這實不像朱子的作法。景徐周麟則曰：

> 佛之言性，其體大而無外，天地人物從此出。與《易》有太
> 極而生兩儀、四象、八卦，其旨相合者也。太極則佛所謂性
> 也。但有聞而論之，與見而說之之異也。❹

此雖言《易》之太極與佛性相同，但對佛教所見佛性（見性），則
不失其禪僧本來面目，認為儒教只聞而論之，故禪教較儒教為優
越。❽

　　值得注意的是五山禪林雖將《易》學應用於弘揚佛法及人事往
來方面，曾幾何時又有部分禪僧學習卜筮之術，以《命期經》為中
心的《易》學從京都地區開展，終於以占筮或戰國大名之聘者漸
多，更有跟隨那些武將上戰場，為及將到來之戰鬥預卜吉凶，或為
建造城堡占卜可否者，如足利學校九世庠主閑室和尚之從德川家康
參加關原之戰（一六○○），及為毛利輝元占卜建築萩城，即其顯
著例子。

　　就《詩》言之，某人問虎關師鍊曰：

> 或曰：「古者言周公惟作〈鴟鴞〉、〈七月〉二詩。孔子不
> 作詩，只刪詩而已。漢、魏以降，人情浮矯，多作詩矣。爾

---

❹　景徐周麟，《翰林胡蘆集》，卷八，〈柏春字說〉。

❽　芳賀幸四郎，前舉書頁八三。有關日僧研究《易經》的問題，請參看拙著
　　〈日本五山禪林的《易經》研究〉，見鄭著《中日關係史研究論集》，九
　　（臺北，文史哲出版社，民國八十八年三月），頁三五～七八。

諸」？⑲

答曰：

> 予曰：「不然。周公二詩者，見于《詩》者耳。竟周公世，
> 豈唯二篇乎？孔子詩雖不見，我知其為詩人矣。何者？以其
> 刪手也。方今世人不能作詩者，焉能得刪詩乎？若又不作詩
> 者，假有刪，其編寧足行世乎？今見三百篇，為萬代詩法，
> 是知仲尼為詩人也。只其詩不傳世者，恐秦火耶，周公單
> 二，亦秦火也耳，不則何當二篇而止乎」。⑳

虎關所言周公詩之所以僅見兩篇，可能失於秦火，孔子詩之所以不
傳，亦可能因秦火所造成，此固為推測之辭，卻可由此得知他對
《詩》有獨特的看法。義堂周信則說：「知周人之志者，《詩》三
百也。」㉑亦即他認為透過《詩》，可察知周代人士的精神傾向。
並且又認為：「凡讀書，先須正心而讀之，《詩》三百，思無邪，
是也。」㉒

　　就《尚書》而言，虎關師鍊對〈虞書〉所謂：「罰弗及嗣，賞
延于世」為「至德」；對〈甘誓〉所言：「弗用命，戮于社」，則
予批判。某人聞後問曰：「《書經》聖修，子何輕議」？虎關駁之

---

⑲　虎關師鍊，《濟北集》，卷一一，〈詩話〉。

⑳　同前註。

㉑　義堂周信，《空華集》，第十三，〈《古標唱和詩集》後序〉。

㉒　義堂周信，前註所舉書，第十六，〈大主說〉；《空華日用工夫略集》，
　　應安四年（一三七一）九月二日條。

曰：

> 尊孔道者無若孟軻。軻書曰：「吾於〈武成〉，取二三策而
> 已矣」。又曰盡信《書》，則不如無《書》」。❺❸

玉隱英璵也鑽研《尚書》，他說：

> 周公新經營洛邑為朝會之所，乙周道謂之成周，迺作〈洛誥〉
> 曰：「王如弗敢及天基命定命」。蔡子新註：「造基之而
> 成，成之而後定，基命所以成始也，定命所以成終也」。❺❹

文中所提「蔡子」，應是指南宋理學家九峰先生蔡沈，玉隱所讀
《尚書》則是蔡沈的《書集傳》。

日本禪林之研讀《周易》者雖不多，但寄情於《禮記》者則可
能更少，即使有「學富五車」之譽的虎關師鍊而言，其《濟北集》
也無相關文字。只有一兩位的文集裏有簡短的相關記載。義堂周信
曰：

> 府君又問文王世子、帝夢與九齡事。余略引《禮記》曰：
> 「文王曰：『我百，爾九十，五與爾三焉』。」蓋文王以憂
> 勤損壽也。夢與九齡，蓋是漢儒附會也。昨日萬里小路黃門
> 問余曰：「文王以年與武王，蓋好事者為之說也」。月舟時
> 在座上，出陳澔新注者，某說合之，漢儒附會驗焉。❺❺

---

❺❸　虎關師鍊，《濟北集》，卷一九，〈通衡之四〉。

❺❹　玉隱英璵，《玉隱語錄》〈成周說〉。

❺❺　義堂周信，《空華日用工夫略集》，永德元年（一三八一）十二月十七日
　　條。

府君指日本室町幕府第三任將軍足利義滿，萬里小路黃門指公卿萬里小路嗣房，月舟則指臨濟宗和尚月舟周勳而言。由月舟之有南宋末元初人陳澔之《禮記集說》觀之，《禮記》新註在明初已東傳日本。此外，尚有無聞元選據《禮記》〈祭義篇〉以言：「父母形生大本也，順色承顏孝道切」；惟肖得嚴則祖述同一篇什之曾子之言曰：

> 孝，誠士之大本也。擴焉而充，引而充焉而達，皆其類矣。
> 威以可屈非孝，利以可誘非孝，朋友不擇非孝，道學不修非
> 孝。世之命孝也，以溫清定省碌碌在目下者，蓋一端而已，
> 不亦小乎。㊻

日本禪林對《禮記》所表示的關心既然不及其他儒家經典，所留下的業績也自然比不上其他經學領域。

自古以來，日本學術界都非常重視《左傳》，成為知識階層必讀的教養書。古代公卿貴族們所研讀者固為孔穎達之《五經正義》，而由紀傳、明經之博士家來講授，然至中世胡安國的《胡文定春秋解》四冊東傳以後，研究宋儒新註的風氣便逐漸興盛起來。虎關師鍊對《春秋》的看法是：

> 文之嚴也莫踰春秋矣，不熟《春秋》而曰文者非也。……嗚
> 呼聖人於文也，何其精到此乎？然《詩》、《書》者此等之
> 文寡矣，《易》、《春秋》者甚多，學者不可苟讀矣。㊼

㊻　惟肖得嚴，《東海璚華集》〈瞻雲軒序〉。

㊼　同註㉟。

由此當可窺見其尊崇《春秋》之端倪。至於《左傳》，他的看法
是：

> 《春秋左氏傳》，文辭富贍，為學者所重。而其法律不嚴，
> 往往作議者在焉，我於晉事見之矣。❺❽

亦即他認為《左傳》記事的嚴密度不如《春秋》，而以有關晉國的
記載作證，以表示其獨到的見解。義堂周信則認為《左傳》係「先
王大法，褒貶為例，知我，罪我者也。」❺❾

　　《四書》為儒家人生哲學之大全，教人以窮理，正心、修己、
治事之道。《中庸》提出性——良知、良能，《大學》標出明德
——欲與情之調節。率性之道，則可以明德。❻⓪日僧對《大學》的
看法是：

> 《大學》乃《四書》之一，唐人學《四書》者，先讀《大
> 學》。意者，治國家者，先明德、正心、誠意、修身，是最
> 緊要也。敢請殿下《四書》之學弗殆，則天下不待令而治
> 矣。❻①

---

❺❽　同前註。
❺❾　義堂周信，《空華日用工夫略集》，永德元年（一三八一）十二月三日
　　條。
❻⓪　陳式銳，《唯人哲學》（廈門，立人書報社，民國三十八年一月），頁
　　一。
❻①　義堂周信，《空華日用工夫略集》，永德元年（一三八一）十二月二日
　　條。

並且認為「《大學》、《中庸》最為治世之書。」⑫「要正家國，先宜正身，要正身，先宜正心。」⑬曾負笈中國的雪村友梅則說：

> 天下無二道，聖人無兩心。心也者，周乎萬物而不偏，卓乎
> 三才而不倚，可謂大公之言，中正之道也。竺土大仙證此心
> 而成道，魯國先儒言此道而修身，以至治國、平天下、致
> 知、格物之理。⑭

此言道在證悟心，心證悟則道成。其所言修身、治國、平天下、致知、格物，俱為八條目之語，亦即他把《大學》之明明德與禪之見性結合在一起。

日本禪林之鑽研《中庸》者頗不乏人，其研究成果也頗有足觀者。他們的論述雖多祖述宋儒之意，然其身為外國人而有此成就，其所下功夫自不難想像。他們將「中」把握為《中庸》所謂：「中也者天下之大本也」之意，且將其視為與佛教之妙心同義，認為心即中，中即心，而仁義禮樂等萬德萬行皆歸於中，⑮故中為支配宇宙人生的最高原理，有如宇宙的大生命。⑯

《中庸》說：「天命之謂性，率性之謂道。」朱子所謂性質，

---

⑫　義堂周信，前註所舉書，同年同月二十七日條。

⑬　義堂周信，前註所舉書，同年十一月十日條。

⑭　雪村友梅，《岷峨集》，卷上，〈三條殿頌軸序〉。有關五山禪林研究《大學》的情形，請參看拙著〈日本五山禪僧對宋元理學的理解及其發展〉，見鄭著《中日關係史研究論集》，三（臺北，文史哲出版社，民國八十六年二月），頁五三～九〇。

⑮　義堂周信，《空華集》，第十六，〈惟忠說〉。

⑯　仲芳圓伊，《懶室漫稿》〈安中字說〉。

乃根據〈樂記〉與《中庸》而以性為體，以情為用，本然之性至善而其情亦至善，由於氣質之善惡相混，故其情亦善惡相混。中巖圓月則認為性是超越的絕對的東西，既然情有善惡，善為正，惡為邪，則應節抑情，使之不向邪惡，以復靈明沖虛之本性。❻❼

　　《論語》一書不僅被日域人士視為儒教之根本經典而予以重視，也被作為有一般教養人士的必讀之書，在禪林，其情形亦復如此。所以他們在說法，製作法語、偈頌時引用此書者頗多。例如：當鎌倉幕府執權（職稱）北條時賴向蘭溪道隆請教為政之道時，蘭溪即引〈顏淵篇〉「政者正也」之語曰：

> 政者正也，所以正文物也，文物不正則世不治，故古聖賢先
> 正人文而以治國矣。❻❽

對《論語》重點的仁，季弘大叔的見解是：

> 仁也者何？人心也。濂洛諸君子以仁義禮智為人之性，前人
> 未發之鐍鍵也。紫陽朱夫子之言曰：「仁者愛之理，心之
> 德。」斯言盡矣。❻❾

---

❻❼　中巖圓月，《中正子》〈方圓論〉。有關五山禪林研究《論語》的情形，請參看拙著〈日本五山禪僧的「仁義」論〉，見鄭著《中日關係史研究論集》，四（臺北，文史哲出版社，民國八十三年三月），頁六七～一〇四；〈日本五山禪僧之《論語》研究及其發展〉，見鄭著《中日關係史研究論集》，六，頁一～二八。

❻❽　蘭溪道隆，《大覺禪師語錄》，卷中，〈人字說法〉。

❻❾　季弘大叔，《蔗菴遺稿》〈東明說〉。

不用說這是祖述朱子之言者。對忠恕兩字，仁如集堯的看法是：

> 子曰：「參乎，吾道一以貫之」。曾子曰：「唯」。門人問
> 曰：「何謂也」？曾子曰：「夫子之道，忠恕而已矣」。解
> 其義者，古今繁多也，……忠者本乎心，恕者推己及物，一
> 貫之謂也。一是太極，貫是萬物，天地陰陽，四時五行，森
> 羅萬象，不出忠恕二字也。儒道極則，聖賢傳授之妙理，在
> 一貫之上。❼⓿

這段有關忠恕、一貫的解釋，也是根據程、朱之註而發之之言。

至於《孟子》，它雖因含有易世革命思想而為古代日域人士所
遠，但隨著《四書》中心主義的宋學經由禪僧東傳而逐漸傳布以
後，尊崇《孟子》的風氣也昂揚起來。因此不僅花園上皇讀它❼❶，
蘭溪道隆也在常樂寺舉辦浴佛上堂之際，引《孟子》〈公孫丑篇〉
所見「浩然之氣」來弘揚禪法。❼❷夢嚴祖應則於讀此書後，認為
「孔子之後有孟子，先儒之言不誣矣。」❼❸而贊同宋儒的孟子正統
論，又說如無孟子，「千載因何挑日星」❼❹而稱讚不已。

以上係從日本中世禪林的眾多著述裏摭拾有關《四書》、《五

---

❼⓿ 仁如集堯，《流水集》，卷下，〈一之齋說〉。有關五山禪僧研究《孟
子》的情形，請參看拙著〈日本五山禪僧之《孟子》研究〉，見鄭著《中
日關係史研究論集》，六，頁二九～六二。

❼❶ 花園天皇，《花園天皇宸記》，元亨元年（一三二一）三月二十四日條。

❼❷ 蘭溪道隆，《大覺禪師語錄》，卷上，〈常樂寺語錄〉。

❼❸ 夢嚴祖應，《夢嚴和尚語錄》〈贊孟子〉。

❼❹ 夢嚴祖應，《旱霖集》，〈雜著·瞽叟殺人論〉。

經》的文字，以通觀他們研究儒學情形之一端。值得注意的是他們
用以研究的版本與博士家之傳統的漢唐訓詁之學有異，而從儒學一
致的立場傾向於宋儒新註，並且批閱許多宋儒與其系統的相關著
作。桃源瑞仙云：

> 至宋朝周茂叔、二程先生以下及晦菴，繼絕世，性學明，
> 和、唐諸儒未發之妙，集而大成者也。於是朱夫子採先儒之
> 注解，《易》有《本義》、《啟蒙》二書，《詩》有《集
> 傳》，《春秋》有《集註》。《尚書》則弟子蔡沈多述舊聞
> 作《集傳》，本受先生之命述者也。二〈典〉、〈禹謨〉者
> 先生蓋嘗是正，手澤尚新云。《禮記》者陳澔作《集說》，
> 陳澔先君師事雙峰先生十有四年，所得於師門講論謨多，中
> 罹煨燼，隻字不肖。孤僭心，自量會，萃衍繹，而附以臆見
> 之言，名曰《禮記集說》。《周禮》者未可詳考。其後，諸
> 儒又集註解而出《六經》各《大全》。又，文公特抽《禮
> 記》中〈大學〉、〈中庸〉二篇，加以《論》、《孟》，稱
> 為《四書》而以《大學》、《中庸》、《論語》、《孟子》
> 為序，作《四書集註》。後有倪士毅《集釋》，王元善《通
> 考》，程復心《章圖》問世，近日則又有《四書大全》，不
> 可枚舉矣。⓻

可證。日本初期禪僧的儒書研究，主要為便於教化世俗而為，然隨
著歲月的流逝，其為禪僧之基本立場卻逐漸被遺忘，致為研究儒書

⓻　桃源瑞仙，《史記抄》〈儒林傳〉第六十一。

而研究、註釋儒書，**⑯**忘了身為禪僧應守的本分，這是朱子學東傳之初始料未及的。

四、禪林儒學對日本的影響

日本自武士興起，掌握政權（一一八五），王朝政治式微以後，公卿們對儒學的修養劇降，反而由禪僧執儒學及漢文學之牛耳，開出以鎌倉、京都五山，尤其以京都五山為中心的五山文學之花果。這種情形，實因日本禪林曾致力模仿中國禪林，並大量輸入中國圖書，孜孜矻矻地研究中國詩文，同時又有蘭溪道隆、一山一寧等文學修養極佳的高僧赴日，而扶桑三島的禪僧又深受華僧之影響，不完全反對學外典，故從禪宗東傳（一二九一）以後至其南北朝時代（一三三六～一三九二），便前有虎關師錬、雪村友梅、中巖圓月；後有夢窗敕石、義堂周信、絕海中津等傑出僧侶出現，使日本的儒學、漢文學研究呈現空前的高潮。**⑰**

發達於中世禪林的儒學，不僅具有日本中世文化的重要內容，而且在彼邦儒學史上也居於劃時代的地位。更由於它對公卿社會及後世造成巨大影響，故其歷史意義非常深遠。

---

⑯ 芳賀幸四郎，《中世禪林の學問および文學に關する研究》，頁一三九。

⑰ 鄭樑生，《元明時代東傳日本的文獻——以日本禪僧為中心》，頁一二九。

㈠ 對公卿階層的影響

自古以來由公卿社會，尤其以儒學為世襲家職的博士家之儒學，無不根據馬融、鄭玄、何晏、皇侃、孔安國等人的註疏，亦即以所謂古註來講授。而清原、菅原、大江等博士之家的儒學，至平安時代（七九四～一一八五）末期已各自形成家說而秘傳化，不將其學傳給第三者，因此自由、獨創的研究受阻，導致形式化、僵化而了無生氣。❼❽當此之時，禪僧們從大陸輸入了新儒學，並在各種契機的支持下興隆、普及起來。

當新儒學盛行以後，在保守的公卿之間也逐漸從事朱子新註書的研究。例如花園上皇與皇太子量仁親王的〈誡太子書〉裏批評墨守漢唐古註的保守派說：「近世以來，愚儒之庸才所學，則守仁義之名，未知儒教之本，勞而無功。」❼❾花園雖如此說，新註流行之際卻有守舊派——墨守古註者反對。如據《花園院宸記》元應元年（一三一九）九月六日，及元亨二年（一三二二）二月二十七日條的記載，當時反對新註最力者為平惟繼、坊城國房等參議官，及藤原忠範等學者。因此中巖圓月方纔對忠範說出：「學尚漢唐不言今，奮然欲救伊洛弊」❽⓿的話。

在日本歷任天皇裏，花園可謂為碩學之士，其侍講雖為日野種範、菅原在兼兩位博士，但他們俱屬專研古註的訓詁之儒，故其朱

---

❼❽　芳賀幸四郎，前舉書，頁一三九。

❼❾　花園天皇，《花園天皇宸記》〈學道之記〉。

❽⓿　中巖圓月，《東海一漚集》，卷一，〈寄藤刑部〉。

子學可能學自禪僧或釋玄慧法印。❽由於他兼習新、舊兩註，所以在解釋經典時折衷新、舊兩說，談儒教教義時則根據朱子學立論。曰：

> 夫學之為用，豈唯多識文字，博記古事而已哉。所以達本性，修道義，識禮義，辨變通，知往鑒來也。而近年學者之弊雖多，大抵在二患：其一者，中古以來，以強識博聞為學之本意，未知大中本性之道。而適有好學之儔，希聖人之道者□。雖知古昔以來，帝王之政，變革之風，猶□達性修情之義。此人則在朝任用之時，能雖練習教化，猶於己行跡或有違道之者。何況未學之輩，只慕博學之名，以讀書之多少為優劣之分，未曾通一之義理，於政道無要，於行跡有過。又其以風月文章為宗，不知義理之所在，是不足備朝臣之員，只是□冷（素餐？）尸祿之類也。此三者雖有差異，皆是好博學之失也，今所不取也。二者欲明大中之道，盡天性之義，不好博學，不宗風月，只以聖人之道為己之學。是則所本在王佐之才，所學明德之道也。既軼近古之學，有君子之風，學之所趣，以此為本。❿

文中所謂：「其達本性，修道義」、「大中本性之道」、「達性修情」、「義理」、「明德之道」云云，都是朱子學裏的話，可見他對朱子學有相當造詣。他贊《論語》曰：

---

❽　足利衍述，《鎌倉室町時代之儒教》，頁一五五。
❿　同註❻。

>　《論語》每句有甚深重深重義，明珠蘊含六合之譬誠哉。只
>　恨末代學者知其一，不辨妙理涉萬端而已，云云。此書為聖
>　人之言，仍每章有無邊之深義，淺見者淺得之，深見者亦深
>　識義理，不得體道，孰盡其義理乎。⑧

由於《中庸》言大中之道，故亦為其所喜讀，因而合《論語》之語
以論道之不可離曰：

>　夫道不可須臾離，可離非道，云云。又曰道猶戶，誰不由戶
>　出？道之為體，誰人不依之乎？以禍福不可論之，若論之以
>　禍福者，不志道之人也。⑧

他對《孟子》的看法是：

>　此間見《孟子》云云，其旨誠美。仲尼之道，委見於此書
>　歟。盡人之心性，明道之精微，不可如此書。可畏後生，必
>　可翫此文者歟。⑧

花園上皇既讀宋儒新註書，繼位的後醍醐天皇及其侍從們之浸淫此
一領域的學問，自屬必然，而此事亦可由花園的日記所批判近日攻
中之學風：「其意涉佛教，其詞似禪家，……是宋朝之義也。」⑧
得知其梗概。後醍醐的重臣萬里小路宣房也對朱子學頗有造詣，他

---

⑧　花園天皇，前舉書，正中元年（一三二四）四月二日條。
⑧　前註所舉書，元應元年（一三一九）十月二十六日條。
⑧　前註所舉書，同年三月二十四日條。
⑧　前註所舉書，元亨二年（一三二二）七月二十七日條。

向後醍醐提出革新政治的建議曰：

> 誠者，天之道也，自誠而明曰聖，自明而誠曰賢。誠外無
> 他，代代制符無其實無益歟？今年一蔀[87]之終也，明年辛酉
> 當革命。殊施德化，可被攘其災歟？[88]

此係引《中庸》來論述為政之道。由於上自天皇，下至臣子，都對
朱子學有相當理解，則此學對當時匙施的新政——建武新政必有相
當程度的影響。

　　值得注意的是公卿儒者與禪僧的交往，例如：中嚴圓月與古註
派藤原忠範「相忘爾汝」[89]的深交，室町中期公卿儒者之第一人博
士家清原業忠與瑞溪周鳳之間「彼問佛教，我問儒教」的親近關係
等，禪僧反而要向公卿請教儒學問題。就此一時期最孚盛名的學者
一條兼良而言，他在其註釋書《日本書紀纂疏》對儒書所作解釋
是：

---

[87]　蔀，古代曆法名。中國古代的曆法揉合太陽、月亮的軌道計算，以晝夜為
　　　一日，大月六次各三十天，小月六次各二十九天，共三百五十四天，較地
　　　球繞太陽一年三六五・三五四天少十一・二五天，故每十九年共增七個閏
　　　月，即 11.25 日×19＝30 日×7。十九年叫一章，四章稱一蔀，二十蔀為
　　　一紀，三紀謂一元。以冬至與月朔（冬至為一年之始，初一為一月之始）
　　　同一日為章首（每十九年，冬至與月朔有一次同一天），以冬至在朔日之
　　　首（夜半）為蔀首（每七十六年即四章，冬至、朔日夜半有一次同時）。
　　　見《後漢書》〈律曆志〉，下。

[88]　萬里小路宣房，《萬一記》，元應二年（一三二〇）五月十四日條。

[89]　中嚴圓月，《東海一漚集》，卷一，〈寄藤刑部忠範〉云：「昨日訪我過
　　　談齋，相忘爾汝論文細；學尚漢唐不言今，奮然欲救伊洛弊」。

中者，道之極也。《中論》曰：「因緣所生法，我說即是空」。亦為假名，亦為中道義。《尚書》曰：「人心惟危，道心惟微，惟精惟一，允執厥中」。朱熹謂：「中者，不偏不倚，無過不及之名也」。故二教之所宗，神道之所本，唯中而已。⑩

其《四書童子訓》〈大學童子訓〉對「敬」字所作解釋則為：

朱子守敬之一字曰工夫成。此敬之一字，度大學小學，為治一心之公案。敬者慎之義也。曲禮之首曰莫不敬。禮者雖言有三百三十條目，可以敬之一字治之。萬事因疏忽而有誤，如有敬心，則其所為皆合乎理。……敬之一字，誠聖學始終之要道也，學者思之思之。

此乃將朱子所為居敬窮理的解釋，作平易的說明者。由此可知，公卿社會的儒學在十五世紀中葉已傾向於宋學，完全根據宋儒新註來立說。在此情形之下，其他公卿學者之會受其影響，自不待言。

㈡ 對近世儒學的影響

前文已說，日本中世的漢文學與前一時代的注重訓詁，多作駢儷，模仿六一居士之詩風者不同，乃排斥漢唐訓詁之學，接受宋代性理之學；文以韓愈、柳宗元為宗，詩則以蘇軾、黃庭堅為範，間亦出入中、晚唐詩文之間。因此，宋人黃堅編輯的《古文真寶》，

---

⑩　一條兼良，《日本書紀纂疏》，卷上。

與周弼編輯的《三體詩》成為初學者必讀流行之書。然至示町中期
以後，其文運卻逐漸僵化而無生氣。迄至安土桃山時代（一五七四
～一六〇二），便完全陷於停滯狀態。❾

　　在江戶時代（一六〇三～一八六七）初期，雖仍保留前一時代的
遺風，但當藤原惺窩出，遂奠定日本近世儒學之基礎，從而造成彼
邦研究儒學的另一個高峰。藤原名肅，字斂夫，惺窩其號。生於播
磨國（兵庫縣）細川莊冷泉家，以俊秀見稱。七八歲時從同國龍野
景雲寺之東明宗昊與文鳳宗韶學禪。❾年十八，轉往京都相國寺。
初時學佛經，後讀宋儒之書，遂不慊佛教之絕仁種，滅義理，乃還
俗歸儒。且為更鑽研，於一九五三年（明神宗萬曆二十一年，文祿二
年）啟程前往中國。途中，避風濤於薩摩（鹿兒島縣）山川港，偶得
桂菴玄樹之「和點」儒家經典而歸，遂提倡朱子學說。桂菴曾於一
四六〇年（明英宗天順四年，寬正元年），以居座❾身分至中國朝貢。
正使天與清啟一行東返時，他卻仍留在中國達七年之久。回國後，
應島津忠昌之聘，在薩摩講學，遂成為朱子學東傳之支流——薩南
學派。❾

　　藤原獲桂菴訓讀之經書後，不只接受晦菴個人的學說，也同時
容納陸象山、王陽明等人的思想。其門下有林羅山、那波活所等俊
秀，他們將原為禪僧所擅長的儒學繼承下來，開展近世文運的先

❾　鄭樑生，《元明時代東傳日本的文獻——以日本禪僧為中心》，頁一二九
　　～一三〇。
❾　〈惺窩先生行狀〉。
❾　居座，明代日本朝貢使節團幹部的職稱，地位相當於船長。
❾　芳賀幸四郎，前舉書，頁一五二～一五三。

聲。

　　如據〈香國寺塔頭末派略記并歷代〉的記載，藤原之學問師承
華僧一山一寧，其法系如下：

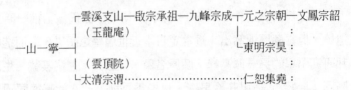

一山的學問造詣，前文已言及，雲溪則因《中庸》而自號「率性」
的僧侶，東明的生平雖不詳，文鳳卻是師事仁恕的禪師。仁恕乃通
曉程、朱之學的，日本戰國時代（一四六七～一五六七）的名衲，亦
即藤原自幼師事對朱子學有造詣的名僧，除從事禪僧應有的修行
外，也接受《四書》等的啟蒙教育，然後到禪林文學淵藪之一的相
國寺，這當是使他立志鑽研朱子學的重要機緣。❾藤原在相國寺學
儒的情形雖不詳，但在禪林儒學興隆的環境裏過一段日子後還俗，
奠定日本近世儒學的基礎。

　　藤原的弟子以林羅山最為傑出，他博覽強記，日本程朱之學經
他以後，遂奠定屹立不可動搖的基礎。❾❻林名忠，又名信勝，法號
道春，又號羅浮子。京都人。初為京都建仁寺僧，有志研究朱子
學。還俗後，十八歲時即在京都講授朱子學，二十二歲入藤原之
門。藤原見其態度懇切，稱他林秀才，遂傾囊相授。林二十四歲時

❾　芳賀幸四郎，前舉書頁一五二～一五三。

❻　永井一孝，《江戶文學史》（東京，文獻書院，昭和四年四月），頁一
　　九。

（萬曆三十四年，慶長十一年，一六○六），經藤原推薦擔任幕府儒官。之後他極力排佛，駁老、莊，斥陸、王，難耶穌教，力謀朱子學之振興。出身京都五山而竟排佛，崇朱子之學，此與虎關師鍊之譏「朱子非醇儒」**⑰**，相差何啻霄壤？然因他過分忠於朱子之學，故其說有時難免陷於褊狹，發生矛盾。其子孫世為幕府儒官，負責江戶幕府二百六十餘年的文教工作。江戶幕府之所以將朱子學立為官學，並非其創建者德川家康等人特別尊崇朱子學，乃由於朱子君君、臣臣、父父、子子的倫理思想適合其幕藩體制**⑱**所致。惟其如

---

⑰ 虎關師鍊，《濟北集》，卷二○，〈通衡之五〉篇末云：「《晦菴語錄》云：『釋氏只四十二章經，是他古書，其餘皆中國文士潤色成之。《維摩經》亦南北朝時作』。朱氏當晚宋稱巨儒，故《語錄》中品藻百家，乖理者多矣，釋門尤甚。諸經文士潤色者，事是而理非也，蓋朱氏不學佛之過也。……又《維摩經》，南北時作者不學之過也。……是朱氏不委佛教，妄加誣毀，不充一笑。又云《傳燈錄》極陋，蓋朱氏之極陋者，文詞耳，其理者非朱氏之可下喙處。凡書者其文雖陋，其理自見。朱氏只見文字不通義理，而言佛祖妙旨為極陋者，實可憐愍。……朱仕不辨，漫加品藻，百世之笑端乎。……我又尤責朱氏之賣儒名而議吾焉。《大惠年譜》〈序〉云：『朱氏赴舉入京，篋中只有《大惠語錄》一部，又無他書』。故知朱氏剽大惠機辨，而助儒之體勢耳。不然，百家中獨特妙喜語邪明，是王朗得《論衡》之謂也。朱氏已宗妙喜，卻毀《傳燈》，何哉？因此而言，朱氏非醇儒矣」。

⑱ 江戶幕府的組織在第三任將軍德川家光時已確定。幕府將全國三千萬石貢賦的約四分之一──七百萬石之土地作為直轄地，並控制全國各重要都市、港灣、礦山，獨佔貨幣鑄造權，且擁有號稱八萬騎的旗本──直屬部對，實現了富國強兵的目的，從而實施其強權政治。諸藩雖有某種程度的自治權，卻不許有逸出幕府統治、統制之行為。這種以幕府為頂點，以藩為底的，對土地、人民的強列統制政治形態叫做幕藩體制。

此，幕府曾於古義學、古文辭學、陽明學、折衷學派之學盛行，朱子學逐漸式微的寬政年間（清乾隆五十四年～嘉慶六年，一七八九～一八〇一），為加強封建教學而發布「異學之禁」。並且將林家講學的湯島聖堂作為官學而改稱昌平黌，以朱子學為舉辦登用官吏考試時的命題範圍。因此，當時雖未禁止朱子學以外的各學派的學術活動，而僅將他們視為異端，各藩校也以此為契機改授朱子學，獲得與禁止同樣的效果。雖然如此，其在民間的古學派之伊藤仁齋（京都。古義學—堀川學派）與荻生徂徠（江戶。古文辭學—蘐園學派）的學風仍風靡天下。其中長於詩文的荻生對李攀龍、王世貞的古文辭學發生共鳴，乃以晦菴不知古文辭，所以不通《六經》，以今文見古文，何能闡明先王之教，遂古吹文宗秦、漢，詩法唐人，而引起日本漢文學的一大革新。其門下的服部南郭且將李攀龍的《唐詩選》加以校刊，致力使之普及。於是它取代前此《三體詩》之地位而流行至十八世紀末。

　　迄至十九世紀的文化、文政年間（嘉慶九年～道光十年，一八〇四～一八三〇），日本漢文學又有了新風尚，亦即因市河寬齋、大窪詩佛、菊地五山等詩人出，鼓吹南宋詩，遂開宋詩流行之機運。文章方面則唐宋八大家之文上場，取代李、王之古文辭。之後，直到清朝桐城派古文之東傳為止，唯流行八大家之文。❾❾

　　在此附帶一提的是，當時的日本儒學界，除朱子學、古學派外，尚有以中江藤樹為中心的陽明學派，及綜合各學派之說的折衷學派。陽明學派祖述王守仁的知行合一，主張注重德行，也是當時

---

❾❾　鄭樑生，《元明時代東傳日本的文獻——以日本禪僧為中心》，頁一三八。

在野學術的一股宏流。

儒學的派別：

1.正學（官學）

朱子學，宋人朱熹探究人之本性的學問（日本近世學術之源流）

(1)京學派：藤原惺窩——┬——林羅山——林鳳岡——柴野栗山

　　　　　　　　　　└—木下順庵—新井白石—三浦梅園

(2)南學派：谷時中——山崎闇齋（垂加神道）

* 朱子學之別支有朱舜水（水戶學）、貝原益軒（以《養生訓》著稱）。

2.異學

對朱子學持批判態度的學派（不時受幕府壓制）

(1)古學派：主張直接接觸孔、孟之書以回歸儒教本來面目。主
　　要人物為《聖教要錄》三卷之作者山崎闇齋。

　堀川學派（京都）：伊藤仁齋（古義學）。

　護園學派（江戶）：荻生徂徠（古文辭學）。

(2)陽明學派：主張明人王陽明知行合一學說（近世在野派之儒學）。

　中江藤樹（近江）——熊野蕃山（仕岡山藩）。❿

五、結語

日本自從武士崛起，公卿失其政權而文化顯著式微，一切學問
都成為師承的，世襲的，各學閥互相傾軋、排斥，致學術研究了無

---

❿　鄭樑生，《日本通史》（臺北，明文書局，民國八十二年十二月），頁三
　〇八～三〇九。

生趣。官職世襲之風雖從平安時代中期開始，但其學術方面，如儒學諸道的博士，歌道、書道各方面，亦為少數流派所獨佔而如非屬某一流派，則無論具備如何高超的學識也無法升遷。在此情形之下代之而起的，就是以五山禪僧為中心的禪林儒學。因佛教經典都是以漢文書寫，所以漢學便成為僧侶必修的課程，而自古以來即修習漢唐訓詁之學以助其對經典之理解和詮釋。然自禪宗東傳日本以後，隨著禪宗之興隆，大家對宋元文化的鍾愛，便處處呈現著儒學復興之機運。不過此一時期的儒學，並非復歸於漢唐訓詁之學，乃是欲探討宋人程、朱等人所倡性理之學。宋代禪僧不僅學性理之學，也還採用朱犀新註之精神而採儒禪一致說。這種風尚在禪宗東傳之際同時傳到日本。

當禪林儒學盛行以後，在公卿之間亦風行朱子新註之研究，地方儒學也受其影響而盛行此一方面的鑽研，例如桂菴玄樹應島津氏之聘至薩摩弘揚朱子學，遂開薩南學派；南村梅軒前往土佐（高知縣）倡導朱子學，成為南學派始祖；及関東管領（職稱）上杉憲實在下野（栃木縣）重整足利學校，以振興儒學等。

迄至江戶時代，日本儒學的內容已從中國學術獨立，此言已有其獨自的見解，其本質亦從前此學術、宗教、文學混合狀態中建立獨自的領域。自十七世紀八十年代至十八世紀三十年代為近世儒學最隆盛的時代，林鳳岡、新井白石、荻生徂徠、室鳩巢等鴻儒相繼參與幕府政治，民間則有貝原益軒等教化廣被者。另一方面則有如伊藤仁齋之在野豎起反對官學之旗幟，完全壓倒一向在京都、大阪一帶有勢力的山崎闇齋。此一事實成為刺激而在江戶興起荻生的古文辭學派，主張直接接觸孔孟之書以回歸儒教本來面目。徂徠學之

弊在於重學問、才藝而後德行，且又好攻擊他派，故室鳩巢等人以朱子學立場予以抨擊。並且又有以五井特軒、蘭州、中井竹山、履軒等人以大阪懷德堂為中心的反徂徠學，故學術界乃傾向陰險之風而充滿頹廢之勢。當此之時，紀州藩（和歌山縣）儒官為榊原篁州、良野華陰等人為挽狂瀾而倡折衷諸學派而樹一家之說，至井上蘭臺、金峨時大為風行。

一七九〇年（乾隆五十五年，寬政二年），老中（職稱）松平定信為振興朱子學，通知大學頭林信敬，於江戶昌平黌定朱子學為官學，朱子學以外之所謂異學不得參加幕府舉辦的考試。此一禁令頒布以後，因株守程、朱之說而不許立異說，故拘束思想自由而有礙學術之發展，將人民驅入一定規矩使養成曲謹之風，致消磨壯志而妨礙人材之成就。宣揚朱子學的結果，培養了重名分，尚氣節之風，促使尊皇思想的發達，開王政維新之基，此為松平始料所不及，亦是禪林東傳所未曾思考的論題。

關於中國通俗小說
的出版之一個考察
——以明代福建書房爲中心

丹羽香[*]

摘　要

　　自古以來，通俗小說一類的文學作品在中國傳統的文學史觀中不被重視，故而在書籍收集、文獻整理中有關通俗作品的詳細紀錄十分罕見。但是日本古代文學——尤其從近代小說發展的過程看，給日本古代作家文學意識及大影響，並激發其創作意欲的，還是以宋元口頭文學爲開端的中國通俗作品。

　　始於數十年前的書籍編纂工作的成果，近年來陸續出現，通俗小說的數目也隨之登場。由此得到新啓發的中國學術界，興起了對古代「出版」的研究熱潮，對以往極少

---

*　　日本中央學院大學商學系教授

作為主要研究對象（即使作為研究對象也只限於印刷技術的發展，
或版本堅定的範疇）的「書房」、「書院」的印刷業的調
查，研究多見於論作，可以為是在古籍學、文獻學、書誌
學等領域的一個新的觀點。

我將從中國近年來發表的論文中，有關對日本近代小
說形成產生影響的中國通俗文學物的出版，論述明代福建
書坊的印刷情況。

一、前言

自古以來，通俗小說一類的文學作品在中國傳統的文學史觀中
不被重視，故而在書籍收集、文獻整理中有關通俗作品的詳細紀錄
十分罕見。但是日本古代文學——尤其從近代小說發展的過程看，
給日本古代作家文學意識及大影響，並激發其創作意欲的，還是以
宋元口頭文學為開端的中國通俗作品。

始於數十年前的書籍編纂工作的成果，近年來陸續出現，通俗
小說的數目也隨之登場。由此得到新啟發的中國學術界，興起了對
古代「出版」的研究熱潮，對以往極少作為主要研究對象（即使作
為研究對象也只限於印刷技術的發展，或版本堅定的範疇）的「書房」、
「書院」的印刷業的調查，研究多見於論作，可以為是在古籍學、
文獻學、書誌學等領域的一個新的觀點。

明代，以書籍印刷而繁榮的城市有蘇州、杭州、徽州、福州、

湖州等地❶。而出版通俗作品最多的為福州，即現福建省。據明萬曆年間周弘祖編纂的《古今書刻》，到萬曆初年為止，所刻版本2412 種中 478 種為福建版本。這其中又有 366 種是在書房印刷的，且其大多數為明嘉靖年間（1522－15767 年）以後的印刷物❷。在此，我將從中國近年來發表的論文中，有關對日本近代小說形成產生影響的中國通俗文學物的出版，論述明代福建書坊的印刷情況。

二、作為出版社的書房經營之成立 ——引入插圖及委託出版

㈠ 插圖

明代所謂印刷（此指「刻書」，「刊行」）的特徵分為：⑴插圖，⑵多色印刷，⑶復刻，⑷銅活字版，⑸通俗小說之印刷，⑹出版書籍數的增加。

明代書坊的印刷「坊刻」，與原以藏書為目的，主要印刷物為經書、經典的「官刻」、「私刻（指藏書家的家刻）」，或為書院教材——科舉教科書、參考書，及寺院用於宗教目的的經典印刷不同，其特徵為具有的商業性。官刻、私刻主要印刷佛教、儒教所推

---

❶ 明胡秀麟著《經籍會通》 北京燕京出版社刊 1995 年版 第 50 頁
❷ 謝水順、李珽著《福建古代刻書》 福建人民出版社刊 1997 年 第 10 頁／《文史知識》2002 年第 2 期 石昌渝〈通俗小說與雕版印刷〉 第 25 頁

崇的文學作品，而坊刻則以盈利為目的，不管文獻的社會、歷史、文化評價，只根據自己需要決定出版內容。

　　明代建陽的書坊，除了印刷上述官刻、私刻的各種文本以外，科舉教材、面向大眾的醫學書、百科事典及文言小說、公案小說、戲曲、通俗小說（白話小說）亦被刊行。從這些書籍的體裁、種類而言，均可以為這一時期的圖書市場已經形成。投入大量資金進行的印刷也可視成本而產生利用，說明使商業行成立的購買階層也已存在。

　　通俗小說最早刊行為明宣德年間（1426－1436 年），其後在嘉靖、萬曆年間發展至極盛，並出現了專門印刷戲曲、小說的書坊❸。其中有明代以前即以詩文集、話本小說馳名的建安虞氏，於元至治年間（1271－1295 年）刊行了《全相武王伐紂平話》《全相七國春秋平話後集》《全相秦併六國平話》《全相前漢書平話續集》《新刊·全相三國志平話·五代史平話》等五種話本❹。《水滸傳》的最早刊行亦為建陽的書坊。

　　許建平氏將福建印刷之特徵歸納為：將以往的經史本文及注釋分冊刊印而該為合本刊印，導入便於閱讀的版面設計，通俗小說多印有插圖等，以為這樣做使讀者層得以擴大，書坊得以繁榮❺。許氏所列舉之書籍，有《老子道德經》《禮記》《妙法蓮花經》《事林廣集》《古文大全》等經書、事典，亦有《全相武王伐紂平話》

---

❸　《文史知識》　2000 年第 2 期　石昌渝〈通俗小說與雕版印刷〉　第 25
　　頁
❹　《福建古代刻書》　第 8 頁
❺　《文史知識》　2002 年 4 月　許建平〈建本與建安版畫〉　第 40－43 頁

《樂毅圖齊七國春秋後集》《全相秦併六國平話》《全相續前漢書平話》《新全相三國志平話》《全像大字通俗演義三國志傳》《重刻元本題評音釋西廂記》《水滸傳評林》《史記集解索隱》《盤古至唐虞傳》《梁武帝傳》《有夏志傳》《英雄譜》《古烈女傳》《明珠記》《杜工部草堂詩箋》《昆戈雅調》等通俗作品。書名中有「相」或「像」者即指插圖。上部配畫，下部文章。以用插圖來解釋文意的繪畫本體裁，有效地補充了小說的教育性，以大眾性的內容吸引和形成了廣泛的讀者層和購買層，為圖書市場的擴大做出了極大貢獻。作為明代印刷物特徵的插圖的引入，其想法雖源於宋代以前出現的帶有插圖的佛經，但應結合當時的大眾文化及經濟發展來談這一現象，可以它是結合時代潮流而產生的出版業者的創意。

　　更值一提的是，餘象斗（福建書坊主人，後出）刊行的《新刊按鑑演義全相大宋中興岳王傳》等，每頁上部為畫，下配文字，扉頁印有主人公畫像，大大提高了宣傳效果❻。明代書坊汪諒書鋪（別名金臺書院），於嘉靖元年（1522 年）刊行《文選》之目錄中有「廣告」如下：

> 金臺書鋪汪諒，見居正陽門內西第一巡警更鋪對面，今將所刻古書目錄列於左，及家藏今古書籍不能悉載，願市者覽焉：翻刻司馬遷正義解注《史記》一部；翻刻梁昭明解注《文選》一部；翻刻黃鶴解注《杜詩》一部；翻刻千家注

❻　《出版史研究》第三輯　1995 年　中國書籍出版社刊　杜信孚〈明代出版簡史小考〉　第 180 頁

　　《蘇詩》一部；翻刻解注《唐音》一部；翻刻《玉機微義》
　　一部；翻刻《武經直解》一部，劉寅進士注，俱宋元板。重
　　刻《名賢叢話詩林廣記》一部；重刻《韓詩外傳》一部，十
　　卷，韓嬰集；重刻《潛夫論》，漢王符撰，一部；重刻《太
　　古遺音大全》一部；重刻《曜仙神奇秘譜》一部；重刻《詩
　　對押韻》一部；重刻《孝經注疏》一冊，俱古板。❼

可見書坊業重視出版產業的明確經營意識，及媒體意識的萌芽，亦
可見其相應購買者需要的敏銳性。

㈡ 委託出版

　　零散個體的書坊，一般被認為由家族來承擔刻版手工業而進
行「刻書」或「印刷」，作為資本雄厚的大規模書坊的部分業務
承包方，定有許多名不為後世所知者。而中小企業規模的書坊，其
人手、氏族數都較多，備有店鋪，店內有刻書場所。其行商範圍可
至鄰近都市，但即使是這種兼營販賣的書坊，其主業還是印刷原
稿❽。

　　隨著教育的普及，識字所層的擴大，及江南地區經濟繁榮，購
買力增加所產生的書籍需要的增大，不僅為政府、寺院及有財力的
個人，而且為家庭、氏族等組成的書坊經營提供了廣泛的職業領
域，必須說明的一點是政府等官方的定購亦占很大比例。方彥壽氏

❼　《北京出版史志》第 10 輯　1997 年　北京出版社刊　宋平生〈北京古代
　　出版機構考述（中）〉　第 61 頁
❽　《中國出版》　2000 年第 6 期　陳昌文〈中國書肆發展述論〉　第 38 頁

舉了許多從宋至元明間，官方或非官方的委託出版的例子❾，如下：

> 泰定三年存中奉浙江儒學提舉志行楊生命，以胡先生四書通能力刪纂流束疏，集成之所未刪，能發纂疏，集成之所未發，大有功於朱子，委令齋付建寧路建陽縣書坊刊印。志安余君命工繡梓，度越三稔始克就云云。此書第一刻本也❿。

清代後期藏書家江蘇省常熟（南京）瞿氏鐵琴銅劍樓藏書目錄中記載的元代《四書通》之跋文，從方彥壽氏的版權問題、文獻學的問題角度所談的委託出版而言，作爲圖書大量生產，印刷業在元代產業化的例子而引人注目。除此而外，方氏所列刊本中，亦有像明代《冊府元龜》一類的類書及《剪燈新話》《剪燈餘話》等文言小說⓫。

　　官、民、學校、塾因各自需求而印刷，又據各自所出資金承包給書坊的定購，接受訂單的商業渠道業已形成。李瑞良氏在其書《中國古代圖書流通史》中論述了明清代圖書流通的特徵，即隨經營母體多元化同時的流通流通途徑的增加⓬。

　　此外，並非有關福建書坊的論述中亦有一例。王寶平氏曾指

---

❾　《文獻》　2002 年第 3 期　〈建陽書坊接受官私方委託刊印之書〉　第 97－106 頁

❿　《鐵琴銅劍樓藏書目錄》　2000 年版　上海古籍出版社刊　第 158 頁

⓫　《文獻》　2002 年第 3 期　〈建陽書坊接受官私方委託刊印之書〉　第 100 頁

⓬　李瑞良著《中國古代圖書流通史》　2000 年版

出，明代文會堂主人胡文煥五年中發行五百種書籍的原因，除了其友人莊汝敬、胡光盛及其自己的私塾教師張綸外，更得力於出版《琵琶記》《玉簪記》《題紅記》《浣紗記》《北宮詞記》等戲曲的出版商金陵書坊繼志主人陳邦泰❸。

手工業界在宋代已經脫出了家庭手工作坊的禁錮，按工序具體分為「書工」「刻工」「印工」，並雇用專業人員，按分工組成雇用關係。其中優秀的技術者後來做為專業人員被招聘至日本參與版本雕刻。亦招聘了在編輯及校正方面有成就的人員。像余邵魚、餘象斗那樣「集、編、輯、刻、印、賣」為一身的大規模書坊❹，更可稱之為不僅是印刷業者而且是出版業者了。從原稿到印刷，至出版而販賣這一程序需大量人材。故而這些作家兼印刷所，或出版社兼書店的書坊主人多具較高的文化修養，更有親自執筆原稿者。

不僅吉日在露天開攤，且設有店舖，接受訂單，開發自己的商品等書坊的經營活動，雖不完備流通機制及流通機構，但可認為已確立了確保市場的商業基礎。

不能說以明代的市場經濟繁榮，購買者階層的擴大，認字階層的增大為背景的印刷出版業與通俗小說的興盛無緣。

㈢ 建陽的出版種類

建陽縣指現福建北部建陽（亦稱建寧、建安，此指現建陽縣一

---

❸　《日中文化交流史論集》　2002 年版　中華書局刊　〈明代刻書胡文煥考〉　第 252 頁

❹　《福建古代刻書》　第 337 頁

帶），多產竹，自古以來以制紙業而繁榮❶。其西部的麻沙鎮、崇
化鎮為中心的地區極儘書籍印刷業之繁盛❶，自宋、元、明乃至清
初漫長的時期，一直是國內最大的書籍印刷及販賣地。以宋代朱熹
的印刷最有名。木板刻中有梨樹，腰果木板刻❶。據張建民氏統
計，明代書房數南京 93，蘇州 37，北京 13，杭州 24，徽州 10，
與此相比建寧達 100 之多。且如上記，其出版量亦為明代之首。只
是因其單價高而未有相應的購買曾。正如胡應麟《經籍會通》所云
「其精，吳為最。其多，閩為最，越皆次之。其直重，吳為最。其
直輕，閩為最，越皆次之」。對明代建陽出版物評價很低❶。只因
其為提高書籍校勘精度，加快出版速度而刻版與軟制木材之上。但
若拋開傳統的校勘學，目錄學及版本學的範疇，只從圖書流通及文
化傳播角度而言，建陽出版事業的意義可謂甚大。

　　《福建古代刻書》中所統計的經宋元而於明代全盛的建陽主要
的書坊有 64 家，所出圖書達 655 種❶。其中有科舉教科書、醫學
書、日用類實用書，更刊行了大量的通俗小說。從嘉靖至泰昌年間
（1522－1620 年）約一個世紀裡，就有《三國志》《西遊記》《水滸
傳》等以「通俗」而冠名的 23 種歷史小說等被發行。僅《三國
志》就有 13 種版本之多❷。縱觀所列舉之書，通俗出版物多於經

---

❶　《天祿琳琅書目續篇》卷二〈儀禮圖〉
❶　宋代祝穆著《方輿勝覽》
❶　路工著《訪書見聞錄》　1985 年版　上海古籍出版社刊　第 473 頁
❶　《出版史研究》第四輯　吳世燈〈建本研究的歷史與現狀〉　第 60 頁
❶　《福建古代刻書》　第 333 頁
❷　《福建古代刻書》　第 337 頁

典書籍。明清代之文學（小說）的繁榮，於福建以外的書坊亦有通
俗出版物❹，但其數量多者亦數福建建陽。

除出處不明者外，以下所提出的 35 種現存日本的書目均一一
標明出處。其所在地僅注「日本」者為「不詳」。且記建陽書坊名
或書坊主人名於（　）內。

內閣文庫所藏《新鍥晉代許旌陽得道檎蛟錢樹記》明萬曆 31
年刊（餘氏萃慶堂）

內閣文庫所藏《鍥唐代呂純陽得道飛劍記》明萬曆 31 年刊
（餘氏萃慶堂）

內閣文庫所藏《鍥五代薩真人得道咒棗記》明萬曆 31 年刊
（餘氏萃慶堂）

內閣文庫所藏《重刻京本通俗演義按鑑三國志傳》明萬曆 39
年刊（楊起元）

內閣文庫所藏《全像按鑑演義南北兩宋志傳》明萬曆年間刊
（餘象斗）

內閣文庫所藏《馮伯玉風月相思小說·孫淑芳双魚扇墜傳·蘇
長公章臺柳傳·張生彩燈傳》明萬曆年間刊（熊龍峰忠正堂）

內閣文庫所藏《新刻湯海若先生匯集古今律條公案》明天啟年
間刊（蕭少衢）

內閣文庫所藏《新刊八仙出處東遊記》明代刊（餘象斗）

內閣文庫所藏《新刻皇明開運輯略武功名世英烈傳》明代刊
（餘應詔）

---

❹ 《出版史研究》第三輯　〈明代出版簡史小考〉　第 178－180 頁

內閣文庫所藏《按鑑演義帝王御世盤古至唐虞專》明代刊（建陽餘氏）

內閣文庫所藏《按鑑演義帝王御世有夏志傳》明代刊（建陽餘氏）

蓬左文庫所藏《新刊京本通俗演義增像包龍圖判百家公案全傳》明萬曆22年刊（朱氏與耕堂）

蓬左文庫所藏《京板全像按鑑音釋兩漢開國中興傳志》明萬曆33年刊（詹張景）

蓬左文庫所藏《李卓吾先生批評三國志》明代刊（吳觀明）

日光晃山慈眼堂所藏《京本增補校正全像忠義水滸傳評林》明萬曆23年刊（餘象斗）

日光晃山慈眼堂所藏《新全像大字通俗演義三國志傳》明代刊（劉氏喬堂）

文求堂所藏《新刻全像牛郎織女傳》明代刊（餘成章）

雙紅堂所藏《新刊出像天妃濟世出身傳》明萬曆3年刊（熊龍峰忠正堂）

成寶堂所藏《新刊京本補遺通俗演義三國全傳》明萬曆24年刊（熊清波誠德堂）

東京大學所藏《新鋟京本校正通俗演義按鑑三國志傳》明萬曆39年刊（鄭氏宗文堂）

東京大學所藏《新刻藝窓匯爽萬錦情林》明萬曆年間刊（餘象斗）

早稻田大學所藏《新刊校正演義全像三國志傳評林》明萬曆年間刊（餘象斗）

不詳《十八史略》明正統 6 年刊（建陽餘氏）

不詳《增廣太平惠民和劑局方·指南總論·圖經本草》明正統 9 年刊（葉氏廣勒堂）

不詳《埤雅》明成化 9 年刊（葉氏廣勒堂）

不詳《重刊孫真人備集千金要方》明正德 16 年刊（慎獨齋）

不詳《鍥注釋增補書言魚倉故事》明萬曆元年刊（陳氏積善堂）

不詳《京本通俗演義按鑑全漢志傳》明萬曆 16 年（餘象斗）＊楊氏清白堂翻刻本

不詳《重刻元本題評音釋西廂記》明萬曆 18 年（熊龍峰忠正堂）

不詳《注釋傷寒百證歌發微論》明萬曆 39 年刊（劉氏喬山堂）

不詳《類證增注傷寒百問歌》明萬曆 40 年刊（劉氏喬山堂）

不詳《新刻全像忠義水滸志傳》明崇禎年間刊（劉欽恩黎光堂）

不詳《新刻全像水滸傳》明崇禎年間刊（劉與我）

不詳《新刻古今名公啟札章》明崇禎年間刊（熊氏種德堂）

不詳《新刊銅人針灸經》明代刊（熊氏衛生堂）

從上所觀，可見萬曆年間書籍居多，所記年代只為印刷年代，刊行時代不詳。

包括日用的醫學書，除《三國志》《水滸傳》外，從《飛劍記》《咒棗記》為代表的明代小說及公案小說、英雄傳等歷史小說也見其名。各種版本的《三國志》《水滸傳》的登場表明其需求之

多。而《新薊晉代許旌陽得道覽瀵錢樹記》《薊唐代呂純陽得道飛劍記》分為《警世通言》卷 40 之《旌陽宮鐵樹鎮妖》及《醒世恒言》卷 12 之《呂洞賓飛劍斬黃龍》。《警世通言》《醒世恒言》常被江戶文人所讀，並常做為小說題材而使用。

據大庭脩氏之研究❷，

> 西川如所見增補華夷通稱考之中華十五省特產中以書籍為特產的省有南京應天府和福建省福州，亦有應天府及福州的墨跡。但持書籍渡來的船至今明確者僅南京船及寧波船，以吾所見資料中僅享保二十年第二十號廣東船為唯一之例外。至元祿初福州船的福建船多了起來，但正如所述至正德年間，江浙發的船占了優勢……不能因應天府及福州府為書籍產地，斷定南京船及福州船就必須載書，但既然南京船載書渡來數量之多相當明顯，為何不見福州船載書來渡就不能不讓人產生疑問。

如果認為福建書坊所刻書籍日本確有存在的話，那麼中國國內從福建至南京或寧波的流通路徑及流通狀況就十分引人注目。

除此之外，所列建陽版書籍文獻中，如《警世通言》《醒世恒言》等三言二拍作品，亦見其日本的翻版《剪燈新話》《剪燈餘話》之書名。

《新刻魏仲雪先生批評琵琶記》《重刻原本題評音釋西廂

---

❷ 大庭脩著《江戶時代唐船持渡書之研究》 1967 年版 關西大學東西學研究所刊 第 208 頁

　　記》《重訂元本評林點板琵琶記》《新增補相剪燈新話大

　　全·全相湖海新奇剪燈餘話》《紅梨花記》《新刻宋璟鶼釵

　　記》《鼎鐫西廂記》《鼎鐫幽閨記》《鼎鐫琵琶記》《鼎鐫

　　紅拂記》《鼎鐫玉簪記》《鼎鐫繡襦記》《鼎鐫陳眉公先生

　　批評西廂記·會真記·園林午夢·蒲東詩》《湯海若先生批

　　評西廂釵記·園林午夢·錢塘夢·蒲東詩》《鼎鐫陳眉公先

　　生批評玉簪記·釋義》《鼎鐫·西樓記傳奇》《明珠記》

　　《異夢記》。

　　如果說通俗小說的由來是始於宋元口頭文學的書面化，那麼這些戲曲刊刻也就必須列入此範疇考慮。

　　宋元明清的通俗小說給日本近代文學以極大影響，在多數文學作品裡，與其說受白話小說的影響，不如說多少留有通俗小說的痕跡（亦反映了通俗小說出版的實際情況）。應將此與近代文化之合拍，古代日本經濟、社會（包括交通）的一致加以探討。大木康氏所言「（明末）白話小說的出版，並非獨此一樁，它反映了當時出版業的全盛，並可以說是由出版業帶動了小說的發展。❷」這種歷史文化觀值得重視。

　　刻版技術及裝訂方法的不一致等，前代至今的進步、發展雖然也是圖書出版史上的重要課題，但經宋元至明代的出版業的文化意義上的探討和考察亦很重要。

---

❷　《廣島大學文學部紀要》第 50 卷特輯號 1　大木康〈明末江南出版文化
　　之研究〉　第 5 頁

蕭梁文學語言與文化的互動

邊成圭*

摘　要

　　梁代的文學創作，風格綺靡，形式纖艷，浮光流彩，聲色大開，呈現出與前代不同的特色。新變之風吹遍梁代的文壇和藝壇。其中蕭梁皇室的作用非常突出。這種作用具體呈現在蕭統、蕭綱、蕭繹，即蕭氏三兄弟的創作和文學主張上。蕭氏三兄弟在梁武帝的薰陶下，具有淵博的知識，良好的文學修養，並且思想活躍，長於撰述。他們促進了梁代文化的繁榮，使其達到了東晉以來的又一高峰；但另一方面也使文學日益服從於宮廷的需要，從而帶來了消極的影響。軍伍世家的出身使他們與南朝市井文化自然相連，而紙醉金迷的南朝風習和奢華的宮廷生活，又使他們冀求的文化必須具有強烈的感官刺激和娛樂享受性。梁代前期文化基本上延續著「永明」時期的風格，並沒有形成自己的特點，以武帝大同年間的「宮體」文學為代表的

---

*　韓國漢陽大學校中國語言文化系教授

新變風潮無疑是六朝文化中最具特色的思潮，它的成就或
許並不顯著，後人對它也頗多非議；但新潮探索之大膽，
形式之新穎卻無可否定。文學由樸拙而轉向華麗是一個不
以人的意志為轉移的自然規律。人們常常欣賞漢魏之樸拙
和讚美盛唐的風華秀麗，殊不知六朝的浮艷香軟是其中必
經的階段。不經蝶蛹之蠕蠕，何來蝶舞之翩翩？

對於蕭梁文學特別是「宮體詩」的浮靡風格，中國文學史家大
都報以不屑的鄙視態度，堅持否定的評價。近年雖有個別中國學者
對宮體詩在唐詩形成中的地位有所肯定，但對其本身的創新精神及
其文化價值還缺乏認識與探索。我們認為，蕭梁文學及其特產「宮
體詩」既是同時期一種文化新風的產物，又是時代新風氣的最突出
的表徵。如果把文學與文化結合起來考察，用歷史觀念取代欣賞態
度，就可能發現蕭梁文學發生發展的內在邏輯與自身價值。下面依
此思路與方法，重點對蕭梁藝壇與文壇的新風尚及其互動關係進行
考察與探討，不當之處，敬請各位專家教授指正。

一、新變之風橫掃梁代的文壇和藝壇

蕭梁時期的文藝新變，並不僅僅局限于詩文，而是廣及到文
學、音樂、繪畫、書法等各個層面。從時間上看，新變之風並非從
詩文開始，真正的起源可以上溯到天監年間梁武帝的音樂革新。這

即是梁武帝的「思弘古樂」❶。梁武帝以佞佛而著名，梁代的亡國
和他的佞佛很有關係；但是，他的思想卻不能僅以「佞佛」二字來
加以概括。登基之始，梁武帝便著手「刪詩書，定禮樂」❷，他非
常熱衷於恢復古代的禮樂制度。梁武帝的尊儒佞佛，實際上是想借
用新興的佛教信仰來為他的統治增添一道神秘的光環，藉以塑造自
己慈悲的形象。這位布衣出身的皇帝，企圖同時從佛教和儒教兩方
面獲得精神信仰上的支持，以增加自己的自信，因此他並不能真正
地疏遠儒教。天監年初，他下了一道《訪百僚古樂詔》❸，大談音
樂改革的必要性，要求百官發表意見。

　　然而雅樂衰落已久，什麼是古樂，百官亦不甚清楚，「是時對
者七十八家，咸多引流略，浩蕩其辭，言樂之宜改，而不言改樂之
法」❹。也就是說，百官對梁武帝改革音樂都表示支援，但是，都
沒有提出具體的建議。在這種情況下，通曉音律的武帝「遂自制定
禮樂」❺。結果是武帝在復古的大旗之下，自創了新的禮樂。實際
上這是一次禮樂的革新。從這些地方來看，我們可見梁武帝是一位
多才多藝的皇帝。

---

❶　《隋書·音樂志》，臺北：鼎文書局，1980年出版。
❷　庾信《庾子山集注·哀江南賦》，北京：中華書局，1980年出版。
❸　《全上古三代秦漢三國六朝文·全梁文》：「詔云：夫聲音之道與政通
　　矣，所以移風易俗，明貴辨賤，而韶濩之稱空傳，咸英之實靡托。魏晉以
　　來，陵替滋甚……朕昧旦坐朝，思求厥旨，而舊事匪存，未獲釐正，寤寐
　　有懷，所為歎息。卿等學術通明，可陳其所見。」北京：中華書局，1958
　　年出版。
❹　《隋書·音樂志》，臺北：鼎文書局，1980年出版。
❺　同上。

　　梁武帝的禮樂革新雖然在復古的旗幟下進行，具有諷刺意味的
是他對通俗歌樂的模仿和改造。《隋書·音樂志》說，武帝即位後
模仿襄陽童謠「更造新聲，帝自為之詞，三曲。」其一云「陌頭征
人去，閨中女下機。含情不能言，送別沾羅衣。」從體制和語言來
看，分明是一曲子夜歌。❻由此不難看出，這位皇帝不但不排斥來
自民間的東西，倒是非常善於學習民間的通俗藝術。其實，宋、齊
以來，以吳歌西曲為代表的俗樂已日益流行，出現了一種人人崇尚
新聲的局面❼，許多士族文人也開始模仿民歌作詩。這是一個不以
人的意志為轉移的趨勢。不過，大多正統文人們對這種來自民間的
樂歌還是抱持保留態度，所以範曄以「所精非雅樂，為可恨」❽，
王僧虔亦上書請正雅樂。可以想見，有一股保守的勢力開始成為改
革的阻力。文學和藝術的發展總是這樣，新的東西往往先在民間流
行，在開始的時候受到藐視，甚至是種種的壓制。但卻終又壓制不
住，而逐漸地壯大，也漸趨完美，進而慢慢地勾起文人的興趣，引
起上流社會的注意，甚至大受喜愛，接著便引起一連串變革。這個
過程可能是非常緩慢的，甚至是不為人所覺察的。中間必然會面臨
激進和保守的較量，以及典雅與俚俗的磨擦、衝突和磨合。到了梁
代，武帝的身體力行大大提高了通俗樂曲的地位，使模仿民間通俗

---

❻　《玉臺新詠》卷六吳均詩注：「《古今樂錄》亦云：『梁天監十一年，武
　　帝改《西曲》制《江南上雲樂》十四曲，《江南弄》七曲。』」，北京：
　　中國書店，1986 年出版。

❼　《南齊書·王僧虔傳》：「家競新哇，人尚淫俗，務在嘄殺，不顧音
　　紀。」，臺北：鼎文書局，1980 年出版。

❽　《宋書·範曄傳》，臺北：鼎文書局，1980 年出版。

歌謠創制新曲一時成為風雅之事。譬如北來高門羊侃精通音樂，他就創作了《採蓮》、《棹歌》兩曲，「甚有新致」❾，為時人所盛讚。沈約、蕭綱的文集中也均有與《江南弄》體制相同的作品。更有甚者，柳惲還將音樂的革新提升到了理論層次，他專門撰寫了一篇《清調論》，來闡述他的主張❿。柳惲很受武帝的器重，他所說的「今聲」雖然未必是俗樂，但他變革古法的音樂主張顯然與武帝暗相契合，也代表了當時的潮流。蕭梁以後，以吳歌西曲為代表的俗樂在宮廷和上流社會中更加流行，朝廷宴集、君臣酬對等隆重場合亦經常採用俗樂。所謂「陳梁舊樂，雜用吳楚之音」⓫，十分精要地指出了陳梁音樂的俗樂特徵（「吳楚之音」即江南吳歌，荊楚西聲）。當然，民間的音樂被宮廷所用，被上流社會所採納的同時，它的內容和形式亦不免發生相應的變化，甚至變質。這一點是無庸置疑的。代表民間的那股粗獷被柔化、被雅化，那種來自低層的反抗之聲也自然就消磨殆盡。

蕭梁時期音樂界的情況既是如此，書法界亦出現了類似的情況，皇室宗族中不乏新潮流的領軍人物，代表性的人物便是蕭子雲。子雲是齊豫章王之後，于蕭梁時期仍享受宗親的待遇。子雲的書法極為武帝所推崇，他自創書法中小篆飛白一體，其書廣為時人

---

❾　《南史·羊侃傳》，臺北：鼎文書局，1980 年出版。

❿　《梁書·柳惲傳》：「善琴，嘗以今聲轉棄古法，乃著《清調論》，具有條流。」，臺北：鼎文書局，1980 年出版。

⓫　《舊唐書·音樂志》，臺北：鼎文書局，1980 年出版。

效法⑫。蕭子雲之後，將梁代書法變革進一步推向高潮的人，則是
梁武帝第七子邵陵王蕭綸。他天資聰穎，「博學善屬文，尤工尺
牘」⑬。蕭綸在改革的道路上走得更快更遠，變更字體甚至到了離
譜的地步，對梁代書法界產生了極大的影響。《顏氏家訓・雜藝
篇》對當時的情形作了這樣的詳細描繪：「晉宋以來，多能書者。
故其時俗，遞相染尚。所有部帙，楷正可觀，不無俗字，非為大
損。至梁天監之間，斯風未變。大同之末，偽替滋生。蕭子雲改易
字體，邵陵王頗行偽字……。朝野翕然，以為楷式。畫虎不成，多
所傷敗。至為一字，惟見數點。或妄斟酌，遂成轉移。其後墳籍，
略不可看……」；《南史・陶弘景傳》亦稱其「善隸書，不類常
式，別作一家，骨體勁媚」；《梁書・曹景宗傳》又云：「景宗為
人自恃尚勝，每作書，字有不解，不以問人，皆以意造焉。」可見
梁代書法求新求變，乃至意造字形成為當時一代風氣。因此，庾肩
吾《書品》之中對阮研「雖復師王祖鍾，終成別構一體」頗為推
崇，也是時代風氣使然。子雲、邵陵身為皇族，他們的示範對此風
氣形成的作用更是難以低估。

　　蕭梁時期在繪畫領域出現的變化，也和音樂界、書法界的變化
相互呼應。繪畫和書法原本就是相通的。這方面的代表是張僧繇。
僧繇是梁代最著名的畫家，姚最的《續畫品錄》這樣評介張僧繇的
畫：「善畫塔廟，超越群王，朝衣野服，今古不失。奇形異貌，諸

---

⑫　《梁書・蕭子恪附子雲傳》：「善草隸書，為世楷法，自雲善效鍾元常、
　　王逸少而微變字體。」，臺北：鼎文書局，1980年出版。
⑬　《南史・蕭綸傳》，臺北：鼎文書局，1980年出版。

方夷夏，實參其妙。」張僧繇的這種畫風比較重視形似，與晉宋以來強調神似的繪畫傳統頗有出入。在繪畫筆法上僧繇也另闢蹊徑。⓮他在創作中大膽採用了異域的畫技，以達到特殊的立體效果。《建康實錄》中說：「梁大同三年，建一乘寺，在丹陽縣之左，寺門遍畫凹凸花，代稱張僧繇手跡。其花乃天竺遺法，世咸異之，乃名凹凸寺。」在講究線條流暢、氣韻生動、強調神似的中國繪畫史上，張僧繇顯然是個異端，也難怪「世咸異之」，而後人對他的評價亦不高。這便是偏離審美主流所必須付出的代價。《畫斷》即稱「像人之美，張得其肉，陸（探微）得其骨，顧（愷之）得其神，神妙無方，以顧為最」，言下的褒貶之意可想而知。不過，本身便擅長丹青的梁武帝對張僧繇的畫卻並不輕視，凡裝飾佛寺之時，常常請張僧繇來作畫⓯，其信任和欣賞之態度由此可見。故而僧繇得以「為武陵王國侍郎，直秘閣，知書畫事」⓰，成為梁代首屈一指的宮廷畫家。僧繇之外，梁代另有一名出色的宮廷畫家謝赫。謝赫是由齊入梁的人物，因著《畫品》、倡「六法」而垂名於中國的繪畫史，不過這位理論上推崇「氣韻生動」的畫家，本身畫風卻屬「宮體」一派⓱。他那種細膩豔麗的繪畫風格在齊梁時期造

⓮　張彥遠《歷代名畫記》：「離披點畫，時見缺落，此雖筆不周而意周也……點、曳、斫、拂，依衛夫人《筆陣圖》，一點一畫，別是一巧。」

⓯　張彥遠《歷代名畫記》：「崇飾佛寺，多使僧繇畫之，時諸王在外，武帝思之，遣僧繇乘傳寫貌，對之如面也。」

⓰　同上。

⓱　姚最《續畫品錄》：「寫貌人物，不俟對看，所須一覽，便工操筆。點刷精研，意在切似，目想毫髮，皆無遺失。麗服靚妝，隨時變改，直眉曲鬢，與時競新。」

成了非常大的影響⓲。蕭梁時期善繪仕女的新派畫家更是多不勝數，如焦寶願「點黛施朱，重輕不失。雖未窮秋駕，而見賞春坊」、沈粲「筆跡調媚，專工綺羅。屏障所圖，頗有情趣」、沈標「性尚鉛華」、嵇寶鈞、聶松「賦采鮮麗，觀者悅情」⓳……等等。這種細膩、逼真地描摹美人的繪畫風格非常符合當時宮廷權貴的審美趣味，於是正如詩壇上「宮體」風行一樣，蕭梁時期這股講究「切似」、「調媚」、「悅情」的「宮體」畫風也是橫掃畫壇，將晉、宋以來的山水清韻掃除殆盡，它與文學、音樂等領域的新變風氣遙相呼應，從而造就了蕭梁文化新奇浮豔、流光溢彩的美學風貌。

綜上所述，我們不難看出，蕭梁時期文壇和藝壇上新浪潮的出現並非偶然，它們都和蕭梁皇室的帶領和推動存在著或明或暗的聯繫；具有共同的、至少是相似的美學追求——新奇、香豔、淺俗，充滿脂濃粉香的宮廷氣息；甚至出現時期亦相差無幾——基本上都是在大同年間（音樂、繪畫之新風出現較早，梁代乃沿襲于蕭齊乃至劉宋，然而均是在大同之後與文學、書法的新變風氣結合而達到鼎盛時期）。這顯示出它們都是梁代宮廷文化思潮的有機組成部分，代表著蕭梁皇室的審美趣味和文化心態：要在文化領域突破傳統、力求創新的抱負，使得皇室們在藝術上普遍熱愛創新，喜奇尚異；軍伍世家的出身背景使他們與南朝市井文化自然相連，對以吳歌西曲為代表的通

⓲　姚最《續畫品錄》：「別體細微，多自赫始，遂使委巷逐末，皆類效顰。」

⓳　同上。

俗文化具有濃厚的、與生俱來的興趣；而紙醉金迷的南朝風習和奢華的宮廷生活，更使他們冀求的文化必須具有強烈的感官刺激和娛樂享受性。於是，在皇室文人們種種心理的影響下，梁代文化迅速轉向追求豔俗新巧的道路，翻啟了梁代文化史及文學史的新篇章。一方面要求新，一方面是不避俗，不避淺，不避五光十色。

仔細追溯起來，梁代文化的新變傾向早在天監年間就已浮現，到大同之後不過是水到渠成而已。其主要原因是：文化上趨於保守、崇尚雅正的一些代表人物，如裴子野、蕭統等人先後去世，大同年間，蕭梁皇室成員中以蕭綱為代表的激進派，在文化領域開始嶄露頭角成為文壇潮流的新領袖，當時蕭綱、蕭繹、蕭綸均是三十餘歲，他們的文藝觀念已經基本成型，文藝才華日漸顯露，再憑藉著他們顯赫的政治地位，牢牢地站穩了主導風雅的地位，並有力地向社會推廣自己的一套審美觀念。他們在文藝領域的創新行為具有明顯的、無庸置疑的示範效應，很快就影響整個社會，一個暗潮洶湧的蕭梁文化新潮，終於在這種萬事俱備的條件下得以蓬勃地發展，一舉取代了傳統的文風。蕭綱更把文學上的推陳出新作為自己的重要事業，他的努力使得梁代後期「宮體」創作成為一代風氣，而「宮體」文學及其理論正是蕭梁文化新潮中，最為顯著突出的表現。

二、「宮體」新風尚

南朝文人大多聚集在皇室成員周圍，形成了以皇室為中心的若干個文人集團，梁代文學也不例外。這種文學創作的大背景決定了

梁代文學的宮廷文學性質。在這些或大或小的文人集團中，蕭綱領導的文人集團格外地引人注目。這一集團約產生于普通年初、蕭綱為雍州刺史的時候，當時蕭綱身邊已有徐氏、庾氏父子，並置高齋學士，招納了鮑至、王囿等人；中大通三年，綱被立為太子，入主東宮，更多的文人墨客紛紛群聚他的旗幟之下，如王褒、張率、陸倕、蕭子雲、蕭子顯等。他們的創作和理論不僅使得宮體勢力大張❷，也集中地體現了蕭梁文化新變一派的美學特徵。劉肅《大唐新語》有云「梁簡文為太子好作豔詩，境內化之」，對「宮體」一派的產生、風格及影響說得最清楚不過。

　　就產生的時間而言，蕭綱文人集團雖然形成較早，「宮體」之名卻始出於梁簡文帝為太子的時候。《梁書·簡文帝紀》云：「（帝）雅好題詩，其序云『餘七歲有詩僻，長而不倦』然傷於輕豔，當時號曰『宮體』。」此處之「當時」自應指他立為太子以後，否則就該稱為「晉安體」了，且歷代史書論及「宮體」均稱其產生于「梁末」或「大同之後」，亦可以證明這一點。其實所謂「宮體」，顧名思義，就是「東宮之體」，不過問題是，此處之「東宮」是否就專指太子呢？《梁書·徐摛傳》載「王入為皇太子，（摛）轉家令，兼掌管記，尋帶領直，摛文體既別，春坊盡學之。『宮體』之號，自斯而起。」因此從文字上來看，這段記載指徐摛為「宮體」的始創者，與《簡文帝紀》所云自相矛盾，且頗有破綻：首先，此處也說「宮體」是「王入為皇太子」之後才起，

---

❷　《南史·梁本紀下》：「宮體所傳，且變朝野。」，臺北：鼎文書局，1980年出版。

（其後又云「高祖聞之怒，召攜加讓」更可證言之）。蕭綱入東宮為中大通三年，時已二十九歲，其詩文之香豔與新巧已遠過於徐攜，「春坊」為何不師法政治地位與藝術水平更高的蕭綱，而專學徐攜呢？再者，既令「春坊」認為徐攜之詩在東宮文人集團中出類拔萃，足可獨樹一幟，最多也只能稱之為「徐攜體」，以「宮」之名代稱一名東宮侍從，這在君臣界線分明的中國古代似乎是難以想像的。那麼，這是否意味著《梁書》記載有誤？其實仔細分析一下，就可以明白，兩種記載並不矛盾。《梁書》編撰于陳初至唐初年間，去梁不遠，姚察、姚思廉父子又是南朝舊人，對蕭梁文壇不至於過分陌生。《梁書》中之所以會出現兩段看似矛盾的文字，原因恐怕是在於「宮體」一詞，自名成之初就是泛指東宮文人集團而非局限於某人——以皇室為中心的文人集團在梁代文壇已普遍存在，蕭綱集團的集體創作早在他為晉安王時便相當活躍，亦自形一格，不過一直到他入主東宮以後，這種特殊風格才開始對梁代文壇產生全面性的影響。到了大同年間，在朝的士族，在野的春坊，無不以學之為時尚，「宮體」之號遂起。這才是「宮體」一詞形成的過程。因此，這裏之「宮體」並非專指某人之體，而是泛稱某地、某集團之體（如「柏梁體」、「臺閣體」）。蕭綱是這一派的領袖，稱「宮體」因他而成毫不為過。徐攜則是此派元老，成名之久，說「宮體」自他而起亦在情理之中。

就創作風格而言，「宮體」的特色是「浮豔」，這包括內容上的豔情主題和形式上的麗靡文辭。所謂以豔情為主題，系指宮體詩主要圍繞女性展開，或描寫她們的容貌服飾和舉止情態，或描寫她們的生活環境和使用的種種物品（用意亦在暗示那美麗的主人公）。描

寫美人的文學作品當然早已有之，如宋玉的《神女賦》，漢樂府的《陌上桑》等。魏晉以來，此類作品猶為發達，賦中如曹植之《洛神》、陶潛之《閒情》，樂府中如晉宋之《桃葉》、《碧玉》，齊梁之《子夜》、《西洲》，在文字的豔麗，情感的纏綿上均不遜于「宮體」。但「宮體」之作與這些詩賦的寫作態度和文學性質卻是大相徑庭的：「宮體」對女性的描寫，既不是為了描繪作者心中理想主義的美（如傳統的美人賦），也不是為了抒發自己熱烈的情感（如樂府民歌），而是從應酬唱和，炫耀才華的目的出發，以一種肆無忌憚的態度，玩賞女性美的種種細微動人之處，玩味她們深藏的情感和欲望，並從中得到某種樂趣——與其說它是一種藝術創作活動，不如說它是一種娛樂方式。這種描寫往往充滿感官色彩、風月的暗示，這正與當時悠閒娛樂的文學性質相呼應，「宮體」詩在形式美的追求上更顯示出了極高的熱情。即所謂「轉拘聲韻，彌尚麗靡」❹。在「聲韻」方面，「宮體」一派繼承了永明詩人的成果，詩歌用律更加趨於精巧、完美。相較「永明體」，「宮體」詩中完全合律之句所占得比例更大❺。其中個別詩人的五言絕句在聲律、藝術上都漸趨成熟，甚至出現了大體合格的五言律詩，七言律詩的雛型亦開始顯現。這些成就，與「宮體」派對詩歌聲律的高度重視與苦心探索是密不可分的。在「麗靡」上，他們繼承和發展了「永明體」圓美流轉的詩歌追求，一方面注重雕琢字句，講究對偶，使詩句顯得空前的纖巧、精美，另一方面又大膽學習江南民歌，詩歌

---

❹　《梁書·文學·庾肩吾傳》，臺北：鼎文書局，1980 年出版。

❺　劉躍進《門閥士族與永明文學》，北京：北京出版社，1996 年出版。

語言表現進一步走向淺顯新穎。在「宮體」詩中，漢魏以來文人詩歌的高雅華麗，與樂府民歌的自然流暢完美結合，在音律和語言上初步具備了清淺流麗、雅俗共賞之美，為盛唐詩歌的出現奠定了基礎。從這個意義上來看「宮體」之作的形式、風格固然太過香軟纖豔，卻是鋪下了通向盛唐詩歌的橋樑。

就影響而言，「宮體」流風所及「境內化之」。關於梁代後期「宮體」詩風橫掃文壇的「盛況」，史書中記載論述之多已不需筆者贅述，略可一提的是，用「境內化之」來概括「宮體」影響似乎還是小覷了它。一則因為北朝末年，詩人紛紛模擬南朝的新風來進行創作，詩文日趨麗靡。這可證明，南北的鴻溝並不能夠阻擋「宮體」的魅力，堪稱「境內外化之」。二則因為「宮體」在梁代之後其餘威不減，直煽至唐初。其間雖遭受無數仁人志士痛斥、禁絕，但其流行之勢依然，直到最後才被更新、更美、更富有生命力的唐詩所取代。

此外，除了詩歌領域，梁代文學在辭賦、駢文創作中也出現了新的氣象，賦中出現了綜合詩、賦、樂府形式的新賦體，駢文則有所謂「徐庾體」，均將這一美文形式發展到極致。與「宮體」詩一樣，它們也是蕭梁文學新變一派在文學領域中積極探索的成果，同樣具有形式精緻纖巧、語言綺麗新淺的梁代宮廷文學的特徵。

正如其他藝術領域中出現的革新風尚一樣，梁代「宮體」詩的出現與流行，即是這一時期特定的社會文化心理的反映。此時，皇室的文化心理在社會上佔有主導地位，起著決定性作用，就是他們求新求變的特殊心態，才會要求文化進行全面創新，並要求文化朝向世俗化、刺激化的道路發展。

三、蕭梁時期的文學主張

　　梁代的詩文創作素來評價不高，但梁代卻是中國文論發展的重要時期，這時文學理論非常繁榮，不但產生了中國第一部純文學的文學理論著作《詩品》，文論界更出現了流派紛呈、各家爭鳴的多元化發展局面。一般認為這一時期的文論可以分為三個流派：以裴子野為代表的保守派，和以蕭統、劉勰、鍾嶸為代表的折衷派，以及以蕭綱、蕭繹為代表的激進派。其中保守派論調陳腐，價值不高，代表作《雕蟲論》對齊梁文風大加指責，認為它們「淫文破典」，一無是處，高聲要求文學恢復「既形四方之風，且彰君子之志」的儒家傳統。在文學走向華麗、追求新發展的趨勢中，這種不合時宜的聲音自然難有回應，它那過於簡單且毫無新意的理論主張，亦使後來的研究者引不起興趣。後世研究者的目光主要集中在折衷派的理論上。折衷派不但聲勢浩大，他們的成績更是難以抹滅：劉勰的《文心雕龍》、鍾嶸的《詩品》均是將中國文論史推向新的里程碑的著作，其中《文心雕龍》尤以其宏偉的架構、嚴密的體系和博大精深的思想，成為後人難以匹敵的一大文學理論巨作，說它「前無古人、後無來者」也並不為過。另外蕭統的《文選》亦是文學史上深具權威的文學選本之一，代表其文學思想的《文選序》也因此成為文論史上的重要作品。折衷派在文章選擇本身便呈現著一種衡文的眼光，而有著如此耀眼的成果，無怪乎在中國文論史的任何版本中，他們的理論永遠都是研究的重點；研究中國文論史的每位學者，誰也無法忽視他們的存在。

　　總括看來，前面提及的這三位折衷派文論家的文學觀，既有其

相同的一面，卻又各有所別。從相同的方面來說：他們不但一致順
應文學發展潮流，重視其「緣情綺靡」❷的特徵；又不廢儒家詩教
傳統，推崇雅正，表現了一種折衷、理性的文學態度。不過，若再
細加分析，其實仍可發現他們觀點的不同之處。例如對於《詩經》
等傳統儒家經典，劉勰視之為文學萬古不易之楷式；而鍾嶸則認為
其不過是文學創作的源頭，且四言詩「文繁而意少」，不如新興之
五言「有滋味」❷；蕭統更則乾脆地將經書屏除在文學的大門之
外。對於齊梁新興文學的評價三人也相去甚遠。劉勰從崇古論出
發，將文學史描述為「從質及訛，彌近彌澹」❷的過程，對劉宋以
來的文學發展不以為然；而鍾嶸、蕭統則持有發展的文學史觀，基
本肯定近代的文學成就；不過鍾嶸對其中一些具體藝術傾向尚有批
評，蕭統的態度卻更接近於全面肯定（當然，對豔情詩他還是不大贊成
的）……以上種種不難發現劉勰的文學觀相較鍾嶸、蕭統更為保
守，他可算是傳統文學的堅決擁護者，而後兩者的理論中則具有濃
厚的齊梁時代氣息。另外，作為東宮太子和梁代前期的文學領袖，
蕭統的文學態度與一直是新思潮的冷眼旁觀者的劉勰、鍾嶸也有出
入，他的理論受到了新興宮廷文化的一定影響，例如視唯美性為文
學的本質特徵，對於文學的娛樂作用頗為肯定等等。在這些論題上
他的觀點和蕭綱為首的文論新變派倒是不謀而合——畢竟，他也是

---

❷ 陸機《文賦》，見於《全上古三代秦漢三國六朝文·全梁文》，北京：中
華書局，1958 年出版。

❷ 鍾嶸《詩品》，日本，東海大學出版會，1988 年出版。

❷ 劉勰《文心雕龍·通變》，臺北：鼎文書局，1980 明治書院，1974 年出
版。

蕭梁皇室的一員。當然，我們在分析他們的文學理論的同時，必須結合他們對具體作家的評價，以及對具體文學現象的分析，而不能光看他們的聲明，尤其不能光看那些冠冕堂皇的辭令。

　　儘管推崇「宮體」之作、追求輕豔新巧的梁代文論新變派，在後人眼中有著太多的弊病，他們的創作更是包含了許多頹廢的病態成分；但在當時，這種激進文論的影響卻遠遠大於保守派和折衷派，是蕭梁文學思想無可爭議的主要潮流，這與當時的歷史環境密不可分，賀琛上武帝書中便對此有著詳細的描述❷❻。顯然，隨著梁代承平年代的持續，南朝本就存在的奢靡之風愈演愈烈，上至官僚「宰守」，下至「庶賤微人」無不以奢侈淫樂為事。在這樣的風氣中，重教化、尚風骨的文學思想自然不會受到重視，追求娛樂享受和感官刺激的文學才是時勢所趨，而這恰與當時文化統治者蕭梁皇室的需要一拍即合。他們擁有穩固的統治地位以及優裕的生活環境，身邊又圍繞著大批悠閒的文人墨客，從史料記載和他們自己留下的文章詩篇來看，宴遊、詩酒、聲色就是他們生活的中心。南朝以來日趨發達的娛樂消閒性質的文學，在這樣的環境中又怎能不茁壯成長？從這個角度來看，梁代「宮體」文學的出現是必然的。但在一直為儒家思想所統治的中國文學史上，這種文學畢竟還是太過

---

❷❻　《梁書·賀琛傳》：「今天下宰守所以皆尚貪殘，罕有廉白者，良由風俗侈靡使之然也……今之燕喜，相競誇豪，積果如山嶽，列肴同綺繡，露臺之產，不周一燕之資，而賓主之間，裁取滿，未及下堂，已同臭腐……今蓄妓之夫，無有等秩，雖複庶賤微人，皆盛姬薑，務在貪污，爭飾羅綺……其餘淫侈，著之凡百，習以成俗，日見滋甚。」北京：中華書局，1973 年出版。

駭世驚俗了，不免會遭到正統文人的反對。新變派文論就是為呼應時風與反撥傳統而發生。

作為「宮體」文學最堅決的擁護者，蕭綱是此派文論當仁不讓的旗幟。他的理論主要有以下幾點：肯定文學是會發展的，反對盲目的崇拜傳統，提出「今文為是」的論點；強調文學創作「寓目寫心，因事而作」❷的抒情功能，淡化其美刺教化的作用；主張「文章且須放蕩」❷，即以毫無忌憚的態度進行創作，淡化甚至否定文學創作的嚴肅性和道德要求；鼓吹「新致英奇，性情卓絕」❷的「宮體」詩作，尖銳批評「競學浮疏，爭為闡緩」❸的典重文風——總之，就是從一切可能的角度出發推翻傳統，力圖擺脫文學的所有束縛，為「宮體」文學的發展「鬆綁」。

新變派文論的另一領袖是蕭繹，與激進的蕭綱相比，他的態度顯得溫和一些，雖贊成新變亦不全廢傳統，無論其創作還是理論似乎都是折衷于蕭統與蕭綱之間，不過就其文學思想的實質來看則與蕭綱更為接近。在理論方面，蕭繹的最大貢獻便是提出了「綺縠紛披，宮徵靡曼，脣吻遒會，情靈搖盪」❸的文學定義，在中國文論

---

❷　蕭綱《答張纘示集書》。見於《全上古三代秦漢三國六朝文·全梁文》，北京：中華書局，1958 年出版。

❷　蕭綱《誡當陽公大心書》。見於《全上古三代秦漢三國六朝文·全梁文》，北京：中華書局，1958 年出版。

❷　蕭綱《答新渝侯和詩書》。見於《全上古三代秦漢三國六朝文·全梁文》，北京：中華書局，1958 年出版。

❸　蕭綱《與湘東王書》。見於《全上古三代秦漢三國六朝文·全梁文》，北京：中華書局，1958 年出版。

❸　蕭繹《金樓子·立言》。見於《全上古三代秦漢三國六朝文·全梁文》，北京：中華書局，1958 年出版。

史上這一定義最逼近純文學的本質，也是對齊梁以來文學生新變化，尤其是「宮體」文學發展成果的總結。

　　此外，蕭子顯也是新變派文論的代表之一，他雖未直接為「宮體」搖旗吶喊，但其「若無新變，不能代雄」❷的主張卻是此派人物文化抱負的最佳詮釋，他「不雅不俗，獨中胸懷」❸的文學理想實際上是對俗文學的一種肯定，而其「情性之風標，神明之律呂」❹的文學定義同樣強調了文學的抒情性和音樂性，淡化了它的教化功能與功利作用。顯然，這些文學思想與新變派理論是相當契合的。蕭子顯雖出身舊蕭齊皇室，實與梁代皇室所屬同族，又頗受武帝及蕭氏兄弟重視，一生與宮廷關係密切，享受著宗室的待遇（武帝甚至視之為「宗中佳器」），由此角度來看，他有這樣的文學主張其實亦不足為奇。

　　在這幾位皇室成員的帶動下，梁代文化的新變浪潮促使「宮體」派文學迅速成為梁代文壇的主流，這一主流反過來又對蕭梁文化的宮廷化過程起了推波助瀾的作用。如前所述，梁代文化新潮的產生雖有其歷史和環境的因素，但最直接的影響卻是來自蕭梁皇室。針對此一文化思想和美學傾向集中表現的現象，蕭梁文論新變派的種種論點，與本身是皇室成員的身份、地位、教養、訴求和心態之間有著密不可分的關係。

　　文學由樸拙趨向華麗，絢爛之極則歸於平淡的螺旋形迴圈是不

---

❷　蕭子顯《南齊書・文學傳論》，北京：中華書局，1972 年出版。
❸　同上。
❹　同上。

以人的意志為轉移的發展規律。東晉的葛洪早已在《抱朴子·鈞世篇》中指出：「且夫古者事事醇素，今則莫不雕飾，時移世改，理自然也。」人們常常欣賞漢魏之樸拙與讚美盛唐之風華秀麗，殊不知六朝的浮豔香軟正是其中必經的階段，是文學史鏈條上不可缺失的一環。如果考慮到充斥於中國文學史上的宗唐宗宋、宗李宗杜的復古風氣，那麼對蕭梁文人求新求變的創革探索精神，就尤其應當給以肯定。

四、結論

蕭梁時期文化上的新變之風，不限於詩文，而廣及文學、音樂、繪畫、書法等各個層面。在蕭梁皇室的帶動下，主張豔情主題與麗靡文辭的宮體文學，流行於宮廷與上層社會的俗樂、講究切似、調媚、悅情的豔麗畫風，以及意造字形的書法變革風氣，各領域的新變風潮交相輝映，造就了蕭梁文化新奇、香豔、淺俗、充滿脂濃粉香的宮廷氣息。蕭梁文學在理論方面的代表人物多肯定文學的發展，反對崇古之說，主張「今文為是」的論點；強調文學創作的抒情功能，淡化其美刺教化的作用。文學由樸拙而轉向華麗是一個不以人的意志為轉移的自然規律。人們在欣賞漢魏之樸拙和讚美盛唐的風華秀麗之時，須知六朝的浮豔香軟是其中必經的階段，人們可以不欣賞蕭梁文學之浮豔，但卻不能否認它是文學發展史不可缺失的重要一環。尤其對蕭梁文人求新求變的創革探索精神，應當給以肯定。

臺灣閩南語固定語式試論*

連金發**

摘　要

　　成語或複雜詞（complex word）一般的看法有三個特點：(1)任意性的有限分布、(2)非組合性、(3)凍結形式（Kiparsky 1976），其中語意非組合性為檢測成語唯一重要的條件。但是根據 Nunberg 等（1994）的研究，成語實際上可以分成兩類：(1)內部成份可以解析的成語和(2)內部成份不能解析的典型成語。分析成語有兩種方式：(1)詞彙分析法、(2)詞組分析法。這兩種分析法，以詞組分析法，較為合理、簡約。本文從成語的三個屬性：(1)非組合性、(2)

---

*　本文是國科會計畫臺灣閩南語固定語式研究（NSC 91-2411-H-007-019）研究成果的一部分。寫作的過程中曾得到陳怡君、陳麗雪、郭維茹、謝菁玉、黃漢君、劉秀瑩、巫宜靜諸君的協助及建議，謹向他們致謝。承蒙淡江大學漢語文化暨文獻資源研究所的邀請，本文曾宣讀於第二屆淡江大學全球姊妹校漢語文化學學術會議，會中明鳳英、高婉瑜等先生多所指正，獲益匪淺。

**　清華大學語言學研究所教授

句法不靈活性，與(3)比喻性（Nunberg 等 1994），對各類臺灣閩南語的固定語式加以進一步的分析，其中觸及到語詞出現在成語內外的關係，語詞的搭配關係，成語的變異性，以及名詞賓語在成語中的地位。此外，又根據Jackendoff（2002）的信息儲存二分法和 Kay（2002）的最新研究，區分出構造和現成詞，說明這樣的區分在語言現象解析上的重要性。

1. 引言

固定語式（fixed expressions）包括成語、凍結的搭配語、不合語法的搭配語、俗語、格式化的套語、名言、比喻等（Moon 1998）。漢語（包括閩南語）像其他語言一樣其中固定語式俯拾皆是，並不是傳統學者所誤認的語言系統中邊緣現象；相反的，固定語式在語言中佔有相當重要的地位，在常人的語言成長過程中為必需學習，且應充分掌握的語言技能。我們可以說想要判斷一個人對一個語言是否能充分掌握，可以觀察他對該語言中固定語式的熟稔度和運用的靈活度。光是研究語言中普遍的結構原則不能反映一個語言的全貌。就如近來學者所指出的，固定語式的現象對現行的語法理論構成極大的挑戰。固定語式的深入研究對現行語法理論的提昇有重要的意義。西方語言學，特別是英文，近年來固定語式逐漸受到重視，越來越多的學者投入這方面的研究，中文的研究目前還處於起

步的階段。❶

　　從我們所收集到的文獻，漢語這方面也累積不少的研究成果，但是所運用的理論模式比較傳統、老舊，必須吸收西方現代的研究成果，運用於漢語的研究。就漢語方言而言，北京官話不論是理論和語料都很豐富，閩南語語料的蒐集也日益普及，尤以近年為最。觸及一般討論的很多，但多屬於軼聞式的泛論，尚未構成有系統的討論，更談不上高層次的理論探索。坊間出版的成語書籍偏重溯源解義，而忽視其用法。因此閩南語的固定語式，不論是語料的條理化和理論性的探索都有值得我們深入盡力而為之處。

　　本文除引言和結語外還包括下列六節：⑵複雜詞，⑶兩類的成語，⑷成語的分析方式，⑸成語的綜合分析，⑹成語中名詞所佔的地位，⑺構造、現成語和信息儲存方式。

2. 複雜詞

　　複雜詞（complex word）有三個特點：⑴任意性的有限分布，⑵非組合性，⑶凍結形式（Kiparsky 1976）。任意性的有限分布，是指一個語式的組成份子的分布有特定的限制，如 tiau3 tau7 ‘吊脰’（上吊）的 tau7 ‘脰’（脖子）在現代閩南語中不能單用，只能出現於複合

---

❶　固定語式的研究有下列的文獻可供參考：Malkiel (1959), Weinreich (1969), Makkai (1972), Fillmore et al (1988), Wang (1991), Everaert et al (1995), Goldberg (1995), Mel'čuk (1995), Jackendoff (1997a), 鄭(2000), Wray (2002), Su (2002), Lien (2002bc&2003)。

詞‘吊脰’中。❷非組合性，是指整個語式的語義不等於其組成份子語義的總和，如‘搧大耳’sien3 toa7-hi7（哄騙）的語意不是 sien3‘搧’（摑，打耳光）和 toa7-hi7‘大耳’（大耳朵）的語義的總和。凍結形式，是指詞的內部組合是固定的，句法變換規律無法影響其組成份子，如 oo1-pang1‘烏枋’（黑板）其中的組成份子 oo1‘烏’（黑）不能受句法運作的影響，否則會造出不通的詞語，如*koh4 kau7 koh4 oo1-pang1‘擱厚擱烏枋’（*又厚又黑板）。同樣的句法變換可以作用於非凍結語式 oo1 e pang1‘烏的枋’（黑的板）而衍生出通用的語串，如 koh4 kau7 koh4 oo1 e pang1‘擱厚擱烏的枋’（又厚又黑的板）。複雜詞或成語（idiom）是一種固定語式（fixed expression）。

成語的句法靈活與否（syntactic flexibility）向來是語言學者關注的焦點，但是成語在句法上的不靈活性有程度深淺的現象，不能一概而論。比如 pang3 hun2-chiau2‘放粉鳥’當字面意義（放鴿子）解時，句法相當靈活，如 hun2-chiau2 ka7 i1 pang3 chau2‘粉鳥共伊放走’（把鴿子放走）等，但是當成語意義（爽約）使用時，其句法靈活性就大受限制。❸「放粉鳥」中間可以插入經驗或示證式標記（experiental/evidential marker）ke3‘過’和事件類別詞（event classifier）

---

❷ 本文的閩南語音標採用教會羅馬字（Douglas 1873）標音。不過這裡我們做了些調整。聲調改以阿拉伯數字表示：陰平(1)，陰上(2)，陰去(3)，陰入(4)，陽平(5)，陽去(7)，陽入(8)。Ch 和 ts 由於沒有音位的對立，兩者一律做 ch。/o/和/o./的區分以/o/和/oo/表示。鼻化韻母以 nn 標記。本文閩南語語料取自 Embree (1984)、邱陳(1996)、周(1998)、吳(2000)、董(2001)等。

❸ ‘放粉鳥’可能從華語的‘放鴿子’移植進來，而‘放鴿子’也許借自吳語區的華語，上海話‘放白鴿’是指一種騙術（汪，1999: 9-10）。

pai2 '擺'（次），但是不能用名詞性類別詞隔開，如 ki3-chia2 hoo7 tan5 sio2-chia2 pang3 ke3 chit8 pai2 hun2-chiau2 '記者與張小姐放過一擺粉鳥'（記者被陳小姐放過一次鴿子），這句話的事件類別詞 pai2 '擺'（次）如改為名詞性類別詞 tui3 '對'，就失去成語的意義了。

3. 兩類的成語

　　成語最典型的定義就是上述第二個特性，即語意的非組合性。但是成語的語意恐怕不盡都是非組合性的。根據 Nunberg 等（1994）的研究成語實際上可以分成兩類：(1)成語的組合結構、(2)成語性的語式（典型的成語）。第一類的成語雖然語義是非組合性的，如 pun5 koe1-kui1 '噴雞規' 的成語意義（吹牛）不是由 pun5 '噴'（吹）和 koe1-kui1 '雞規'（雞的嗉囊）兩者相加而得，但是我們可以透過隱喻（metaphor）來建構這個語串的語義。即 '雞規' 本義為雞的嗉囊，語義進一步擴展為氣球，但是這兩個詞結合為成語時，pun5 '噴' 轉為指 '說話' 的 '說'，而 koe1-kui1 '雞規' 變為指誇大的話。氣球沒吹的時候形狀很小，吹了之後比實際的形狀大多了，因此有誇大的意思。這類成語內部成員的語意關係是可以論證的或具有緣性（motivated），當然個別成員的音義關係還是約定成俗的（arbitrary）。有的學者指出，成語內部的單詞越能有所指（referential），句法上越具靈活性（O'Grady 1998, Horn 2003）。第二類的成語是成語性的語串，即典型的成語，如 liah8 thoo3-a2 '掠兔仔' 字面意義捉兔子，由 liah8 '掠'（捉）和 thoo3-a2 '兔仔'（兔子）相加而得，但是解作成語時，意指嘔吐，把兩詞的語意相加推斷不出這

個意義，且從中也析離不出任何跟成語有關的意義。

4.成語的分析方式

　　成語或複雜詞（complex word）有兩種分析方式：⑴語詞層次分析法，⑵詞組或結構層次（Riehmann 2001）分析法。

　　前一種分析方法是以單詞的次類劃分（subcategorization）為準。單詞對另一個單詞有選擇的限制，比如 hi7-khang1 khin1 '耳空輕'（輕信（他人的話）、容易上當，相當於國語的'耳根子軟'）這個例子 '輕'這個形容詞對名詞 '耳空' 有選擇上的限制。又如 thai5 thou5 '刣頭'（解僱，相當於國語的'炒魷魚'）中 thai5 '刣' 的次類劃分是帶兩個論元，即除了主語外還帶賓語 '頭'，thai5 '刣'❹的本意是「殺，切，調理」，但是運用這個分析法勢必得納入「解僱」的額外語義。後一種分析法把語串當成詞組，詞組中的成員是如何的聯繫的，需透過音韻、句法、語義來結合（比較 Jackendoff (1997b, 2002) 的詞組處理法）。

　　成語是由兩個以上的語詞組成的，其中語詞的語義依存於整個詞組，離開詞組其特殊的語意就不存在了，比如 chiah8 phong3-piann2 '食膨餅'（遭到責難，挨罵，碰釘子，被刮鬍子）唯有跟 '食' 連用時，'膨餅' 才解讀為「責難」，這種詞稱作「成語詞」（idiomatic word），但是 khan1 kau5 '牽猴'（為妓女拉客，拉皮條，作仲介）的 '牽'（解作「引介」）就不是成語詞。因為作此解的 '牽' 並

---

❹ '刣'是方言俗字，本字是'治'，參見羅（1979）。

不限於成語中，如 khan1 ang1-i5 '牽翁姨'（看靈媒）、gau5 khan1 '豪牽'（很會拉關係，套交情）、khan1 soann3 '牽線'（拉關係），又如 kha3 iu5 '敲油'（以不正當的手段索取財物，敲竹槓）是成語，'油' 不做字面解，意指人擁有的財物，但是 '敲' 做字面解，意指「去除，使客體從來源或主體中分離出來」，這時意思並不限於 '敲油' 這各成語中，可以出現於非成語的語詞，如 '敲薰屎'（去掉菸頭的灰燼）中，因此不是成語詞。

5. 成語的綜合分析

5.1. 成語的三個特性

典型的成語的特性：(1)非組合性，(2)句法不靈活性，(3)比喻性（Nunberg 等 1994）。以下這些例子的語義都是非組合性的，即從語串中組成份子相加無法得到所要的意義。充當成語，即帶非組合性語義時，這些例子中的組成份子都是跟出現別處對不上號，如成語 '三八' 的成語語意和出現於成語外的 '三' 和 '八' 語義沒有關係，句法上也不靈活，如 liah9 thoo3-a2 '掠兔仔' 變為 ka7 thoo3-a2 liah8 khi2 lai5 '共兔仔掠起來' 就失去成語的意義。

> liah8 thoo3-a2 掠兔仔（嘔吐）、oo1 se1 烏沙（賄賂）（比較「soeh4 au7-chhiu2 楔後手」）、thiau1 koo2-tong2 雕古董（捉弄）、hoo2 chhiu1 唬鬚（騙取（財物））、choe3 san2-kiu3/khui3 做瘦鬼（打情罵俏，調情）、a1-li2-put4-tat8 阿里不

達（不三不四，不成樣）、saml-pat4 三八（不成體統）、kul
mool/kul suil 龜毛/龜綏（挑剔，吹毛求疵）

　　以下的例子雖然其中的成員出現在成語裡面和外面語意不一
樣，但是可以透過比喻（figure of speech（隱喻 metaphor 或換喻
metonymy））的運作來萃取成語的語義。這樣看來，這類的成語可
以說是組合性的，比如 ool chhi7‘烏市’（黑市）背後有個隱喻的模
式在起作用，即黑色等於不正當或不合法。am3-king1-a2‘暗間仔’
（妓院，窯子）也可以根據‘暗’表示道德上的低落或見不得人的事
物這個隱喻去理解。又如 kha1-chhiu2‘骹手’（幫手）以四肢（部分）
來指稱人（全體），部分代表全體算是換喻的運用。thau5-chhiu2
‘頭手’（主廚）又有隱喻又有換喻在裡頭，以‘手’表示精於從事某
種技能的人（換喻），以‘頭’表示已表示一個群體最重要的成員
（隱喻）。

　　　　ool chhi7 烏市（黑市）、kha1-chhiu2 骹手（幫手）（如「鬥骹手
　　　　tau3 khau1-chhiu2」（幫忙）、「無骹手/無骹無手」（沒有幫手））、
　　　　thau5-chhiu2 頭手（主廚）、e7-kha1-chhiu2 下骹手（手下，手下
　　　　人）、so1 inn5 a2 thng1 挲圓仔湯（假裝參與，從中牟利，談
　　　　合）、tng5 kha1-chhng1 長骹川（（客人）坐下來，就忘了告
　　　　辭）、toa7-soe3 sim1 大細心（偏心）、iu3 toh4 幼桌（精緻的菜
　　　　餚）、iu3 khi2 幼齒（性交易中的少女）、「楔後手 soeh4 au7-
　　　　chhiu2」（賄賂）、poann3-thang2 sai1 半桶師/ poann3-loo7-
　　　　sai1 半路師（一知半解的的人，技藝不精的人，半瓶醋）、chiah8
　　　　phong3-piann2 食膨餅（挨罵，受到斥責，刮鬍子，碰釘子）、sien3

toa7-hi7 搧大耳（哄騙，欺騙，戴高帽）、am3-king1-a2 暗間仔（妓院，窯子）、thih4 be2 鐵馬（腳踏車）、thng7 chhin3-png7 燙清飯（重複舊題，了無新意，炒冷飯）、phang3 chhiu2 泛手（花錢大方，手頭鬆）

這類的語詞作成也是句法上不靈活，sien3 toa7-hi7 '搧大耳' 加以並列句法變換之後，如「sien3 toa7 koh4 kau7 e hi7 '搧大擱厚的耳仔'（打又大又厚的耳朵）」，成語的語意就消失了。又如 am3 king1-a2 '暗間仔' 變為 am3 e5 king1-a2 '暗的間仔' 也不成話。

　　一個多詞位（lexeme）的語串或稱「複雜詞」是否具組合性不是絕對的，牽涉到很多因素。語串中出現的語詞在成語外也出現可是語義完全不相干，就是上述第一類成語。推到極致，就成了多音節詞（polysyllabic word），一般的借詞屬於這類，日語借詞，如 a1-sa1-lih4 '阿莎力'（乾脆，爽快），其中 '阿'、'莎'、'力' 三個形式跟他處出現的 '阿'、'莎'、'力' 完全沒有瓜葛。另一種複雜詞裡頭語詞跟他處的語詞有比喻的關係，這類複雜詞就是上述的第二類。

　　還有一種例子，如下所示，和第一類很像，語串裡頭的語詞別處很常見，但是用法不相同，可能是古漢語的殘餘，像 ling5-ti5 '凌遲/陵持'（凌虐）和 kau1-koan1 '交關'（惠顧）就是中古漢語的遺留。想來，當時這類語詞應算語義透明的詞組，是因為歲月的推移，才形成今天的局面。換言之，複雜詞中單詞的價值和它在他處的價值不同，比如 '藝' 在現代漢語還很常見，如 '藝術'、'才藝'、'藝廊'、'園藝' 等，可是很難跟 choe3 gi87-niu7 '做藝量'（消磨時間，作消遣）的 '藝' 有語意上的關聯，這是何以 choe3 gi87-niu7

'做藝量' 是成語的理由。我們可以體會出語言體系中並不是一盤散沙，語詞間有結構可循，彼此有連帶關係，有成群結黨，物以類聚，彼此奧援：有的孤家寡人，無親無戚，生命靠幾個罕用語詞苟延殘喘。

> choe3 gi87-niu7 做藝量 / choe3 kang1-ge7 做工藝 / choe3 the2-ge7 做體藝（打發時間，消磨時間，作消遣，作好玩）、bo5 gi7-niu7 無藝量（無聊，寂寞）、king1-toe2 經體（嘲笑，諷刺）、phi3-siunn7 譬相（嘲笑）、chhong3-ti7 創治（捉弄）、tiunn1-ti5 張持（小心，謹慎）、ling5-ti5 凌遲/陵持（虐待，折磨，凌虐）、chhin1 chinn2 親淺（漂亮）、kien7/kiunn7 kuai1 強乖（乖張，執拗，不願意或羞於跟親友打招呼）、kha1 sioh8 骹液（腳汗液）、chhau3 koann7-sioh8 臭汗液（臭汗液）、chap8 loo7 chng5 十路全（花樣多，毛病多）、liah8 pau1 掠包（抓到缺點）、kau1-koan1 交關（交易，購買，惠顧）

複雜詞組合性的相對性也與語者的識字程度有關，識字程度越高複雜詞的透明度以可能會提高。反之，識字程度越低複雜詞的透明度以可能會越低，不同的方言背景也可能會影響我們對複雜詞組合性程度深淺的判斷，有些情況跟我們對複雜詞形成方式的認識有關，如 ien5-tau5 '緣投'（英俊）、sim1-sek4 '心適'（有趣）。如果理解成賓動式的構詞方式，語意略等於「投某某的緣」，「適合某某的心意」語意可以算是組合性的。

5.2. 搭配關係

成語牽涉語詞的搭配（collocation）關係（又稱共現性）❺，只有在跟某種語詞一起出現時才具有非字面的成語意義，例子如下：

> thih4 khi2 鐵齒（不信邪）、bak8-chiu1 kim1 目珠金（眼光銳利）、kim1-kiann2 金囝（寶貝兒子）、bak8-khang1 chhiah4 目空赤（妒忌，吃味）、chhiah4 cha1-bo2 赤查某（兇女人，母夜叉）、thng3 chhiah4-kah1 褪赤骹（赤腳）、chhiah4-bah4 赤肉（瘦肉）、liah8 pau1 掠包（抓到缺點，抓辮子，揪辮子）、liah8 kau5 掠猴（捉姦）、bo5 be2 hang7 無尾巷（死巷）

tih4 ‘鐵’ 只有跟 khi2 ‘齒’ 搭配時才有不信邪的成語意義，跟 ge5 ‘牙’ 就沒有這種語義。kim1 ‘金’ 的不同成語意義視其搭配詞而定，chhiah4 ‘赤’ 的成語語義也隨著搭配詞而變。pau1 ‘包’、kau5 ‘猴’ 只有跟 liah8 ‘掠’ 連用時，才有特殊的成語語意。

5.3. 成語的變異性

(1)詞彙的選擇

成語中會有自由變體，彼此的代換不會影響語義，比如有些動賓式：choe3 ‘做’ 的賓語有變體，如 choe3 gi87-niu7 ‘做藝量’/choe3 kang1-ge7 ‘做工藝’/choe3 the2-ge7 ‘做體藝’（打發時間，消磨時間，作消遣，作好玩），賓語可以是 gi7-niu7 ‘藝量’/kang1-ge7 ‘工

---

❺ 有關搭配關係（collocation）的研究參閱 Mitchell (1971)。

藝'/the2-ge7 '體藝'。又如 thng7 '燖' 的賓語可以是「chhin3-png7 '清飯'、tng5-ni5 chai3 '長年菜' 或 ku7 chhut4-thau5 '舊齣頭'（重複舊題，了無新意，炒冷飯，彈老調）」，但也不是漫無限制，如「thng7 chhin3-be5 '燖清糜'（把粥重新加熱一遍）」，大概沒有成語的意義。有些動賓式有動詞變體，如 sien3 ien5-tau5 '搧緣投'/siet4 ien5-tau5 '設緣投'（養小白臉）裡的動詞可以是 sien3 '搧' 或 siet4 '設'。

(2)同義詞

　　同一個意思可以用不同的成語表現出來，這類的例子不難找，例子如下：

　　　　oo1 se1 烏沙/soeh4 au7-chhiu2 楔後手（賄賂）、poann3-thang2 sai1 半桶師/poann3-loo7-sai1 半路師（一知半解的的人，技藝不精的人，半瓶醋）、po3 be2 a2 報馬仔/jiau3 pe5 a2 爪扒仔（線民，打小報告的人）、khien3 siunn3 譴相/ khiap4 sai2 怯使/tang3 sng1 凍霜/kiat8 竭/khiu5 虯（小氣）、uai1-ko1 歪哥/chiah8 chinn5 食錢/chiah8 chhiu2 au7 chinn5 食手後錢（貪污）

6.成語中名詞所扮演的角色

　　一個語串做字面義或成語義會影響其中名詞的地位或指涉功能。從以下的例子可以看出，類別詞的使用反映出「動詞+名詞」的成語中名詞指涉功能的轉換。動詞 pang3 '放' 和名詞 hun2-chiau2 '粉鳥' 結合形成動賓式，有兩種解釋：⑴字面意義「放鴿子」，⑵成語意義「爽約」。充當成語使用時，名詞已經失去其指

稱的（referential）功能，因此有數詞出現時不能出現反映名詞屬性的類別詞（classifier），如 chiah4 '隻' 或 tui3 '對'，但是和表示事件的次數類別詞，如 pai2 '擺' 連用時可以保存成語的意義。做字面意義解釋時，名詞 hun2-chiau2 '粉鳥' 具有指稱的功能，所以可加上屬性類別詞，如：

1. I1 pang3 chit8 chiah4 hun2-chiau2 chhut4 lai5

   伊放一隻粉鳥出來（他放一隻鴿子出來）

但是換成次數類別詞 pai2 '擺'，就可以表示成語的意義，如：

2. A1-Jin2 pat4 ka7 in1 tong5-hak8 pang3 ke3 chit8 pai2 hun2-chiau2

   阿仁別共因同學放過一擺粉鳥（小仁曾經放過他同學的鴿子）

除了不同的類別詞會影響句子是做字面解釋或成語解釋外，名詞的語法標記也會起作用，這點可以從下面的例子看出來：❻

3a. Goa2 pat4 ka7 i1 pang3 ke3 chit8 pai2 hun2-chiau2

   我別共伊放過一擺粉鳥 （我放過他一次鴿子）　　成語意

3b. Goa2 pat4 ka7 i1 pang3 ke3 chit8 tui3 hun2-chiau2

---

❻ '別'（曾經）是經驗（experiential）或示証（evidential）標記，廈門腔做 bat4，同安腔做 pat4 (Douglas 1873: 13)。thoe3 '替' 是受惠者標記，hoo7 '與' 是施事標記，ka7 '共' 可以標示來源、目標、受惠者（如 3b）和受事（如 3a）。有關語法詞 hoo7 '與' 和 ka7 '共' 的研究參閱 Lien (2002a)。

　　　　我別共伊放過一對粉鳥　（我替他放過一對鴿子）字面義

3c. Goa2 pat4 thoe3 i1 pang3 ke3 chit8 tui3 hun2-chiau2

　　　　我別替伊放過一對粉鳥　（我替他放過一對鴿子）字面義

3d. Goa2 pat4 thoe3 i1 pang3 ke3 chit8 pai2 hun2-chiau2

　　　　我別替伊放過一擺粉鳥　（我替他放過一次鴿子）字面義、
　　　　成語意

4a. Goa2 pat4 hoo7 i1 pang3 ke3 chit8 pai2 hun2-chiau2

　　　　我別與伊放過一擺粉鳥　（我被他放過一次鴿子）成語意

4b. *Goa2 pat4 hoo7 i1 pang3 ke3 chit8 tui3 hun2-chiau2

　　　　*我別與伊放過一對粉鳥　（*我被他放過一對鴿子）

就成語與虛範疇的關係而言，虛範疇，如時相、時貌、事件標記❼，是在成語的詞彙範疇之外，但是虛範疇的標記可以將成語隔開（Richards 2001, McGinnis 2002）。並不是任何的成分都可以用來隔開成語，如上例所示。這樣的多詞語串（multimord expression）適合看成一個單一詞項來處理，但是必須面對可以被隔開的事實。在整個推衍的過程中不能放入詞彙投射到句法結構的起點，否則會遭遇到困難。

　　　從論元結構、語義角色、句義入手可以建構出成語的字面義和成語義區別所在，以下以 pang3 hun2-chiau2 '放粉鳥' 為例說明。
Ek4-a2 tih4 pang3 hun2-chiau2

---

❼　像「擺」pai2 等類的事件標記，可以用來標誌事件論元（Davidsonian event argument）（Davidson 1967）。

益仔佇放粉鳥 「阿益在放鴿子」

　　　（涉及客體移動）

字面義 　（釋放鴿子）

　「放」 　帶兩個論元：「益仔」、「粉鳥」

　　　論旨角色： 　施事 　客體

　　　句義：施事使客體從束縛的狀態中解脫出來

Tiunn1 sio2-chia2 ka7 ki3-chia2 pang3 hun2-chiau2

張小姐共記者放粉鳥 　（張小姐對記者爽約）

　　　（不涉及客體移動）

成語義 　（爽約；對……不遵守諾言）

　　放粉鳥 　作為 　複雜詞或詞組性詞

　　　　兩個論元： 　張小姐 　記者

　　　　論旨腳色： 　施事 　受事

　　　　句義：施事對受事不遵守諾言

從上述論元結構（argument structure）及論旨角色（thematic/semantic structure）來比較 '放粉鳥' 的字面義和成語義，可以看出賓語 '粉鳥' 的改變。在字面意到成語義的轉變過程中，'粉鳥' 從是論元變成不是論元，從實體存在到消失，即做成語語義解析時它的論旨角色就自動消失了。換言之，在字面意的狀態下，動詞 '放' 可以指派語義角色給賓語 '粉鳥'，但是在成語意的狀態下，動詞 '放' 就不把語義角色指派給原來的賓語而指派給一個額外的名詞，該名詞承擔受事的角色。此時成語 '放粉鳥' 的 '放' 新生的語意已經跟

原來動詞的語義不同，也就是說，'放' 的新生語意是依附於整個
'放粉鳥' 這個語串，脫離之後這個語義就不存在了。因此 '放' 這
樣的成語義應該放在整個成語串中處理，否則，把 '放' 的成語義
加在一般的 '放' 的語意中增加它的負荷量，也會使詞意的描述過
於複雜，不容易達到簡約的效果。這樣的分析方式和格式語法/構
造語法（construction grammar）的精神是相符合的。❽

7.構造、現成語和信息儲存方式

根據 Kay（2002）的研究，語串可以根據滋生力和預測力的檢
驗標準分成兩種：⑴構造（constructions）和⑵現成語（patterns of
coining），如下表所示：

鑑定條件	構造	現成語
滋生力	有	沒有
預測力	可	不可

我們先討論構造再討論現成詞。以下兩種格式（即構造甲：'無
半'+類別詞+名詞，構造乙：'斷半'+類別詞+名詞）都可以看成是構造，每
個都有不變的成分，也有可變成分。我們只要知道什麼樣的名詞需
帶什麼樣的類別詞（classifier），如 chiam1 '針' 的類別詞為 khi1

---

❽　格式語法可參閱 Fillmore et al 1988, Goldberg (1995), Jackendoff (1997a)，
　　Kay & Fillmore (1999)等。

'枝'（支）、thoo5-tau7 '土豆'（花生）❾的類別詞是 liap8 '粒'、
phe5-siunn1 '皮箱' 的類別詞為 kha1 '骹'（個）、i2-a2 '椅仔' 的類
別詞為 chiah8 '隻'（張）等。就可以把它帶入構造甲或構造乙中。
這是一個有滋生力的 (productive) 的語式，不可窮舉 (inexhaustible)。
Jackendoff（2002：152-195；比較 Pinker 1999）就人類的大腦如何儲存
信息提出長程記憶 (long-term memory) 和線上建構 (on-line construction) 的
區別。不具滋生力的用語需要長程記憶，具滋生力的用語只需線上
建構，不會對記憶構成負擔。我們討論的這兩種構造所涉及的信息
類型就是屬於線上建構，不需放入長程記憶中。以下的兩個構造中
bo5 poann3 '無半' 和 tng7 poann3 '斷半' 語義都是非組合性，即整
個語串的語意無法從其組成份子相加而得是從 '無半' 和 '斷半'
的成語義和與「類別詞+名詞」搭配的語義可以推斷出整個語串的
語義，因此這兩個構造都具有組合性的語義。

7.1.a. 構造甲：'無半'+類別詞+名詞

'無半'的語意：強調沒有某種特定的東西，一無所有，為成語義❿
'無半'的語意的建構：非組合性
整個構造的語意的建構：組合性
常項（不變的成分）：無半 bo5 poann3
變項（可變的成分）：任何能帶類別詞的名詞

---

❾ '土豆'的'土'詞源上應做'塗'，為了易懂起見，這裡只有從俗了。

❿ Kiann5 bo5 poann3 tiam2 ching1 tioh8 loh8 hoo7 a 行無半點鐘就落雨啊（走
不到半個鐘頭就下雨了）。

舉例：

bo5 poann3 sien2 chinn5	無半仙錢
「一個子兒都沒有」	「半分錢都沒有」
bo5 poann3 tih4 chui2	無半滴水
「一滴水都沒有」	「半滴水都沒有」
bo5 poann3 si1 hong1	無半絲風
「一點風都沒有」	「半點風都沒有」
bo5 poann3 liap8 koann7	無半粒汗
「一滴汗都沒有」	「半滴汗都沒有」

7.1.b. 構造乙：'斷半'+類別詞+名詞

'斷半'的語意：強調沒有某種特定的東西，一無所有，成語義[11]

'斷半'的語意的建構：非組合性

整個構造的語意的建構：組合性

不變的成分：斷半

可變的成分：任何能帶類別詞的名詞

舉例：

tng7 poann3 sien2 chinn5	斷半仙錢
「一個子兒都沒有」	「半分錢都沒有」
tng7 poann3 tih4 chui2	斷半滴水

---

[11]　'無半'可以有字面的意義，但是'斷半'只有成語意義。

「一滴水都沒有」　　　「半滴水都沒有」

tng7 poann3 si1 hong1　　斷半絲風

「一點風都沒有」　　　「半點風都沒有」

tng7 poann3 liap8 koann7　斷半粒汗

「一滴汗都沒有」　　　「半滴汗都沒有」

‘斷半’+類別詞+名詞的格式中的 ‘斷’ 是兼具否定和動詞的強調功能，意指「一點兒……都沒有」，限用於存在句或表程度的結構助詞的補語，如：

Lak4-te7 lai7 tng7 poann3 sien2 chinn5

橐袋裡斷半仙錢　　　（口袋裡一個子兒都沒有）

Thinn1-khi3 joah8 kah8 tng7 poann3 si1 hong1

天氣熱甲斷半絲風　　（天氣熱得一點風都沒有）

相形之下‘無半’+類別詞+名詞的格式中的 ‘無’ 就比較靈活了，‘無’ 可以移位到動詞的前頭，下面每對例子，(a)句 ‘無’ 出現在動詞之前，(b)句 ‘無’ 出現在動詞之後。(a)句 ‘無’ 範圍較大，含蓋動詞，(b)句 ‘無’ 範圍較小，不涵蓋動詞。兩種句子意涵不太相同，誠然兩句都表示有關的事件沒有發生，可是(b)有額外的涵義，表示施事有想作動詞所指稱的動作，可是由於某種緣故卻沒有實現這樣的意圖。此外，(b)類主要動詞如果是感知動詞，還可以表現認知的語義，比如(2b)除了表示看不到之外還可以表示看不懂。

(1) a I1 bo5 chiah8 poann3 liap8 thoo5-tau7

　　　　　　伊無食半粒土豆

　　　b　I1 chiah8 bo5 poann3 liap8 thoo5-tau7

　　　　　　伊食無半粒土豆

　　(2) a　I1 bo5 khoann3 poann3 chhut4 tien7-si7 kiok8

　　　　　　伊無看半齣電視劇

　　　b　I1 khoann3 bo5 poann3 chhut4 tien7-si7 kiok8

　　　　　　伊看無半齣電視劇

　　(3) a　I1 bo5 lau5 poann3 liap8 koann7

　　　　　　伊無流半粒汗

　　　b　I1 lau5 bo5 poann3 liap8 koann7

　　　　　　伊流無半粒汗

　　(4) a　Toh4-ting2 bo5 poann3 liap8 thoo5-tau7

　　　　　　桌頂無半粒土豆

　　　b　bo5 poann3 liap8 thoo5-tau7 ti7 toh4-ting2

　　　　　　無半粒土豆佇桌頂

7.2. 現成語（patterns of coining）

　　如上所述，現成語沒有滋生力也不可預測，比如以下格式中名詞是現成語：

<u>形容詞+'甲若' kah4 na2+名詞+咧 leh</u> ⑫

整個格式的意義：形容詞的程度的強調/極致

常項（不變的成分）：'甲若' kah4 na2

變項（可變的成分）：形容詞、名詞（明喻 simile 的對象）

格式變體：形容詞+'甲'

即後面的名詞可以略去不說，但是隱含的零形式可以充當 '甲' 的連讀形式的語境（參見林，2003）。

　　概念結構可以視為一種心理空間（mental space）（Fauconnier 1985），其中本體（tenor）是被比喻的事物，喻體（vehicle）是用做比喻的事物，兩者是由喻詞「na2 若」（像）聯繫的，因此算是一種明喻（simile），而不是暗喻（metaphor）。換言之，為了表現本體的屬性達到相當高程度，就用明喻的方式，以喻體的典型特性做為所要達到的目標，具有前頭形容詞所喚起的屬性。比如，「阿義仔肥甲若豬咧」A1-Gi7-a2 pui5 kah4 na2 ti1 leh（小義肥到像豬（的程度/一樣），小義胖得像豬），阿義不等於豬，豬必須要有形容詞所具有的屬性，這種屬性是人類根據世界知識對某些對象所推導出來的固定印象（stereotype）。

---

⑫ '甲'讀作 kah4，又用於'行甲車頭' kiann5 kah4 chhia1-thau5（走到車站）、'睏甲早起九點' khun3 kah4 cha2-khi2 kau2 tiam2（睡到早上九點）、'食甲真飽'（吃得很飽）。'甲'只是假借字，其本字未明。'甲若' kah4 na2（到……像……（的樣子））讀快板時，韻尾的喉塞音失落，就和 kan2-na2 '敢若'（好像）的讀音沒什麼區別，很容易混淆。此外，kan1-ta1（亦作 kan1-na1 或 kan1-na7）'干乾'「光，只，偏」只能在聲調及用法上加以區別。

以下這一系列的例子都是依照「形容詞+'甲若'+名詞+咧」這個慣用語的格式造出來的，其中 na2 '若' 後面的名詞位置形成不在場（absentia）的縱聚合系列（paradigmatic series）（Saussure 1916），這個系列必須放在長程記憶中，屬於現成（prefabricated）詞，不是語者臨時起新造的詞（Bolinger 1975: 107-111, Wang 1991）。所牽涉的信息都是從長程記憶所抽取出來的語詞，不能當場創作，有歷史傳承性在裡頭。

本體	形容詞	甲	喻詞	喻體	句尾助詞
一枝喙 Chit8 ki1 chhui3	利 lai7	甲 kah4	若 na2	刀 to1	咧 leh
腹肚 Pak4-too2	膨 phong3	甲	若	雞規 koe1 kui1	咧
腹肚 Pak4-too2	圓 inn5	甲	若	球 kiu5	咧
阿雪仔 A1-Soat4-a2	水 sui2	甲	若	花/西施 hoe1/Se1 Si1	咧
阿旺仔 A1-Ong7-a2	急 kip4	甲	若	螞蟻 kau2 hia7	咧
便所 bien7-so2	臭 chhau3	甲	若	豬稠 tu1 tiau5	咧
灶骹 Chau3-kha1	亂 loan7	甲	若	糞掃堆 pun2 so3 tui1	咧
伊 I1	橫 huainn5	甲	若	牛 gu5	咧
伊 I1	慢 ban7	甲	若	牛車 gu5-chhia1	咧
伊講話 I1 kong2-oe7	緊 kin2	甲	若	機關砲 ki1-koan1-phau3	咧
阿益仔 A1-Ek4-a2	瘦 san2	甲	若	竹篙 tek4 ko1/ 猴 kau5	咧
面 Bin1	紅 ang5	甲	若	關公 Koan1 Kong1	咧
伊 I1	惡 ok4	甲	若	虎 hoo2	咧

阿香仔 A1-Hiang1-a2	恬 tiam7	甲	若	啞口 e2 kau2	咧
錢 Chinn5	濟 choe7	甲	若	山 soann1	咧
儂 Lang5	濟 choe7	甲	若	狗蟻 kau2 hia7	咧
眠床 Bin5-chhng5	冷 ling2	甲	若	冰 ping1	咧
土骹 Thoo5-kha1	燒 sio1	甲	若	火爐 he2 loo5	咧
面皮 Bin7-phe5	厚 kau7	甲	若	壁 piah4	咧
骹手 Kha1-chhiu2	慢 ban7	甲	若	龜 ku1	咧
藥 Ioh8	苦 khoo2	甲	若	豬膽 ti1 tann2	咧
伊的手 I1-e7-chhiu2	白 peh8	甲	若	蔥仔根 chhang1 a2 kun1	咧
人情 Jin5-chin5	大 toa7	甲	若	骹桶 kha1 thang2	咧
厝裡 Chu3-lai7	熱 joah8	甲	若	烘爐 hang1 loo5	咧
伊 I1	無閒 bo5 ing5	甲	若	干樂 kan1 lok8	咧

這裡的現成詞和即席詞有所不同，即席詞是現場所創作出來的語詞，是屬於個人的，需要時間傳播才能擴及整個社群。現成話在整個語言體系的重要性，所佔的比例比我們想像性還要高得多。以往學者在強調語言人類天生能創造無窮無盡的語串之餘，往往忽視大量現成語詞的存在。現在我們看到語言裡有大量先人留下的現成詞語、在日常生活中將經常在使用，不光是單詞多詞位的複雜詞，大多數是非組合性的現成詞，必須當作一個不可化約的單位來處裡，計算一個語言體系的學習詞彙量，不能只考慮單詞的數量，一定得連帶考慮複雜詞的數量。

8.結語

　　本文汲取現代語言學有關成語的研究成果，對閩南語的成語做初步的探討。成語具有(1)任意性的有限分布、(2)語意非組合性、(3)凍結形式三個特性。其中以語意非組合性為鑑定成語最重要的標準。可是依據 Nunberg 等（1994）的論點，成語其實可以分成兩類：一類成語雖然符合語意非組合的特徵，但是其中的語詞是可以解析的。我們可以透過比喻的機制建構出成語的語義；另一類的成語內部的組成份子完全不能解析。成語向來是語言理論分析難對付的問題，有(1)語詞層次分析法、(2)詞組或結構層次分析法兩種手法。前者又造成單詞語意的負荷量，不如後者來得簡約且具概括性。在成語的綜合分析中我們以(1)非組合性，(2)句法不靈活性、(3)比喻性三個條件及單詞在成語內外的關係對各類成語加以更細緻的分類，並觸及語意非組合的相對性、搭配關係、成語的變異性等問題。此外，我們也討論了動賓式中名詞賓語在做成語解析時所引起的語意功能的改變。可以看出成語的詞彙意義跟時相或時貌等虛範疇是可以分立的。成語語串可拆開與否是有限制的，成語中間可插入表示事件次數的類別詞，但是不能插入屬性類別詞，論文末了，以信息儲存方式區分構造和現成詞，並說明兩者區分的理論涵義。

參考文獻

Bolinger, Dwight. 1975. *Aspects of Language.* Second Edition. New York: Harcourt Brace Jovanovich, Inc.

鄭良偉，2000，〈各自語、互相語及其範圍語：回指語的詞彙及結

構之間的語意特徵及呼應〉，《語言暨語言學》，1:1-44。

邱文錫、陳憲國，1996，《實用華語臺語對照典》，臺北：樟樹出版社。

Davidson, Donald. 1967. The logical form of action sentences. In Nicholas Rescher (ed.) *The Logic of Decision and Action*, 81-95. Oxford: Clarendon Press.

Douglas, Rev. Cartairs. 1873. *Chinese-English Dictionary of the Vernacular or Spoken Language of Amoy with the Principal Variations of the Chang-chew and Chin-chew Dialects*. London: Trubner and Co.

Embree, Bernard L. M.(ed.) 1984. *A Dictionary of Southern Min (Taiwanese-English Dictionary)*. Taipei: Taipei Language Institute

Everaert, martin, Erik-Jan van der Linden, Andre Schenk, and Rob Schreuder. 1995. (eds.) *Idioms: structural and psychological perspectives*. Hillsdale, NJ: Lawrence Erlbaum.

Fauconnier, Gilles. 1985. *Mental Spaces: Aspects of Meaning Construction in Natural Language*. Cambridge, Massachusetts: The MIT Press.

Fillmore, Charles J. Paul Kay, & M. O'Connor. 1988. *Regularity and idiomaticity in grammatical construction: the case of let alone*. Language 64.501-538.

Goldberg, Adele E. 1995. *Constructions: A Construction Grammar Approach to Argument Structure*. Chicago and London: The University of Chicago University Press.

Horn, George M. 2003. *Idioms, metaphors and syntactic mobility.* Journal of Linguistics 39: 245-273.

Jackendoff, Ray. 1997a. Twistin' the night away. *Language* 73: 534-559.

Jackendoff, Ray. 1997b. *The Architecture of the Language Faculty.* Cambridge, Mass.: MIT Press.

Jackendoff, Ray. 2002. *Foundations of Language: Brain, Meaning, Grammar, Evolution.* Oxford University Press.

Kay, Paul & Charles J. Fillmore. 1999. Grammatical constructions and linguistic generalizations: the What's X doing Y? construction. *Language* 75: 1-33.

Kay, Paul. 2002. Patterns of coining. Paper presented at *Second International Conference on Cognitive Linguistics*. University of Helsinki, September 8.

Kiparsky, Paul. 1976. Oral poetry: some linguistic and typological considerations. In Benjamin A. Stotz and Richard S. Shannon, III (eds.) *Oral Literature and Formula.* 73-76. Ann Arbor: The Center for the Coordination of Ancient States of America, The University of Michigan.

Lien, chinfa. 2002a. Grammatical function words 乞, 度, 共, 甲, 將 and 力 in Li^4 $Jing^4$ Ji^4 荔鏡記 and their Development in Southern Min. In Dah-an Ho (ed.) *Papers from the Third International Conference on Sinology: Linguistic Section. Dialect Variations in Chinese.* Institute of Linguistics, Preparatory Office. Academia Sinica, Taipei, Taiwan. 《第三屆國漢學會議論文集》, 何大安

（主編），語言組，〈南北是非：方言的差異與變化〉，179-216，中央研究院語言學研究所籌備處。

Lien, chinfa. 2002b. Interface between construction and lexical semantics: a case study of the polysemous word *kek⁴* 激 and its congeners *tiⁿ³*, *chng¹* 裝 and *ke³* 假 in Taiwanese Southern Min. *Language and Linguistics* 3: 569-588.

Lien, chinfa. 2002c. Exploring multiple functions of Choe3 做 and its interaction with constructional meanings in Taiwanese Southern Min. *Language and Linguistics* 4: 85-104.

Lien, chinfa. 2003b. In search of covert grammatical categories in Taiwanese Southern Min: a cognitive approach to verb semantics. *Language and Linguistics* 4: 379-402.

林欣儀，2003，《臺灣閩南語結構助詞》，新竹師範學院臺灣語言與語文教育研究所碩士論文。

羅杰瑞，1979，〈閩語裡的‘治’字〉，《方言》，頁 179-181。

Makkai, Adam. 1972. *Idiom Structure in English*. The Hague: Mouton.

Malkiel, Y. 1959. Studies in irreversible binomials. *Lingua* 8: 113-160.

McGinnis, Martha. 2002. On the systematic aspect of idioms. *Linguistic Inquiry* 33: 665-672.

Mel'čuk, Igor. 1995. Phrasemes in language and phraseology in linguistics. In Martin Everaert, Erik-Jan van der Linden, Andre Schenk and Rob Schreuder (eds.) *Idioms: Structural and Psychological Perspectives*. 167-233. Hillsdale, New Jersey: Lawrence Erlbaum Associates, Publishers.

Mitchell, T. F. 1971. Linguistic 'goings on': collocations and other lexical matters arising on the syntagmatic record. In I. M. Campbell & T. F. Mitchell (eds.) *Archivum Linguisticum* Vol 2. New Series: 35-69..

Moon, Rosamund. 1998. *Fixed Expresssions and Idioms in English*. Oxford: Clarendon Press.

Nunberg, Geoffrey, Ivan A. Sag and Thomas Wasow. 1994. Idioms. *Language* 70: 491-538.

O'Grady, William. 1998. The syntax of idioms. *Natural Language and Linguistic Theory* 16: 279-312.

Pinker, Steven. 1999. *Words and Rules*. New York: Basic Books.

Richards, Norvin. 2001. An idiomatic argument for lexical decomposition. *Linguistic Inquiry* 32: .183-192.

Riehmann, Susanne Z. 2001. *A Constructional Approach to Idioms and Word Formation*. Doctoral Dissertation. Stanford University.

Saussure, Ferdinand de. 1916. *Course de linguistique generale*. eds Charles Bally and Albert Sechehaye. Paris: Payort.

Su, Lily I-wen. 2002. Why a construction -- That is the question! *Concentric: Studies in English Literature and Linguistics* 28: 27-42.

董忠司，2001，《臺灣閩南語辭典》，臺北：五南圖書出版公司。

汪仲賢，1999，《上海俗語圖說》，上海：上海書店出版社。

Wang, William S.-Y. 1991. Language prefabs and habitual thought. In William S-Y. Wang. *Explorations in Language*. 397-412. Taipei: Pyramid Press.

Weinreich, U. 1969. Problems in the analysis of idioms. In J. Puhvel (ed.) *Substance of Structure of Language*. 23-81. Berkeley: University of California Press. Reprinted in WilliamLabov and Beatrice S. Weinreich (eds.) *On Semantics*. 208-266. University of Pennsylvania Press.

Wray, Alison. 2002. *Formulaic Language and the Lexicon*. Cambridge University Press.

吳守禮（編），2000），《國臺對照活用辭典──詞性分析、詳注廈漳泉音》，上下冊》，臺北：遠流出版公司。

周長楫，1998，《廈門方言詞典》，南京：江蘇教育出版社。

臺語多文字的深層面向：
文字的社會語言學研究

張學謙*

摘　要

　　這個研究以配對偽裝法探討臺語五種文字（借音漢字、借意漢字、音意漢字、漢羅字、全羅字）的社會評價。研究結果顯示地位權勢與親和力因素為文字態度的深層面向。臺語文字的深層面向和一般口語態度所發現的面向雷同。這五種文字在這兩個面向的排序：(1)「親和力因素」的排序，由高到低為：音意漢字＞漢羅字＞借音漢字＞借意漢字＞全羅字；(2)「權勢因素」的排序，由高至低為：全羅字＞漢羅字＞音意漢字＞借意漢字＞借音漢字。經過比較和簡化的結果，這五種文字可歸納為三種情形：(1)有親和力，但是地位權勢低：借音漢字；(2)有地位權勢，缺乏親和力：借意漢字和全羅字；(3)親和力和地位權勢兼具：音意漢字和漢羅字。

---

*　臺東師範學院教授

一、前言

「一支針的針頭上可以站幾位天使？」這個問題是歐洲中世紀一個很嚴肅的神學問題。這個問題沒有標準答案，每個人都可發揮想像力，給出不同的說法。臺語書寫也有類似的現象。因為漢字使用尚未規範化，所以一個詞常常有好幾個寫法。要是忽略文字本身的變異，光說文字之間的組合，就有全漢字、全羅馬字及漢字混合羅馬字這三種臺語書寫文字。而漢字本身又可以分為借音字、借意字及音意字這三種。多文字指的是同一語言使用多種文字或文字變體的現象，就此而言，臺語文可以說是最典型的多文字現象。❶

對社會語言學而言，書寫文字的多樣化是相當有趣的研究課題。社會語言學可說是研究語言變異（variations）的學問（Hymes 1974），其基本工作就是尋找語言變異的社會語言意義。到目前為止，臺語文規範的工作還相當缺乏經驗事實的基礎。語言學家只是把文字當做一種工具，注重語言形式方面的探討，沒有注意到文字的社會意義，或是社會背景如何影響文字的接受度。其實，語言規範不但需要語言學方面的研究，更需要注意社會語言的狀況，特別是語言態度。

語言態度的研究是臺灣社會語言學的熱門課題，已累積不少相關文獻。不過，臺灣的語言態度研究基本上反映出「重口語輕文

---

❶　關於臺語多文字現象的討論請參考張學謙（1998）；張學謙（2001）；Chiung（1999）；Chiung（2001）；多文字現象的理論，請參考 Dale（1980）；DeFrancis（1984）；Chiang（1995）；Cheung（1992）；Grivelet（2001）。

字」的現象，對讀寫或是文字態度的研究並不多。現有的相關資料有：鄭良偉（1990）、黃宣範（1993）描述智識份子對臺語文的看法；Chiung（1999；2001）是第一篇以臺語書面語做對象的語言態度研究。他使用配對偽裝的方式（matched-guise technique）研究大學生對臺語讀寫及不同書面語形式的態度，同時調查受訪者的背景如何影響他們的語言態度。本研究與 Chiung（1999）的不同點是 Chiung 注重受訪者對臺語文接受程度的調查，而本研究則是集中在受訪者對不同文字書面語的社會評價。

本研究以社會語言學方法研究臺語多文字的社會評價。根據 Zima（1974：58）多文字現象可分為多文字（digraphia）與單文多形（diorthographia）：

1.多文字指的是同一語言有二種文字共存，不同的語言社群則分別使用不同的文字（script）；

2.單文多拼是指同一社群的同一個文字有二種書寫的形體（orthography）。

這二種形式是不是都算是多文字現象，學者有不同的意見。例如 DeFrancis（1984），認為多文字要用更嚴格的定義，同一種文字的不同寫法，像單文多拼，不能算是多文字的現象；另外也有學者認為應該將文字的變異當做是多文字的現象（Cheung 1992；Chiang 1995）。本研究採用第二種定義，認為文字的變異只要牽涉到社會功能的區分即可算是多文字現象，因為社會功能的區別比文字的來

源或是型態更為重要。❷

　　臺語的多文字現象，借用 Zima（1974）的術語，可分為多文字與單文多形。臺語的多文字指的是全漢字、全羅馬字與漢字混合羅馬字這三種書面形式。單文多形是指漢字書寫的三種原則：借音、借意及本字。借音字又稱為假借字，借意的漢字又稱為訓用字或是借意字，本字就是音與意思都符合臺語詞意思的漢字，本文稱為音意字。❸本文所要研究的就是臺語這五種文字（借音字、借意字、音意字、漢羅字、全羅字）的社會評價。本文的研究問題有二：

　　1.臺語文字態度的深層面向為何？

　　2.不同的文字在這些深層面向的表現有何差異？

這些問題不但具有學術意義，也可以做為語文規範的參考，因為社會評價是影響文字選擇一個很重要的因素。本文的結構如下，前言之後，第二節是研究方法，第三節是研究結果的呈現與討論；最後第四節則是結論。

二、研究方法

　　本研究使用配對偽裝法（matched-guise technique）探討臺灣人對

---

❷　Cheung（1992）指出：「在探討雙言或雙文，或是說口語及書寫分工的時候，語言系統的來源或結構並不是決定因素，社會功能才是（Cheung 1992：209）。」

❸　其實還有造字的漢字。造字與本字較為類似，語音和意思都固定，不是暫時的。借音字和借意字只是暫時的，各自有原本的語音及意思。造字的數量不多，為了簡化，本研究將造字歸為音意字。

臺語文字的社會評價。配對偽裝法是語言態度研究最常用的實驗方法。配對偽裝法是以間接的方法探討聽話者如何判斷特定的語言特徵。配對偽裝法一般用於測試口語的態度，進行的方式是：先讓雙語者使用二種語言或是方言講話並且錄音，此為實驗的二種「偽裝」（guises）。受訪者聽了錄音之後，分別對這二個講話者做社會評價。評價的內容包括領導能力、誠懇、聰明、可靠、值得信賴等等的人格特質。因為受訪者不知道他們所聽到的不同「偽裝」是其實是同一個講話者所講的，受試者所做的社會評價反映的其實是他們對各別語言或方言的評價（Lambert 1967；Fasold 1984）。本研究與一般的配對偽裝法不同的地方是過去的研究主要以口語為對象，較少將配對偽裝法運用在書面語的研究。

(一) 研究對象

本研究主要以大學生與國小教師做為試驗的對象，取樣範圍包括就讀真理大學、高雄醫學大學與臺東師範學院的大學生，以及在彰化與高雄教書的國小教師。總計有 351 人接受試驗。表 1 是受訪者部分的個人資料。

表 1　受訪者個人資料

性別

　男性 208 (59.3%)　　　　　女性 143 (40.7%)

年齡

　平均值 22.98

族群

福佬	307 (87.5%)
客家	24 (6.8%)
原住民	3 (0.9%)
外省	9 (2.6%)

職業

臺東	218 (62.1%)
真理	26 (7.4%)
高醫	58 (16.5)
彰化教師	34 (9.7%)
高雄教師	15 (4.3%)

口語能力	臺語	華語	英語	日語
完全不會	4 (1.1%)	0	8 (2.3%)	201 (57.3%)
會一點	43 (12.3%)	0	127 (36.2%)	121 (34.5%)
普通	150 (42.7%)	42 (12%)	184 (52.4%)	10 (2.8%)
好	108 (30.8%)	170 (48.4%)	22 (6.3%)	0
相當不錯	42 (12%)	131 (37.3%)	1 (0.3%)	1 (0.3%)
讀寫能力	臺語	華語	英語	日語
完全不會	61 (17.4%)	0	8 (2.3%)	240 (68.4%)
會一點	158 (45%)	3 (0.9%)	100 (28.5%)	74 (21.1%)
普通	88 (25.1%)	42 (12%)	189 (53.8%)	14 (4%)
好	21 (6%)	171 (48.7%)	33 (9.4%)	0
相當不錯	10 (2.8%)	120 (34.2%)	4 (1.1%)	0

臺語漢字能力

完全不會	61 (17.4%)
會一點	110 (31.3%)
普通	127 (36.2%)
好	35 (10%)
相當不錯	12 (3.4%)

臺語羅馬字能力

完全不會	130 (37%)
會一點	159 (45.3%)
普通	47 (13.4%)
好	6 (1.7%)
相當不錯	3 (0.9%)

㈡ 研究工具

　　本研究使用的主要測量工具為『五種臺語文字的態度問卷』（附錄1）。問卷有三部分：⑴受訪者的個人基本資料，例如性別、年齡、出生地、信仰等等。⑵文本，做法說明；⑶十五個社會評價的形容詞。

　　「做法說明」如下：每個受訪者讀五篇以不同臺語文字所寫的臺語文，讀完一篇後，馬上填寫作者人格特徵的形容詞的量表。文本是從「北風及日頭」（羅常培 1930：65）的故事改編而成的。這五篇的內容完全一樣，只有部分書寫的文字類型不同而已。在漢字的部分，使用單一漢字類型書寫臺語文並不簡單，特別是要找尋音意都符合的字來寫最為困難，又得考慮讀者閱讀方便，因而這三篇漢

字臺語文不是使用同一類型的漢字書寫，只是依序增加借音、借意
與音意漢字的比例。

三、結果與討論

㈠ 文字社會評價平均值

　　本節報告五種臺語文字的書面語在十五個人格特徵形容詞的得
分情形。表2是這五種文字的社會評價平均數與標準差。變異數分
析（ANOVA）顯示這五種書面語的平均值的差別達到顯著的程度
（p<.005）。也就是說，不同的文字形式的確會影響受訪者對臺語
書面語的社會評價。

表2　五種書面語人格特徵平均值與標準差統計資料

V1 聰明的									
借音字		借意字		音意字		漢羅字		全羅字	
平均值	標準差	平均值	標準差	平均值	標準差	平均值	標準差	平均值	標準差
4.14	1.378	4.41	1.427	5.08	1.242	5.30	1.489	5.04	1.918
V2 聰明的									
借音字		借意字		音意字		漢羅字		全羅字	
平均值	標準差	平均值	標準差	平均值	標準差	平均值	標準差	平均值	標準差
3.84	1.324	4.47	1.214	4.59	1.104	4.97	1.326	5.29	1.416
V3 有趣的									
借音字		借意字		音意字		漢羅字		全羅字	
平均值	標準差	平均值	標準差	平均值	標準差	平均值	標準差	平均值	標準差

| 4.76 | 1.537 | 4.26 | 1.447 | 5.01 | 1.239 | 4.94 | 1.458 | 3.83 | 1.828 |

V4 有自信的									
借音字		借意字		音意字		漢羅字		全羅字	
平均值	標準差	平均值	標準差	平均值	標準差	平均值	標準差	平均值	標準差
5.05	1.440	4.70	1.313	5.00	1.207	5.30	1.289	5.52	1.433

V5 可靠的									
借音字		借意字		音意字		漢羅字		全羅字	
平均值	標準差	平均值	標準差	平均值	標準差	平均值	標準差	平均值	標準差
3.65	1.269	4.16	1.286	4.54	1.234	4.73	1.374	4.36	1.554

V6 令人喜愛的									
借音字		借意字		音意字		漢羅字		全羅字	
平均值	標準差	平均值	標準差	平均值	標準差	平均值	標準差	平均值	標準差
4.18	1.373	4.17	1.266	4.57	1.220	4.53	1.426	3.82	1.525

V7 現代的									
借音字		借意字		音意字		漢羅字		全羅字	
平均值	標準差	平均值	標準差	平均值	標準差	平均值	標準差	平均值	標準差
3.85	1.581	4.61	1.513	4.58	1.318	5.21	1.412	5.27	1.780

V8 有教養的									
借音字		借意字		音意字		漢羅字		全羅字	
平均值	標準差	平均值	標準差	平均值	標準差	平均值	標準差	平均值	標準差
3.97	1.175	4.42	1.170	4.62	1.117	4.78	1.333	4.83	1.486

V9 友善的									
借音字		借意字		音意字		漢羅字		全羅字	
平均值	標準差	平均值	標準差	平均值	標準差	平均值	標準差	平均值	標準差
4.40	1.477	4.37	1.154	4.71	1.170	4.73	1.282	4.08	1.539

V10 吸引人的									
借音字		借意字		音意字		漢羅字		全羅字	

平均值	標準差	平均值	標準差	平均值	標準差	平均值	標準差	平均值	標準差
4.22	1.481	4.14	1.388	4.63	1.211	4.62	1.366	3.65	1.714

V11 幽默的

借音字		借意字		音意字		漢羅字		全羅字	
平均值	標準差	平均值	標準差	平均值	標準差	平均值	標準差	平均值	標準差
4.79	1.472	4.21	1.354	4.81	1.173	4.87	1.252	4.03	1.564

V12 有領導能力的

借音字		借意字		音意字		漢羅字		全羅字	
平均值	標準差	平均值	標準差	平均值	標準差	平均值	標準差	平均值	標準差
4.11	1.228	4.01	1.148	4.28	1.148	4.36	1.294	4.31	1.388

V13 誠懇的

借音字		借意字		音意字		漢羅字		全羅字	
平均值	標準差	平均值	標準差	平均值	標準差	平均值	標準差	平均值	標準差
4.26	1.259	4.16	1.232	4.60	1.137	4.70	1.247	4.27	1.494

V14 虔誠的

借音字		借意字		音意字		漢羅字		全羅字	
平均值	標準差	平均值	標準差	平均值	標準差	平均值	標準差	平均值	標準差
3.89	1.256	3.88	1.003	3.99	1.034	4.13	1.126	4.13	1.289

V15 開放的

借音字		借意字		音意字		漢羅字		全羅字	
平均值	標準差	平均值	標準差	平均值	標準差	平均值	標準差	平均值	標準差
4.06	1.501	3.80	1.400	4.12	1.243	4.50	1.510	4.63	1.814

㈡ 臺語文字態度的因素分析

　　本研究的特徵形容詞共有十五個，如果沒有進一步的統計分類，不容易了解特徵彼此之間的關聯性。因此，本研究採用因素分

析法（factor analysis）將特徵簡化為幾組因素，進一步探討其內在結構。本節報告因素分析的結果並且討論本研究的二個研究問題。

本研究用 SPSS 統計套裝軟體（第 11 版）進行統計分析。在因素分析之前，先用 KMO 指數（Kaiser-Meyer-Olkin）與 Bartlett 球面性檢定來判斷樣本是不是適合做因素分析。本研究的 KMO 指數 =0.896，Bartlett 球面性檢定值是 10126.245，已經達到顯著的水準。由這二項統計量得知，本研究的樣本很適合進行因素分析。

本研究使用主成分法（principal components analysis）進行因素分析，並以最大變異法（varimax rotation）進行直交轉軸，簡化因素結構。在考慮特徵值（eigenvalue）與陡坡圖（scree plot）之後，決定二個因素是最適合的數量。第一個因素可解釋原始資料 38.2% 的變異量（variance），第二個因素解釋 11% 的變異量，這二個因素總共解釋 49.2% 的變異量。表 3 列出分布在這二個因素的人格特徵與因素負荷量（factor loading）。

表3　人格特徵形容詞的因素負荷量

	親和力	地位權勢
11.幽默的	.828	
3.有趣的	.823	
10.吸引人的	.798	
6.令人喜愛	.757	
9.友善的	.733	
13.誠懇的	.593	
2.有社會地位		.832
8.有教養的		.708

7.現代的		.618
4.有自信		.603
1.聰明的		.583
5.可靠的		.575

　　第一個因素的構成特徵與因素負荷量是：幽默的（.828）、有趣的（.823）、吸引人的（.798）、令人喜愛（.757）、友善的（.733）、誠懇的（.593）。這些因素都與親和力有關，於是將第一個因素叫做「親和力因素」（solidarity）。第二的因素包括下面出現的特徵：有社會地位（.832）、有教養的（.708）、現代的（.618）、聰明的（.583）、可靠的（.575）。這些特徵與表示地位、能力有關係，所以叫做「地位權勢因素」（status-power）。

表 4　五種臺語書面語因素分數比較

因素　＼　漢字類型	借音字	借意字	音意字	漢羅字	全羅字	F 值
親和力因素	.18	-.13	.31	.22	-.61	F=51.8***
地位權勢因素	-.68	-.11	-.05	.27	.61	F=93.9***

***p<.001

　　表 4 是五種書面語在親和力因素與地位權勢因素的平均數與 F 值。由表 4 可知這五種臺語文在親和力與權勢因素的差異達顯著的程度。也就是說，受訪者的確對不同的臺語文字做出不同的人格特徵評價，許多語言態度研究顯示口語能引發不同社會團體的刻板印象（Ryan et al. 1982；Lambert 1967；Feifel 1994）。本研究的結果顯示文

字同樣也能引起不同的社會評價。

　　本研究以單因子變異分析（One-way ANOVA）分別試驗受訪者個人背景（包括性別、族群、國家認同、文化認同、政黨支持、臺語能力與宗教信仰）對親和力與權勢因素的影響，結果發現這些個人背景因素要不是沒有影響就是影響不大，所以本文就沒有進一步討論這些個人背景因素。

　　以下，討論第一個研究問題：『臺語文態度的深層面向為何？』。因素分析的結果顯示「親和力」和「地位權勢」這兩個因素就是影響臺語文字評價的深層面向。

　　這個結果和過去針對口語的語言態度研究結果雷同。語言態度的研究至今已經累積不少成果，之前的研究主要是以口語為對象。這些口語態度研究顯示我們在進行口語的價值評量的時候，主要是根據二個參數（parameter）來評量：地位的面向與親和力的面向（Pieras-guasp 2002；Ryan et al. 1982）。地位的面向包括教育、財富、成功等等特質，標準語會有較高的地位評價；親和力面包括親切可愛的（likeability）特徵，例如友善、可以信賴的、仁慈等等的特徵，非標準語或是地方語言得到較高的親和力評價（Chambers 1995）。

　　口說和書寫的態度面向可能是共通的（universal）。臺語文字態度的深層面向與口語為對象的研究結果類似，同樣是地位權勢面向與親和力面向。這些語言態度的基本面向很可能是共通的。Ryan et al.（1982：8）主張在多語社會的語言態度有兩個主要的共通面向（universal dimensions）：社會地位（social status）與團體親和力（group solidarity）。本研究的地位權勢與親和力面向正好與 Ryan et al.

（1982）提出的面向相對應。

接下來，討論本研究的第二個研究問題：『不同的文字在這些深層面向的表現有何差異？』圖 1 與圖 2 分別是五種書面語在親和力因素與地位權勢因素的因素分數分布圖，這五種臺語文字的排列如下：

㈠「親和力因素」的排列，由高到低是：音意字（.31）＞漢羅字（.22）＞借音字（.18）＞借意字（-.13）＞全羅字（-.61）。

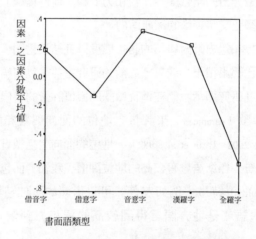

圖 1　五種文字的親和力因素分數分布圖

㈡「權勢因素」的排列，由高到低是：全羅字（.61）＞漢羅字（.27）＞音意字（-.05）＞借意字（-.11）＞借音字（-.68）。

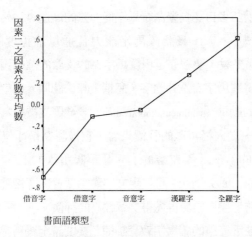

因素二之因素分數平均數

書面語類型

借音字　借意字　音意字　漢羅字　全羅字

圖2　五種書面語在權勢因素的平均數分布

　　就親和力因素而言，音意字、漢羅字與借音字這三種文字所構成的書面語比借意字與全羅字的書面語更有親和力。以 Tukey HSD 法做事後比較，發現前三項的得分差別並不顯著。這三種文字皆有表音成分，比較接近口語，因而有較高的親和力。這三種書面語在「幽默的」、「有趣的」、「吸引人的」、「令人喜愛」、「友善的」、「誠懇的」人格特徵有很高的評價。這些人格特徵都與情感的（affective）、感性的（sentimental）態度有關係，反映出語言團體的整合力量（integrative power）（cf. Feifel 1994：58）。

　　借意字與全羅字在親和力面向的評價較低。借意字表意不表音，離口語較遠，很難引起情感的共鳴，當然在親和力的評價就會比較差。羅馬字可以準確表音，應該有很高的評價。然而，全羅馬字文的親和力反而是最低的。這或許是因為受訪者不太會臺語羅馬

字的關係，受訪者自認為臺語羅馬字能力差的高達 92.3%（37%完全不懂、45.3%會一些），臺語羅馬字能力普通以上程度的人只有16%。對他們來說，要讀完全用羅馬字寫的文章的確有困難。當然也有可能是將羅馬字看做外國字，感情上無法認同。也就是說羅馬字欠缺情感的動機（sentimental motivation）。全羅文被認為是很難親近的書面語，從人格特徵的評價來看，它被認為是「無聊的」、「令人厭惡的」、「不友善的」、「不吸引人的」、「不誠懇的」。Chiung（1999；2001）也發現文字熟悉度會影響接受度。他的研究顯示受訪者傾向給看得懂得文章較高的評價。

　　一般人缺乏完整的羅馬字教育訓練，要閱讀全羅馬字的臺語文並不容易，對全羅馬字文的接受度也低。要是漢字混雜羅馬字，受訪者的接受度就較高。在漢羅文裡，羅馬字主要是漢字的輔助，比較容易閱讀，所以受訪者對它的接受度較高。漢羅文在人格特徵評價差不多都得到高度的肯定。現代華語的文章一樣混雜羅馬字。Hansell（1989）研究臺灣語詞移借的時候，就發現羅馬字已經進入漢字系統裡，成為華語書寫的一部分。華語的羅馬字主要用來處理外來語的移借，臺語的漢羅還得處理臺語有音沒有漢字的情況，或是漢字無法書寫一致的詞，羅馬字在臺語文字化方面扮演更重要的角算色。

　　漢字親和力高低似乎取決於表音能力。較接近口語的漢字比較有親和力。社會語言學家發現較有親和力的口語變體，一般是非標準語，為雙言社會裡的低階語言。對文字的評價也是如此，社會認為比較沒有地位的文字反而較有親和力。這可以說是「雙言現象」的書面語翻版。廣告、報章雜誌就常使用借音字拉近讀者的距離，

如「凍蒜」（當選）、「趴趴走」（四處閒晃）。借音字一般被看做是非標準的「俗字」，雖然被看不起，但趣味十足；所以借音字在「有趣的」與「幽默的」這二個特徵都獲得高度的肯定。借意字因為沒有顧及口音，又與標準語（華語）較接近，欠缺本土味，所以親和力較低。音意字同樣是因為比較接近口音又沒有借音字「以音害義」的問題，所以被認為是容易親近的文字，音意字在「有趣的」、「友善的」、「吸引人」、「幽默的」與「誠懇的」等人格特徵都有很高的評價（參考表4）。

在地位權勢因素方面，全羅字的評價最高，再來是漢羅字、音意字與借意字，最後是借音字。漢羅字、音意字與借意字這三種文字的因素分數在統計上沒有顯著的差異。

全羅字得到如此高的評價，有點出乎意料之外。這麼高的評價與以前被認為羅馬字是「小孩子的」文字形成強烈的對比。Chiang（1999）回顧白話字過去的社會歷史地位，認為羅馬字是多文社會中的低階文字。過去的確是如此，但是現在不同了。由受訪者給羅馬字這麼高的權勢評價來看，臺灣人對羅馬字的態度已經有很大的轉變，羅馬字可說是現代社會的高階文字。使用羅馬字的全羅文與漢羅文讓受訪者認定是：有社會地位、有教養的、現代的、聰明的、可靠的。江文瑜（1996：63）認為臺灣語言的位階適用 Fasold（1984）定義的「雙重層網雙言」的關係，其中有二種高階語言：英語與國語。在這二種語言中，英語的地位又比國語高。從臺灣語言的位階來看文字的評價，就很容易解釋較接近英語羅馬字與華語漢字的書面語會有較高的地位評價，其中羅馬字又高於漢字。語言

（口語）的聲望似乎也可以轉移（transfer）到文字。❹

　　為何羅馬字會變成身分地位的象徵？或許和英語這個世界共通
語使用羅馬字有關係。❺英語是國際貿易、傳播媒體、科技、學術
方面最通行的語言。舉例來講，「全球有三分之二的科學家用英文
寫研究報告，四分之三的世界郵件是用英文寫的，有 80% 的電子回
復系統消息是用英文儲存（Crystal 1987：358）。」第二次世界大戰
之前，全世界有六十幾個國家使用羅馬字，大戰後，增加到一百二
十多個（周有光 1997）。因為羅馬字世界通用，自然就變成是必要
的制度化管道；國際互相的交流，需要使用羅馬字才可以做有效率
溝通。在全球化的趨勢裡，羅馬字已經是「現代化」的象徵，也是
現代化的工具（汪宏倫 2002：146）。

　　受訪者也認為漢羅文是有權勢的，這個態度很值得注意。漢羅
文讓人想到的人格特徵是「有社會地位」、「有教養的」、「現代
的」、「聰明的」與「可靠的」這些讓人聯想到能力與地位的特
徵，反映羅馬字在現代臺灣社會有很高的評價。在權勢這個因素
裡，羅馬字的評價已經比漢字高，全羅文比漢羅文更高。

---

❹　從語言使用的功能來看，羅馬字其實早就用在一般認為是高階功能的場
　　合，例如教會的會議紀錄、報紙、醫學教科書、漢文註解、字典、文學創
　　作等等。一般人對白話字的歷史不熟，他們給羅馬字這麼高的評價，或許
　　是從英語轉移過來的聲望。

❺　受訪者或許是將臺語羅馬字文當做是外國文，因此給它很高的評價。
　　Chiung（2001：513）也研究大學生對羅馬字文的看法，但只有 17% 的受
　　訪者知道那篇羅馬字文章是以臺語寫的，有更多的受訪者（21%）將臺語
　　羅馬字文當做是法語或是西班牙語寫的外國文。過去書寫白話字會被認為
　　是不識字的負面聯想，現在卻可能引起懂得外國語文的正面聯想。

　　漢字文，不管是借音字、借意字，還是音意字，在權勢因素都比不上全羅字或漢羅字。這三種漢字裡，音意字與借意字的評價比借音字高。漢字的權勢評價不高，或許是因為現在教育普及，認識漢字的人很多，不像以前識字的人少，漢字容易被認為是身分地位的象徵。臺語的漢字至今仍有文字化、標準化與現代化的問題，這多少會影響漢字的社會評價，欠缺標準化是低階語言的特徵（Ferguson 1959）。另外，漢字雖然在漢字文化圈裡很有勢力，但羅馬字通行的範圍是全世界，羅馬字也比漢字更容易與現代資訊科技配合。這些因素可能是受訪者認為羅馬字比漢字更有權勢的原因。

　　漢字本身在權勢因素的排列是：音意文＞借意文＞借音文。由Tukey HSD法事後比較得知，借意與音意漢字在地位權勢因素分數的差異未達顯著程度（p=.694）。借意字會有較高的權勢評價與它依附的華語有關。華語是強勢語言，它不但是標準化的，又是學校教育、政府機關的正式文字，與社會地位提升（upward mobility）有密切關係，所以，雖然無法標示臺語語音，但它所依附的語言的社會刻板印象卻得以轉移過來，讓它有正面的地位權勢評價。Chiung（1999）發現受訪者對接近華語的臺語文接受度較高。除了看得懂，應該與社會價值觀有關。不過借意漢字與標準語一樣無法在情感性或是整合性的面向得到認同。就此而言，借意字與全羅字極為相似：有地位權勢，但不夠親切。借音字正好相反。借音字的功能類似語言態度文獻中的非標準語。因為偏離主流語言，所以社會地位低。借音字在社會常受到排斥或是被視為沒有水準、欠缺教育的，通常使用於非正式場合，有傳達親切、本土氣味與和幽默的效果，更可用於標示群體認同。臺語的民間文學（歌仔冊、歌謠等等）

常用借音的方式書寫。知識份子常瞧不起借音漢字，批評它是「以音害義」的臺語文。貶低表音字，推崇表意字可以說是漢字文化圈的通例。過去日本的假名與韓國的諺文，是讓人瞧不起的「女書」，表音的本土拼音字社會評價很低，不像表音的漢字可以稱為社會地位與教養的象徵。湘南土話可以用漢字或是女書表達，漢字是高階文字，注重表意功能；女書是低階文字，注重表音功能（姜葳 2002：137）。就地位聲望來講，臺語的借音字比較像低階文字。這或許是借音字愈來愈少人使用的原因。

以上分別介紹五種文字在親和力與地位權勢面向的關係。現在結合親和力與地位權勢面向比較這五種臺語文字。圖 3 是五種臺語文字親和力與地位權勢因素分數的示意圖。

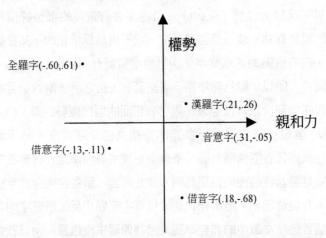

圖 3　五種臺語書面語的親和力與權勢因素分數示意圖

這五種文字的關係若以高、低來刻畫，結果如表 5：

表5 五種文字的高低比較

	借音字	借意字	音意字	漢羅字	全羅字
親和力	高	低	高	高	低
地位權勢	低	高	高	高	高

由表 5 與圖 4 我們可以將這五種文字的關係簡化成三組：

　　1.有親和力，但地位權勢低：借音字；

　　2.沒有親和力，但有地位權勢：借意字與全羅字；

　　3.有親和力，也有地位權勢：音意字與漢羅字。

　　這個研究結果可以和 Chiang（1995）的多文字理論做一個比較。簡單的說，Chiang（1995）將漢字文化圈的各種文字或是文字變體，分成表音字與表意字，表音字是低階文字，表意字是高階文字。Chiang 主要注重文字的社會聲望，也就是本研究的地位權勢面向。就漢字的部分來講，借意字的社會地位的確比借音字高。臺語漢字比較特別的是它還有音意皆符合的字，音意字的地位評價與借音字差不多。另外，臺語也有漢羅字與全羅字，雖然文字性質是比較接近表音字，但是他們的地位評價卻是最高的。整體而言，表音的羅馬字的社會地位已經高過漢字。表音漢字地位低，但是親和力高；而羅馬字作為表音文字其社會評價卻是地位高但是親和力低。這個研究顯示社會價值觀一直在變，過去羅馬字是低階文字，但是現在羅馬字的地位已經提昇到比漢字還高。一般來說，低階文字較有親和力，高階文字則缺乏親和力。全羅字與借意漢字的確是比較沒有親和力。值得注意的是 Chiang（1995）只將文字分為表音與表意，沒有注意漢字混用羅馬字或是音意漢字。漢羅字與音意字

可說是表音字與表意字的結合，同時擁有他們的特質：有地位權勢、也有親和力。

四、結論

這個研究以配對偽裝法探討臺語五種文字（借音漢字、借意漢字、音意漢字、漢羅字、全羅字）的社會評價。研究結果顯示，文字形式會影響受訪者對人格特徵的評價。也就是說，文字變異不只是形式不同而已，還有不同的社會語言意義。

第一個研究問題是：「臺語文字態度的深層面向為何？」結果顯示臺語文字的態度面向有二個：地位權勢面向與親和力面向。其排列為：

(1)「親和力因素」：音意字＞漢羅字＞借音字＞借意字＞全羅字。

(2)「地位權勢因素」：全羅字＞漢羅字＞音意字＞借意字＞借音字。

這二個面向與過去針對口語進行的態度研究結果相同，顯示口說與書寫有共通的深層面向。

第二個研究問題為：『不同的文字在這些深層面向的表現有何差異？』結果顯示這五種文字可以根據親和力和地位權勢面向進一步歸納為三種類型：

(1)有親和力，但是地位權勢低：借音字；

(2)沒有親和力，但有地位權勢：借意字與全羅字；

(3)有親和力，也有地位權勢：音意字與漢羅字。

多文字現象可以使我們了解文字與社會互動的關係。臺語的文字不管是形體還是文字形式不同，都有不同的社會語言評價。親和力與地位權勢這二個基本因素就是影響我們選擇文字的深層面向。

本研究對臺語文字社會評價的調查可以彌補過去針對作者用字趨向調查的不足。過去的調查是以作者為做中心的，沒有考慮讀者對不同文字的社會心理反應。本研究站在讀者的角度觀察不同的文字形式所引起的刻板印象，研究結果可以作為臺語語型規劃（corpus planning）與臺語文讀寫的參考。

由受訪者對臺語文字的社會評價可以了解兼顧語音與語義的漢羅字或是音意字書面語是現階段最讓讀者感到友善（reader-friendly）的臺語文形式。臺語文作家需要將讀者的態度納入考慮，不要只顧自己書寫利便，而不考慮讀者理解的難易與對文字的態度反應。換句話說，若是想完全用漢字寫臺語，臺語的特別詞就應該考慮使用音義都接近的漢字來寫，盡量減少單純借音或是借意的漢字使用。有時候這個建議會被認為是多餘的，因為以漢字書寫臺語的時候，常需要停下筆來想某一個詞要如何以漢字書寫，有時候不但音意皆合的漢字難找，甚至連借音字或是借意字也很難找到適當的漢字。也就是說，完全使用漢字書寫臺語文還有文字化的問題。目前比較實在的做法是使用漢羅字書寫臺語。漢字寫不出來的，或是缺乏標準化的寫法都用羅馬字來補助。臺語未來多文字的走向說不定就是同時使用二支腳走路的漢羅字。

致謝

本文為國科會補助計劃《臺語文字與臺語讀寫的態度研究》

（計劃編號：NSC 89-2411-H-143-004）的部分研究成果。感謝國科會的贊助。

參考文獻

江文瑜，1996，〈從「抓狂」到「笑魁」──流行歌曲的語言選擇之語言社會分析〉，《中外文學》，25(2)：60-81。

汪宏倫，2002，〈全球化與制度同形化：從拼音爭議看臺灣「國族問題」的後現代情境〉，《政治與社會哲學評論》，3：121-178。

周有光，1997，《漢語拼音方案基礎知識》，香港：三聯書店。

姜　葳，2002，《女性密碼──女書田野調查日記》，三民。

張學謙，1998，〈雙文字的語文計劃：走向 21 世紀的臺語文〉，《教育部獎勵漢語方言研究著作得獎作品論文集》，教育部國語推行委員會、清華大學語言學研究所，4：1-4:19。

張學謙，2001，〈漢字文化圈的混合文字現象〉，《文化密碼──語言解碼》，第九屆社會與文化國際學術研討會論文集，漢語文化學叢刊，學生書局，385-414。

黃宣範，1993。《語言、社會與族群意識：臺灣語言社會學的研究》，文鶴。

鄭良偉，1990，《演變中的臺灣社會語文》，自立。

羅常培，1930，《廈門音系》，中央研究院歷史語言研究所。

Chambers, J.K. 1995. *Sociolinguistic Theory*. Blackwell.

Cheung, Y. 1992. "The Form and Meaning of Digraphia: The Case of Chinese." In Kingsley Bolton and Helen Kwok (eds)

Sociolinguistics Toady: International Perspectives. London: Routledge.

Chiang, W. W. 1995. *"We Two Know the Script; We Have Become Good Friends": Linguistic and Social Aspects of the Women's Script Literacy in Southern Hunan, China.* University Press of America.

Chiung, W. T. 1999. *Language Attitudes Toward Taibun, the Written Taiwanese.* M.A. Thesis. University of Texas at Arlington.

Chiung, W. 2001. "Language Attitudes Towards Written Taiwanese." *Journal of Multilingual and Multicultural Development.* 22(6): 502-521.

Crystal, D. 1987. *The Cambridge Encyclopedia of Language.* Cambridge: Cambridge University Press.

Dale, Ian R. H. 1980. "Digraphia". *International Journal of the Sociology of Language* 26:5-13.

DeFrancis, J. 1984. "Digraphia". *Word.* 35:59-66.

Fasold, R. 1984. *The Sociolinguistics of Society.* Basil Blackwell.

Feifel, K-E. 1994. *Language Attitudes in Taiwan: A Social Evaluation of Language in Social Change.* The Crane Publishing Co., Ltd.

Ferguson, C. A. 1959. "Diglossia." *Word.* 15:325-40.

Grivelet, S. 2001. "Digraphia: Writing Systems and Society: Introduction." *International Journal of the Sociology of Language.* 150: 1-10.

Hansell, M. 1989. *Lexical Borrowing in Taiwan.* Unpublished Ph.D.

dissertatiohn, UC Berkeley.

Hymes, D. 1974. *Foundations in sociolinguistics:an ethnographic approach*. Philadelphia: University of Pennsylvania Press.

Lambert, W. 1967. "A Social Psychology of Bilingualism." *Journal of Social Issues*. 23(2):91-109.

Pieras-Guasp, F. 2002. "Direct vs. Indirect Attitude Measurement and the Planning of Catalan in Mallorca". *Language Problems & Language Planning*. 26(1): 51-68.

Ryan, B., Giles H. and Sebastian, J. 1982. "An Integrative Perspective for the Study of Attitudes toward Language Variation", in Ryan, Ellen B. & Giiles, H. eds., *Attitudes towards Language Variation*, 3-19. Edward Arnold.

Zima, P. 1971. "Digraphia: The Case of Hausa." *Linguistics*. 124: 57-69.

附錄

〈附錄一〉

一、五種臺語文字的態度問卷

個人資料的問卷（單選）

性別：□女□男

年齡：_____

住最久的地方：□東部　□南　□中　□北部：□都市　□鄉鎮

學歷：□小學　□國中　□高中　□大專　□其他_____

族群：□福佬（閩南）　□客家　□原住民　□外省（新住民）

職業：□學生　□家管　□軍　□公　□教　□商　□自由業
　　　□農　□其他_____

國家認同：□臺獨　□統一　□維持現狀

文化認同：□認同臺灣文化　□認同中國文化

支持的政黨：□國民黨　□民進黨　□親民黨　□建國黨　□新黨
　　　　　□臺聯黨　□無

宗教信仰：□佛教　□道教　□基督教　□天主教　□回教　□無
　　　　　□其他____

您的母語是：□臺語（閩南語）　□客家語　□原住民語
　　　　　　□華語（國語）　□其他____

您是否學過臺語讀寫：□否　□是，學習方式：
　　　　　　　　　　□臺語社團　□學校　□自修　□其他

您讀寫臺語的經驗為：□經常　□偶爾　□很少　□沒有

語言能力：

下列幾種語言，您認為自己的『聽』、『說』、『讀』、『寫』的
語言能力程度如何，請圈出來：

*說明：5=相當不錯　4=好　3=普通　2=會一點　1=完全不會

臺語　　　　口語能力 5 4 3 2 1　讀寫能力 5 4 3 2 1

華語　　　　口語能力 5 4 3 2 1　讀寫能力 5 4 3 2 1

客語　　　　口語能力 5 4 3 2 1　讀寫能力 5 4 3 2 1

英語　　　　口語能力 5 4 3 2 1　讀寫能力 5 4 3 2 1

日語　　　　口語能力 5 4 3 2 1　讀寫能力 5 4 3 2 1

其他＿＿＿　口語能力 5 4 3 2 1　讀寫能力 5 4 3 2 1

下列幾種臺語的文字和拼音符號，您自認自己的程度為何，請圈
選。

*說明：5=相當不錯　4=好　3=普通　2=會一點　1=完全不會

讀臺語漢字的能力為：　　5 4 3 2 1

寫臺語漢字的能力為：　　5 4 3 2 1

讀臺語羅馬字能力為：　　5 4 3 2 1

寫臺語羅馬字能力為：　　5 4 3 2 1

在私人場合，您最常使用的語言是：

□臺語　□客家語　□華語（國語）其他＿＿＿＿

在正式場合，您最常使用的語言是：

□臺語　□客家語　□華語（國語）其他＿＿＿＿

二、對各種臺語書面語的態度

　　以下您將看到以不同文字形式書寫的同樣故事。請根據您的直

覺圈選最能描述作者的數字（7 最高，4 表中立，1 最低）。例如：要是您對作者的印象是非常認真，就圈選 7，如認為作者既不認真也不隨便就圈選4。

1. 有一工，北風甲日頭兩鞋人塊燒箭看是啥人鞋本事恰大。北風廣：「我鞋本事真大，天腳下鞋物件無一項無京我。船那抵著我就會丙，厝那抵著我就會塌，樹那抵著我就會倒，啥米貓啦，九啦，花啦，草啦，因那抵著我，閣恰驚甲賣廣咧！里那呼我起性地。我鞋性地即是大咧！我會吹甲滿天籠是烏雲，共里的面崁甲看無半項物件，天腳下本底是我做主郎，里知影無？

從作者的文字看來，您猜想作者是怎樣的人呢？

1.聰明的	7654321	不聰明的	9.有社會地位	7654321	沒社會地位
2.有趣的	7654321	無聊的	10.有自信	7654321	沒自信
3.可靠的	7654321	不可靠的	11.令人喜愛	7654321	令人厭惡
4.現代的	7654321	守舊的	12.有教養的	7654321	沒有教養的
5.友善的	7654321	不友善的	13.吸引人的	7654321	不吸引人的
6.幽默的	7654321	沒幽默感	14.沒領導能力	7654321	有領導能力
7.誠懇的	7654321	不誠懇的	15.不信教的	7654321	虔誠的
8.保守的	7654321	開放的			

2. 有一天，北風與日頭兩個人在相爭看是誰人的本事較大。北風說：「我的本事甚大，天底下的東西沒一項沒驚我。船若適著我就會翻，厝若適著我就會塌，樹若適著我就會倒，什麼貓啦，狗啦，花啦，草啦，它們若適著我，更加驚到不說咧！你若讓我起

脾氣。我的脾氣才是大咧！我會吹到滿天全是黑雲，把你的臉蓋
到看沒半項東西，天底下原本是我做主人，你知曉嗎？」

從作者的文字看來，您猜想作者是怎樣的人呢？

（問題同上，在此省略）

3.有一日，北風及日頭兩個人在相爭看是啥人的本事卡大。北風
　講：「我的本事真大，天腳下的物件無一項無驚我。船若抵著我
　就會反，厝若抵著我就會塌，樹若抵著我就會倒，啥物啦，狗
　啦，花啦，草啦，若抵著我，閣卡驚夠講咧！你若互我起性地。
　我的性地才是大咧！我會吹到滿天攏是烏雲，給你的面蓋到看無
　半項物件，天腳下本底是我做主人，你知影無？」

從作者的文字看來，您猜想作者是怎樣的人呢？

（問題同上，在此省略）

4.有一日，北風與日頭兩個人 teh 相爭看是啥人的本事 khah 大。
　北風講：「我的本事真大，天腳下的物件無一項無驚我。船若抵
　著我就會 péng，厝若抵著我就會 thap，樹若抵著我就會倒，啥
　物貓仔，狗仔，花啦，草啦，in 若抵著我，閣卡驚 kah bë 講
　咧！你若 h³我起性地。我的性地才是大咧！我會吹 kah 滿天攏是
　烏雲，kä 你的面 khàm kah 看無半項物件，天腳下本底是我做主
　人，你知影無？」

從作者的文字看來，您猜想作者是怎樣的人呢？

（問題同上，在此省略）

5. Ü ch...t-j...t, pak-hong kap j...t-thâu n¤g-ê lâng teh siö-chè° khòa° s,, siá°-lâng ê pún-sü khah töa. Pak-hong kóng: "Góa ê pún-sü chin töa, thi°-kha-ë ê m...h-kiä° bô ch...t-häng bô kia° góa. Chûn nä tú-tiõh góa, koh-khah kia° kah bë kóng leh! Lí nä h³ góa khi-sèng-të. Góa ê sèng-të chiah-s,, töa leh! Góa ë chhoe kah móa-thi° lóng-s,, ¬-·hûn, kä lí ê b,,n khàm kah khòa° bô pòa°-häng m...h-kiä°, thi°-kha-ë pún-té s,, góa chò chú-lâng, lí chai-iá° bô?"

從作者的文字看來，您猜想作者是怎樣的人呢？

（問題同上，在此省略）

東漢「定型圖讖」中的夢徵

黃復山[*]

一、古人夢述

　　夢是一種很奇妙的心理思維表現，顯示出人們不受時空與邏輯支配的深層潛意識，夢學大師弗洛姆就認為：夢「和詩、藝術一起，都是人類所創造的宇宙語言。」[❶]在這種宇宙語言中，人類再也不受現實的拘束，所以嚮往自由的莊子會夢為蝴蝶，遨遊翩舞。雖然莊子低估夢是一種人間欲望，認為最高境界的「古之真人，其寢無夢，其覺無憂」（《莊子·大宗師》）。但是北宋蘇轍分析道：真人並非無夢，而是「夢不異覺，覺不異夢；夢即是覺，覺即是夢。此其所以為『無夢』也歟」！明陳士元《夢占逸旨》（自序於 1562年）也認為：「聖人無夢，茲蓋虛譚云。人而無夢，槁形心灰之流，不寐不覺，不生不滅，所樹異教也。聖人莫加於孔子，孔子壯則夢

---

[*]　　淡江大學中文系教授
[❶]　　弗洛姆：《弗洛伊德思想的貢獻和局限》，引自羅基：《夢學全書》（北京：中國社會出版社，1996 年 1 月），頁 308。

見周公，卒則夢奠兩楹，豈語恠哉？❷不過，有些原始民族也認為聖人的夢纔重要，神密哲學大師榮格在東非做田野研究時，發現有一原始部落的人「不認為他們有夢」，榮格敘述其中原委道：

> 他們與任何別人一樣也有夢，但他們認為這種夢沒有意義。他們告訴我說：「常人的夢沒有意義。」他們認為只有部落的酋長和巫醫的夢才有重要意義，這些夢與部落的福利有關。❸

「酋長和巫醫的夢才有重要意義」，這種觀念其實和中國古代夢例集中在帝王聖賢的情況若合一契，《春秋左傳》記載帝王貴族的夢境，即有二十八次之多❹。

其實，早在殷商時期就已有夢的記載，多數是帝王作夢而由卜官或帝王自己解夢，以占驗夢兆的吉凶，如：「丁未卜，王貞：多鬼夢，亡艱。」「庚辰卜，貞：多鬼夢，重、广見。」❺前一則是夢見有鬼，但是沒有後遺症，第二則是夢見名為「重、广」的兩個鬼，但未說吉凶與否。甲骨文學者胡厚宣歸納的結果，殷商甲骨文中的夢景與夢象，有人物、鬼怪、天象、走獸、田獵、祭祀等。這

---

❷ 〔明〕陳士元：《夢占逸旨》（臺北：新文豐出版社《叢書集成新編》，1985年）卷2，〈聖人篇〉頁9。

❸ 卡爾·榮格：《人類及其象徵》（瀋陽：遼寧教育出版社，1988年），頁30。

❹ 〔明〕陳士元：《夢占逸旨》謂「《春秋傳》稱夢尤繁」，並記夢例二十（卷1。〈宗空篇〉頁5-6）。

❺ 胡厚宣：〈殷人占夢考〉，《甲骨學商史論叢初集·下》（臺北：大通書局，1970年）。

些記載，正符合殷人多信仰鬼神的風俗。

夢例既然如此之多，解夢、占夢的方法當然應運而生，《周禮·春官》就記載太卜「掌三夢之灋：一曰致夢，二曰綺夢，三曰咸陟。」❻又專設占夢官，「掌其歲時，觀天地之會，辨陰陽之氣，以日月星辰占六夢之吉凶。一曰正夢，二曰噩夢，三曰思夢，四曰寤夢，五曰喜夢，六曰懼夢。」❼這些算是夢的分類，占夢的人當然也可以從這些夢的類型去對症下藥，思考解釋的徑路。東漢王符就運用這種方法，將致夢的原因分成十種：「凡夢：有直，有象，有精，有想，有人，有感，有時，有反，有病，有性。」❽

這些都是理論層面，簡單的說，比較科學、合理的推論，是以臨床經驗為據，例如《內經素問·方盛衰論》以五臟配合五行生剋為論，認為：

> 肺氣虛則使人夢見白物，見人斬血借借。得其時則夢見兵戰。
>
> 胃氣虛，則使人夢見舟船溺人，得其時則夢伏水中，若有畏恐。
>
> 肝氣虛，則夢見蘭香生草，得其時則夢伏樹下不敢起。
>
> 心氣虛，則夢救火陽物，得其時則夢燔灼。
>
> 脾氣虛，則夢飲食不足，得其時則夢築垣蓋屋。❾

---

❻　〔唐〕賈公彥：《周禮注疏》（臺北：藝文印書館，1980 年）卷 24，〈春官·大卜〉頁 13。

❼　〔唐〕賈公彥：《周禮注疏》卷 25，〈春官·占夢〉頁 1。

❽　〔漢〕王符撰、〔清〕汪繼培箋：《潛夫論箋》（臺北：漢京文化事業，1984 年 5 月）卷 7，〈夢列〉頁 315。

❾　〔唐〕王冰：《重廣補註黃帝內經素問》（明嘉靖顧從德重雕版，臺北：國家圖書館特藏室藏）卷 24，〈方盛衰論〉頁 6。

《靈樞・淫邪發夢》也從人性出發，依身體狀態與心理的配合，說
道：

> 陰氣盛，則夢涉大水而恐懼；陽氣盛，則夢大火而燔焫；陰
> 陽俱盛，則夢相殺。
> 上盛則夢飛，下盛則夢墮；甚飢則夢取，甚飽則夢予；
> 肝氣盛，則夢怒；肺氣盛，則夢恐懼、哭泣、飛揚；心氣
> 盛，則夢善笑恐畏；
> 脾氣盛，則夢歌、身體重不舉；腎氣盛，則夢腰脊兩解不
> 屬。❿

　　做了噩夢，當然要想盡辦法驅除它可能帶來的噩運，朝廷就有
這種官職的正式編制，占夢官負責此事，在每年的「季冬聘王夢，
獻吉夢于王，王拜而受之，乃舍萌于四方，以贈惡夢，遂令始難
（儺），歐（驅）疫」⓫。官方之外，民間也少不了這種儀式，成書
於秦昭襄王二十八年（西元前 279）以後的睡虎地秦簡《日書》甲、
乙兩種⓬，就記載了驅夢的方法（原文有甲、乙兩種，作左右欄比對，
以見其字句差異）：

---

❿　〔明〕馬元臺註：《黃帝內經靈樞》（臺北：臺聯國風出版社）卷 5，
　　〈淫邪發夢〉頁 281。
⓫　〔唐〕賈公彥：《周禮注疏》卷 25，〈春官・占夢〉頁 2。
⓬　《日書》的成書年代，吳小強有詳細考論，見《秦簡日書集釋》（長沙：
　　岳麓書社，2000 年 7 月）頁 294。所引驅夢簡文，甲種見是書頁 121，乙
　　種見頁 236。

人有惡夢，覺。乃繹（釋）髮西北面坐禱之曰：「皋！敢告璽（爾）豹琦。 某有惡夢，走歸豹琦之所。豹琦強飲強食，賜某大幅（富），非錢乃布，非繭乃絮。」則止矣。（《秦簡日書》甲種）	凡人有惡夢，覺而擇（釋）之，西北鄉，擇（釋）髮而駟（呬）祝曰：「皋！敢告璽（爾）宛奇。某有惡夢，老來□之。宛奇強飲食，賜某大畐（富），不錢則布，不璽（繭）則絮。」（《秦簡日書》乙種）

意思是說：人若做了惡夢，醒後應該解散頭髮，面向西北方坐著，（準備祭品）禱祝道：「稟告食夢神豹琦（宛奇），我做了一個惡夢，請你將它收回去。希望你大吃大喝，並且賜給我大量財富，錢布、繭絮都可以。」這麼做了以後，惡夢自然遠離。敦煌的唐代《白澤精怪圖》也有與秦簡相似的記載：人夜裏做了夢，早上醒後，應披散頭髮，向東北面祈禱：「伯奇！伯奇！請你痛快地飲酒、吃肉，將惡夢帶回你處消滅，並賜給我好處。」這樣祈禱七次，就不會有災害了。❸可見從先秦到唐代的千餘年中，這種祭神驅夢的民俗一直流傳不變。

伯奇是主宰夢的神祇，在《後漢書·禮儀志》所載的驅鬼宗教儀式中，有詳細的說明：

> 中黃門倡，侲子和，曰：「甲作食，胇胃食虎，雄伯食魅，騰簡食不祥，攬諸食咎，伯奇食夢，強梁、祖明共食磔死寄生，委隨食觀，隨斷食巨，窮奇、騰根共食蠱。凡使十二神

---

❸ 敦煌本《白澤精怪圖》二殘卷，見伯希和 P.2682、斯坦因 S.6261，收入黃永武編：《敦煌寶藏》（臺北：新文豐出版社）。

追惡凶，赫女軀，拉女幹，節解女肉，抽女肺腸。女不急
去，後者為糧！」因作方相與十二獸儺。⓮

這種描述，其實就是先秦、兩漢儺祭的真實寫照，孔子也曾見過，
《論語・鄉黨篇》載：「鄉人儺，朝服而立於阼階。」孔安國解釋
道：「儺，驅逐疫鬼，恐驚先祖，故朝服而立於廟之阼階。」⓯意
思是說：鄉人們跳驅鬼的儺祭時，孔子要穿起朝服站到宗祠大門口
的阼階上，保護祠廟裏的祖先，免得他們受到驚嚇。可見這種祭儀
的來由之早。

　　至於漢代讖緯中涉及「夢」的地方也為數不少，陳士元在《夢
占逸旨》裏，藉由「通微主人」，序列了古代帝王、聖賢的各種夢
例。通微主人說：

軒轅氏有華胥、錄圖、風后、力牧之夢，堯有攀天、乘龍之
夢，舜有長眉、擊鼓之夢，禹有山書洗河、乘舟過月之夢，
湯有舐天之夢，桀、紂有黑風、大雷之勞，文王有日月、丈
人、海婦之夢，太公有輔星之夢，孔子有先君、芻兒、三
槐、赤氣之夢，女節有接星之夢，太姒有松柏梓棫之夢，伊
母有臼水之夢，孔母有空桑、蒼龍之夢。此事皆孚，何為虛

⓮　〔劉宋〕范曄：《後漢書》（北京：中華書局，1985 年 11 月）〈志〉第
　　五，〈禮儀中〉頁 3128。
⓯　〔宋〕邢昺：《論語注疏》（臺北：藝文印書館，1980 年）卷 10，〈鄉
　　黨篇〉頁 9。「朝服」的用意，朱熹有不同的說法：「儺，所以逐疫，
　　《周禮》方相氏掌之。……儺雖古禮而近於戲，亦必朝服而臨之者，無所
　　不用其誠敬也。」認為是以禮敬的心態對待儺舞。

妄！**⓰**

這些夢境千奇百怪，從軒轅黃帝、堯、舜、禹、湯，直到伊尹、孔子的母親，共述及十四人、二十五個夢例。陳士元又藉「宗空生」的身分，質問這些夢境荒誕不稽：「此緯書稗說，六經未載也。」以正統讀書人的觀念來看，經典未載的說法是不值得相信的。

陳士元所說的「緯書」，應該指稱漢代的讖緯，東漢儒者認為在解釋經書上有重要的價值。緯書內容多言預測占驗、天人災異等思想，對於預言性的夢文化應該也有豐富的記載，但是尚未見學者對此作過專門的探討，這也是本文所以撰作的動機之一。

二、東漢「定型圖讖」的夢徵

「緯書」的內容神祕而定義紛紜，一直讓學者難以掌握。依據東漢的史料文獻考證，東漢光武帝即位三十年後，將官定圖讖八十一卷宣布於天下，我們稱它為「東漢定型圖讖」，亦即現今研究讖緯所依據的各種明、清「緯書輯本」之原始文獻。但是經過深入的探討後，發現「緯書輯本」多為裒集六朝、唐、宋以迄清初之經解、史傳、類書等文獻中的讖緯引文而成。但是取捨佚文之際，或由輯者主觀的認定，或以讖緯篇名為依準，這種主觀的輯佚與篇名的認定，乃造成佚文誤緝的情況，並非「東漢定型圖讖」原有

⓰　〔明〕陳士元：《夢占逸旨》卷1，〈宗空篇〉頁4。

者**⓱**。

　　學者研究時所引據的明、清「緯書輯本」，被視為源出於光武帝官定之「圖讖八十一卷」，既然摻雜輯佚者誤收的佚文，學者論述東漢學術時，若依據這些誤收的讖文，常會造成張冠李戴的結果，衍生與事實不符的論斷，使得東漢讖緯的學術價值，蒙上一層似是而非的假象。明代夢學專家陳士元就將夢書的說法，附會到緯書裏，所以應作澄清與探討。

　　本文先摘取各種「緯書輯本」所收錄的讖緯佚文，再考證其中確實屬於「東漢定型圖讖」的部分，從而分析其中夢的徵兆有什麼深刻的意涵。

㈠ 受命圖之夢

1.黃帝洛水受錄圖

　　讖緯佚文中敘述「帝王受命」主題的資料甚多，所構築成的受命儀式之場景也非常繁瑣縝密。其中亦有與夢境相繫者，如黃帝夢見龍挺白圖授之，即是一例。由於歷代引述傳鈔，所以字句難免譌舛，以下排比四種文獻所錄文字；以推求可能的原本讖文：

⓱　「東漢定型圖讖」的文獻考述，詳見黃復山：〈漢代讖緯學流衍〉，《漢代《尚書》讖緯學述》（輔仁大學中文博士論文，1996 年），頁 73-79；黃復山：《東漢讖緯學新探》（臺北：臺灣學生書局，2000 年 2 月），頁 1-6；黃復山：〈讖緯文獻學方法論〉，《文獻學研究的回顧與展望》（臺北：臺灣學生書局，2002 年 3 月），頁 559-610。

《藝文類聚》 （卷11，頁209）	《初學記》 （卷6，頁120）	《太平御覽》 （卷79，頁5）	《古微書》 （卷33，頁7）
《河圖挺佐輔》曰：「黃帝脩德立義，天下大治，乃召天老而問焉：『余夢見兩龍挺白圖，以授余於河之都。』天老曰：『河出龍圖，雒出龜書，紀帝錄，列聖人之姓號，興謀治太平，然後鳳皇處之。今鳳凰以下三百六十日矣，天其受帝圖乎！』黃帝乃袚齋七日， 至於翠媯之川，大鱸魚折溜而至， 乃與天老迎之，五色畢具，魚汎。白圖，蘭葉、朱文，以授黃帝，名曰《錄圖》。」	《河圖》曰：「黃帝云：『余夢見兩龍挺白圖，即帝以授余於河之都。』天老曰： 『天其授帝圖乎，試齋以往視之。』黃帝乃齋 河、洛之間，尤象見者。至於翠媯泉，大盧魚折溜而至，乃問天老：『子中河折溜者乎？』『見。』與天老跪而受之。魚汎。白圖，蘭菜、朱文，以授黃帝，舒視之，名曰《錄圖》。」	《河圖挺佐輔》曰：「黃帝修德立義，天下大治，乃召天老而問焉：『余夢見雨龍挺白圖，即帝以授余於河之都。覺昧素善，不知其理，敢問於子。』天老曰：『河出龍圖，雒出龜書，紀帝錄，列聖人之紀姓號，興謀治平，然後鳳凰處之。今鳳凰已下三百六十日矣，古之圖紀，天其授帝圖乎！』黃帝乃袚齋七日，衣黃衣，冠黃冕，駕黃龍之乘，戴蛟龍之旗。天老、五聖皆從，以遊河、洛之間，求所夢見者之處，弗得。至於翠媯之淵，大鱸魚沂流而至，乃問天老曰：『子見夫中河流者乎？』曰：『見之。』顧問五聖，皆曰：『莫見。』乃辭左右，獨與天老跪而迎之。五色畢具，天老以授黃帝，黃帝。」	《河圖挺佐輔》：「黃帝修德立義，天下大治，乃召天老而問焉：『余夢見雨親挺白圖，即帝以授余於河之都。覺昧素善，不知其理，敢問於子。』天老曰：『河出龍圖，雒出龜書，紀帝錄，列聖人之姓號，興謀治平，然後鳳凰處之。今鳳凰以下三百六十日矣，古之圖紀，天其授帝圖乎！試齋，以往視之。』黃帝乃袚齋七日，衣黃衣，冠黃冕，駕黃龍之乘，戴蛟龍之旗。天老、五聖皆從，以遊河、洛之間，求所夢見之者，弗得。 至於翠媯之淵，大鱸魚沂流而至，乃問天老曰：『子見夫中河流者乎？』曰：『見之。』顧問五聖，皆曰：『莫見。』乃辭左右，獨與天老跪而迎之。魚汎。白圖，蘭葉、朱文，五色畢具。天老以授黃帝，舒視之，名曰《錄圖》。」

綜觀此條讖文，最早見於唐高祖時歐陽詢的《藝文類聚》（西元624）[18]，其次則為玄宗朝徐堅《初學記》引作《河圖》，二者互有詳略，而字句頗有歧異，其後北宋初李昉《太平御覽》所收較詳，若明代輯本孫瑴《古微書》所載錄則更為完整。是否含有古史層疊增累說的意味。據四庫本《古微書》為準，校字可見「兩親」為「兩龍」之誤[19]，「以下三百六十日」之「以」為「已」字誤，「夢見」唐時誤作「象見」，「翠媯之淵」唐時作「翠媯泉、翠媯之川」，「泝流」乃逆流而上，作「折溜、沂流」者皆誤。「魚汛」，據唐劉賡《稽瑞》所引《河圖挺佐輔》，應作「魚沉」，蓋指大鱸魚授圖畢乃沉入淵中。[20]

　　承襲《古微書》、《清河郡本》而來的黃奭《通緯·河圖》也收有四條，而篇名有四，文字也互有詳略：

(1)《河圖挺佐輔》 （卷5，頁11）	(2)《河圖始開圖》 （卷4，頁3）	(3)《河圖運錄法》 （卷11，頁4）	(4)《河圖》 （卷1，頁16）
黃帝修德立義，天下大治，乃召天老而問焉：「余夢見兩龍挺白圖，	黃帝修德立義，天下大治，乃召天老而問焉：「余夢見兩龍挺白圖，	黃帝曰： 「余夢見兩龍挺白圖，	黃帝云： 「余夢見兩龍挺白圖，

---

[18]　〔唐〕歐陽詢：《藝文類聚》一百卷，撰成於唐高祖武德七年（624）。見汪紹楹校《藝文類聚》（上海：上海古籍出版社，1999 年 5 月），〈前言〉頁 2。

[19]　錢熙祚校校本正作「兩龍」，見〔明〕孫瑴編、〔清〕錢熙祚校：《古微書》（臺北：新文豐出版社《叢書集成新編》第 24 冊，1985 年）卷 33，《河圖挺佐輔》頁 235。

[20]　〔唐〕劉賡：《稽瑞》（臺北：新文豐出版社《叢書集成新編》，1985 年），頁 499。

即帝以授余於河之都。 覺昧素喜,不知其理, 敢問於子。」天老曰: 「河出龍圖,雒出龜書 ,紀帝錄,列刃人所紀 姓號,興謀治平,然後 鳳皇處之。今鳳皇以下 三百六十日矣,古之圖 紀,天其授帝圖乎?」 黃帝乃祓齋七日,衣冠 黃冕,駕黃龍之乘,載 交龍之旗,天老、五聖 皆從,以遊河、洛之間 ,求所夢見之處,弗得 。至於翠媯之淵,大鱸 魚泝流而至,乃問天老 曰:「見夫中河泝流者 乎?」曰:「見之。」 顧問五聖,皆曰莫見, 乃辭左右,獨與天老跪 而迎之,五色畢具,天 老以授黃帝, 帝舒視之,名曰《錄圖 》。	即帝以授余於河之都。 」	即帝以授余於河之都。 」 天老曰: 「天其授帝圖乎,試齋 以往視之。」黃帝乃齋 河、雒之間, 求相見者。 至於翠媯泉,大鱸魚折 流而至,乃問天老曰: 「見中河折溜者乎?」 「見之。」 與天老跪而授之,魚汛 白圖,蘭采、朱文,以 授黃帝,帝舒視之,名 曰《籙圖》。	即帝以授余於河之都。 」 天老曰: 「天其授帝圖乎,試齋 以往視之。」黃帝乃齋 河、洛之間, 求象見者。 至於翠媯泉,大盧魚折 溜而至,乃問天老:「 子見中河折溜者乎?」 「見之。」 與天老跪而受之,魚汛 白圖,蘭菜、朱文,以 授黃帝。舒視之,名曰 《錄圖》。

四條之中,(1)《河圖挺佐輔》即《御覽》卷七九所引,(2)《河圖始開圖》出自《說郛》,(3)《河圖祿運法》出自《清河郡本》,(4)《河圖》出自《初學記》。詳查唐、宋時類書等文獻,未見賦予此條佚文以《始開圖》、《祿運法》等篇名者,《說郛》、《清河郡本》等二種緝本收入二篇目之中,又未註明典出何書,其來由實為可疑。考《清河郡本》為手抄稿,乍見於清代中葉,所引《河圖祿運法》二十條,皆與輯本它條重複,而又與《洛書祿運法》相似,

則其來源與可信度實待商榷。

　　總而論之，此組黃帝受命圖的夢境，其實只有《河圖挺佐輔》一條而已，文獻資料以《藝文類聚》為最早，而《太平御覽》所載較完整，內容也顯得合理且詳細了。

　　黃帝這次夢境：「余夢見兩龍挺白圖，即帝以授余於河之都。」「夢見兩龍」在實際立壇後則見「大鱸魚泝流而至」；「白圖」也化為實際的「白圖蘭葉、朱文，五色畢具」，「河之都」則落實為「翠媯之淵」。蓋「翠媯」亦即黃帝之都，《史記·五帝本紀》「與炎帝戰於阪泉之野」，張守節《正義》引《括地志》云：「阪泉，今名黃帝泉，在媯州懷戎縣東五十六里。出五里至涿鹿東北，與涿水合。又有涿鹿故城，在媯州東南五十里，本黃帝所都也。」❷❶可知夢中受命的地方即居處的國都。

　　黃帝醒了以後，對於這個夢境「覺昧素善（喜），不知其理」，所以請問天老。其實夢中所隱含的意味，單純的就指受命的朕兆，所以天老的解夢也很明確：「河出龍圖，雒出龜書，紀帝錄，列聖人之姓號，興謀治太平，然後鳳凰處之。今鳳凰以下三百六十日矣，古之圖紀，天其授帝圖乎！試齋，以往視之。」由此可見此夢除了帝王政治宣傳之外，並不具備深刻的心理意涵。

2.孔子獲麟得圖之夢

　　孔子見獲麟，因而感傷素志難續，《左傳》簡述其事道：哀公「十四年，春，西狩于大野。叔孫氏之車子鉏商獲麟，以為不祥，

---

❷❶　〔漢〕司馬遷：《史記》（北京：中華書局，1962 年）卷 1，〈五帝本紀〉頁 5。

以賜虞人。仲尼觀之，曰：『麟也。』然後取之。」衹是直述其事，並無孔子感傷的心理表現，但是《古微書·孝經援神契》記載此事，則加上了神秘的夢境意義：

> 魯哀公十四年，孔子夜夢三槐之間，豐、沛之邦，有赤烟氣起，乃呼顏回、子夏往視之。驅車到楚西北范氏街，見芻兒捶麟，傷其前左足，薪而覆之。孔子曰：「兒來！汝姓為誰？」兒曰：「吾姓為赤誦，名子喬，字受紀。」孔子曰：「汝豈有所見耶？」兒曰：「見一禽，巨如羔羊，頭上有角，其末有肉。」孔子曰：「天下已有主也，為赤劉，陳、項為輔。五星入井，從歲星。」兒發薪下麟，示孔子。孔子趨而往，麟蒙其耳，吐三卷圖，廣三寸，長八寸，每卷二十四字，其言「赤劉當起」，曰：「周亡，赤氣起，火燿興，元邱制命，帝卯金。」（卷29，頁226）

《太平御覽》引《孝經右契》佚文，也述及此事曰：

> 孔子夜夢豐、沛邦，有赤煙氣起，顏回、子夏侶往觀之，驅車到楚西北范氏之廟，見芻兒捶麟，傷其前左足，束薪而覆之。孔子曰：「兒來，汝姓為誰？」兒曰：「吾姓為赤松子。」孔子曰：「汝豈有所見乎？」曰：「吾所見一獸，如麕，羊頭，頭上有角，其末有肉方，以是西走。」孔子發薪下麟，示孔子，而蒙其耳，吐三卷書，孔子精而讀之。（卷889，頁10）

這就是著名的「孔子夢麟」傳說。不過，《孝經援神契》與《孝經

右契》二篇主旨相同而行文略異，前者較為詳細，多了地望「三槐之間」，與劉邦受命的證據：「天下已有主也，為赤劉，陳、項為輔。五星入井，從歲星」，以及命圖的形製與內容：「圖廣三寸，長八寸，每卷二十四字」、「周亡，赤氣起，人燿興，元邱制命，帝卯金」等。

　　讖文說道：「孔子夜夢三槐之間，豐、沛之邦，有赤烟氣起」。「三槐」在周朝指的是三公之位，但是以「之間」為言，又對應「之邦」地望之詞，則應指稱周都洛陽。不過，孔子是魯國人，去京師洛陽頗遠，所以此處袛能暗指魯國都邑曲阜。曲阜與劉邦的故里沛縣豐邑（屬秦泗水郡）相近，所以造讖者以「沛縣豐邑」喻劉邦，「赤煙氣起」則指屬於火德的劉漢，將要取代周朝為天子。

　　漢代究竟屬於五德中的那一種，在漢文帝以前其實還無定論，魯人公孫臣《推五德終始傳》認為漢屬「土德」，宰相張蒼則強調應屬「土德」❷。所以這兩條「火德」為主的讖文，應該是確定「漢為火德」後纔編造的。

　　除了《左傳》與讖緯之外，《孔叢子》、《孔子家語》也都述及獲麟，卻不見夢境成分在其中，而《古微書·論語摘衰聖》也與此類說辭相近，條列比對如下，以見其實：

---

❷　〔漢〕司馬遷：《史記》卷 10，〈孝文本紀〉頁 429；又見卷 28，〈封禪書〉頁 1381。

《孔叢子・記問第五》	《古微書・論語摘衰聖》	《孔子家語・辯物第十六》
叔孫氏之車子曰鉏商，樵於野而獲獸焉，眾莫之識，以為不祥，棄之五父之衢。冉有告夫子曰：「麕身而肉角，豈天之妖乎？」夫子曰：「今何在？吾將觀焉。」遂往。謂其御高柴曰：「若求之言，其必麟乎！」到視之，果信。言偃問曰：「飛者宗鳳，走者宗麟，為其難致也。敢問今見，其誰應之？」子曰：「天子布德，將致太平，則麟鳳龜龍先為之祥。今宗周將滅，天下無主，孰為來哉？」遂泣，曰：「予之於人，猶麟之於獸也。麟出而死，吾道窮矣。」乃歌曰：「唐虞世兮麟鳳遊，今非其時吾何求，麟兮麟兮我心憂。」	叔孫氏之車子曰鉏商，樵于野而獲麟焉。眾莫之識，以為不祥，棄之五父之衢。冉有告孔子曰：「有麕肉角，豈天下之妖乎？」夫子曰：「今何在？吾將觀焉。」遂往，謂其御高柴曰：「若求之言，其必麟乎！」到視之， 曰：「今宗周將滅，無卜，孰為來哉？茲日出而死。」夫子曰：「吾道窮矣！」乃作歌曰：「唐虞之世麟鳳游，今非其時來何由？麟兮麟兮我心憂！」	叔孫氏之車士曰子鉏商，採薪於大野，獲麟焉，折其前而足，載以歸，叔孫以為不祥，棄之於郭外。使人告孔子曰：「有麕而角者，何也？」孔子往觀， 曰：「麟也。 胡為來哉？胡為來哉？」反袂拭面，涕泣沾衿。叔孫聞之，然後取之。子貢問之：「夫子何泣爾？」孔子曰：「麟之至，為明王也，出非其時而害，吾是以傷焉。」

《古微書》雖收入《論語摘衰聖》中，但是應屬摘取《孔叢子》而成，並非東漢定型圖讖，所以清錢熙祚校訂此條時也說：「語見《孔叢子》，非《論語讖》文。」❷再者，同樣是孔子獲麟故事，《史記・孔子世家》云：

> 魯哀公十四年春，狩大野。叔孫氏車子鉏商獲獸，以為不祥。仲尼視之，曰：「麟也。」取之。曰：「河不出圖，雒不出書，吾已矣夫！」顏淵死，孔子曰：「天喪予！」及西

---

❷　〔清〕錢熙祚校：《古微書》卷26，《論語摘衰聖》頁219。按：吾嘗考論此條內容，詳見黃復山：《東漢讖緯學新探》，頁354-358。

> 狩見麟，曰：「吾道窮矣！」喟然歎曰：「莫知我夫！」子
> 貢曰：「何為莫知子？」子曰：「不怨天，不尤人，下學而
> 上達，知我者其天乎！」

皆為直述其事站友孔子心理反應，並未以夢境附會。以此而論，上
一組的兩條夢例，實在不具備任何值得分析的心理成分在其中，而
這一組的三條引文，也足證《論語摘衰聖》是輯者誤收。由此可
見，讖緯中的「孔子夢麟」，只是漢代今文學者神秘其誇飾，並未
賦以深刻的夢意涵思想。

㈡ 得賢臣之夢

1.堯夢馬喙子

　　《尚書·堯典》記載皋陶為士（刑獄之官），管理獄政五刑，
《淮南子·修務篇》說明原因是：「皋陶馬喙，是謂至信，決獄明
白，察於人情。」❷❹「至信、明白、合人情」是皋陶的能力，而
「馬喙」則是他的異相。讖緯中說堯帝就憑藉夢中所見皋陶面相上
的特徵，聘請他擔任大理官職。唐、宋類書如《藝文類聚》等所收
錄《春秋元命包》都述及此事：

《藝文類聚》 （卷 99，頁 1716）	《初學記》 （卷 12，頁 309）	《太平御覽》 （卷 397，頁 12）
《春秋元命包》曰：「堯為天子，季秋下旬，夢：『白虎遺	《春秋元命苞》曰：「堯為天子，夢馬啄子，得皋陶，聘為	《春秋元命苞》曰：「堯為天子，夢：『白帝遺吾馬喙子。

❷❹　劉文典：《淮南鴻烈集解》（北京：中華書局，1989 年），卷 19，頁
　　641。

吾馬喙子。其母曰扶始，升高丘，睹白虎，上有雲感己，生皋陶。」索扶始問之，如堯言。明於刑法，罪次終始，故立皋陶為大理。」	大理。」	其母為扶始，升丘，睹白帝，上有雲虎感己，生皋陶。」此畫夢所見告之辭也。「雲虎」，有雲狀如虎。堯聘索〔狀〕〔扶〕始問之，如堯言。徵與語，明於刑法。」

三條讖文，以《類聚》成書為最早，內容也最完整正確，孫瑴《古微書》、黃奭《通緯》都收錄其文入《春秋元命包》中。依《御覽》所插入的注文觀之，則「白帝遺……生皋陶」一段是記錄了堯帝的夢境，說道堯帝目睹了一幕感生神話的實景，並且藉以尋得一位執法賢臣。

夢的過程，是先有白虎送他「馬喙子」，並讓他感受到一幕逼真的畫面：一位母親，升到高丘，見到天上的白雲幻化成虎形，圍繞其身並且讓她懷孕，後來就誕生了「皋陶」這個小孩。

夢中透露了「白帝」的受命象徵，以及「扶始」和「皋陶」（即馬喙子）這兩個名字。「升高丘」應該是暗喻接近天庭，纔能獲得上帝的寵信。「睹白帝」，如果以五德相剋說而言，堯帝是火德，「白帝」屬金德，火剋金，所以「赤帝」堯纔能取代「白帝」為天子。若是以《類聚》的「白虎」為言，則「白虎」之色屬金，火剋金，我所剋者為我所用，即部屬之意。但是這種說辭都是想當然耳的附會。不過也可由此推論，這樣的讖文，都是確立「漢為火德」觀念後的產品。

2.堯夢長人

帝堯夢感長人而得舜，事出《尚書緯》，後魏溫子昇〈舜廟碑〉也言及此事：「懷山不已，龍門未闢，大道御世，天下為公，

感夢長人，明畋仄陋，釐降二女，結友九男，執耒歷山，耕夫所以謝畔。」㉕黃奭《通緯·尚書緯》收錄此條，分置二篇之中，但是比對結果，其實與《路史·有虞紀》相同：

《通緯·尚書中候握河紀》	《通緯·尚書帝命驗》	《路史·有虞紀》 （卷21，頁6）
初堯在位七十載矣，見丹朱之不肖，不足以嗣天下，乃求賢以異於位。至夢長人，見而論治。 舜之潛德，堯實知之，於是疇咨於眾，詢四嶽，明明揚仄陋，得諸服澤之陽。（《古微書》）	堯 夢長人，見而論治， 舉舜於服澤之陽。（《古微書》）	初，堯在位七十載矣，見丹朱之不肖，不足以嗣天下，乃求賢以異于位。至夢長人，見而論治。見《書緯》。溫子昇〈舜廟碑〉所謂「感夢長人」者。舜之潛德，堯實知之。于是疇咨于眾，詢四岳，明明揚仄陋，得諸服澤之陽。見《墨子》。

　　兩條《尚書緯》讖文雖然詳略不一，而取材自《路史》是無庸置疑的。黃奭在每條讖文下自注典出曰「《古微書》」。然而詳考孫瑴《古微書》，於《尚書帝命驗》中收有「堯夢長人，見而論治。舉舜於服澤之陽」一條，與《通緯》相同；於《尚書中候握河紀》中卻無「在位七十載」云云的讖文，覆查後方知此條讖文置於《尚書中候》裏。蓋孫瑴認為：堯率群臣告禪、沈璧後二年，得龍馬授其圖書，此即「今《握河紀》是也」㉖。所以「在位七十載」舉舜之事，在得龍馬圖書之前二年，當然不應置於《握河紀》中。黃奭不明其理，以致經率誤置。但是，《古微書》何以將《路史》

㉕　〔唐〕歐陽詢：《藝文類聚》卷11，〈帝王部一〉頁217。

㉖　〔明〕孫瑴：《古微書》卷5，《中候握河紀》頁172。

此條分別收入《帝命驗》與《尚書中候》裏，卻無合理說辭。

因為歷代相關類書文獻，都未收錄此條讖文，所以仔細分析羅泌《路史·有虞紀》原文，可知文分兩段，第一段羅苹注云「見《書緯》」，第二段注云「見《墨子》」。所謂「見」，乃概括其意，並非直錄文句，比對所引《墨子》與《墨子·尚賢》三篇文字，可證其實：

《路史》云「見《墨子》」	《墨子·尚賢上》	《墨子·尚賢上》	《墨子·尚賢上》
舜之潛德，堯實知之。于是疇咨于眾，詢四岳，明明揚仄陋，得諸服澤之陽。	古者堯舉舜於服澤之陽，授之政，天下平。	古者舜耕歷山，陶河瀕，漁雷澤，堯得之服澤之陽，舉以為天子，與接天下之政，治天下之民。	是故昔者舜耕於歷山，陶於河瀕，漁於雷澤，灰於常陽，堯得之服澤之陽，立為天子，使接天下之政，而治天下之民。

《路史》取自《墨子》的只有「得諸服澤之陽」一句，而「舜之潛德……明明揚仄陋」，其實仍從《尚書·堯典》而來：

> 帝曰：「咨四岳，朕在位七十載，汝能庸命，巽朕位。」岳曰：「否德，忝帝位。」曰：「明明揚側陋。」師錫帝曰：「有鰥在下，曰虞舜。」帝曰：「俞，予聞，如何。」

《路史》「舜之潛德，堯實知之」就是〈堯典〉的「帝曰：俞，予聞」，「疇咨于聚，詢四岳」就是「帝曰：咨四岳」「師錫帝曰：有鰥在下」，「明明揚仄陋」就是「曰：明明揚側陋」。

「見《墨子》」既然只是概括之詞，「見《書緯》」當然也不

是照抄《尚書緯》原文。《古微書》迻錄兩段置入《尚書中候》，顯然為輯佚上的疏失，而又擷取頭尾三句編為《尚書帝命驗》，就更不具有說服力了。所以此條讖文，應該只有第一段是概括《尚書緯》而成，大意是說：堯見長子丹朱不肖（〈堯典〉「胤子朱啟明……囂訟」），不足以嗣位，於是感夢長人，見而論治。

至於堯不用長子丹朱而用舜，《尚書大傳》已有說明：「堯為天子，朱為太子，舜為左右。堯知朱之不肖，必將壞其宗廟，滅其社稷，而天下同賊之；故堯推尊舜而尚之，屬諸侯，致天下于大麓之野。」❷⑦「夢感長人」一事，其實與《史記》殷帝武丁夢得傅說的傳說相似：

> 武丁夜夢得聖人，名曰說。以夢所見視群臣百吏，皆非也。於是迺使百工營求之野，得說於傅險中。是時說為胥靡，築於傅險。見於武丁，武丁曰是也。得而與之語，果聖人，舉以為相，殷國大治。故遂以傅險姓之，號曰傅說。❷⑧

「武丁夜夢得聖人」與堯帝「夢長人見而論治」，所夢都為有治國才能的人無疑。春秋時楚國白公諷靈王宜納諫，就藉用此事說道：武丁「使以象夢旁求四方之賢，得傅說以來，升以為公，而使朝夕規諫。」❷⑨由此可知此條《尚書緯》的「堯夢長人得舜」一事，其

---

❷⑦　〔宋〕李昉：《太平御覽》（臺北：臺灣商務印書館，1968 年 1 月），卷 146，〈皇親部十二〉頁 3。

❷⑧　〔漢〕司馬遷：《史記》卷 3，〈殷本紀〉頁 102。

❷⑨　〔周〕《國語》（上海：上海古籍出版社，1988 年 2 月）卷 17，〈楚語上〉頁 554。

實為拼湊已有文獻的結果，並非編造者賦予什麼深刻的思想意涵在其中。

三、輯本所收夢例實非讖緯佚文

㈠ 帝王合論

東漢周宣《夢書》曰：「昔聖帝明王之時，神氣炤然先見，故堯夢乘龍上太山，舜夢擊天鼓，禹夢其手長，湯夢布令天下。後皆有天下。桀夢疾風壞其宮，紂夢大雷擊其手，齊桓夢為大禽所中，秦二世夢虎齧其馬。王者夢之，皆失天下黃。」❸⓿此類夢例都是帝王運勢的朕兆，敦煌本《周公解夢書》針對個案嘗作說明：「堯夢見身上毛生，六十日得天子。舜夢見眉長、髮白，六十日得天子。湯夢見飛上樓四望，六十日為西「伯」。武王夢見登樹落，八十日有應。」❸❶由於這些都是帝王吉凶的兆驗，所以歷代占夢文獻都偏愛論述。

孫轂《古微書·孝經鉤命決》也有相同讖文一條，只是文句經過刪節：「堯夢乘青龍上泰山，舜夢擊鼓，桀夢黑風破其宮，紂夢

---

❸⓿ 〔宋〕李昉：《太平御覽》卷 397，〈人事部三十八〉頁 6 引《夢書》；〔明〕孫轂：《古微書》（臺北：新文豐出版社《叢書集成新編》第 24 冊，1985 年），卷 30，頁 4，引此文作「東漢周宣《夢書》」。

❸❶ 鄭炳林：《敦煌本夢書》（蘭州：甘肅文化出版社，1995 年 8 月），頁 62 載《周公解夢書》殘卷，伯希和 P.3281。

大雷擊其首。」❸其後趙在翰《七緯》、黃奭《通緯》、安居香山
《重修緯書集成》也都收錄此條。但是綜考歷代文獻，如唐白居易
《白氏六帖》（卷 23，頁 20）、明徐應秋《玉芝堂談薈》（卷 5，頁
40），都引作《夢書》，並未賦以讖緯篇名，孫瑴所錄實在可疑。
所以清錢熙祚校正《古微書》此條也道：「《白帖》二十三以為
《夢書》文。」❸喬松年〈古微書訂誤〉更批評：「愚按：此文見
《天中記》，引作《夢書》，未言是緯。孫氏擽作《鉤命決》，妄
也。」❸

以此而言，緯書輯本裏這一條內容堪稱豐富的讖文，其實是不
能計入「東漢定型圖讖」之中，作讖緯夢徵的案例之一。

㈡ 登基之兆

由於帝王命驗是古代術士所好言者，所以讖緯輯本中頗見登基
之夢兆，分別見於《古微書·洛書》與《通緯·尚書中候》，但是
文字卻與《宋書·符瑞志》幾乎相同：

---

❸　〔明〕孫瑴：《古微書》卷 30，《孝經鉤命決》頁 228。
❸　〔明〕孫瑴：《古微書》卷 30，《孝經鉤命決》頁 228。
❸　〔清〕喬松年：《緯攟》（收入《山右叢書初編》，太原：山西人民出版
　　社，1986 年 9 月）卷 13，〈古微書訂誤〉頁 15。

緯書輯本	《宋書・符瑞志》
《尚書中候・握河紀》：「有盛德，封於唐，厥夢作龍而上，厥時高辛氏衰，天下歸之。」㉟	1. 有聖德，封於唐。夢攀天而上。高辛氏衰，天下歸之。
《尚書中候・立象》：「嘗耕於歷，夢眉長與髮等。」㊱	2. 耕於歷山，夢眉長與髮等。
《尚書中候・立象》：「脩己剖背，而生禹於石紐，虎鼻彪口，兩耳參鏤，首戴鉤鈐，匈懷玉斗，足文履己，故名命。長九尺九寸，夢自洗於河，以手取水飲之，乃見白狐九尾。」㊲	3. 脩己背剖，而生禹於石紐。虎鼻大口，兩耳參鏤，首戴鉤鈐，胸有玉斗，足文履己，故名命。長有聖德。長九尺九寸，夢自洗於河，以手取水飲之。又有白狐九尾之瑞。
《雒書靈準聽》：「檮杌之神，見于邳山，有人牽白狼，銜鉤而入，商朝金德將盛，銀自山溢。湯將奉天命放桀，夢及天而舐之，遂有天下。」㊳	4. 檮杌之神，見于邳山。有神牽白狼，銜鉤而入。商朝金德將盛，銀自山溢。湯將奉天命放桀，夢及天而舐之，遂有天下。

四條引文，前三條皆為黃奭《通緯》襲取《清河郡本》而來；末一條剌出自《古微書》，未知出處。《清河郡本》所引錄讖緯佚文最為可疑，諸緯書輯本中僅有黃奭《通緯》承襲，是以凡涉及《清河郡本》處多與其餘輯本不同。至若孫瑴《古微書》引錄讖文也不夠嚴謹，所以輒有疏失之處。此四條未見於明以前的文獻引作讖緯篇目，而都見於梁沈約《宋書・符瑞志》中。

㉟　〔清〕黃奭：《通緯・尚書緯》（上海：上海古籍出版社，1993 年 4月）卷 7，《尚書中候・握河紀》頁 2。

㊱　〔清〕黃奭：《通緯・尚書緯》卷 7，《尚書中候・立象》頁 15。

㊲　〔清〕黃奭：《通緯・尚書緯》卷 7，《尚書中候・立象》頁 18。

㊳　〔明〕孫瑴：《古微書》卷 35，《雒書靈準聽》頁 240。

(三) 出軍之夢

　　黃奭《通緯·龍魚河圖》收有黃帝夢西王母授兵符以征蚩尤的讖文一則，情節詳盡：

《通緯·河圖》 （卷 10，頁 6）	《藝文類聚》 （卷 99，頁 1717）	《太平御覽》 （卷 736，頁 10）
《龍魚河圖》： 「帝伐蚩尤，乃睡，夢西王母遣道人，披玄狐之裘，以符授之，曰：『太乙在前，天乙備後，河出符信，戰則剋矣。』黃帝寤，思此符，不能悉憶，以告風后、力牧，風后、力牧曰：『此兵應也，戰必自勝。』力牧與黃帝俱到盛水之側，立壇，祭以太牢，有玄龜銜符出水中，置壇中而去。黃帝再拜稽首，受符，視之，乃夢所得符也。廣三寸，表一尺。於是黃帝佩之以征，即日禽蚩尤。	《黃帝出軍決》曰： 「帝伐蚩尤，乃睡，夢西王母遣道人，披玄狐之裘，以符授之，曰：『太一在前，天一備後，河出符信，戰即剋矣。』黃帝寤，思其符，不能悉憶，以告風后、力牧，風后、力牧曰：『此兵應也，戰必自勝。』力牧與黃帝俱到盛水之側，立壇，祭以大牢，有玄龜銜符從水中出，置壇中而去。黃帝再拜稽首，受符，視之，乃所夢得符也。廣三寸，表一尺。於是黃帝備之以征，即日禽蚩尤。」	《黃帝出軍訣》曰：「昔者蚩尤摠政無道，殘酷無已。黃帝封之於涿鹿之野，暴兵中原。黃帝仰天歎息，愀然而睡，夢西王母遣人披玄狐之裘，以符受之，曰：『太一在前，天一備後，得兵契信，戰則剋矣。』黃帝寤，思其符，立壇請而祈之，祭以太牢，用求神祐。須臾，玄龜、巨鼇銜符出從水中，置壇中而去。黃帝再拜稽首，親自授符。視之，乃所夢。故黃帝佩之以攻，即日擒蚩尤。」

　　黃奭《通緯》謂此條出自《清河郡本》 **❸⁹**，此前之類書如《類聚》、《御覽》、《路史》 **❹⁰** 等所收相似記載，皆作《黃帝出軍

---

❸⁹　〔清〕黃奭輯、朱長圻補刊《通緯·河圖》卷 10，〈龍魚河圖〉頁 6。

❹⁰　〔宋〕羅泌：《路史》（臺北：臺灣商務印書館，影印《文淵閣四庫全書》本，1983 年）引《黃帝出軍訣》及《太白陰經》云：「帝征蚩尤，七十一戰，不克，晝夢金人引領長頭，玄狐之裘，云：『天帝使授符。得兵符。戰必克矣。』帝寤間風后，曰：『此天應也。』乃于盛水之陽，築壇祭太牢。有元龜含符致壇，似皮非皮，絲非絲，廣三表一尺，文曰：

決》,「太乙在前,天乙備後」、「盛水」類似六朝道教說辭,未見於其他東漢圖讖佚文中,而其文字與《類聚》卷九九所引《黃帝出軍訣》全然相同,再查對《類聚》此卷引文,先引「《龍魚河圖》曰……」,其下即續接「《黃帝出軍決》曰」此條,可信為緯書緝者於收輯時誤認而取之。此類誤收,於緯書輯本中實不勝枚舉。是以此條應予刪除。

再者,一百二十卷本《說郛》收錄《春秋緯》:「帝伐蚩尤,乃睡夢西王母遣道人,披玄狐之裘,以符授之。」[41]未知其出處,而喬松年《緯攟》(卷6,頁21)、安居香山《重修緯書集成》皆循之收錄此條,然而實與《御覽》卷六九四所收的《黃帝出軍決》相近:「黃帝伐蚩尤,未克,夢西王母遣道人,披玄狐之裘,以符授之。」是以此類來源可疑的讖緯佚文,實應作更明確的考定,纔可作為東漢定型圖讖的文獻資料。

(四) 獲麟之夢

孔子見麟亡而自傷,在後世傳說中演為「孔子夢麟」的故事,下列三條引文中,黃奭《通緯·孝經右契》應為誤收。

『天一在前,太乙在後。』帝再拜受,于是設九宮,置八門,布三奇、六儀,制陽陰二遁,凡千八十局,名曰《天乙遁甲式》。三門發,五將具。征蚩尤而斬之。」(卷14,頁3)與《類聚》、《御覽》之引文稍異,疑屬後世傳鈔改易所致。

[41] 〔明〕陶宗儀:《說郛》一百二十卷本(收入《說郛三種》,上海:上海古籍出版社,1988年10月)卷五,頁231。

《古微書‧孝經援神契》 （卷 29，頁 226）	《通緯‧孝經右契》 （卷 2，頁 4）	《太平御覽》 （卷 889，頁 10）
魯哀公十四年，孔子夜夢三槐之間，豐、沛之邦，有赤烟氣起，乃呼顏回、子夏往視之。驅車到楚西北范氏街，見芻兒捶麟，傷其前左足，薪而覆之。孔子曰：「兒來！汝姓為誰？」兒曰：「吾姓為赤誦，名子喬，字受紀。」孔子曰：「汝豈有所見耶？」曰：「見一禽，巨如羔羊，頭上有角，其末有肉。」 孔子曰：「天下已有主也，為赤劉，陳、項為輔。五星入井，從歲星。」兒發薪下麟，示孔子。 孔子趨而往，麟蒙其耳，吐三卷圖，廣三寸，長八寸，每卷二十四字，其言「赤劉當起」，曰：「周亡，赤氣起，火耀興，元邱制命，帝卯金。」	魯哀十四年，孔子夜夢三槐之間，豐沛之邦，有赤氣起，乃呼顏回、子夏侶往觀之。驅車到楚西北范氏之廟，見芻兒捶麟，傷其前左足，束薪而覆之。孔子曰：「兒，汝來，姓為誰？」兒曰：「吾姓為赤松，名子喬，字受紀。」孔子曰：「汝豈有所見邪？」兒曰：「吾見一禽，巨一如麢，羊頭，頭上有角，其末有肉方，以是西走。」孔子曰：「天下已有主矣，為赤劉，陳、項為輔，五星入井，從歲星。」兒發薪下麟，示孔子，孔子趨而往，麟蒙其耳，吐三卷圖，各廣三寸，長八尺，每卷二十四字，其言：「赤劉當起。」文曰：「周姬亡□□，赤氣起□□□大耀興□□□，玄邱制命，帝卯金。」	《孝經右契》曰：孔子夜夢豐、沛邦，有赤煙氣起，顏回、子夏侶往觀之，驅車到楚西北范氏之廟，見芻兒捶麟，傷其前左足，束薪而覆之。孔子曰：「兒來，汝姓為誰？」兒曰：「吾姓為赤松子。」孔子曰：「汝豈有所見乎？」曰：「吾所見一獸，如麢，羊頭，頭上有角，其末有肉方，以是西走。」孔子發薪下麟，示孔子，而蒙其耳，吐三卷書，孔子精而讀之。

　　《古微書》所錄源出《宋書‧符瑞志》，本末賦予讖緯篇名。考其實情，東漢〈史晨碑〉的碑文嘗引用末句：「《孝經援神契》曰：『玄丘制命帝卯行。』」❷是以《古微書》循而置入《孝經援神契》中。但是，班固〈典引〉李善注也引同樣文句，卻屬不同篇

❷　〔宋〕洪适：《隸釋》（上海涵芬樓景印明萬曆刊本）卷 1，〈魯相史晨祠孔廟奏銘〉頁 25。

名：「《春秋孔演圖》曰：『玄丘制命，帝卯行也。』」❹是以此條何以必屬《孝經緯》中，實為孫毅的主觀認定。

再者，黃奭《通緯》將此條又置入《孝經右契》中，原因是遵從《清河郡本》之故。但是查檢《藝文類聚》卷一○〈符命〉引此文作《琴操》、卷八八〈槐〉又引作「沈約《宋書》」，《初學記》卷二九、《太平御覽》卷一四則都引作《搜神記》，無一書視之為讖文。推考《清河郡本》所以會收錄此條，可能是承襲嘉慶間張海鵬《學津討原》之誤，蓋《學津討原》收干寶《搜神記》，並自注每一條的出處，張氏可能乍看之下覺得此條與《太平御覽》所引的《孝經右契》相似，於是張冠李戴謂干寶此條出自《孝經右契》❹，《清河郡本》又承其誤，收入《孝經右契》中，是以《孝經援神契》此條有了另外一篇重複佚文。是以黃奭《通緯》襲自《清河郡本》的《孝經右契》當予刪除。

中國古代的夢文獻資料非常豐富，對於夢的闡釋也有很深刻、熟練的方式，甚至政府還設有專門官職負責此事。在這樣的氛圍裏，擅長占驗預測的東漢讖緯學，應該也富含夢文化的內容纔是。所以本文探究「東漢定型圖讖」中的夢徵，若重點有二：一是找出

---

❹ 〔梁〕蕭綱編、〔唐〕李善注：《昭明文選》（臺北：藝文印書館，1974年5月）卷48，〈典引〉頁15。

❹ 誤認的例子，在張海鵬之前的《唐類函》、《淵鑑類函》已有了。明俞安期《唐類函·麟》收錄《孝經古契》（應為「右契」之誤）此條，自注謂：「亦載《搜神記》。」然而晉干寶《搜神記》所載實與《孝經援神契》佚文相同，俞氏誤認；其後，清康熙49年御製《淵鑑類函·麟》襲之不改。張海鵬注《搜神記》出典時，可能參照這個錯誤，將《孝經古契》與《搜神記》聯結，所以造成《清河郡本》收輯讖緯佚文時的錯誤。

緯書輯本中的夢例，再論斷其中屬於「東漢定型圖讖」的佚文；其次則依歷史情境與先秦、兩漢的解夢觀念，分析這些夢例的可能意涵。

　　不過，文獻的考證非常繁瑣，喧賓奪主的佔用了大半篇幅；考證後的結果更顯示東漢定型圖讖中的夢說，充滿了宣傳意味的教條，顯示圖讖編纂者在此種文化裏只是虛應故事，既沒有擷取先秦以來豐富的夢占文獻，也未自行作出深切的努力。

動物性詈語的文化意義

高婉瑜[*]

摘　要

　　人是情感的動物，七情六慾、喜怒哀樂往往形諸於文字或語言，高興時的語言總是高昂、活潑，生氣時的語言往往低沈、銳利。生氣時對人辱罵的語言稱之為詈語，漢語裡（特別是近代漢語）有不少動物性詈語，借動物的特質或形象諷刺別人。以文字學角度來說，初造的動物名沒有詈語的色彩，後來，受到文化心理的影響，逐漸變成一種詈語，例如，狗常常與卑賤順從個性聯繫，罵人狗骨禿、狗態、狗才；鳥往往影射了性或輕視意，如鳥人、鳥村、鳥嘴；嘲諷妻子外遇的男人為王八、縮頭龜。

　　本文由文化語言學的角度觀察動物性詈語，透過歷時性的描繪，勾勒出動物性詈語演變的過程及文化的蘊含，隨著不同的場合和語境，詈語的功能也會有所變異，有時是一種謾罵，有時是溺愛等等。詈語雖然屬於較底層的文

---

[*]　　大葉大學共同科兼任講師

化，但是，它反映出社會真實的生活面，以及傳統的價值
觀，是認識文化另一面的重要材料。

一、前言

　　詈語，俗稱罵人話，《現代漢語詞典》：「罵，用粗野或惡意
的話侮辱人」侮辱＋粗鄙之言是構成詈語的重要條件。詈語是人類
表達負面情緒的一種方式，縱然人們表達的方式不盡相同，每個人
擁有自己的語言風格，但是，宏觀看來，生活在相似文化背景下的
人使用的詈語仍會重疊，換言之，這種重複出現的詞彙反映了人們
共通的心理，及文化對詞彙的影響。

　　詈語的種類很多，分類標準不一，由於動物與人的關係密切，
基於某些特性，親近的動物變成人們發洩情緒的對象，本文選定動
物性詈語作為研究範疇，集中討論帶有狗、鳥、龜、雞、猴、畜
生、禽獸的詈語。就漢語而言，上古漢語文白不分，書面語與口語
的界線不那麼清晰；中古漢語文白分途，書面語及口語逐漸的分
離；近代漢語兩者界線明顯。❶以詈語的發展而言，筆者發現動物
性詈語罕見於上古、中古漢語，大量產生於近代漢語階段，因此，
在討論每種詈語時，將排列出該詞目前可知較早的範例，而且，本
文研究的時代下限設定在近代漢語，現代漢語的部分留待日後專文

---

❶　關於漢語的分期問題，有許多不同的說法，一般認為，上古漢語指先秦到
　　東漢時期的漢語，中古漢語是東漢到唐初的語言，近代漢語是晚唐到明清
　　的漢語。

討論。一般而言，詈語的口氣多半是直接地怒罵，然而，本文放寬了詈語範圍，涵蓋「口語」、「對答」中的直接怒罵語、間接的諷刺挖苦語及詈語的變體——邪昵語。但是，不包括成語及歇後語，因為成語常是書面語的殘留，歇後語常採用譬喻手法含蓄地表達背後涵義，形式上也和詈語有別，即便有時歇後語意在諷刺，仍排除於本文的討論範疇。

一般認為詈語是文化底層粗俗難堪的污穢，根本不值得提倡。那麼，為何會產生這種詞彙現象？除主觀地說它是人類發洩情緒的方法之外，可有其他的原因造成詈語的出現及不斷翻新？無論是何種語言，總有些特定詞彙不討人喜歡，這種詞彙稱為禁忌語（taboo）。人們談到某些話題時，不是沒有詞彙形容，也不是不能說出，而是不願意去碰觸它，即便得說到它，也採用曲折的方法表達。從這個角度上來看，詈語其實是一種禁忌語，它之所以能夠引起對方的生氣或羞愧，讓罵人者得到快感，主要原因是違反禁忌，讓對方感到難堪。

禁忌的想法溯及遠古，英國詹姆斯・喬治・弗雷澤（James G. Frazer, 1854-1941）的《金枝》（*The Golden Bough*, 1922 年出版節本），談到了名字的禁忌：❷

> 未開化的民族對於語言和事物不能明確區分，常以為名字和
> 它們所代表的人或物之間不僅是人思想概念上的聯繫，而且
> 是實際物質的聯繫，從而巫術容易通過名字，猶如透過頭髮

---

❷ 〔英〕詹姆斯・喬治・弗雷澤著（1922），汪培基譯：《金枝》第二十一章（臺北：久大文化、桂冠圖書，1991 年），頁 367。

　　指甲及人身其他任何部分來危害於人。

名字禁忌的心理因素是害怕對方藉由接觸巫術加害於己。雖然，弗雷澤並未全面說明種種禁忌，但是，他點出了「害怕」是造成禁忌的深層原因。人們害怕某些東西帶來不幸，所以，形成共同的心理機制——避免碰觸禁忌。一旦有人碰觸了，將會帶給別人難堪，並受到非議。詈語就是藉由違反禁忌，透過語言的力量，讓對方害怕、錯愕，進而憤怒羞愧。每個民族共同遵守的禁忌不盡相同，中國人對兩性之性及人格尊嚴的敏感度極高，所以，許多詈語圍繞著這兩個禁忌而生，這也是本文語料的主題。

　　為了達到羞辱目的，詈語的內容往往是以性罵人、貶為畜生、降低輩份、羞辱對方尊長。男女之間的性，自古以來就被人視為極端隱密、不可告人的事情，中國人總是避免碰觸到性問題，因為害怕觸及，性的禁忌特別多，刻意以性罵人，無疑把對方的性事攤在陽光下。儒家思想深深影響著中國，儒家強調倫理綱常，看重人的意義價值，《說文解字》：「人，天地之性最貴者也。」儒者認為人的地位最貴，貶低對方便用非人之詞稱呼他，《孟子·離婁》：「嫂溺不援，是豺狼也。」《史記·項羽本紀》：「人言楚人沐猴而冠耳，果然。」王充《潛夫論·潛歎》：「夫詆訾之法者，伐賢之斧也，而驕妒者，噬賢之狗也。」以動物（豺狼、猴、狗）喻人，意味著這種人非我族類。輩份與家族觀念也是儒家思想的一環，尊親敬長、長幼有序是進入人倫社會必須遵守的法則，這種想法底下，家族的榮譽對個人極為重要，混淆彼此的輩份，或者咒罵對方尊長，藉由損毀名譽引起對方的不悅。

　　研究文化語言學的方法很多，本文將採用共層背景比較法、整合外因分析法觀察罵語的現象。申小龍（1993）談到語言是民俗心理的鏡象，言為心聲，言直接參與心理活動，作用於心理現實。❸簡而言之，文化現象映射在語言上，語言反映了文化。邢福義（1990）指出文化人類學將文化作一個分層，表層是物質層次，是人類改變自然的產物；中層是制度層次，人類改變社會的產物，例如制度、風俗、人際關係等等；深層是心理層次，人類改變主觀世界的產物，例如社會心理、價值取向、倫理觀念、思維方式、審美情趣等等。❹語言本身屬於一種溝通的制度，它又足以反映深層文化，因為，它的誕生是人類思維支配下的結果。共層背景比較法，採取共層文化對象（語言）及其背景的比較，❺此方法涵蓋鏡象觀念。整合外因分析法重點在於研究不同語言文化現象同一時期，或者同一語言文化現象不同時期差異的外部原因，即產生該現象的思維因素。運用這兩種方法，我們更能掌握思維及文化背景對動物性罵語的影響。

---

❸　申小龍（1993）：《文化語言學》（南昌：江西教育出版社），頁130。
❹　邢福義主編.（1990）：《文化語言學》（湖北：湖北教育出版社），頁21。
❺　邢福義以「顛」（人的頂部）、「巔」（山的頂部）、「槙」（樹的頂部），三字同音同源，從文化學的角度看，反映漢人早期注重直觀和類比的思維方式。語言的共層性的研究就是共層背景比較法。同前註，頁20。

二、狗的罵語

　　遠古時代，狗已經是人類馴養的家畜，牠通常擔任警戒守衛的
工作，總是忠心耿耿、盡忠職守。人類認為自己是萬物之靈，比別
的動物高尚，人們發洩情緒時，往往不把對方當成人類，將他貶為
次一級的動物，於是，與人類生活最為密切的狗變成罵人的代稱，
狗的溫馴卑從特徵逐漸沾上了罵語的色彩。這個跡象，在中古漢語
已經萌芽，興盛於近代漢語。《漢語大詞典》狗有罵詞的義項，表
示極端鄙視。史籍的例子普遍早於文學作品，劉宋范曄《後漢書》
出現了「狗態」罵語：

1. 整罵曰：「死狗，此何言也！我當必死為魏國鬼，不苟求
   活，逐汝去也。欲殺我者，便速殺之。」（晉陳壽／三國志
   魏書）

2. 吳將語肜令降，肜罵曰：「吳狗！何有漢將軍降者！」
   （晉陳壽／三國志蜀書）

3. 牽挽臣車，使不得行。羌胡敝腸狗態，臣不能禁止，輒將
   順安慰。增異復上。（劉宋范曄／後漢書董卓列傳）

4. 卓大罵曰：「庸狗敢如是邪！」（劉宋范曄／後漢書・董卓列
   傳）

5. 是日先縛配將詣帳下，辛毗等逆以馬鞭擊其頭，罵之曰：
   「奴，汝今日真死矣。」配顧曰：「狗輩！由汝曹破冀
   州，恨不得殺汝。」（劉宋范曄／後漢書・袁紹劉表列傳）

6. 崧瞋目叱之曰：「氐狗！安有天子牧伯而向賊拜乎！」

（唐房玄齡等／晉書載記）

7.宗孟慚懼無以容，<u>狗奴</u>該死。（明李贄／史綱評要·宋記·神
宗）

「狗態」，罵人情狀如狗；「庸狗」，平凡庸俗的如狗一樣；「狗
輩」，罵人與狗同輩（非人）；「死狗」，死亡令人畏懼，表示人
生階段的完結，以死亡搭配動物來罵人，用詛咒語氣表達極度厭
惡；「吳狗」「氐狗」，冠上對方的國別或種族，帶有輕視之意；
「狗奴」，狗為人類服務，如同奴才一般。

佛經勸人為善，化度眾生，由於佛經是中古漢語龐大的口語語
料，既是口語，也保留了一些詈語：

1.遙見諸尼捷悉羅坐裸形無有衣被。三摩竭即大驚。是為<u>狗</u>
<u>畜生</u>無有異。便兩手覆面遙唾之。即還入室不肯復出。
（吳竺律炎譯／佛說三摩竭經）

2.爾時央掘魔羅，以偈答曰：遠去<u>賊狗</u>魔，蚊蚋無畏說，及
未被五繫，波旬宜速去，莫令我須臾，左腳蹴<u>弊狗</u>。（劉
宋求那跋陀羅譯／央掘魔羅經卷）

第一例，三摩竭看到諸尼捷像狗一樣赤裸而坐，非禮之行，於是唾
棄入室而去，在此，狗畜生的詈罵意味不強，但有鄙視諸尼捷之
意。第二例，央掘魔羅是殺人魔頭，故以賊狗魔、弊狗稱之。由此
可知，佛經的「～狗～」用法不是直接的詈罵，而是間接的諷刺，
語氣稍緩。

近代漢語裡狗詈語無論在數量上、類型上均十分豐富：

1. 汪革道：「砍下你這驢頭也罷，省得那狗縣尉沒有了證見。」（明馮夢龍編／喻世明言第三十九卷）❻

2. 董昌聞知朝廷累加錢鏐官爵，心中大怒，罵道：「賊狗奴，敢賣吾得官耶？吾先取杭州，以洩吾恨。」（明馮夢龍編／喻世明言第二十一卷）

3. 你這七八是餵不飽的狗，鴇子是填不滿的坑。不肯思量做生理，只是排局騙人。（明馮夢龍編／警世通言第二十四卷）

4. 一對忽剌孩，都是狗養的。（元關漢卿／哭存孝）

5. 那露臺上便是獨角牛，你看那狗骨頭生的那個模樣。（元無名氏／獨角牛第三折）

6. 三公曰：「母狗無禮！」又答曰：「我是母狗，各位老爹是公侯。」（元明史料筆記叢刊戒庵老人漫筆）

7. 李小兒那廝，這兩日不見他，你見來麼，你饋我尋見了拿將來，你不理會的，那廝高麗地面來的宰相們上做牙子，那狗骨頭知他那裏去，誆惑人東西不在家。（明／朴通事諺解上）

8. （末）啐！你這狗才，連君父不識，我和你認什麼弟兄。（明孔尚任／桃花扇劫寶）

9. 這狗官，還了秀才，快起解去。（明湯顯祖／牡丹亭硬拷）

　按：馮夢龍與湯顯祖常以「狗」罵官吏。

---

❻　明代馮夢龍編的《古今小說》（又稱《喻世明言》、《警世通言》、《醒世恆言》）收錄宋元明的話本和文人擬話本，具體篇目的時代的確定，意見仍不一致。

10.今日造化了這狗骨禿了。（明蘭陵笑笑生／金瓶梅詞話第五十二回）

11.狗攮的淫婦，管你甚麼事！（明蘭陵笑笑生／金瓶梅詞話第六十二回）

12.月娘道：「大不正則小不敬。母狗不掉尾，公狗不上身。大凡還是女婦人心邪，若是那正氣的，誰敢犯邊！」（明蘭陵笑笑生／金瓶梅詞話第七十六回）

13.我把他當個人看，誰知人皮包狗骨東西，要他何用？（明蘭陵笑笑生／金瓶梅詞話第七十六回）

14.去你的狗入。（明蘭陵笑笑生／金瓶梅詞話第九十九回）

　　按：《金瓶梅》的狗詈語偏向性關係。

15.放你的狗屁！你弄的好乾坤哩！（清吳敬梓／儒林外史第二十三回）

16.小人還說叫他不知不覺的死了，卻便宜了他；所以把他的頭髮解開，就在手內把他的頭往上提了兩提，他方纔醒轉來。小人便高喊快快將狗頭來與我！（清西周生／醒世姻緣第二十回）

17.我知道你們有了別人，反多著我哩。要吃爛肉，只怕也不可惱著火頭！我把這狗臉放下來，和尚死老婆，咱大家沒。（清西周生／醒世姻緣第四十三回）

18.好個狠天殺，數強人，不似他！狼心狗肺真忘八！為著那歪辣，棄了俺結髮！你當初說的是甚麼話？惱殺咱將頭砍弔，碗口大巴拉。（清西周生／醒世姻緣第四十四回）

19.老人巾插戴絨花，外郎袍拖懸紅布。把賊眼上下偷瞧，用

狗口高低喝唱。才子閨房之內，原不應非族相參；士女臥

室之中，豈可叫野人輕到？（清西周生／醒世姻緣第四十四回）

20.素姐說：「放你家那狗臭屁！你那沒根基沒後跟的老婆生

的沒有廉恥；像俺好人家兒女害羞，不叫人說偷嘴！」

（清西周生／醒世姻緣第四十八回）

按：清代出現以狗的器官、生理現象罵人。

21.安公子道：「我要尋著那兩個驃夫，把這大膽的狗男女，

碎屍萬段，消我胸中之恨！」（清文康／兒女英雄傳第八回）

22.他也不往下聽，便道：「老弟，你莫怪我動粗。你只管把

這起狗娘養的叫過來，問個明白，我再合他說話，我有我

個理。等我把這個理兒說了，你就知道不是愚兄不聽勸

了。」（清文康／兒女英雄傳第三十一回）

23.叫你那狗公便出來，姑娘有話問他。（清天官寶人／孽海花第

十幕）

近代漢語的罵法出現雙重定語修飾主語（賊狗奴、狗臭屁），疊加多
種動物一起罵人（忘八＋狗）。《朴通事諺解》是朝鮮人學習漢語
的會話書，以狗骨頭罵李小兒，指李小兒連狗都不如，只剩一副骨
頭。

　性的禁忌在中國特別明顯，大多數的詈語常會揭露私密的性
事，讓對方難堪，這種性詈語在《金瓶梅》中最為顯著。《金瓶
梅》描寫了晚明的社會現象，全書不避俗言穢語，保存許多精彩的
性詈語，例如罵人公狗與母狗，「母狗不掉尾，公狗不上身」，母
狗不翹起尾巴求歡（女人不心邪），公狗不會爬上母狗身（男人不會輕

舉妄動）；「狗攦」指的是與狗性交；骨禿是植物花苞，或動物的
幼仔之意，「狗骨禿」指未生或初生的小狗，相當於狗崽子；❼
「人皮包狗骨東西」，指披人皮的狗；「狗辺」❽罵人狗種。「狗
男女」也是以性罵人，特稱見不得人的情侶。此外，中國人注重血
緣倫常，觸犯綱常是大不敬，透過詈罵對方祖先或長輩表示輕視對
方家族，達到羞辱的目的，「狗養的」、「狗娘養的」意思相近，
暗示對方及父母均是狗，開除人籍，貶為牲畜。

　　中國人還會以狗來命名：

> 1. 狀頭時彥，母懷之彌月，夢數人皁衣，肩輿一金紫人徑入
>   房中。明日，犬生九子皆黑，晚遂生彥，故小名<u>十狗</u>。同
>   年錄見之。（唐宋筆記叢刊泊宅編）
> 2. 又有一個老道叫做劉<u>狗兒</u>，這慈長老年近六旬，極是個志
>   誠本分的。（明羅貫中／三遂平妖傳第七回）

以狗為名的情況不具貶意，屬於一種邪昵語，帶有疼愛親密之意。
中國人認為替子女取個賤名，可以避免厄運，小孩比較容易順利長
大。縱然〈泊宅編〉說家裡的狗生了九隻小狗，母親隨後生下彥，
故喚之「十狗」，但是，「十狗」一名仍帶有期望小孩順利成長的
意味。

---

❼　傅憎享（1993）：《金瓶梅隱語揭秘》（天津：百花文藝出版社），頁
　　66-67。
❽　《字匯補》：「　　，古文財字。」俗借其字形謂交媾，通常指男性對女性
　　所施。多用作詈詞。

三、鳥的詈語

《漢語大詞典》：「鳥，人畜的雄性生殖器，多用為詈詞。」傅憎享（1993）認為鳥的發音近男性生殖器，所以，以鳥稱男陰。❾以鳥罵人通常影射著性器官，後來，語氣漸緩，表示怨詈、輕視。鳥的詈語產生的比較晚，蔣禮鴻（1997）指出兩例，一是〈鷰子賦〉：「不曾觸犯豹尾，緣沒橫離鳥災！」鷰子夫妻無故被雀兒痛打，鷰子氣憤的說自己沒有觸犯皇帝儀杖，為何遭受無妄之災？鳥災，指的是倒楣的無妄之災。其二，《太平廣記》卷 273 李秀蘭條引《中興閒氣集》劉長卿有陰疾，秀蘭曰：「山氣日夕佳。」長卿對曰：「眾鳥欣有託。」山氣諧疝氣，鳥則指男陰。❿就語氣而言，〈鷰子賦〉的「鳥災」帶有埋怨，劉長卿的「眾鳥」詼諧的意味較濃。明清的文學作品中有許多鳥詈語：

1. 大學士萬安老而陰瘻，徽人倪進賢以藥劑湯洗之，得為庶吉士，授御史。時人目為洗鳥御史。（明馮夢龍／古今譚概·容悅·洗鳥）

2. 只圖多獲作生涯，一任旁人呼鳥賊。（明羅貫中／三遂平妖傳第三回）

3. 我卻是個不及第的秀才，因鳥氣合著杜遷來這裡落草。（明施耐庵／水滸全傳第十一回）

---

❾　同註❼，頁 25。

❿　蔣禮鴻（1997）：《敦煌變文字義通釋》（上海：上海古籍出版社），頁303-304。

4. 沒事又來鳥亂！我們湊錢買酒吃，干你甚事？（明施耐庵／水滸全傳第十九回）

5. 俺們放你回去，休得再來。傳與你的那個鳥官人，教他休要討死。（明施耐庵／水滸全傳第十九回）

6. 武松道：「休得胡鳥說！便是你使蒙汗藥在裏面，我也有鼻子。」（明施耐庵／水滸全傳第二十三回）

7. 武松道：「你鳥子聲！便真箇有虎，老爺也不怕！你留我在家裏歇，莫不半夜三更要謀我財，害我性命，卻把鳥大蟲謊嚇我？」（明施耐庵／水滸全傳第二十三回）

8. 聽你那兄弟鳥嘴，也不怕別人笑恥。（明施耐庵／水滸全傳第十九回）

9. 王婆道：「含鳥猢猻，我屋裏那得甚麼西門大官人？」（明施耐庵／水滸全傳第二十四回）

10. 你這鳥男女，只會吃飯吃酒，全沒些用！直要老娘親自動手！這個鳥大漢卻也會戲弄老娘。（明施耐庵／水滸全傳第二十七回）

11. 燕順聽了，那裡忍耐得住，便說道：「兀那漢子，你也鳥強！不換便罷，沒可得鳥嚇他。」（明施耐庵／水滸全傳第三十五回）

12. 李逵道：「這宋大哥便知我的鳥意，吃肉不強似吃魚」。（明施耐庵／水滸全傳第三十八回）

13. 你倒鳥村！我們衝州撞府，那裏不曾去，到處看出人。（明施耐庵／水滸全傳第四十回）

14. 石秀道：「俺兩個鳥耍這半日，尋那裡吃碗酒回營去。」

(明施耐庵／水滸全傳第九十回)

15.鄆哥道：「<u>賊老咬蟲</u>，沒事便打我！」(明蘭陵笑笑生／金瓶
梅詞話第四回)

16.我道你是這般<u>屁鳥人</u>！那廝兩個落得快活。(明蘭陵笑笑生
／金瓶梅詞話第五回)

「洗鳥御史」的鳥指的是男陰；「含鳥猢猻」罵人嘴髒，中國人認
為性器官污穢不堪，說話不乾淨就好像含著男陰說話，含鳥的畜
生，具有雙重貶意。以性器官諷刺別人。由上述例子可知，鳥罵語
中的性涵義佔少數，較多的是輕視不屑，不過，「屁鳥人」則兩者
皆備，指無用的男子，⓫此例的鳥字仍為男陰之意，藉由怒斥器官
貶抑男人。「老咬蟲」，李申（1992）解為老狗，罵人語。⓬傅憎
享（1993）以為是老咬鳥之意，馮夢龍《笑府》說夫妻同臥，妻指
夫陽物問說：「此是何物？」夫曰：「此白老蟲也。」蟲表示是
鳥，男陰之意。老咬蟲意近含鳥之意。

　　明清小說中的鳥罵語以《水滸傳》最為精彩，而且，以鳥罵人
的詞彙多出自李逵之口。《水滸傳》「鳥氣」指的是閒氣；「鳥
亂」為胡鬧搗亂之意；「胡鳥說」表示亂說；「鳥嘴」指屁話、臭
嘴；「鳥村」指土氣。不但如此，還有許多事物都冠上鳥字，例如
「鳥子聲」僅是取小鳥吱吱喳喳的模樣，形容人多嘴；「鳥大蟲」

⓫　《金瓶梅大辭典》頁 372：「屁鳥人，罵人之詞，指無用的物（對男子而
　　言）。」黃霖主編（1991）：《金瓶梅大辭典》（成都：巴蜀書社）。

⓬　李申（1992）：《金瓶梅方言俗語匯釋》（北京：北京師範學院出版
　　社），頁 201-202。

指的是老虎;「鳥意」指心意;「鳥嚇」是驚嚇;「鳥耍」表戲
耍、玩耍,由這些例子的語意來看,它們不帶有詈罵之意,像是一
種口頭禪。

四、龜的詈語

《漢語大詞典》中說妻有外遇者、舊時開設妓院的男子、男性
生殖器都可稱為龜。通常,烏龜是專罵男人的詞,烏龜的頭部形狀
與男陰相似,藉由生殖器的聯想,進而代指開妓院的男人(相當於
皮條客);由烏龜的膽怯特性,諷刺男人對妻外遇不敢干涉,引伸
罵人懦弱無能、膽小怕事。換言之,烏龜的詈語有兩個脈絡:男
陰…→皮條客,畏縮貌…→妻有外遇、懦夫。

早期中國人視龜為神聖的動物,烏龜是與神溝通(占卜)的憑
藉,曾經是《禮記》四靈之一,烏龜的長壽讓人們欣羨不已,唐宋
人紛紛以龜命名(李龜年、陸龜蒙、陸游號龜堂等等)。元代以後,烏
龜的地位下降,明代人更忌諱被人罵烏龜,表示自己戴了綠帽子。
目前最早的龜詈語溯及明代,清代普遍出現於文學作品中:

1. 宅眷皆為撐目兔,舍人總作縮頭龜。(明陶宗儀/輟耕錄・廢
   家子孫詩)

2. (望介)那江岸之上,有幾個老兒閒坐,不免上前討火,
   就便訪問。正是:開國元勳留狗尾,換朝逸老縮龜頭。
   (明孔尚任/桃花扇・餘韻)

3. 王慶喝罵道:「輸敗腌臢村烏龜子!搶了俺的錢,反出穢

言！」（明施耐庵／水滸全傳第一百四回）

4. 周少溪道：「你不曉得，凡娼家龜鴇，必是生狠的。你妹子既來歷不明，他家必緊防漏洩，訓戒在先，所以他怕人知道，不敢當面認帳。」（明凌濛初／初刻拍案驚奇卷之二）

5. 那韓子文考了三等，氣得目睜口呆，把那梁宗師烏龜七八的罵了一場，不敢提起親事，那王婆也不來說了。（明凌濛初／初刻拍案驚奇卷之十）

6. 癡烏龜！你是好人家兒女，要偷別人的老婆，到捨著自己妻子身體！虧你不羞，說得出來！（明凌濛初／初刻拍案驚奇卷三十二）

7. 薛蟠登時急的眼睛鈴鐺一般，瞪了半日，才說道：「女兒悲——」又咳嗽了兩聲，說道：「女兒悲，嫁了個男人是烏龜。」（清曹雪芹／紅樓夢校注第二十八回）

8. 這個忘八渾帳烏龜！一身怎當二役？你既心裏捨不了你娘，就不該又尋我！你待要怎麼孝順，你去孝順就是了！（清西周生／醒世姻緣第三回）

9. 晁大舍正在西邊涼亭上畫寢，聽得這院裏嚷鬧，愕愕睜睜扒起來，趿了鞋來探問。珍哥脫不了還是那些話數罵不了，指著晁大舍的臉，千忘八，萬烏龜。（清西周生／醒世姻緣第八回）

10. 正嚷著，俺爺從亭子上來，俺姨指著俺爺的臉，罵了一頓臭忘八臭龜子，還說怎麼得那老娘娘子在家，叫他看看好清門靜戶的根基媳婦纔好。（清西周生／醒世姻緣第十二回）

「撐目兔」相對於「縮頭龜」，兔子（女人）望月而孕，男人睜一隻眼、閉一隻眼，不敢出面干涉，縮頭龜罵的是戴綠帽的男人。「癡烏龜」也是有這種涵義。「娼家」與「龜鴇」並列，龜鴇是開妓院的男子。「換朝逸老縮龜頭」和前面的縮頭龜戴綠帽不同，前朝遺老像烏龜般遇到敵人便縮頭藏尾，都是無能怕事的人。「女兒悲，嫁了個男人是烏龜」，諷刺女婿是個懦夫。王八烏龜是近義詞，鱉俗稱王八，龜鱉模樣相像，又都膽小易受驚嚇，驚嚇的當下反應就是躲藏起來，因之，王八和烏龜時常並列，加強詈罵的語氣。

小說裡也有罵人王八（忘八）的例子：

1. 田牛兒痛哭了一回，心中忿怒，跳起身道：「我把朱常這狗王八，照依母親打死罷了。」（明馮夢龍編／醒世恒言第三十四卷）

2. 你本蝦鱔，腰裡無力，平白買將這行貨子來戲弄老娘家。把你當塊肉兒，原來是個中看不中吃，鑞鎗頭，死王八！（明蘭陵笑笑生／金瓶梅詞話第十九回）

3. 賊王八，你也看個人兒行事，我不是那不三不四的邪皮行貨，教你這王八在我手裡弄鬼，我把王八臉打綠了！（明蘭陵笑笑生／金瓶梅詞話第二十二回）

4. 王八羔子！我的孩子和你有甚冤仇？他才十一二歲，曉的甚麼？（明蘭陵笑笑生／金瓶梅詞話第二十八回）

5. 不如教老婆養漢，做了忘八，倒硬朗些，不叫下人唾罵。（明蘭陵笑笑生／金瓶梅詞話第三十五回）

6.我今天要不是看你的面子，早把<u>小鱉蛋</u>的窠毀掉了。（清
李寶嘉／官場現形記第二十四回）

7.我若得臉呢，你們外頭橫行霸道，自己封就了自己是舅
爺；我要不得臉，敗了時，你們把<u>忘八</u>脖子一縮，生死由
我去。（清曹雪芹／紅樓夢第四十六回）

除了以性罵人、貶為畜生之外，降低輩份也是一種羞辱的方式，中
國的倫常觀念十分堅固，晚輩對長輩要恭敬，長輩可以適時訓勉晚
輩，因此，對罵時會刻意貶低對方的輩份，凸顯自己的優越，例如
「王八羔子」，猶言王八的兒子，對方不但是王八（非人），而且
還是兒子一輩，換言之，長輩（罵人者）罵晚輩（被罵者）也是應
該。蛋也是詈語，「小鱉蛋」即王八蛋之意，罵人連王八都談不
上，只配做顆蛋。《金瓶梅》三十五回的養漢對「忘八」，稱呼戴
綠帽的男子。

早期的中國人尊崇烏龜，因為烏龜既長壽又神秘，長壽在人類
看來就是一種神奇的力量，因此，對烏龜總是帶有崇拜的心理。元
明的烏龜變成不討喜的動物，是因為人們著眼於烏龜的縮頭縮腦，
把這個形象映射到戴綠帽的男人或懦夫身上，他們總是沒有擔當，
好比烏龜遇事就躲的特性，烏龜如此，王八亦同，於是就以王八烏
龜一起罵人。

五、雞的詈語

雞和狗一樣很早就是人類畜養的家禽，但是雞的地位向來不

高，上古與中古語料裡的雞並沒有貶意，宋王明蓀《東京夢華錄》潘樓東街巷：「向東曰東雞兒巷，向西曰西雞兒巷，皆妓館所居。」雞兒指妓院。元喬吉《水仙子·憶情》：「說相思難撥回頭，夜月雞兒巷，春風燕子樓，一日三秋。」雞兒巷指妓院所在地。准此，就不難理解廣東話稱妓女為雞。雞的詈語構詞能力不強，近代口語中出現的雞詈語，就是圍繞著「雞巴」打轉：

1. 鵝掌拖黃拌，雞□帶糞嘗。（明孫柚／琴心記·花朝舉觴）

2. 晁源也是著急的人，發作起來，說道：「你說的是我那雞巴話！我叫你鑽幹著做證見來？你抱怨著我，我為合你是鄰舍家，人既告上你做證見了，我說這事也還要仗賴哩，求面下情的央你，送你冰光細絲三十兩，十足大梭布，兩足綾機絲紬，六吊黃邊錢，人不為淹渴你，怕你咬了人的雞巴！」（清西周生／醒世姻緣第十三回）

3. 沒眼色的淡嘴賊私窠子！你劈拉著腿去坐崖頭掙不出錢麼？只在人耳邊放那狗臭屁不了！我使那教驢雞巴搗瞎你媽那眼好來！」（清西周生／醒世姻緣第六十七回）

4. 素姐罵道：「你是人家那雞巴大伯，脬子大伯，我那屎臭大伯！你證著叫官撈我這們一頓，把我的心疼的兄弟枷號著打這頓板子，你還是大伯哩！」（清西周生／醒世姻緣第八十九回）

《漢語大詞典》：「雞巴，陰莖，男性外生殖器，常用作詈語。」雞巴是性的詈語，從《醒世姻緣傳》一談到雞巴，總是以火爆又粗魯的口吻表示，可見用性來攻擊人的強度。「雞巴話」猶言鳥話、

屁話；「雞巴大伯」用性器官罵伯伯，表示極端憤怒；「驢雞巴」即公驢的性器官，例 3 前有狗臭屁，後有驢雞巴，驢的雜交行為為人所不恥，企圖用齷齪污穢的驢陰莖搓瞎眼睛，表現出很濃的咒罵味，不但罵了對方，還要羞辱對方的長輩，這就是藉由觸犯倫理的禁忌，挑起對方的憤怒。

六、猴的詈語

猴子生性機靈活潑，人們即便拿猴子罵人，也不像其他的詈語那麼嚴厲，《漢語大詞典》也說猴子常用來比喻機靈的人，有些方言裡稱乖巧機靈的孩子為猴。猴詈語出現在近代漢語，數量上少於狗、鳥的詈語。

1. 你那小猢猻，理會得甚麼？（明施耐庵／水滸傳第二十四回）

2. 王婆罵道：「含鳥小猢猻！我屋裡那討甚麼西門大官。」「含鳥小猢猻，也來老娘屋裡放屁！」（明蘭陵笑笑生／金瓶梅詞話第四回）

3. 玳安故意戲他，說道：「嫂子，賣粉的早辰過去了，你早出來拿秤稱他的好來。」老婆罵道：「賊猴兒！裡邊五娘、六娘使我要買搽的粉，你如何拿秤稱？三斤胭脂二斤粉，教那淫婦搽了搽？看我進裡邊對他說不說！」（明蘭陵笑笑生／金瓶梅詞話第二十三回）

4. 西門慶就不問誰告你說來，一沖性子走到前邊。那小猴子不知，正在石臺基頑耍，被西門慶揪住頂角，拳打腳踢，

殺豬也似叫起來，方才住了手。……王八羔子！我的孩子
和你有甚冤仇？他才十一二歲，曉的甚麼？（明蘭陵笑笑生
／金瓶梅詞話第二十八回）

5. 只見焙茗、鋤藥兩個小廝下象棋，為奪「車」正拌嘴；還
有引泉、掃花、挑雲、伴鶴四五個，又在房檐上掏小雀兒
玩。賈芸進入院內，把□一踩，說道：「猴頭們淘氣，我
來了。」（清曹雪芹／紅樓夢校注第二十四回）

6. 薛蟠瞪了一瞪眼，又說道：「女兒愁——」說了這句，又
不言語了。腳人道：「怎麼愁？」薛蟠道：「繡房攛出個
大馬猴。」（清曹雪芹／紅樓夢校注第二十八回）

7. 賈母回頭道：「猴兒猴兒，你不怕下割舌頭地獄？」鳳姐
兒笑道：「我們爺兒們不相干。他怎麼常常的說我該積陰
騭，遲了就短命呢！」（清曹雪芹／紅樓夢校注第二十九回）

8. 那柳家的笑道：「好猴兒崽子，你親嬸子找野老兒去了，
你豈不多得一個叔叔，有什麼疑的！別討我把你頭上的杩
子蓋似的幾根屄毛挦下來！還不開門讓我進去呢。」（清
曹雪芹／紅樓夢校注第六十一回）

《水滸傳》及《金瓶梅》的「小猢猻」都是小猴子之意，王婆罵人
「含鳥小猢猻」，帶有性意味。老婆罵玳安「賊猴兒」，並非怒目
相罵的語氣，而是帶著警告式的笑罵之意。從前後文得知，《金瓶
梅》的「小猴子」指小孩子，是親暱的稱呼。《紅樓夢》賈芸進院
時喊的「猴頭們」，賈母嘴裡的「猴兒」，都是藉由呼喚動物名表
示親暱，「好猴兒崽子」也非斥罵語，雖然後頭的話用詞粗俗，但

是，整段話都在笑聲中表達，減緩了罵人的語氣，所以，「好猴兒崽子」應是略帶挖苦之意。

七、畜生禽獸的詈語

畜生與禽獸是動物的統稱，人類認為自己高於動物一級，如果將對方降級成動物類，也算是一種羞辱。統稱的詈語出現中古漢語，史書已有記載：

1. 帝恚曰：「畜生何堪付大事，獨孤誠誤我！」（唐李延壽／新校本北史·宣華夫人陳氏）
2. 劉寬簡略嗜酒，嘗坐客，使蒼頭市酒，迂久，大醉而還。對客罵曰：「畜生。」寬遣人視奴，疑必自殺。（東漢班固等／東觀漢記校注·劉寬）

《北史》中罵人者是皇帝，雖然貴為九五之尊，對於不能交付重責的臣子直接貶為畜生。劉寬酒品不佳，酒醉後罵客人畜生，還擔心他自殺，表示畜生一詞攻擊性之高。

近代漢語不乏許多畜生詈語：

1. 猛獸業畜，不得無禮。（宋九山書令才人／張協狀元）
2. 我不說來，都是你兩箇小畜生的勾當。（明／朴通事諺解中）
3. 姑又怒擲鏡，罵子曰：「畜生畜生！婦之罵汝豈不宜哉？」（明【朝鮮】李邊／訓世評話下）
4. 王帝大驚道：「這如意冊乃九天秘法，不許泄漏人間，只

因世上人心不正，得了此書必然生事害民，那<u>畜生獸</u>心未
改，有犯天條，不可恕也！」（明羅貫中／三遂平妖傳第二回）

5. 這蛋子和尚聽得人說是蛋殼裏頭出來的，自家也道怪異，
必不是個凡人，要在世上尋件驚天動地的事做一做。眾僧
背地裏都叫他是<u>畜生種</u>，又叫他是野和尚，雞兒抱的狗兒
養的。（明羅貫中／三遂平妖傳第八回）

6. 和尚大怒，罵道：「你這<u>業畜</u>，姓名也不知，父母也不
識，還在此搗甚麼鬼！」（明吳承恩／西遊記·附錄）

7. 學師道：「你這<u>禽獸畜生</u>！一個師長是你戲弄的？你卻拿
鳳仙花染紅了我的鼻子，我卻如何出去見人？你生生斷送
了我的官，我務要與你對命！」（清西周生／醒世姻緣第六十
二回）

「畜生種」和「狗娘養」的意思接近，罵別人非人。「業畜」來自
於佛家語，業梵文 Karma，無論是惡業或善業，業的結果將影響輪
迴，業畜指作孽的畜生。❸

禽獸出現的較畜生晚，近代漢語的文學作品中有幾例：

1. 將鳳子龍孫，不如豬狗！你等蒼生，真乃<u>禽獸</u>。（元刊雜劇
三十種·晉文公火燒介子推雜劇）

2. 這潑<u>禽獸</u>殺娘賊，賣便不賣便將的去。（明／朴通事諺解中）

---

❸ 《漢英－英漢－英英佛學辭典》Karma 業：Sanskrit word meaning action,
deed, moral duty, effect. Karma is moral action which causes future retribution,
and either good or evil transmigration. It is also moral kernal in each being
which survive death for further rebirth.

3. 誰知你是個老禽獸，沒人心的！我這一個成家立業的好女兒，千百頭親事來說，只是不允。偏揀這個瘋子嫁他，是何道理？（明羅貫中／三遂平妖傳第二十二回）

4. 如今朝廷破格用人，行見發科發甲在眼前的事，這都是治生由衷之言，敢有一字盧頭奉承，那真真禽獸狗畜生不是人了！（清西周生／醒世姻緣第十四回）

禽獸和畜生有時並用，並用仍是加強語氣，強調對方真的不是人。

八、結論

　　人生在世充滿了喜怒哀樂，情緒不佳時往往需要發洩的管道，詈語就是一種發洩的方式，從前文可知，無論是李逵、潘金蓮一類的市井小民，還是萬人之上的皇帝，都有可能說出咒罵的話。固然，詈語是粗俗的語言，教育上應該避免粗聲濫語，若就語言本身而言，詈語卻是值得研究文化現象。根據前文的分析，我們得到了以下的結論：

　　1. 發生的時代：在「口語」「對答」的條件下，筆者發現，動物性詈語的形成時間多半在近代漢語階段。狗與畜生的詈語產生的較早，可上溯至中古漢語，鳥、龜、雞、猴、禽獸的詈語則是近代口語的產物。繪表如下：

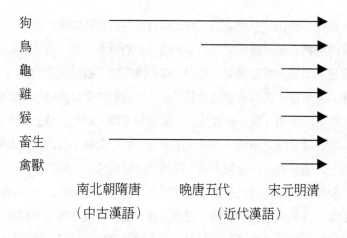

狗

鳥

龜

雞

猴

畜生

禽獸

　　南北朝隋唐　　　晚唐五代　　　宋元明清
　　（中古漢語）　　　　　（近代漢語）

　　2.類型的混和：「前言」部分談到就內容而言，可分成是以性罵人、貶為畜生、降低輩份、羞辱對方尊長的罵語。前兩種罵語是許多民族共同的禁忌，後兩種罵語反映了中國人重視倫理綱常的深層文化，這是與西方大相逕庭的文化，所以，當對方貶低自己，甚而羞辱長輩，讓家族蒙羞的時候，中國人往往無法忍受這樣的侮辱。根據前面的例子，發現有些罵語曾經混和使用，例如《金瓶梅》「母狗不掉尾，公狗不上身」，公狗母狗除了貶對方為畜生，更帶有性的嘲諷；同書的「王八羔子」，混和貶為畜生和降低輩份兩類。《醒世姻緣傳》「我使那教驢雞巴搗瞎你媽那眼好來」，是以性罵人和羞辱尊長的罵語。混和性罵語的作用如同修辭的類疊，具有強調意味。

　　3.形成的外因：漢語及漢字的關係結合得很緊密，漢字是表意文字，狗、鳥、龜等字，造字的本義只是單純表示某種動物，後來，這些動物變成人類罵罵的名詞，這就與文化語言學有關。究

竟，動物性詈語的形成原因為何？何以某些動物貶抑味較濃，稱人為某些動物卻是一種邪昵的表示，這其中的標準為何？這是難以截然清楚的問題。筆者推測，萬物之靈的優越感及觀察角度的不同，是問題的所在。狗的形象總是卑從於人；烏龜常常畏畏縮縮，頭部形狀與男陰相仿；猴子模樣像人，又機靈逗趣；觀察的角度有別，罵人時的語意隨之不同。不過，形成詈語的外因是一致的，藉由碰觸禁忌，造成對方的羞赧不堪，達到情緒的發洩、心理的平衡。

　　動物性詈語在近代漢語中充滿活力，翻開《水滸傳》，李逵隨口就是一堆鳥詞，《金瓶梅》裡潘金蓮、龐春梅沒遮攔似的輕謾，都是研究詈語的珍貴語料。直到今天，隨著文化的接觸，詈語類型不斷翻新，內容變化多端，展現了十足的生命力。縱然，它是一種污穢損人的言語，然而，從文化語言學的角度來看，詈語的研究將使我們瞭解文化和語言的關連，及深層文化下應用語言的思維模式。

參考書目（依作者姓氏筆畫遞增排列）

㈠專書

〔英〕詹姆斯・喬治・弗雷澤著（1922），汪培基譯，《金枝》，
　　臺北：久大文化、桂冠圖書，1991 年。
上海市紅樓夢學會、上海師範大學文學研究所編（1990），《金瓶
　　梅鑑賞辭典》，上海：上海古籍出版社。
申小龍（1993），《文化語言學》，南昌：江西教育出版社。
李申（1992），《金瓶梅方言俗語匯釋》，北京：北京師範學院出
　　版社。

沈錫倫（1996），《語言文字的避諱、禁忌與委婉表現》，臺北：
　　臺灣商務印書館。

———（2001），《民俗文化中的語言奇趣》，臺北：臺灣商務印
　　書館。

邢福義主編（1990），《文化語言學》，湖北：湖北教育出版社。

姚亞平（1990），《文化的撞擊——語言交往》，吉林：吉林教育
　　出版社。

高國藩（1996），《紅樓夢民俗趣語》，臺北：里仁書局。

郭熙（1999），《中國社會語言學》，南京：南京大學出版社。

陳克（1993），《中國語言民俗》，天津：天津人民出版社。

傅憎享（1993），《金瓶梅隱語揭秘》，天津：百花文藝出版社。

黃霖主編（1991），《金瓶梅大辭典》，成都：巴蜀書社。

蔣禮鴻（1997），《敦煌變文字義通釋》，上海：上海古籍出版
　　社。

龍潛庵（1985），《宋元語言詞典》，上海：上海辭書出版社。

㈡單篇論文

尹群（1996），〈漢語詈語的文化蘊含〉，《漢語學習》，第 2
　　期。

李朵（1999），〈古代漢語詈語中的文化蘊含〉，《黔南民族師專
　　學報》，第 2 期。

胡士云（1997），〈罵人話及罵人話研究雜談〉，《語言教學與研
　　究》，第 3 期。

郭沈青（2002），〈漢語詈語及其文化底蘊〉，《寶雞文理學院學
　　報》（社會科學版），第 22 卷第 4 期。

劉文婷（2000），〈《金瓶梅》中立語的文化蘊含與明代市民文化〉，《寧夏大學學報》（人文社會科學版），第 22 卷第 3 期。

潘攀（1997），〈《金瓶梅》罵語的藝術功能〉，《武漢教育學院學報》，第 16 卷第 2 期。

關英偉（2000），〈詈語中動物詞語的文化含義〉，《廣西師範大學學報》（哲學社會科學版），第 36 卷第 1 期。

台灣語言環境關懷系列之一

無法漠視亦責無旁貸
的人文關懷
——當代台灣語言環境的檢視

盧國屏[*]

摘　要

　　當代台灣的語言環境，在語言議題上出現了爭議與對立，本篇論文就是針對台灣的語言問題，提出一些具體的建議與思考方向，藉由一些台灣發生的新聞事件，看出台灣語言的爭議，在論文中並討論語言問題應有之態度與良性思考的方向，並點出語言問題與爭議的癥結點，最後再提出關懷及呼籲。

---

*　　淡江大學中文系教授、語獻所教授

一、前言

　　以下是 2003 年 9 月 19 日兩則中國時報的新聞報導，也是近日在國內爭論未休的話題：

　　「九十二年度交通事業港務人員升資考試，以及警察人員特考國文科試題，出現大量以閩南語為主的考題，造成社會譁然。這項議題昨天在考試院院會引發正反兩極激烈論戰。有考試委員高度肯定命題委員的用心，認為『本土化』出題方向恰當；但持不同意見的考試委員認為，此舉無異是排擠非閩南族群考生，作法並不合宜。」

　　「親民黨立委秦慧珠昨天指出，今年地方基層四級特考，本國史地科目高達百分之九十六點二五的考題只考台灣史地，嚴重違反試題公平原則，她並點名擔任典試長的考試委員張正修意識形態和政治掛帥，考試院應向全國考生道歉，調查局並須調查有無與補習班掛勾情事。」

　　「國家考試」、「國文」、「方言試題」、「閩南語」、「本土化」、「族群排擠」、「國家定位」、「公平原則」、「意識形態」、「政治掛帥」、「違法」，我們從這短短兩則的新聞篇幅中，竟看到了這麼多的「醒目的」、「搶眼的」、「敏感的」、「激化的」甚至令人「恐慌」的關鍵詞。不明就裡的人，可能驚訝這個區域的激情衝突，無奈的是，台灣地區的群眾對這些詞彙，句式及內容，早就習以為常，甚至麻木不仁了。其實這兩則報導的內容，正就反映了台灣地區語言環境的複雜現況！

　　人類之所以使用語言，目的在表意溝通，從這個角度來看，語

言使用的環境與條件，應該是需要溝通的群體間的約定俗成，而且這類溝通是很自然、很簡易，原本也可以是很和平就可以做到的。

　　不過回顧人類使用語言的歷程中，可以輕易發現許多因為語言使用而引起的問題、爭議甚至衝突，又是什麼原因呢？這就牽涉到語言本身所具有的多元社會屬性了，語言是供給溝通的工具沒錯，但一群人之所以需要溝通，必然是因為他們進入了人類文化進程中群居、並建構社會雛型的階段，這時候，語言便相對提供了社會形成的條件之一，使得群居的社會有了最基本的前進力量，所以語言是具有社會性的一種溝通工具。

　　但是當人類族群越形擴大，分支越細，社會也就跟著切割開來形成眾多小社會，這時語言常常也就隨著社會議題與範疇的增加而出現了分化。於是不同社會不同語言間的溝通形成問題、相同社會不同語言間更有了若干衝突。周朝時孔老夫子「詩書執禮皆雅言」，「雅言」就相對於「俗言」也就是方言；歷代所謂的「官話」也相對方言俗語而言。「雅言」、「官話」雖然從語言上說指是某語言系統而言，未必有階級差異與歧視，但不免仍給民間一些在使用階級上的概念，甚至誤解。當代的法國人不太願意說英語，以為法語更高級於英語，其實這也不是語系間的高低差異，反而是族群貴賤尊卑的主觀意識作祟。

　　目前的台灣地區一樣在語言議題上出現了爭議與對立，冷靜的思考一下，可以發現問題也不出在語系，而是諸多的在語言以外的因特殊社會環境下的「語言使用干擾因素」。我們稱其為「干擾因素」，並不含有價值判斷的意義，但如果這些干擾因素任其不斷干擾本地區的語言使用，我們認為將是對本地區未來發展上的阻礙。

　　呼籲台灣社會與群眾關懷台灣、關懷台灣語言使用環境，關懷台灣永續的發展，正是本文的出發點。

二、有關「台灣語言環境關懷系列」

　　淡江大學在今年新設立了「漢語文化暨文獻資源研究所」（簡稱語獻所），透過應用語言與應用文獻兩個路徑，積極參與當代的、實用的、生活的、國際的文化與社會研究。「台灣語言環境關懷系列」便是語獻所在今年成立之後，所規劃的主要研究方向之一。

　　整個系列研究是由「語言政策與規劃」這個課程主導，有鑒於這些年來投入台灣地區語言議題討論的個人或團體，時常在立場上都具有主觀偏向，例如政治人物具有黨派色彩、政治主張；學者議論具有族群或政治觀點；媒體各有支持的政黨或族群；而對語言議題關心的社會團體，也通常是先有了主觀政治觀念，族群意識，或目的，而後支持某些主觀的觀點。雖然語言本就具有多元屬性，和政治、社會、族群有必然關聯，但如此一來語言議題的討論也就容易具有先天上的偏頗，而失去了持平與客觀的焦點。

　　「台灣語言環境關懷系列」，於是設定了幾個研究的原則：

　　首先，我們希望將語言問題回歸到比較單純的語言本質思考，先釐清語言在目的上、功能上、應用上的單純面相，而其目的在向社會大眾植基一些簡易與該有的語言平和概念。換句話說，從知識或常識面上，讓大眾先具有論述前的基本概念，去除理性度不足的單一思考。

其次，我們將建議從專業語言學研究與觀察的觀點，以及語言發展歷史中來借鏡。語言政策與規劃本就是近代應用語言學領域中的重要部門，尤其地球村型態形成以後，人群與語言的往來頻繁了，良性與惡性的案例逐漸增多，就中不乏我們可以參考藉鑑之處。當本地區開始為語言問題爭論不休時，我們將建議先聽取專業的語言研究觀點，借助其純粹客觀的理性分析，使先創造一個良好的討論甚至爭論的開闊空間。

第三，語言與其他領域的多元交集甚至一體兩面，更是語言的特質之一，例如語言與政治、族群、文化、風俗、教育等的關聯性。因此本系列研究又不只限定在狹義語言學理論，更歡迎多元議題與觀點的提出，例如語言與台灣的統獨議題難道無關嗎、與族群爭勝難道無關嗎，就算是統獨議題的客觀討論，相信對於語言議題一樣是具有強烈牽動力量的。我們期待這些多元領域的交叉討論，都能聚集在客觀的、平和的、理性的、共榮的目標下發生。

我們希望在台灣各界積極討論語言問題的同時，大家都可以更專業、更客觀的學術觀點，或是切合社會需要的觀點，來為台灣地區未來的發展付出學術界應有的人文關懷。

三、當前台灣的語言問題

當代台灣地區在語言方面所出現的討論議題，大概有以下幾個層面：語言政策、國語爭議、英語、官方語言、台語政策、鄉土語言、民族語言、語言教育、語言國際地位、拼音方案等等。而且每一個問題，幾乎都出現了正反兩面的主張，並且在這些主張的背

後，又糾結了複雜的理論出發點，常令社會中立場較不偏頗的中間群眾，在面對議題時有莫衷一是、不知如何是好的窘境，感覺社會語言問題充滿衝突性甚至因此對社會整體運作產生了危機感。

我們可以輕易的從以下充斥在媒體上發表的文章、網路訊息報導、國會討論、學者意見等社會資訊，看出上述所謂「衝突性」與「危機感」：

1. 「報載台灣團結聯盟提案要求將福佬話列入官方的第二語言，藉此消弭族群、省籍之間的人身隔閡，然而，如果是從更為廣義的文化角度來看，那麼，福佬話是否該列入官方語言，還是充滿多重性的解讀意義」（文化大學社福系教授 王順民 國政評論 2002.3.12）

2. 「近日台聯黨提出將台語列為『官方語言』，可以說是遲來的正義，是促進族群之間和解的第一步。我們進一步主張，唯有將所有族群的語言都列為官方語言，才是族群平等的第一步，才有可能談族群和諧。」（淡江大學公行系副教授施政鋒，公報廣場 2002.3.31.第2613期，我看「官方語言」http://www.pctpress.com.tw/news/2613-10-11.htm）

3. 「台聯立法院黨團預計提案，要求行政院將河洛話（台灣話、閩南語）頒定為台灣第二官方語言，與北平話（華語）並列為我國國語，且由教育部將河洛話納入國民教育正式課程。黨團幹事長程振隆說，此案無涉統獨的政治意識，純粹基於語言與國家認同密不可分，及為消弭族群對立，體認台灣為多元族群的事實，他希望各政黨都能支持。」（台聯判客台語及原台語死刑的提案，朱真一「北美客家台灣語文基金會」南方電子報 2002.5.16）

4. 「『多元文化』所強調的，並不是大一統的霸權，而是優勢族群尊重弱勢族群、體貼包容的胸襟與兼容並蓄的人道關懷。多元

文化社會的語言政策，不僅重視促成國家大一統的國語（national language），也重視其他語言及母語的傳承。通常國語（national language）是一個國家的象徵，官話（Official language）以實用為原則，是政府行政文書往來公文所使用的正式文字，而母語（mother-tongue）則是從小家鄉或母親所使用的語言。當然也有同一種語言，兩項功能兼顧者。六十年代以後，「一個國家不是只能有一種國語」的觀念，開始為人們所接受。目前也有許多國家採多官方語言政策。」（「依多元文化角度探討台灣語言政策」，民視主播陳淑貞網站 2002.05.16「南方電子報」http://home.dcilab.hinet.net/lcchen/claire/right1.htm）

5.「從設計層面來考量，通用拼音比漢語拼音合理方便，因此它有國際化的可能。在拼音政策的決策中，台灣政府更應該注意的是台灣意識的考量。『台灣是一個主權獨立的國家』，這不但是李登輝總統和陳水扁總統的主張，也是絕大多數台灣人民的共識。台灣應該要有自己的語言政策，『國語』的拼音我們應該採用台灣通用拼音，台灣使用台灣通用拼音是理所當然的事。不能輕易放棄台灣的語言自主權，高舉投降的語言白旗。韋氏提倡的美式英語，雖然在當時飽受親英舊勢力的譏笑及反對，但是二百年後的今天，美式英語已經取代英式英語成為國際英語的主流。台灣通用拼音比中共漢語拼音更合理、更包容、又符合本土主體的原則，我們應該效法韋氏的決心和毅力，堅持提倡台灣通用拼音。行之多年後，台灣通用拼音必能成為國際華語拼音的主流之一。」（陳潘美智「效法韋氏精神，推動通用拼音」台灣拼音交流站 http://888.rockin.net/pinyin/2viewspro.shtml）

6.「新政府接續舊政府的努力，提出『科技化多語言』的政

策。什麼是『科技化多語言』政策呢？就是以『科技化』與『多語言』作為兩項主軸。換言之，以台灣的電腦科技實力，繼續提供全球化的電腦網路教學服務；其次，從『單一國語』走向『整合海外四大語言』。例如，全球客家華僑分佈各地，我們希望提供『華語與客語通用拼音』，讓客家華僑子弟，在學習華語時，同時學會客語拼音，並且能夠運用到電腦上，或在電腦上學習華語與客語，以挽救客語在全球各地滅絕的危機。」（中研院民族所余伯泉「拼音政策說帖」2000.8.30）

　　7.「這種立基台灣本土，並進入國際的文化努力，本來是最有尊嚴的台灣文化成果與精神。但是這幾年，我們看到的是「非理性的污衊」遠大於『理性的討論』，這種非理性的污衊不是只存在於社會議論層次，還包括學術人士，例如中央某研究機關出版了一本『漢字拼音』學術論文集，其中選取兩千年拼音爭議的報刊文章時，只選取某特定觀點，而沒有列出相對應的對立文章。如果號稱清議的學術論文集出版，都可以如此不公正，我們不得不感到深沈的悲哀。台灣語言政策的改革，不能再拖了，不能再由原來的一批人繼續掌權了。拼音爭議中，最特別的事情之一是許多批評李遠哲等為『附匪者』的人士，後來大都支持『共匪』的漢語拼音。這種昨天還注音符號與共匪的漢語拼音（羅馬拼音）勢不兩立，然後今天就投靠『共匪漢語拼音』的現象，讓人『匪夷所思』，也讓我們更深切了解台灣文化被壓抑的本質」（自由電子新聞網 2002.3.18 www.libertytimes.com.tw/2002/new/18/today-o1.htm）

　　8.「余伯泉說，台灣是具有獨立主權的政治實體，訂定語言政策時，除了要和國際接軌，還要兼顧國家主體性，當初他所以提出

通用拼音，就是著眼於注音符號無法和國際接軌，也和大陸漢語拼音系統完全不能相容，才參考漢語拼音的優點，並捍衛本土語言主體性，『在統獨兩派間找到最大公約數』，提出通用拼音，為台灣爭取最大利益。」（聯合報 2001.6.15 六版）

9.「台灣民主化是否已成熟到足以將被視為有政治圖騰的語言政策問題，拿來作理性的公開討論，還有待進一步檢驗。隱而不談，或強烈意識形態的抗爭，對完善公共政策的制定，並不會有實質的幫助。」（出處同 4）

10.「自從中國國民黨退居台灣以來，它就刻意用心要把中國與台灣的差距降到零點，因之不但強迫台灣人民學習講中國話，更無所不用其極的封殺台灣傳統文化的流傳，再則把中國的一切，如京劇、服飾、紅包、建築、點心……都搬到台灣來，連台灣的路名都不放過。……歷史的經驗告訴我們，把語言視為是溝通之工具而強予推行某一特定語言的政策，不但團結不了人民，更將導致紛爭，甚至引發革命，廿世紀的今天我們在語言的政策上必須以『尊重』各個不同語言為宗旨，絕對不能把某種強勢或特定的語言，加在其他弱勢的語言上。」（「文化運動與台灣語言」，中山醫學院通識教育中心主任戴正德，台灣文學工作室網站）

11.「五十年來，台灣的語言政策是充滿歧視和壓迫的『推行國語，消滅母語』的政策。其結果是：原住民和客家的大學生超過百分之四十，及百分之廿二不懂自己的母語，客語正以每年百分之五的速度消失之中。假如這種情勢沒有逆轉，可以預見的是：原住民母語將在一代（30 年）之間走向滅亡，客語將面臨存亡關頭，而福佬話雖能延續，但年輕一代能說流利、『正港』福佬話者越來越

少。任何一個族群語言文化的消失，都是台灣無可替代的損失。台灣平埔族語言的消失就是我們無可彌補的文化傷痛。」（台灣教會公報第 2477 期 1999.8.22 出刊第 2 版：教會要聞《社論》）

12.「語言政策應該反映台灣的語言事實比較實際，華語做為標準、閩南語做為共通語的事實必須尊重。語言的地位平等和生存權的保障需要透過語言區劃、語言區隔和提供少數語言補助及立法保障等四個原則來達成。」（「台灣語言政策何去何從」洪惟仁，各國語言政策研討會論文）

13.「我們主張，目前行的『國語』應稱為『普通話』，『工作語言』等較中性名稱，並且要在尊重言、保存方言、落實共通語與族群母語雙語教育情況下，以和平方式推行共通語。政府應主動以真正民主的精神，撤除『國語』定於一尊的神聖性，拋棄不合時宜的大一統心態，落實文化建設，訂定具體的尊重、保護本土語言的政策，儘速施行。」（「廢除國語的獨尊地位」，蔡德琳苦情雜誌社電子版 http://hakka.demo.kmu.edu.tw/meg.htm）

從上述資料大致可以看出以下幾項，目前在台灣地區出現的主要語言爭議面：

1.國語的定義：

傳統的「國語」概念與形式內容，受到挑戰。對於過去 50 年使用的語言系統，認為是「大中國主義」下的受壓迫的產物。在統獨政治消長變遷，權力結構改變的當代，所謂「本土」勢力抬頭，而代表這勢力的形式之一「語言」，自然也就隨著此議題而發酵。其當然目的是希望變更「國語」的語言系統，進而帶動其他語系的文化保護和發揚。

2.官方語的數量：

目前台灣的「官方語」在形式內容上等同於「國語」，是由單一語言系統所代表。反對的一方，在「語言平等」的前提下，提出「多元官方語」的概念與建議，也就是增加官方語的數量，例如加入閩南語系統，甚至增加到十四種官方語的建議。

3.方言地位：

在前述思維之下，自然原先被本地列為「方言」的，都將在地位與使用頻率上提升。包括國語、官方語、教育、傳播、日常生活的語言使用，都可能重新分配版圖，而在文化、獨立、鄉土、族群等議題上反轉之前的弱勢。

4.拼音方案：

在表音符號和文字符號議題上，隨著前述議題的討論，於是也被思考重新設計與使用的問題。「漢語拼音」、「通用拼音」的爭議，從中央政府到民意代表，到學術界，正反意見僵持不下。如果從各項意見觀察，拼音問題大致上與國家主權、族群意識、國際接軌、教育策略、使用狀況等議題呈現著密切糾葛的關係。

5.語言政策：

上述語言爭議的層面，基本上都屬於語言政策的領域。從社會意見歸納起來，可以很輕易感知過去數十年來的「國語語言政策」，受到空前的質疑與挑戰，許多新的語言政策或是構想正在發酵。許多構想與意見雖未必就是未來的既定政策，但是至少目前明確的來自於執政政府的語言對策尚未成熟。而最大的問題，又似乎不在能不能提出，而是提出後能否獲得普遍支持，例如拼音方案，我們就看到了一個不能堅決貫徹的政策，卻被輕易提出而引起兩極

反應的政策。

四、討論語言問題應有之態度
與良性思考的方向

　　從上述輿論或專家意見中，我們看見語言與政治密切的關聯性，而因語言討論牽扯出的族群議題、統獨問題、文化認同、教育政策等，其實也都與政治操作脫離不了關係。語言使用與政治操作，其實在人類形成社會之初，就已經有所結合，掌控社會政治主權的人，通常要經由語言控制來遂行其政治意識，這是必要也必然的途徑。

　　當代台灣的語言環境隨政治議題的多元而多元，從語言歷史上來看實屬正常。不過如果各項討論意見都由純粹政治主張或理論出發，那麼所得的結論恐怕就會失之主觀，且不容易得到政治意見相左的社群的支持。如此一來，惡性的循環，強烈的對立，必將造成社會的耗弱，而距離語言使用的理想狀態也將漸行漸遠。

　　我們認為要改善語言環境的惡質變化，以下幾個建議與思考方向是應該考慮的：

1.語言學界應提出客觀論述與經驗版本，供社會各界在爭議時取用參考。

　　其實在一般的語言學理論中，對於語言與政治相關的議題，本有持平的學理研究及客觀的案例經驗。但是目前較積極投入台灣語言環境論述的學界人士與團體，似乎是期望變更語言現狀者居多。於是在取用理論時，是否能夠純然的客觀，對於相反意見加以兼容

並蓄，可能就有待商榷。我們認為，學界中的個人當然也可以擁有政治、主權、黨派、社會的主觀意識，但是學界人士在參與社會議題討論時，也必須要有提供社會大眾正反客觀學理的學術責任，否則學界與產官兩界無異，社會又從何得到理性分析的前提呢？

2.增加官方語的數量是否就可以逐行政治主張？

現行的政治主張中，例如「語言平等法」的制定、族群平等的理想、本土特質的發揚、弱勢文化的保護等議題，如果只用增加官方語的數量，甚至十四種官方語如此簡單的做法就都可以達成，那麼其實也沒有什麼必要反對的空間。不過除了狹義的政客主張之外，一般社會大眾是否也該想想這邏輯間的必然性果真如此強大？其實不然，例如未來一個在國會中居於絕對少數的雅美族國會議員，非常合理的使用官方語中的「雅美族語」來質詢與回答時，他是否能在因大眾聽不懂這官方語而無法遂行其政治意見的結果下，仍冒險堅持使用其所選擇的官方語呢？如果不是的話，其結果恐怕是社會大眾就眼睜睜的看著某種「官方語」在無奈的情形下，被貼上比從前更明顯的「弱勢語言與族群」的標籤，這對扶助弱勢與平等的理想來說，不是更殘酷的諷刺嗎？

3.各種弱勢語言成為官方語是否就必然達到族群平等目的？

同樣的例子，當雅美族人的雅美族語果真成了官方語之一，難道他撥電話到官方機構甚至民間機構，就可以因為族群平等的原因而接聽到來自對方的雅美族語？縱然結果竟然是肯定的，那位用雅美族語回答的官員也好民眾也好，他們的雅美族語竟是在義務教育的課本中學習到的？抑或是雅美族群真正在這塊土地上平等到使其

他的人耳濡目染到了雅美族語呢？這答案恐怕是要令人悲觀的了。

4.拼音方案的抉擇應從前提的一致性思考，而非因結果的對立形成鬥爭！

看似完全對立的兩套拼音方案與使用主張，其實有許多在做出主張前的考慮因素，雙方是完全一致的。例如使用的便利、符號的國際化、國際接軌、主權圖騰、教育訓練的難易、多元語言的共性等。雙方在這些相同的思考前提中都各自提出了類似茅與盾的攻防，以雄辯的方式勝過另一個方案，並視為全面與全民的勝利。這就如同共同出兵抵抗同一個敵人的強大軍隊，卻因戰法的差異失去了互信而自相殘殺，平白喪失了勝利的先機，也折損了自家眾員。

5.制定語言政策與實際規劃是否該顧及多元的意見參與？

語言政策與規劃的課題，本身就具有強烈的政治屬性，不過語言與政權的輪替間卻沒有必然存在的因果關係。如果制定語言政策與實際規劃的政權掌控者，可以多思考此點，那麼就不必因為語言使用的差異，而繃緊其政治神經。如此一來，具有正面意義的長久大計，也才能在社會族群、社群多元參與、客觀辯論、理性選擇的情況下達成多語共榮的理想。

6.國家的主權與語言的主權是否必然一致？

例如英國、美國、澳洲、加拿大、新加坡、菲律賓，語言系統一致，但國家主權卻是分屬；同樣的中國大陸、新加坡、台灣國家主權獨立，語言系統卻是一致。顯然因為主權獨立的主張而變更語言系統使用的思考，其欲達成的目的是否必然順利，或者達成其目的是否必然與語言有關，是有待商榷的。

五、語言問題與爭議的癥結點

從以上的分析我們看出台灣地區語言的問題與爭議，其癥結並不出在某個語言系統本身，而是在前文所謂的「語言干擾因素」之中。例如：

1.社會大眾對語言性質與應用概念的不足

社會大眾對語言的認知，通常除了溝通功能之外，並沒有太多的專業概念。因此在語言理論與應用問題上，社會大眾通常無法做出系統化的理解與客觀分析。尤其當語言之外的其他議題摻入時，更容易受到混淆或主觀。例如當有人把本地的族群意識、國家主權、省籍情節放在語言議題中時，社會大眾可能就會在議論與抉擇時模糊了焦點，而渾然不知討論的主題是語言或是其他。

2.缺乏多元的專業投入

社會大眾缺乏語言專業知識，其實是正常現象，就像企管、電機也不是人人能懂，於是專家與專業的意見相對重要。可惜的是，目前投入較多心力在台灣語言議題上的專業人士，似乎在背景與觀念上差異不大，例如語言學者多數是力主提升本土語言地位的學者才積極參與；政界人士則多數是主張改變台灣現行政治情勢的某些黨派成員；社會與文化學者則多數是主張加強區域文化色彩的意見；至於一般群眾參與語言議題，則更容易有本位主義的主張。目前投入關懷的學者也好，政治人物也好當然不乏專業，不過在社會其他專業成員的參與或意見提出上，似乎就少了些，這樣的少數專業投入，對於本地的語言規劃來說，遇到的衝擊與抵抗自然會不少了，就像拼音方案在中央與地方政府間的衝突一樣。

3.複雜的政治問題

台灣與其他地區相較，具有更複雜鬼謎的政治情勢，也往往左右了本地區在各種行事上的特殊現象，例如最近在中華民國護照上加註「TAIWAN」字樣一事，就曾引起許多討論。因此諸如國家主權、國號、國旗、族群、省籍、中國或台灣情結、涉外事務、國際交流、國際組織參與等等問題上，經常連區域內都難有共識。更遑論在其他議題上有著一方面具有強烈政治主張、一方面卻又堅稱是客觀論述，所產生的矛盾現象了

4.政治目的夾雜與現實操弄過多

承上所述，當複雜的政治觀念形成有具體目的與主張，不論是學者或政客，當他面對語言議題操控時，就不免令人憂慮其客觀與理性。例如主張獨立建國者，便主張語言語種的使用隨政治變更而變更，反之者則相反。主張依循國際現勢者，便主張漢語拼音的普遍使用優勢，以便國際接軌，而反之者則又不以為然。我們很憂慮，當現實的短視政治意圖，以現實且激進的方式去操弄語言議題時，其語言政策與規劃乃至語言教育，會是長治久安之道嗎。

5.教育方向不定

牽涉到主權與族群的政治議題尚未有客觀共識，受教的學生便成了直接立即的受害者。例如官方語言尚未變更，而「鄉土語言」的教育紛紛出籠，二者其實理論上並不衝突，鄉土語言教育也確實需要施行。但當本地許多政策模糊時，施行者或第一線的教育工作者直接受到壓力與困難，例如教師本身不黯鄉土語言。而當國家考試以閩南語命題時，非閩南語母語的族群們，是否才驚覺他的母語不是「鄉土語言」教育的內容？

又例如執政黨宣布通用拼音為官方拼音方案，但連某些地方政府都不予支持，難怪在基礎教育小學中的某些語文拼音方式，教師們一知半解、學生們如墜五里霧中。複雜的政治考量，導致複雜的教育方針與內容，我們不禁又憂慮起教育這國家百年大計的前途。

6.政策無法全體貫徹

上述拼音方案的政策就是最好的例子，教育部在 2000 年 10 月 7 日公布「中文譯音統一規定草案」，確定採用「通用拼音」，而未來國內人名、地名、街路名的中文英譯拼音都將統一規範。似乎政策明確了，歷時多年的拼音爭議似乎也該平息了，但是我們看看以下幾則報導，就會知道連拼音方案都可以使本地區陷入語言窘境：

2002 年 10 月 11 日中國時報：「翁金珠在宣佈彰化縣採用通用拼音法的同時，也表明將在明年的預算中，以逐年編列方式，改善彰化縣的路標，把中文譯音改為通用拼音，讓彰化縣能與國際接軌，以帶動觀光產業，至於鄉土語言教學方式則沒有任何表示。」

2002 年 10 月 9 日中國時報：「台北市政府中文譯音決採漢語拼音系統，相關標示明年六月底前將全面更換，其中一些已成專有名詞的譯音則維持原狀，國語教學仍用注音符號，母語教學延用原先流通最廣的拼法。台北市新聞處長吳育昇表示，估計更換總經費約為一億元，市府將向中央申請補助。」

2003 年 9 月 19 日中國時報：「國小必選、國中選修的鄉土語言教學課程，教育部將進行評鑑，啟動日則訂在九月下旬。教育部說，鄉土語言教學評鑑分成教學、教材兩部分，前者希望能建立典範的教學模式，以供各校觀摩；後者，則是對雜亂無章的各式教材

版本做篩檢，以利學生學習正確的鄉土語言。至於選用何種拼音，教育部表示，不管以通用拼音，或採漢語拼音、羅馬拼音與國語注音符號「都可以」，但重點是，這套教法與教材必須連貫，不能一學期用ㄅㄆㄇㄈ教，下一學期又改為羅馬拼音，否則，學生就錯亂而學不來。」

將上述三條資料合觀，彷彿看到了本地最排斥的辭彙「一國兩制」的真實版。但是當主管語言教育的教育當局沒有專業的魄力與膽識去堅持一貫主張甚至法令時，真實版的「一國兩制」出現在本地區，又何足怪哉！

7.群眾缺乏客觀與理性分析的知識來源

政策不明確、政治干預過多、多元專業投入不足、教育內容混亂，最終導致社會大眾只能依憑自己主觀意識與好惡來面對語言議題，例如省籍差異、主權概念、教育程度等都可能成為影響社會群眾對語言的認知與判斷依據。而這些概念與知識，通常又受到程度極大的、主觀的產官學界意見所左右。這情況惡性循環下去，我們很擔心未來台灣全體對語言議題所做出的結論，能真正是全體所客觀需要的嗎！

六、結論：關懷與呼籲

語言本是工具，但這種工具牽涉的人事物太廣，影響層面超過一般想像。當一個區域的語言使用出現了爭議，處理得宜，社會全體可以和諧共榮；處裡失當，社會全體將共蒙其害。

台灣地區目前就遇上了空前複雜的語言環境，在危機浮現之

際，淡江大學文學院「漢語文化暨文獻資源研究所」的「台灣語言環境關懷系列」，認為我們無法漠視也該付出責無旁貸的人文關懷，於是誠懇的提出以下呼籲：

1.呼籲各界了解語言問題的多元屬性

語言問題牽涉到其政治性、社會性、文化性、歷史性、族群性、國際性、區域性等特質，我們呼籲社會各界在思考及提出論點時，可以屏除單一觀點，而從多元角度思考群體利益。

2.呼籲面對語言問題應具有客觀的專業

既使回歸語言、政治、社會、文化、族群、國際、區域的原屬性思考，我們也呼籲先有個別客觀專業的理論提出，再進行多元交叉論證，例如語言與政治關係，當先釐清語言問題與政治問題，再努力求取其中平衡，屏除專業傾軋，混淆焦點。

3.呼籲面對語言問題應有多元參與

討論台灣地區的語言議題，我們要呼籲主其事者廣邀社會各界、各階層的普遍參與，例如不同的專業類別、不同的族群、不同的政黨、甚至不同職業與年齡層的群眾代表等等。如此一來，代表性充分，相互之間又可以有同等空間來交換不同理念，相信在客觀和群體互信上是有正面作用的。

4.呼籲面對語言問題應有開闊的胸襟視野

與世界主要國家相較，台灣的土地狹小，物產不多，人口擁擠，國力不強，國際地位渾沌。如此的艱難困境，如果在語言議題上仍未有共識，互信與團結的前途就更加堪慮。幸而台灣地區猶有素質、根基優秀的知識份子與中產階級，作為社會中肩，力保了近年來台灣的各項劇變。我們呼籲現有的社會中肩，應該將眼界與心

胸拉高放遠，不以狹義台灣思考未來，而應放眼國際現勢，大膽評
估將來。有了積極的國際觀之後，那麼回頭檢視與思考我們的語言
環境與未來走向，不是就更具意義了嗎。

5.呼籲面對語言問題應冷靜客觀

　　語言是溝通工具，各種敏感議題的討論也都需要用語言工具，
而當在其他議題爭議之前，這工具本身就已經是個問題的話，那又
如何擁有好的溝通呢。語言其實是可以在良好環境中自然和諧的，
因此我們呼籲社會各界，工欲善其事，必先利其器，語言問題必須
優先處裡、冷靜面對、積極討論、捐棄成見、客觀解決，並力求避
免以衝突性言詞激化語言的對立與反感。如此一來，當各種語言得
到適度地位與安頓，相信其他議題的溝通，也自然可以順利展開。

6.呼籲響應「台灣語言環境關懷系列」研究

　　「台灣語言環境關懷系列」是我們在初步對台灣語言環境檢視
後，所積極成立的一個長期的系列整合型研究計畫。在這個系列
中，我們期望有最寬廣的空間容納不同的意見，有最開闊的胸襟包
容差異，他可以包括政治的、社會的、文化的、鄉土的、台灣的、
國際的各種觀點，他更是一種學術界最直接的人文與社會關懷。在
這些和諧的環境下，我們期盼社會各界一同投入，使我們有最冷靜
的思考與最客觀的結論提出，為本土關懷做出最好的示範。

　　最後，我們再看一則最新報導：2003 年 9 月 27 日，中國時報
斗大的標題「試院：閩南語爭議題　不計分」下報導說：「國家考
試以閩南語命題引發反彈，考試院昨日緊急舉行記者會宣布補救措
施，考試院長姚嘉文表示，九十二年交通事業港務人員升資考試的
閩南語命題，造成客家朋友誤會，深感遺憾。經過院內半數考試委

員提案連署同意，考試院對引起爭議的閩南語考題不予計分已達共識，待下周考試院會決議，即由考選部執行補救作業。」

　　昨是而今非？今非而昨是？當政策與目標意向模糊不清時，社會群眾該如何堅定的大步向前？所以，是該對我們的社會環境、語言環境多一分關心的時候了！

台灣語言環境關懷系列之二

語言規劃與社會文化 ——以中國大陸、新加坡、 加拿大為例

郭雅雯、蕭雅俐、劉巧雲*

摘　要

　　本篇論文以中國大陸、新加坡、加拿大為例子，個別討論其語言政策與規劃，並分別討論出中國大陸語言政策之實施現況與成果、新加坡雙語政策的成就與問題，以及加拿大的語言實施現況，最後並對中國大陸、新加坡、加拿大的語言規劃作比較分析，並提出這些政策對台灣語言問題的啟發。

---

*　三位皆為淡江大學中文所研究生

一、前言

　　台灣目前有許多語言問題，例如：十四種官方語、將英語列為
第二官方語、母語教育以及拼音方案等的語言規劃問題，使得所謂
「語言的政策與規劃」的議題備受矚目。其實，國外有許多推動語
言規劃的參考範例值得借鑑，本文將以中國大陸、新加坡與加拿大
三國為分析探討對象。中國大陸與台灣皆以漢民族為主，語系與文
化背景相同，且地理位置相近，兩者都選擇以北京話作為官方語
言，與台灣相似處極多；新加坡則同是位於亞洲的國家，但卻由多
民族所組成，在主要語言上又以英語為主，與傳統亞洲國家迥異；
另舉非亞洲國家的加拿大為例，因西方國家對個人基本權利較為重
視，所以加拿大很早就有個人語言權與語言平等權觀念的產生，因
而制定出明確的語言政策。

　　本文分別介紹這三個國家的語言政策與規劃，以瞭解不同背景
下語言規劃的方式，透過分析，比較其成效與缺失，期望提供台灣
在制定語言政策時有所助益。

二、中國大陸的語言政策與規劃

　　袁貴仁先生❶在〈在北京市語言文字工作評估開幕會上的講話

---

❶　中華人民共和國教育部副部長、國家語委主任。

中〉❷曾評估在北京市的語言工作，一為「在十六大精神的指引下，進一步提高對新世紀語言文字工作重要意義的認識」，二是「開展城市語言文字工作評估，是全面實施《國家通用語言文字法》的重要措施」，三是「北京市有條件、有責任在語言文字規範化方面走在全國前例，發揮示範和表率作用」；由此可知中共當局對於在語言文字推行的重視；中國對於語言文字的推行向來是不遺餘力，又因近來科技、經濟等社會的蓬勃發展，更使得語言文字的推行具重要性；本節將探討中國的語言規劃下的語言政策、推動和成果，並分析中國語言政策對於中國社會文化層面的影響。

㈠ 中國的各項語言規劃

中國的語言規劃可分為三點：

1.中國的語言專門機構

為了語言文字的推動，語言機構逐漸成立，包括國家語言機構和地方語言機構❸：

⑴在國家語言機構上，如表格所示：

機構	要項/職責
中國文字改革協會	1949 年正式成立於北京
國家語言文字工作委員會	隸屬於國務院，職責為「擬定國家語言文字的方針、政策；編制語言文字的長期規劃；

---

❷ 2002 年 12 月 10 日，參考中華人民共和國教育部網站、中國文字網中〈在北京市語言文字工作評估開幕會上的講話中〉一文。

❸ 參考中國語言文字網：工作機構。

	制定漢語和少數民族語言文字的規範和標準並組織協調監督檢查；指導推廣普通話工作」
國家語言文字工作委員會科研規劃領導小組	職責為領導、規劃、部署、決定、評估、制定國家的語言政策
國家語委語言文字規範（標準）審定委員會	職責為語言文字標準規範制定計劃
教育部語言文字應用管理局	職責為指導語言方案，組織推行《漢語拼音方案》、推廣普通話和普通話師資培育
教育部語言文字信息管理司	職責為語言訊息管理，指導少數民族語言文字信息處理研究與應用。

　　(2)在地方語言機構上，有上海、江蘇、黑龍江、安徽、四川、甘肅、新疆等語言文字網。

2.語言工作的推動

　　中國語言文字的發展共分為三個時期，包括「建國前的語言文字」、「建國後的語言工作」、「新時期的語言文字工作」❹；以建國後的語言文字工作而言，首重的就是①簡化漢字：包括精簡漢字的筆劃和字數，目的是為了降低識字、書寫、閱讀上的困難，方針是「約定俗成、穩步前進」，儘可能採用長期以來在民間流行的簡化字，方案制定後，除了古籍的需要，繁體字的印刷體全面停止使用。②推廣普通話：成立推廣普通話工作委員會，所謂的普通話即北京話。在語文規範上則是使用白話文為主。另外在全國各級學

---

❹　參考中國語言文字網：語言博物館「發展歷程」。

校、傳播媒體等，全面使用普通話。③《漢語拼音方案》：此方案以北京語音為標準制定，採用拉丁字母和音素化的拼音法，目的是注音和推廣普通話（教學），除此之外還有作為少數民族語文的共同基礎、幫助外國人學習漢語、音譯科技或學術用詞等。

3.少數民族的語言規劃

在少數民族的語言規劃上，包括幫助少數民族做文字的改進和創造，為了此項工作，首先必須調查少數民族的分布情況，方言使用和語言文字的結構，在這方面，語言學家為 10 民族擬定 14 種文字方案草案❺（其中苗族四種、哈尼族二種），在字母的使用上，則以拉丁字母為基礎，儘可能與漢語拼音中的字母相同。在同時，還幫助傣族設計「傳統西雙版納傣文」和「德宏傣文」的改進方案，以及拉祜族、景頗族原有拉丁字母拼音文字之改進設計。

㈡ 中國語言規劃下的語言政策

中國語文的多樣性及使用情況的複雜，造成使用範圍和層次的參差不齊，有鑑於此，中國訂定一系列的文字法規來配合這樣的情形；而語言政策又有其法規、目的和規範標準，在此即包括：

1.重要的語言法規及目的

⑴發展民族語言的相關法規：

在《中華人民共和國憲法》的第四條即說明：「各民族都有使用和發展自己的語言文字的自由，都有保持或者改善自己的風俗習

---

❺　參考道布〈中國的語言政策和語言規劃〉，《民族研究》1998 第六期，頁 51。

慣的自由。」❻由此看出中共重視各民族語言的自主性和特性。表示了各民族語言文字享有平等的法律地位，保障了各民族選擇使用符合自己需要的語言文字之權利。此法條不但讓少數民族的語言獲得應有的尊重，更為少數民族語言文字的學習、使用和發展創造了條件。

　　(2)推廣普通話的相關法規：

　　中國地緣遼闊，除尊重少數民族的語言外，更重要的就是所有民族的共同話語，即「普通話」。在《中華人民共和國憲法》第十九條也說明：「國家推廣全國通用的普通話。」❼看出中共對於「推廣普通話」的重視程度；涵義為各方言區和民族彼此間，都要以普通話作為共同的交際工具。因此，普通話不僅是漢民族的共同語，更是各民族之間交際的共同語言。

　　(3)語言法規的目的：

　　在 2000 年 10 月通過的《中華人民共和國國家通用語言文字法》❽總則第一條說明：「為推動國家通用語言文字的規範化、標準化及其健康發展，使國家通用語言文字在社會生活中更好地發揮作用，促進各民族、各地區經濟文化交流，根據憲法，制定本法。」此條例可看出中國推廣普通話的目的和意義是為了「在生活中更好的發揮作用」並且為「促進經濟、文化的交流」。再者，語

---

❻　參考中華人民共和國教育部網站，《中華人民共和國法律法規中有關語言文字的規定》。

❼　同註❹。

❽　2000 年 10 月 31 日第九屆全國人民代表大會常務委員會第十八次會議通過，摘自「中國語言文字網」。

言文字的應用是為了表達思想和溝通、傳播，和社會文化息息相關，普通話的法規制定是非常重要的一環。

2.語言文字的規範標準

(1)已發布的規範標準：

在「已發佈的語言文字規範標準明細表」❾中，列出重要的語言文字規範，包括 1955 年的「第一批異體字整理表」、1958 年的「中文拼音方案」、1964 年的「簡化字總表」、1965 年的「印刷通用漢字字形表」、1965 年的「少數民族語地名中文拼音字母音譯轉寫法」、1984 年的「漢字統一部首表（草案）」、1991 年的「中國各民族名稱的羅馬字母拼寫法和代碼」、1997 年的「現代漢語通用字筆順規範」……等共 38 項。

(2)制定中的規範標準：

這是目前一則教育部語言文字訊息管理司所制定的條目，是「就《資訊處理用 GB13000.1 字元集漢字部件名稱規範》徵求意見」❿的內容。內容包括如何處理簡、繁部件同名的問題、如何處理部件的同音問題、生僻部件的命名是否可行、單獨成字的按成字讀音命名、按代表字部位命名，各部位的稱說是否具備系統性和科學性等問題，具體徵求大眾的意見。

(3)普通話在口語和書面語的標準規範：

在口語上最重要的就是「語音」規範；即以北京音為標準音，但需將北京話中土語的成分去除。以北京話為官話是有歷史根據

---

❾　參考中國語言文字網：「法規.標準」。

❿　同註❾。

的，漢語的官話一向以京城的所在地為標準，自金元明清以來，北京作為全國的政治、經濟、文化中心。北京話的影響逐漸增大，成為各方言、民族間共同使用的普通話。在此北京話為漢語普通話的標準音打下基礎。就書面語而言，有詞彙、語法、標點、編排和拼音方案；在詞彙的規範上，有《新華字典》、《現代漢語辭典》⓫等兩部字典，在普通話的詞彙規範上具有重大影響力；在語法的規範上，有呂叔湘、朱德熙合寫的《語法修辭講話》，後來又有《暫擬漢語語法教學系統》，作為中學漢語語法課的教材，對於普通話語法的制定和推廣有顯著的影響。在書面編排上，也由傳統的從上往下，由右自左改成橫排。為了拼寫漢字，在漢語拼音方面也統一採用拉丁字母，成為中國人民文化教育的重要工具。

㈢ 中國大陸語言政策之實施現況與成果

1.語言政策之施行現況評估

(1)就語文工作來看：

中國實施一連串的語文工作：像「目標管理化評估」⓬，包括各地區的語言文字檢查評估和檢查整頓公共場所不規範用字；又如「普通話的水平測試」⓭，目的是測量普通話的推行的成果，工作內容又如測試性質、等級標準、等級證書、行業要求，對於普通話

⓫　參考道布〈中國的語言政策和語言規劃〉，《民族研究》1998 第六期，頁 42。
⓬　同註❻。
⓭　同註❻。

的推廣相當的影響。又如「民族語文工作」❶，內容是整理出各地方言推廣使用的情況，像「壯文走過 45 載春秋並已在廣西各地普遍推廣使用」、「現行壯文推廣使用情況專家座談會」、「感受新疆漢語熱」等情況，看出中國因應語言政策所作的實施現況。

(2)媒體的推波助瀾：

報紙等各媒體對於目前正在實行的語言政策也有相當的助益和推廣，例如人民日報在 1985 年一月十三日就曾提到「努力做好新時期的語言文字和工作」、1989 年二月十三日提出「愛護我們的語言和文字」等標題都有替政府廣為宣傳、豎立人民對於語言工作的認識和進展。在電視新聞、戲劇、廣播媒體上，也正式運用「普通話」為播音用語，有助人民對於普通話的熟悉和接觸，增進人民學習的媒介。各地的廣播也可自主廣播當地語言，都為目前語言之使用現況。

2.大陸之語言政策的成果展現

大陸的語言成果展現從二方式來當作檢測標準；一為普通話推廣下使用的人口數；二為語言在教育上的成果展現：

(1)普通話推廣下的使用人口數：

因中國在法律、教育、傳媒、語文工作等各方面積極的推動普通話，普通話的使用人口也佔各方言的大多數，在王麗萍的〈山西山東話不同〉❶一文中曾提及：「北方方言是構成普通話的基礎，使用人口最多，約占漢族人口的 73%，北京話是北方方言的代

---

❶　同註❻。

❶　人民日報：http://j.peopledaily.com.cn/friendship/991101/index_c.html。

表。」由「北京話佔漢族人口的 73%」看出普通話的推廣成效，不但有助於文化溝通的交流，更讓各民族之間的溝通更加的順暢。

　　⑵教育上的成果展現：

　　在〈中國現代的語言規劃——附論漢字的未來〉❶裡曾提到因中共推行了大量的語言文字工作，因此中國的教育水平比五十年前有了極大的提高，證明了中共在推行普通話漢漢語拼音方案有顯著的成果；在中國語言網上曾公佈「普通話培訓測試」中〈香港普通話授課使小學生中文水平顯著提高〉❷一文中指出：「……在使用普通話授課後，小學生的中文科總平均分比用廣東話授課高出了 5 分，其中寫作成績高出了 11 分。……廣東話授課的兩個班級進行了 4 年的跟蹤調查，結果顯示，普通話授課的班級學生寫作能力較佳。……」另外書面標準語，如字典、語法修辭的訂定也讓學生在學習上有一定的規範和標準，從學生學習普通話使文化水平增高和字典等學習規範，看出語言規劃下具體的成果。

三、新加坡的語言政策與規劃

㈠ 新加坡語言政策的歷史發展

　　新加坡是位於東南亞中心的一個極小島國，地理上處於海、陸、空的交通要道，與各地往來頻繁，因此在語言上也受到鄰近國

---

❶　李宇明：〈中國現代的語言規劃——附論漢字的未來〉，頁 16。
❷　見中國語言文字網：「語文教育」。

家馬來西亞、印度尼西亞、汶萊⑱等的影響。它的歷史很短，1819
年英人萊佛士（Sir Stamford Raffles）登陸，把新加坡闢為貿易自由港
成為英國的殖民地⑲，此後吸引了許多外地勞工移民前來，主要來
自中國、印尼、印度三地，使得新加坡居民以華人、馬來人⑳、印
度人為主。㉑由於，新加坡具有多元種族和多樣性語言，再加上長
期為英國統治，種種因素都影響了語言政策的制定，以下介紹不同
時期的政策規劃。

1.獨立之前的語言政策

在英國殖民時期，新加坡以英語作為政府和教學的用語，英語
便成為最具有功利性價值的優勢語言。1950 年代，新加坡受到社
會文化及政治因素的影響，語言發展成四種主流：英語、華語、馬
來語及淡米耳語（印度族群的語言），其中以華人佔多數，但又以英
語學校人數增加得最快。於是，1956 年「華文教育委員會報告
書」提出重要的建議，不論各學校所使用的語言為何，一律平等對
待㉒。為了確保本土語言面臨英語的衝擊不致消失，並增加對本國
語學校的經費補助。政策規定在四種語言中至少要通曉兩種。

1959 年新加坡成為馬來西亞聯邦的自治州，仍然是多元語言

---

⑱　這些國家都以馬來語為主。

⑲　一般認為是新加坡歷史的起源。

⑳　印尼與馬來人同種。

㉑　1997 年新加坡人口統計：華人佔 77.4%，馬來人佔 14.2%，印度人佔
　　7.2%，其他種族佔 1.2%。

㉒　轉引自葉玉賢《語言政策與教育——馬來西亞與新加坡之比較》，頁
　　85。

政策，四種官方語言的地位平等，但將馬來語視為唯一的國語，並強化英語的地位，人民必須學習英語、馬來語和本族母語。

2.獨立後至 1970 年代末的語言政策

1965 年，新加坡被迫脫離馬來西亞聯邦，成為主權獨立的國家，但是在語言政策上並沒有造成極大影響，國語仍為馬來語，並和英語、華語、淡米耳語㉓共列官方語言。1966 年起，新加坡的雙語政策中以英語為第一語言，英語取代馬來語成為教學語言，而其他三種官方語則被視為語言科目，馬來語的國語地位此時只具象徵性意義。

自 1970 年之後，以英語為主的多語政策，逐漸定型。由於英語是一中立語言，不至造成族群衝突，也對新加坡的經濟發展產生很大的幫助。但是，到了 70 年代末逐漸發現一些問題，推行多年的雙語政策未產生預期的效果，並沒有培養出通曉兩種語言的人，而英語以外的語言源流學校亦逐漸萎縮，於是政府當局對語言政策進行了檢討。

3. 1979 年至今的語言政策

華人佔新加坡總人口的大多數，但是華語使用不普遍，各地方言的使用情況複雜，有鑒於此，政府在 1979 年推行了「華語運動」㉔，希望能統一華人團體的語言。此時期教育部規定的語言政策，從小學階段開始，可根據學生的學習能力來決定學習一種或者

㉓　淡米耳語是大部分印度人的母語。

㉔　這是一個純屬華族國民的社會運動，其終極目標在於提昇華語在華人社會中的地位，從而改變華人的方言習慣。（見張楚浩〈華語運動：前因後果〉，收入《新加坡社會和語言》，頁 125）

兩種以上的語言。

　　到了 1987 年，四大語言源流學校㉕逐漸統一，所有學生都以英語為第一語言，母語（華語、馬來語、淡米耳語）為第二語言，並分開考試，這樣的雙語政策欲使學生能精通母語和英語，也確立了新加坡以語言能力分級的教育制度。

(二) 新加坡實施雙語政策的現況

1.四大官方語言使用情形

　　新加坡四種官方語言並存的制度由來已久㉖，目前新加坡的雙語政策規定每個人必須學習英語和官方規定的母語㉗，表面上四種官方語應當是平等的，但是在推行雙語政策的過程中經歷多項變革，造成今日這四種語言的使用情形差距甚大。

　　⑴英語是新加坡人都要學習的「第一語言」，一直以來占重要地位。它不屬於三大民族語，因此在族群關係中是「中立的」，可以作為不同族群溝通的「共同語言」。而實際上，英語在國際間的經濟競爭上有實用價值，精通英語甚至可提升一個人的社會階層，新加坡人的英語程度明顯優於母語，他們對母語的學習亦受此影響。

　　⑵華語是最多新加坡人學習的母語，因為華人占最多數。事實

㉕　四大語言源流學校指，分別以馬來語、華語、淡米耳語、英語為四大語言源流教育的學校。

㉖　1965 年新加坡共和國獨立法令規定：馬來語、華語、淡米耳語、英語為四種官方語言。

㉗　馬來語、華語、淡米耳語其中之一。

上，此華語只指北京話而不包括多數華人所使用的各地方言；這是由於 1979 年為統一龐大的華人族群用語而推行的「華語運動」，影響所及，許多方言因而流失。目前新加坡的華語政策以中國大陸為標準，施行「漢語拼音」及「簡體字」書寫。

(3)馬來語早期因為政治因素考量㉘，曾為新加坡的國語，後來隨著局勢轉變，逐漸被英語所取代，如今使用馬來語的人口越來越少。

(4)淡米耳語在新加坡代表印度族群的語言，由於使用人口少，政治及經濟效益低，一直未能受到政府的重視，是四種官方語言中，使用人口最少的一種。

2.現行語言政策的目標

新加坡雙語政策之制定，有其設立的目標和意義：㉙

通過學校教育制度確保學生的雙語能力，以因應新加坡這樣多元種族的國家社會。

(1)促進中立語言英語的使用，使得所有種族平等競爭，作為團結各語言族群的共同語。並因為其國際語言和科學技術語言的地位，使新加坡人得益於此。

(2)促進母語的使用，以確保對傳統文化的認同和保存，使各族群免於失去與傳統文化的聯繫。

㉘　由於在新加坡鄰近的馬來西亞、印尼都是以馬來語為國語。

㉙　參見李陽琇〈影響新加坡雙語教育政策的若干因素分析〉，江西師範大學學報（哲學社會科學版），第 33 卷第 4 期，2000 年 11 月。

3.語言教育政策的配合

　　新加坡雙語教育政策能順利推行，有賴於中央集權的教育行政管理模式，即由代表國家的教育部統一領導和管理各級教育。

　　由於對學生雙語能力的要求，使得小學的基礎教育以語言學習為主，並以語言能力作為分流的依據。1991 年新加坡教育部發表「改進小學教育報告書」對中小學教育影響深遠，內容如下：❸

　　(1)提供三階段、七年的小學教育，強調英語、母語及數學的學習。

　　(2)重新修訂小一至小四課程分配時間（英語佔 33%、母語及道德教育佔 27%、數學及其他課程各佔 20%），學校可依學生的需要及能力調整課程時間。

　　(3)小三分流延至小四結束時舉行，並在小五及小六時提供三種語言分流課程：EM1（英語和母語皆為第一語言程度）、EM2（母語為第二語言程度）、EMO（母語為會話程度）。

　　如此一來，免除了過去英語和母語程度普遍低落的弊病（由於過去對學生語言能力要求過高，未能考量個人能力差異），依照學生語言學習能力予以分流，使得雙語制度更加落實。

　　雖然雙語的學習更完善了，但是，整個政策的實施也暴露出偏重英語的情形，即無法兼顧兩種語言的學生在學習母語的程度上有差別，但對英語則是一樣重視。嚴格說來，這是一種不平衡的雙語政策，人民很可能都精通英語，而母語程度僅限於交際水平而已。

---

❸　轉引自李懿芳〈新加坡語言教育政策之轉變〉，教育資料與研究，第 25期，1998 年 11 月。

㈢ 新加坡雙語政策的成就與問題

1.英語作為第一語言促進政治經濟的穩定

從語言政策的推行成效來看，新加坡雙語政策之實施，是頗為成功的例子。新加坡國民都必須學會的兩種語言，一是英語，一是母語，以英語作為第一語言，因此他們雖是亞洲的一個小國，仍然能夠與歐美交流往來，迅速地完成現代化，轉型成為國際航運、金融、資訊的中心，對新加坡的經濟發展有很大助益。且在這樣多元民族的國家中，為了同時保留不同母語❸並溝通在新加坡的四大種族，英語便扮演了「共同語言」的角色。因此，雙語政策促進了新加坡政治經濟的穩定，也帶來了安定和諧的社會生活。

2.華語程度低落及其他母語文化的流失

在此雙語制度實施下，以「英語—華語」的模式較其他模式優越，因為以華語為母語的華族人口最多，但多數人的英語程度卻明顯優於華語，❸這是由於以語言能力分流的教育制度造成的影響。透過分流的安置方式，雖解決了學生同時學習雙語所造成的困難，使他們得以依能力與興趣選擇不同的語言課程，但也導致語言學習競爭激烈，尤其是重視英語的學習更甚於華語，長此以來，造成人們華語程度逐漸低落，淪為口語交際用語。目前在新加坡的華族年輕一代多陷入語言文化的困境中，他們的華語程度不好，對本族文

---

❸ 當然此處的「母語」指的只是新加坡政府所指定的三大民族語，還是未能涵蓋所有族群語言。

❸ 參考梁榮基〈中學生的雙語背景和書寫能力〉，收入《新加坡社會和語言》，頁 113-122。

化的認識很淺,處處受到西方文化的侵蝕,卻也沒學到西方文化的精神。❸儘管,近年來新加坡政府鑑於此文化認同的問題,希望藉由提升華語能力,確立其源於東方傳統文化的根基,但頂尖的華語人才仍不多見。

由決策者的角度看,新加坡地小人少,且由外來移民構成,不論是哪一種語言,都不足以作為一種標準規範,因此,他們不主動策劃語言的內容,只是在政策上決定採用何種外來的規範,所以有了雙語制度的規劃。新加坡雖以雙語政策為主要方針,並重視各族群的母語教育,但以英語為導向的教育制度,造成了不平衡的雙語政策。英語作為國際化的語言,卻不免帶來文化上的強烈影響,而母語作為傳遞傳統文化的語言卻因為程度太低而無法勝任。至於,未來新加坡語言政策的發展與規劃,也許還要視整個亞洲的經濟局勢而定,正如華語和英語的消長,也未必會一直維持現況。

四、加拿大的語言政策與規劃

㈠ 加拿大語言政策之實施

1.歷史背景

世界上確實沒有一個國家像加拿大這樣,許多人既會說英文,又同時會說法文,這與其特殊的英、法兩族群殖民的歷史背景有關。

---

❸　參考云惟利〈語言環境〉,收入《新加坡社會和語言》,頁38。

　　法國開拓者早在十六世紀前期，來到加拿大東北岸，在 1541
年建立第一個北美洲的法國人村落，1608 年以今日魁北克
（Quebec）為首府誕生了「新法蘭西」（New France）。此時英國人
勢力也逐漸進入北美洲，英、法兩國多次發生衝突，為爭奪殖民地
與商業利益彼此爭戰不休，其中決定命運的是 1756-1763 年所爆發
的「七年戰爭」（Seven Year's War），戰役結果法國人戰敗，訂立
「巴黎條約」（The Treaty of Paris，1763 年），「新法蘭西」不復存
在，英國成為加拿大的統治者。

　　英國取得統治權後，立即頒布「皇家公告」（1763 年），內容
推行加拿大「英國化」的同化政策：在政治上實行英國的代議制
度；以英國法律取代法國民法和行政體系；將法語排除在文官系統
外；又大量鼓勵英語人口移民；以及要求天主教轉為英國國教等，
其目的是想把法語人（francophone）同化為英語人（Anglophone）。但
這種「英國化」政策的強行實施，只是引發加拿大內部的動盪不
安，而外部又有英屬北美十三州獨立革命風暴的臨近，當時美國希
望尋求加拿大法語人的協助，共同推翻英國統治。

　　面對如此局勢，英國政府為穩定統治與避免反叛，遂於 1774
年通過「魁北克法案」（Quebec Act），改變同化政策轉為包容政
策，容許法國語言、宗教、文化和法律等各種制度的存在，於法案
中正式宣告：「英、法語同是官方語言。」這使加拿大出現英、法
兩大族群並存的局面，也就是加拿大英、法雙語政策實施的源起。❸❹

---

❸❹　關於加拿大歷史，參考黃鴻釗、吳必康著《加拿大簡史》，第三章，臺北
　　市，書林出版公司，1996 年。

2.憲法規範

加拿大第一部憲法是 1867 年成立聯邦時「英屬北美法案」（British North America Act），第二部憲法是 1982 年「加拿大人權法案」（Canadian Charter of Rights and Freedoms）。這兩部憲法內容，不僅都明示英語族群和法語族群為加拿大「兩個建國族群」（two founding peoples），賦予這兩個族群正式法定地位（charter status），也明文規範英語和法語同為加拿大官方語言。

「英屬北美法案」❸，第 133 條第 1 項：「任何人在加拿大的上、下國會和魁北克省的上、下議會得使用英語或法語辯論；這些機構正式紀錄和刊物應同時使用英、法語；任何人皆得在依本憲法所成立的法院和魁北克省的任何法院使用此兩種語言之任何一種。」以及同條第 2 項：「加拿大國會及魁北克省議會的法案應同時以英語和法語出版。」其條款內容確立加拿大的英法雙語政策，並保障英、法兩種語言在國會和魁北克省議會的使用，但對國會和魁北克省議會外的語言使用卻未提及。

「加拿大人權法案」❸，不僅對英法雙語政策的規定和使用更為詳細，且有專門條款來談語言權概念。第 16 條第 1 項：「英語與法語是加拿大的官方語言，在加拿大的國會和政府所有的機構享有平等的地位、權利、和特權。」同條第 2 項：「英語與法語是新

---

❸ 「英屬北美法案」與語言有關的條文有第 93 和 133 條，其條文翻譯參考施正鋒主編，《各國語言政策：多元文化與族群平等》，各國憲法部分，台北市，前衛出版社，2002 年。

❸ 「加拿大人權法案」與語言有關的條文有第 16、17、18、19、20、21、22、23、41、43 和 59 條。其條文翻譯參考註❸。

布朗斯維克省的官方語言，在新布朗斯維克省的國會和政府所有的
機構享有平等的地位、權利、和特權」以及同條第 3 項：「本法案
的任何條款均不得限制國會或任何立法促進英語與法語的平等地位
和使用。」這是加拿大對英法雙語政策最高層次的法律根據，也使
得雙語政策在加拿大繼續的事實無法改變。

㈡ 加拿大語言政策之內涵

1.語言權

　　「語言權」是一個相當新穎的概念，起源於第一次世界大戰
後[37]，因為許多國家改變了疆土和邊界，原有的語言區域被劃入新
的國界，造成許多少數族群的語言地位問題，其發展歷史不過一百
多年而已。[38]

　　「語言權」並不是指使用某種語言之權利（right to use language as
such），而是指一個人可以使用自己繼承語言之權利（right to use the
language of one's heritage）。[39]對一個少數族群來說，「語言權」的賦
予是使該少數族群不被征服、不被同化，能使用自己語言之權
利。[40]

　　「加拿大國家雙語和雙元文化委員會」認為「語言權」定義：

---

[37]　最早有關語言權之國際條約為「Vienna Final Act」，1841 年。

[38]　參考李憲榮〈加拿大語言政策〉一文，施正鋒主編，《各國語言政策：多
元文化與族群平等》，台北市，前衛出版社，2002 年。

[39]　參考丘才廉撰，《加拿大語言權之探討》，政治大學法律研究所碩士論
文，1994 年，頁 6-11。

[40]　同註[39]。

語言權不只是指公民可用他們自己的語言和別人溝通。語言權是英語人或法語人依法律所定或習慣所有，可用其母語與官方接觸。它是法律有明確保障使用一種特殊語言的權利，其範圍包括公共事務、國會和立法程序、日常與政府的接觸、司法程序、和公立學校制度。它也可能包括某些私人的活動。㊶

加拿大「語言權」是要對英、法官方語言族群提供憲法或法律上的保證，當某一族群處於少數的情況，在某些公共事務範疇中可以有使用自己語言的權利。加拿大訂定英法雙語政策，雖在「英屬北美法案」㊷就已將事實法典化，但當時只提出選擇英語或法語為個人權，但並未明示選擇語言是一種權利（right），而只認為是一種資格（entitlement）。至於真正將語言訂為權利，有「語言權」觀念是在「加拿大人權法案」㊸，訂出加拿大「語言權」範圍包括聯邦政府以雙語服務、少數語言的教育、和健康和社會服務三方面。㊹

2.語言平等權

「語言平等權」意即訂定各語言平等的地位，也就是能反映社會不同語言族群的平等地位。加拿大語言的平等分為三大類：法律

㊶　同註㊳。
㊷　參考「英屬北美法案」中與語言有關的條文，第93和133條。
㊸　參考「加拿大人權法案」中與語言有關的條文，第 16、17、18、19、20、21、22、23、41、43和59條。
㊹　同註㊳。

地位的平等、服務的平等和使用的平等。❹

　　法律地位的平等即講求平等尊重的原則，但它無法做為唯一的語言平等，因為法律地位的平等所賦予的利益是象徵性的，只有政府機構的服務會顯示它，一般大眾難以見到。事實上加拿大法語沒有取得與英語完全相同之地位，僅在聯邦政府和新布朗斯維克省宣告英、法雙語完全平等，其他的省並沒有類似宣告，以及做此種宣告的意願。❻

　　服務的平等即給予個人平等的感受，如取得公家職位的機會平等。「加拿大人權法案」第 20 條第 1 項：「加拿大的任何民眾有權和任何國會或政府機構的總部或中央辦事處，以英文或法文聯絡並接受現有的服務，並且有權在此等機構的任何辦事處。」同條第 2 項：「新布朗斯維克省的任何民眾有權從新布朗斯維克省的立法議會或政府任何機構的辦事處，以英文或法文進行溝通，並接受現有的服務。」指出以自己選擇之官方語言從政治機構獲得服務之權，但事實上也只限聯邦政府和新布朗斯維克省。謀求公家職位，仍有講英語優先於講法語的狀況，未解決取得公家職位的平等，故此服務的平等權尚有不足之處。❼

　　如前文所述，加拿大英法雙語政策，早已將事實法典明文規範於「英屬北美法案」與「加拿大人權法案」。但對於「語言平等權」，英語人和法語人仍然爭議不斷，英語人所認為「語言平等

---

❹　同註❸。

❻　參考丘才廉，〈加拿大語言權之簡介〉《憲政時代》，第 21 卷第 1 期，1995 年，頁 80。

❼　同註❻，頁 83-84

權」是個人間的平等,而法語系人所認為「語言平等權」卻是英、法兩種語言社會間的平等,其導因於兩族群對語言的平等權的認知不同。**❹**

㈢ 英法雙語政策之實施現況

1.魁北克語言問題

「七年戰事」後,法語加拿大人落入英國統治,此後,英國採取安撫政策,從 1774 年「魁北克法案」、1867 年「英屬北美法案」和 1982 年「加拿大人權法案」,明文規範英、法語同為官方語言,給予大幅自治權,承認使用法語權利,使英、法語加拿大人有和諧相處的一面,共同創造加拿大的繁榮發展。然同時,英、法語加拿大人之間也存有矛盾衝突的一面,大力推動英法雙語政策,仍無法改變法語人口逐漸流失和法語次等地位的發生,絕大多數加拿大人說英語,只有東部魁北克省為法語區,其法語人口僅佔加拿大總人口 24.35%,英語被視為高階語言,法語無法在政治或經濟場合使用成為次等語言,法語族群也就淪為二等公民。

人口較少的法語加拿大人為自己的語言、文化和其他權利擔憂,其不滿情緒日益高昇,逐漸醞釀魁北克獨立與分離運動。在 1960 年代出現「平靜革命」,推行一系列改革謀求魁北克自力發展。1970 年「十月危機」,魁北克解放戰線綁架英國商務專員,接著殺害魁北克省勞工部長,震驚世界。1977 年,魁北克議會更是通過「一〇一法案」內容規定:法語為該省唯一官方語言,所有

---

❹ 同註**❸**。

公務機關文書必須使用法語；法語知識不到一定程度不得任用為公務員；員工有權要求雇用者使用法語通知、傳達、命令；非職務上需要不得要求員工使用法語以外語言；新移入魁北克移民必須進入法語學校；交通標誌必須使用法語等。㊾

這個法案在 1988 年被聯邦最高法院判決「違憲」，但是魁北克省政府拒絕服從，一意孤行，使法語成為魁北克省唯一官方語言，讓魁北克省英語人士成為二等公民，遂組成魁北克英語聯盟，展開一連串抗議與杯葛。㊿面對魁北克問題，1990 年聯邦政府召集全國省長會議，決定為國家統一與和諧，通過「查洛頓協議」（Charlottetown Accord），並由議會通過「特殊社會條款」，承認魁北克省享有「特區」地位，特區有權立法保護自己的語言與文化。(51)

2.其他第三語言出現

加拿大語言政策除實施英法雙語政策，在 1963 年成立「皇家多語言多文化調查委員會」，目的在瞭解加拿大國內語言文化態勢，作為確立語言文化政策的依據，透過該委員會的報告，加拿大政府於 1971 年通過「官方語言法案」和「雙語結構下的多元文化政策」，其語言政策為「在兩個官方語言（英語、法語）之下，加拿大沒有官方的文化，所有少數民族可以發展個民族的文化特色，以

㊾ 同註㉞，頁 107-109。

㊿ 參考洪惟仁〈台灣的語言政策何去何從〉一文，施正鋒主編，《各國語言政策：多元文化與族群平等》，台北市，前衛出版社，2002 年。

(51) 參考黃宣範《語言社會與族群意識——台灣語言社會學的研究》，台北市，文鶴出版社，1993 年，頁 412-415。

豐富加拿大的社會、文化。」❺以及提出「除了英文、法文之外少數族群的語言教學以及相關的文化歷史課程，如果各州、各市有實際的需要時，應該納入小學課程為選修。」❻

　　確立多元語言文化政策後，加拿大除英、法兩種官方語言，也允許居住加拿大不同族裔人士保留各自的語言，即所謂「族裔語言」，像居住加拿大的少數民族，如印地安人、愛斯基摩人都各自有其自治區，能組織原住民議會，保存自己的語言文化，以及移入民族，如中文、德文、烏克蘭語等語言，政府也規定凡在學校有25 位以上學生家長的要求即可有移民語言教學，學校就要開班授課。❼

　　加拿大語言政策是一多語「維護」政策，而非「過渡」或「同化」政策，讓每一塊土地都保有自己獨特語言與文化風格，呈現「馬賽克式」❽語言與文化風貌，能和諧、融洽、不起紛爭的並存，匯成色彩繽紛、絢麗、多采多姿的加拿大多元文化。

---

❺　同註❺，頁 412。

❻　同註❺，頁 412。

❼　參考綠楓《加拿大生活事典》，香港，珠海出版有限公司，1991 年，頁 118。

❽　所謂馬賽克式，即拼板圖案；或言 Mosaic，鑲嵌圖案，參考註❸，頁 162-163。

五、對中國大陸、新加坡、加拿大語言規劃之綜合比較分析

針對上述各國語言規劃政策作出以下之綜合分析說明：

㈠ 中國大陸、新加坡、加拿大語言規劃的異同

1.單一與雙語語言政策的比較

對中國大陸而言，民族較為單純，語言政策以憲法規定的「普通話」和「簡化漢字」為主要學習之語言，並未深入涉及少數民族語言的規劃，在語言政策的方向上簡單明確，人民統一學習一種語言與文字，故應屬單一語言的國家，與新加坡和加拿大雙語政策明顯不同。

由於，新加坡與加拿大同為境外移民組成的國家，具有多元語言及文化的特性，所以同樣採雙語政策，但在內容上卻各有特色。新加坡主要由三大民族所組成，其雙語政策上明文規定人民要會英語和本身母語，並以英語為首要官方語言。至於加拿大則是由英、法兩族群組成，憲法法案規定英語、法語並列官方語言，人民有選擇學習英、法語的個人權利。整體而言，在新加坡實際上是有四種官方語言（英語、華語、馬來語、淡米耳語）在通行，可是每人只須會兩種，其中又以英語為必要語言；而加拿大就純粹的只有英、法語兩種語言，也不強制規定要學會哪一種，事實上加拿大多數人都具有使用英語與法語的能力。

2.對待其他各民族語言的態度與方法

中國大陸是一幅員廣大、人口眾多的國家，境內有許多的少數

民族，雖然著重推廣普通話和簡化漢字的政策，但憲法中對於少數民族仍給予發展、保持或改善自己語言文字的自由空間，且幫助少數民族文字的改進和創造，所以在態度上對待少數民族的語言，較屬於消極的支持。

而新加坡並不是境內少數民族語言的問題，他們所要面對的是境外移入各民族語言的調和，由於移入的民族都具有一定的人口數量，也因此不能像中國大陸只規定一種普通話，基於尊重各族群的語言，才會就主要的民族規劃出四種官方語言，並輔以學校教育和相關政策的制定，使這四種語言有相同的立足點。

至於加拿大所面對的各民族語言，包含有境內少數民族語言（如印地安人、愛斯基摩人的語言），與移入民族語言（如中文、德文等），政府對這些民族語言採取的態度，基於對個人語言權與語言平等權的重視，給予了各民族語言如成立自治區及納入教育課程等，讓各民族語言和歷史文化都得以有高度發展。

㈡ 中國大陸、新加坡、加拿大語言政策對社會文化的影響

1.在民族溝通與調和方面

中國大陸普通話的推廣，雖然使得不同方言的人民得以有溝通的共通語言，但卻未能真正調和各地的不同方言，所以普通話的普及使得各地文化交流較沒有隔閡，在這方面中國大陸是較有顯著的成效。新加坡的雙語政策，經歷幾個階段的改變，如今英語不僅作為各民族溝通管道，且因不屬於各民族的傳統語言，故可避免不同民族間的紛爭，不過由於教育政策的實施，使得英語日形重要，導

致了其他語言逐漸不被重視，不利於文化學習與傳承。至於加拿大，由於英、法族群多年來的語言紛爭，佔多數的英國人長期打壓法人的語言權利，造成民族、語言和個人階級上的不平等，而雙語政策溝通了境內英、法兩大語族，平息與調和其間的對立關係。

2.在促進經濟社會競爭力方面

中國大陸在語言工作和語言文字的規範標準的推動上，讓識字率、語文能力與教育程度有顯著的成果，有助於國家和個人整體競爭力的提升，也可以促進國內外經濟社會的繁榮。新加坡選擇英語為第一語言，最主要的原因還是經濟實用上的考量，英語是全世界共通語言，在講求國際化的現今社會中，精通英語有助於國家的經貿發展，個人在學習競爭上也比較不受到語言的限制。加拿大的雙語政策，雖將英、法語同列為官方語言，但實際上，學習英語對個人而言，較有利於對外競爭的能力，使得法語人口並未因官方立法而有增加的趨勢，人民也就優先學習英語。

六、結論——中國大陸、新加坡、
　加拿大語言政策對台灣的啓示

各國語言政策對於台灣的啟示，可歸納為以下三方面：

其一，以官方語言為例，前文曾說明中國大陸訂立普通話為全國的共同語，新加坡以英、華語為主，加拿大以英、法語為主，了解一國不需有太多的官方語言，再者台灣總人口數不多，太多的官方語言並不能使語言較易溝通且實用，執行上也有所困難；又台灣與中國大陸、新加坡、加拿大有所不同，台灣、大陸都以漢民族系

統延伸，不似新加坡、加拿大為多元民族國家，需要有不同的官方語言，因此台灣實行十四種官方語言❺❻的政策仍有探討的空間。

其二，新加坡因經濟需求將英語列入官方語言、加拿大則是民族問題，需將英語列入官方語言，但台灣在經濟上並沒有因英語不好而低落，也沒有英民族的問題考量，因此對於台灣將英語列入官方語言也是有待考量的政策。

其三，對於母語教學的實施，大陸給予各地語言尊重的態度，不強迫執行，新加坡是除英語外，必須學母語，列入學校主要課程，而加拿大則是語言課程的選修、自治區等政策；收集各國政策的經驗，對於母語，台灣對於母語教學可給予尊重、選修、不強迫的精神。

經由本文對於中國大陸、新加坡、加拿大等三國的語言規劃、政策的研究，讓我們對於這三國的語言規劃、政策、社會文化有了明確的認識，希望可帶給台灣在語言規劃、政策上有正面的助益。

參考書目

【一般書籍】

1. 吳元華著，《新加坡的語言社會》，新加坡，教育出版社，1978年。

2. 黃宣範著，《語言、社會與族群意識》，台北市，文鶴出版社，1993年。

---

❺❻　包括十一種原住民語、客語、閩南語及華語。

3.丘才廉撰，《加拿大語言權之探討》，政治大學法律研究所碩士論文，1994年。

4.云惟利編，《新加坡社會和語言》，新加坡，南洋理工大學中華語言文化中心，1996年。

5.施正鋒編，《語言政治與政策》，台北市，前衛出版社，1996年。

6.葉玉賢著，《語言政策與教育——馬來西亞與新加坡之比較》，台北市，前衛出版社，2002年。

7.施正鋒主編，《各國語言政策：多元文化與族群平等》，台北市，前衛出版社，2002年。

【期刊論文】

1.謝國平：〈從語言規劃看雙語教育〉，《教師天地》，第 67 期，1993年12月。

2.林哲岩：〈加拿大政局與魁北克新政府〉，《問題與研究》，第 33 卷第 12 期，1994年。

3.穆鳳英：〈新加坡英語的形成和特點〉，《徐州師範大學學報》，第 4 期，1994年。

4.丘才廉：〈加拿大語言權之簡介〉，《憲政時代》，第 21 卷第 1 期，1995年。

5.謝國平：〈雙語教育與語言規劃〉，《華文世界》，第 75 期，1995年3月。

6.高朗：〈魁北克問題與加拿大聯邦體制改革之困境〉，《政治科學論叢》，第 7 期，1996年。

7.王瑛琦：〈新加坡語言教學的啟示〉，《黑龍江高教研究》，第

6 期，1996 年。

8.鄧曉華：〈多元文化社會中語言規劃理論的研究〉，《語言教學與研究》，第 3 期，1997 年。

9.Evasdottir, Erika：〈加拿大，魁北克與歷史教學——回應「認識台灣」座談〉，《當代》，第 123 期，1997 年。

10.陶莉：〈多文化語言交際中的新加坡英語〉，《瀋陽師範大學學報》，第 1 期，1997 年。

11.道布：〈中國的語言政策和語言規劃〉，《民族研究》，第 6 期，1998 年。

12.奧田和彥著、呂志堅譯：〈魁北克與加拿大聯邦的未來〉，《加拿大研究》，第 2 期，1998 年。

13.李懿芳：〈新加坡語言教育政策之轉變〉，《教育資料文摘》，第 41 卷 3 期，1998 年 3 月。

14.李懿芳：〈新加坡語言教育政策之轉變〉，《教育資料與研究》，第 25 期，1998 年 11 月。

15.吳傳國：〈加拿大魁北克的分離運動〉，《國防雜誌》，第 13 卷第 7 期，1998 年。

16.張普：〈關於網絡時代語言規劃的思考〉，《語文研究》，第 3 期，1999 年。

17.管麗莉：〈文化衝突與魁北克離合的抉擇〉，《歷史月刊》，第 129 期，1999 年。

18.潘少紅：〈新加坡語言教育政策的若干因素分析〉，《東南亞縱橫》，第 21 期，1999 年。

19.袁銳鍔，李陽琇：〈論新加坡雙語教育政策〉，《外國教育研

究》，第 4 期，1999 年。

20. 全鴻翎：〈新加坡的雙語現象〉，《新疆師範大學學報》，第 3 期，1999 年。

21. 徐大明：〈新加坡華社雙語調查──變項規則分析法在宏觀社會語言學中的應用〉，《當代語言學》，第 3 期，1999 年。

22. 陳松岑：〈新加坡華人的語言態度及其對語言能力和語言使用的影響〉，《語言教學與研究》，第 1 期，1999 年。

23. 余建華：〈多元文化的民族衝突與矛盾──加拿大魁北克問題〉，《歷史月刊》，第 151 期，2000 年。

24. 劉滿堂：〈新加坡的語言政策：多語制和雙語制〉，《陝西教育學院學報》，第 4 期，2000 年。

25. 袁彩虹：〈論新加坡英語產生的歷史背景及其語言特點〉，《外國語》，第 3 期，2000 年。

26. 蕭國政，徐大明：〈從社交常用語的使用看新加坡華族語言選擇及其趨勢〉，《語言文字應用》，第 3 期，2000 年。

27. 李陽琇：〈影響新加坡雙語教育政策的若干因素分析〉，《江西師範大學學報》（哲學社會科學版），第 33 卷第 4 期，2000 年 11 月。

28. 李宇明：〈中國現代的語言規劃──附論漢字的未來〉，《漢語學習》，第 5 期，2001 年。

【西文期刊】

1. Magnet, Joseph E., "The Charter's Official Language Provision: The Implication of Entrenched Bilingualism" *The Supreme Court Law Review*, 1982.

2. Magnet, Joseph E., "Minority Language Educational" *The Supreme Court Law Review*, 1982.

3. Magnet, Joseph E., "Language Rights: Canada's New Direction" *University of New Brunswick Law Journal*, 1990.

4. Kuo, Eddie C.Y; Jernudd, Bjorn H, "Balancing Macro-and Micro-Sociolinguistic Perspectives in Language Management: The Case of Singapore," *Language Problem and Language Planning*, NO17, pp.1-21, 1993.

5. Bride Raban; Christine Ure., "Literacy in three language: A Challenge for Singapore preschools," *International Journal of Early Childhood*, N30, pp. 45-54.

6. Kuo, Eddie C.Y; Jernudd, Bjorn H, "Balancing Macro-and, 1999. Micro-Sociolinguistic Perspectives in Language Management: The Case of Singapore," *Language Problem and Language Planning*, NO17, pp.1-21, 1993.

【網路資料】

1. 華社網 http://www.zaobao.com/

2. 中華人民共和國教育 http://www.moe.gov.cn/cgi-bin/g2b.cgi?Xxurl=http://www.moe.gov.cn/

3. 中國語言文字網 http://www.china-language.gov.cn/

台灣語言環境關懷系列之三

台灣地區語言規劃的
歷史與未來展望

王盈方、莊欣華、黃立楷*

摘　要

　　本篇論文針對台灣地區語言規劃作一系列的討論，分別從日據時期之語言政策、台灣戰後時期之語言政策、當代台灣地區語言發展現況等等，作為討論的主軸，最後再提出台灣地區語言發展的未來展望。

前　言

　　台灣的歷史背景十分特殊，它經歷了荷西佔領、明鄭統治、清代建設、日本殖民、台灣光復、政府播遷、戒嚴解嚴……直到現今

---

* 　三位皆為淡江大學中文研究所研究生

的族群融合等時期。每個不同時期，都有不同的統治政策，語言政策則為其中甚為重要之一項。眾所周知，語言是人類社會最重要的交際工具，面對不同的政治背景所制定的語言政策，其所產生的社會、文化、教育之結果與影響亦截然不同。基於對台灣地區語言環境現況的關懷，本篇論文，將時間限定於日據時代（1895 年）迄今，並以發生在台灣地區的語言規劃為主，希望藉由討論台灣地區近百年來的語言規劃歷史，得到相當的反省與檢討，並提出對未來台灣地區施行語言規劃的展望與願景。

一、日據時期之語言政策（1895-1945）

1895 年中日甲午戰爭後清廷戰敗，將台灣、澎湖劃歸日本，開始了長達五十年的殖民統治。日本人除經濟上的統治之外，也企圖將台灣建設為日本的一部份，將台灣人民教化成效忠日本天皇的公民。❶因此日本政府在台灣的統治可分為三個時期做說明，而語言政策也隨此三階段而有不同的規劃：㈠安撫時期（1895-1919）；㈡同化時期（1919-1937）；㈢皇民化時期（1937-1945），以下將分期各個說明。

㈠ 安撫時期（1895-1919）

1895 年甲午戰敗後，日本人便企圖將台灣建設為日本的一部

---

❶ 陳美如：《臺灣語言教育政策之回顧與展望》（高雄：復文圖書出版社，1998 年 2 月），頁 10。

份。五月，日本台灣總督府制定治台飭令，規定台灣居民學習日語
是日本在台灣語言教育政策的基本方針；八月，伊澤修二奉命來台
為總督府學務部長，主管全台教育。他向當時總督樺山資記提出台
灣教育意見書。書中第一句就明言：「台灣的教育，第一應該使新
領土的人民從速學習日本語。」這樣的企圖及做法是相當明顯的❷
——當時日本政府對台灣的情況還無法全面控制，因此採取較寬鬆
的安撫政策。1901 年二月，台灣總督府參事長官石塚英藏在「國
語研究會」上發表〈新領土與國語教育〉演說，表示：「日本的長
遠目的是在台灣普及日語」，「日本在台灣所實施的語言政策是把
日語教育作為殖民政策作重大的措施之一。」因為這樣的政策宣
示，當時一方面允許「書房」❸繼續存在，一方面也在學校教日本
人台灣本土語言，同時鼓勵台灣民眾上日本學校。當時的小學分成
三種，即 1.小學校（專供日人在台子弟就讀）2.公學校（供在台漢人子弟
就讀）3.山地小學（供蕃人，即原住民子弟就讀）。在此階段，「漢
文」仍為必修科目。

㈡ 同化時期（1919-1937）

　　1919 年台灣總督府發布「台灣教育令」開始禁止書房，並把
「漢文」科目改為選修科目。大部分的學童都進入「公學校」。而
日人一再加強鼓勵學童進入公學校，從此就學人數激增，就學率由

---

❷　曹逢甫：《族群語言政策—海峽兩岸的比較》（台北：文鶴出版有限公
　　司，1997 年 5 月），頁 49。
❸　在台漢人學習漢文（文言文但以閩南語或客語發音）的場所。

1920 年的 25.1% 左右升至 1943 年的 71.3%。❹至 1924 年到 1928
年之間，台灣民間漢文增設的運動相當蓬勃，日本總督府為防止台
灣人的漢族意識而廢止公學校內漢文的授業。1937 年四月，日本
台灣總督府又下令廢止臺灣新民報等報紙的漢文版面，同時取締一
切使用漢文的刊物。日本一步一步逐漸將台灣同化成為效忠天皇的
公民，而至 1937 年七月七七事變後，推行「皇民化時期」便開始
箝制台灣人民的思想。

㈢ 皇民化時期（1937-1945）

　　1937 年七月七七事變爆發後，開始進入了「皇民化運動」，
實施「國語常用家庭」，要求台灣人民不但要說日語，且要用日語
思考。通令全台官公衙無論公私場合都要使用日語，同時指示各州、
廳動員各教化團體致力於家庭，部落及市街庄的「國語化」。又在
各地設立「國語常用家庭」認定制度外，並設置「國語常用家庭審
查委員會」，負責審查「國語常用家庭」申請案。經認定者加以表
揚，並給予享有入學日人小學校、中等學校、各種營業申請及補
助，赴日考察等優先權。當時六年制之公學校，一入學即以日語教
學，學校中並嚴禁台灣語，教師除低年級外幾乎是日本籍教師。❺
　　自 1937 年「皇民化運動」後，當局全面禁止台灣語、漢語的
使用。日本在殖民台灣前期，為安撫民心，便於治理，並實施日台

---

❹　曹逢甫：《族群語言政策—海峽兩岸的比較》（台北：文鶴出版有限公
　　司，1997 年 5 月），頁 50。
❺　陳美如：《臺灣語言教育政策之回顧與展望》（高雄：復文圖書出版社，
　　1998 年 2 月），頁 18-19。

雙語教育，對於語言規定採消極溫和的政策。後因太平洋戰爭爆發，為培養效忠天皇的子民，全面禁止台灣語的使用。至此，日人的統治達到貫徹執行的積極時期，以強硬的態度要求台灣人民配合。一直等到 1945 年台灣光復，由國民政府接收後，台灣的語言教育政策才有全面性的改變。

二、台灣戰後時期之語言政策（1945-1987）

自從 1945 年二次世界大戰結束，日本歸還台灣，到 1986 年當時的總統蔣經國先生宣佈解嚴為止，台灣發生了許多影響深遠的重大事件，如國民政府播遷來台（1949 年）、二二八事件、戒嚴（1949 年）、退出聯合國（1970 年）、蔣介石總統去世（1975 年）……等。以下，將以我國退出聯合國為時間分野，分兩時期探論台灣戰後時期的語言規劃及成果。

㈠ 改制穩定時期（1945-1969）

所謂改制穩定，即說明此時期的語言政策，是要改革日人統治下的後果，使之趨於國民政府統治下的中國化穩定。1945 年，二次世界大戰結束，台灣光復，脫離日人的統治。1949 年，國民政府播遷來台，面對日本政府統治所遺留下的教育成果：台灣人民普遍只懂日文，三十歲以下的人對台灣語文亦十分的陌生，更不知有國語、六七十歲的老年人雖會說閩南語及用「孔子白」讀書，仍多不了解方言與國語間的關係、在公共場合中的通行語是日語，而多數的台灣民眾則是以母語（閩南語、客家語、原住民語）為家庭生活溝

通的語言。❻國民政府亟欲改善這樣的情況，於是蔣介石總統指出語言教育應以「國文第一、國語為先」，並且要「去除日本化，恢復中國化」。

　　有鑑於國語運動之推行，必須有一相關單位落實執行，因此，1945 年 11 月，大陸的教育部國語推行委員會便派遣魏建功、何容……等人來到台灣，隨即展開籌設「臺灣省國語推行委員會」。其認為語言政策的施行，首先須從政府機關及教育面著手，於是，1946 年教育處規定各級學校一律教授國語及語體文，公文書以用語體文，同年 10 月 26 日，下令廢除省公報、報紙雜誌的日文版，以後，日語漸漸被全面禁止。另外，此時期的國民政府將語言改革的主力軍設定為師範教育與國民教育，蔣中正先生提出「師資第一，師範為先」。1955 年頒布「提高國民學校師資素質實施方案」、「提高中等學校師資素質實施方案」，這兩個方案對於日後師專之建立、師範大學的恢復、國民學校教師研習會、中等教師研習會的設立、師範生訓練標準的頒行……等，均有直接或間接的影響。❼

　　在教育課程規劃方面，特別強調民族精神，國家意識。除了將日據時期所遺留下的「武士道」、「皇民化」、「日語」……等課程廢除外，1952 年頒訂「國語」、「社會」二科的課程標準，如「國語」科方面即特別規定：「教材的選擇，注重有關激發民族精

❻　陳美如：《臺灣語言教育政策之回顧與展望》（高雄：復文圖書出版社，1998 年 2 月），頁 40。

❼　陳美如：《臺灣語言教育政策之回顧與展望》（高雄：復文圖書出版社，1998 年 2 月），頁 34。

神，增強反共意識，闡揚三民主義方面的材料」。

㈡ **計畫貫徹時期**（1970-1986）

自 1970 年起，台灣政治發生了許多變化，外交方面有退出聯合國、政治權力中心蔣介石總統去世，使得國人對台灣的前途感到惶惶不安。同時由於 1960 年代現代主義文學掛帥，作品的語言、形式全盤西化，促發了 1970 年具強烈改革意味的「鄉土文學」產生。❽此時期在地的本土意識逐漸擡頭，後遂引發了著名的「美麗島事件」，造成了方言與國語相衝突的開端。對於這些阻礙推行國語的種種，國民政府採取比前一時期更積極的手法，以貫徹國語運動的實施。

在改制穩定時期，強調以國語教育的普及為主，並未限制方言的使用，到了此時期，因為鄉土意識的覺醒，方言漸漸成為國語運動推行的阻力，因此，此時期的語言規劃，逐漸朝向一元化發展，並開始大力的打壓方言，嚴禁方言的使用，如 1975 年行政院新聞局公佈「廣播電視法」，第十九條即規定：「電臺對國內廣播用國語播音比率，電臺不得少於 70%，使用方言播音應逐年減少，比率由新聞局檢討訂定之。」此外，還頒發「中華文化復興運動再推進計畫綱要及進度表」，並且強制規定「辦公室及公共場所應一律使用國語」，使國語成為公務機關考核的標準，種種明確又積極的政策方針，使得此階段成為推行國語運動最有力的時期，其影響力更

---

❽　陳美如：《臺灣語言教育政策之回顧與展望》（高雄：復文圖書出版社，1998 年 2 月），頁 31。

是不分鄉鎮，遍及全省。

　　有感於「師範為精神國防」，此時期對於師資的培訓，以國語能力的養成為宗旨，並且特別強調愛國思想及國家意識，從 1975年頒布的「臺灣省各縣市國民中學聘任教師要點」中，對於教師應具備的基本條件可以明白，不但是教學的重點在國語，就連教師的進修，國語文能力也是最受重視的，這一點從當時培育有志從事教育工作者的訓練內容中，國語教材教法就佔了總課程的 70%，即可見一斑。此時期學校教育嚴格禁止說方言，有許多在家中說慣了方言的學生，在學校中不小心說了方言，就被迫掛上「我要說國語」的牌子，教師們也為了推動國語，利用考試、作文、習字、朗誦比賽、演講比賽……等各種方式促使學生們說國語，務使他們說得一口標準國語，語氣流利。因此，在課程的安排上，國語一科所占的時數亦相當可觀，以小學為例，國語一科的教學時數，在低年級占34.5%；中年級占 28.6%；高年級占百分之 26.3%，年級愈低國語科在課程中所占的比例愈高。❾

(三) 戰後語言政策回顧

　　綜上而言，改制穩定時期的語言規劃在以強制又迅速的方式消除日語，推行國語，以進行中國化，而施行的主要對象則是針對國民教育及師範教育的師資為主，並以媒體資源為輔；自 1966 年後，日語的影響力已日愈趨減，但方言卻漸漸成為推行國語的一大

---

❾　陳美如：《臺灣語言教育政策之回顧與展望》（高雄：復文圖書出版社，1998 年 2 月），頁 110。

阻力，因此，計畫貫徹時期的語言規劃在壓抑方言，獨尊國語，並徹底施行於政府機構與學術單位之中，雖然鄉土意識稍微擡頭，但很快的便被政府積極高壓的政策所掩蓋，但是，這樣的意識並未消失，只是尚未爆發，到了 1987 年之後，鄉土語言的教學，遂一躍成為教育改革的重心。

三、當代台灣地區語言發展現況（1987~迄今）

政府逐漸鬆綁單一語言政策後，台灣地區各語言間的互動、碰撞，也隨著沒有明確的語言規劃而更加混亂。在憂心之士的關懷之下，近年來台灣的語言現象已成為熱烈討論的議題。例如「台灣地區弱勢語言流失的危機」、「拼音問題論戰」、「語言教育之現況」等，我們認為都將成為衝擊台灣社會文化的關鍵，以下即針對這三方面加以說明。

㈠ 台灣地區弱勢語言流失的危機

自 1987 年政治解嚴，到現在不過短短十數年，然而台灣的「本土意識」風潮卻是洶湧而來。有關學會的成立、母語教學的重視、廣播電視媒體取消對語言限制的規定等，都成為社會上熱門的議題。如 1987 年「台灣筆會」成立，主張尊重台灣各種母語，實施雙語教育，反對一切妨礙母語傳播的措施；❿ 1990 年台北縣、

---

❿　參見林慶勳：《台灣閩南語概論》（台北：心理出版社，2001 年 10 月），頁 83。

屏東縣開始在縣內指定小學實施母語教育；⑪ 1993 年立法院通過刪除對方言加以限制的「廣播電視法」第二十條。⑫從此台灣本土語言，尤其是台語，⑬大量的在媒體上出現。

　　台灣本土語言的大量使用，本身是值得鼓勵之事，然而在使用語言的過程，可發現台語的使用量，比其他弱勢語言更加廣泛和頻繁。

　　由目前台灣的語言使用環境看來，主要有三種「語言族群」。一種是以「南島語」為母語的原住民，另一種是以「台語」與「客家語」為母語的舊住民，第三種則是以「共通語」⑭為母語的新住民。⑮在這三種族群中，筆者除了「共通語」外，其他皆視為台灣本土語言。⑯而本土語言中，「台語」一系的台灣人口最多，共約 1570 萬人，佔總人口 73.8%；「客家語」一系的台灣人口共約 250 萬人，佔總人口 11.7%；而「南島語」一系的台灣人口最少，共約

---

⑪　參見陳美如：《臺灣語言教育政策之回顧與展望》（高雄：復文圖書出版社，1998 年 2 月），頁 128。

⑫　參見林慶勳：《台灣閩南語概論》（台北：心理出版社，2001 年 10月），頁 85。

⑬　台語或稱「閩南語」、「福佬語」、「賀佬語」、「鶴佬語」、「HOLO語」；這裡以台灣人最常使用的「台語」一詞為主。

⑭　這裡指的是「華語」，亦即「國語」。

⑮　語言族群的分類參考自湯廷池：〈台灣語言學的展望〉《漢語語法論集》（台北，金字塔出版社，2000 年 10 月），頁 341。

⑯　共通語亦為國民政府推行的國語，而使用國語的「新住民」（或稱「外省人」、「大陸人」）第一代入台的時間頂多 50 年，故不列入本土語言討論。

34 萬人，佔總人口 1.6%。**⓱**由族群的多寡來看，台語的確應是台灣使用率最高的語言，然而這樣的情況卻可能會造成其他語言的流失。黃宣範曾統計雲林縣和彰化縣的客家人母語保存的情況：

> 彰化地區的客家人已經完全福佬化，他們自認是閩南人，不是客家人，客家話在彰化地區已全然消失，並已完全被閩南語所取代。……雲林地區的詔安客已有 60% 以上的人自認是閩南人，而彰化地區的福佬客有 98% 的人自認是閩南人，沒有人自認是客家人。**⓲**

上述統計資料透露出兩項訊息：其一是台灣本土語言正在流失，客家語如此，南島語亦是。其二是族群意識影響語言發展，洪惟仁亦表示：「族群認同和語言認同是合轍的兩種認同。」**⓳**語言的流失，亦會造成民族意識的消失，這情形在現今台灣社會中正在發生。例如屏東新埤嚮潭、台南玉井、左鎮的平埔族已經沒有人會說平埔族語，他們有些甚至羞於承認自己是平埔族人。台東東里鄉後庄的平埔族人，和客家人混居，竟自稱是「廣東來的」**⓴**。

總的來說，台灣三種族群與四種語言間的關係，是極為籠統且

⓱ 統計數據參考林央敏：〈台灣人族群及經濟地位〉《語言文化與民族國家》（台北，前衛出版社，1998 年 10 月），頁 30-31。

⓲ 參見黃宣範：《語言、社會語族群意識》（台北，文鶴出版社，1995年），頁 317。

⓳ 參見洪惟仁：《台灣語言危機》（台北，前衛出版社，1992 年），頁 54。

⓴ 同前註，頁 53。

沒有絕對的隸屬關係。身為原住民或是舊住民，不諳母語者比比皆
是；而新住民當中也不乏會使用流利的台語或客家語的人。族群之
間的溝通雖然沒有問題，然而在語言的使用上，南島語已經處於極
度弱勢的地步，近來有學者提出「所有語言都作國語」（加起來有
14 種）的語言政策建議❹，雖然未必可行，但是卻透露著學者對本
土語言流失的憂心。南島語的使用人口較少，也沒有文字記載，流
失的速度是難以想像的迅速；而閩南語和客家語的一些舊有詞彙，
流失的情況，恐怕也比預期中嚴重。

⑵ 拼音方案論戰

　　近年來，中文拼音方案的討論與使用在台灣引起了很大的波
瀾。目前台灣主要考慮的兩個方案有二，一是中國大陸所提出，且
在全球的拼音漢字行之有年的「漢語拼音方案」；二為台灣余伯泉
改正漢語拼音的缺點，更接近英語發音方式的「通用拼音方案」。

　　在二〇〇二年七月十四日「自由時報」的社論中，提出一段作
者個人對拼音方案的看法：

　　　拼音方案的提出，主要目的在於讓外國人便於和本國人溝
　　通，所謂的中文拼音，僅是利用英文字母音譯中文字，或者

---

❹　例如李勤岸先生曾作過台灣語言政策評估，其中一建議選項即是。14 種
　　語言包括台語、客家語、華語、泰雅語、賽夏語、布農語、阿美語、雅美
　　語、魯凱語、排灣語、卑南語、鄒語、邵語、噶瑪蘭語。詳參〈語言政策
　　語台灣獨立〉《語言政治與政策》（台北，前衛出版社，1996 年 8
　　月），頁 151-154。

表達中文字的發音而已，而非把中文字翻譯成英文，因此，它的用途是要用來音譯那些不宜義譯的中文專有名詞（如地名和人名），而我們選擇拼音方法的原則，也應該是檢視它是否能夠做好這項音譯的工作。㉒

由上述引文中可以發現，作者認為「利用英文字母音譯中文字，或者表達中文字的發音」，應是台灣要實行中文譯音的主要目的。簡單地說，中文譯音主要牽涉到的是音譯問題，如何充分地利用西文的二十六個字母來拼寫漢字，讓來到台灣的外國人，可以一看到路標上的中文譯音，就能說出台灣人聽得懂的音，是台灣實行中文譯音的目的之一，就這點來說，表音的準確與否，是決定採用何套拼音方案最主要的考量，不應犧牲此一優先原則而先去迎合其他條件。㉓

漢語拼音在國際社會上流通已久，已成為國際標準化組織拼寫漢語的標準，也是世界公認的漢語標音系統㉔，因此，但凡有心學習中文的外籍人士，多是以漢語拼音方式作為學習的基礎，對於其廣大的影響力，不容小覷。但是，世界上沒有一套拼音方案是十全十美，毫無瑕疵的，就漢語拼音的本身內容來看，仍有許多可以改

㉒　〈中文拼音沒有國際接軌的問題〉（自由時報社論，2002/7/14）http://abc.iis.sinica.edu.tw/lun3.htm。

㉓　董忠司：〈試評所謂「通用拼音」的通用性和標音功能〉《漢字拼音討論集》（台北：中央研究院語言學研究所籌備處，2001年8月），頁33。

㉔　就漢語拼音在全球流通性上而言，這一點優勢是無可否認的，許多專家學者也贊同此說法，如鄭錦全、丁邦新、王士元、梅祖麟、李壬癸、亓婷婷、尹章義、林正修……等。

進之處，首先，由於它的制訂，曾受到蘇俄的影響，因此有許多字母仍沿用蘇俄字母的形體，如 ü、ê ……等；這兩個字母不但在鍵盤上打不出，就是在書寫及發音上，都有一些困難；其次，就發音方面而言，q 字發類似注音中ㄑ的音，x 則發ㄒ的音，都不符合一般英語的發音習慣，無法令人一眼就明白地發出其正確的讀音㉕，對於未學過中文的外籍人士而言，這兩項缺點是嚴重的致命傷。

　　至於贊同使用通用拼音的學者多認為，通用拼音較符合英文的發音習慣與語感㉖，且符合學理，例如：通用拼音所有的ㄩ都用 yu 貫串，較之於漢語拼音的ㄩ需要用三種符號㉗，使用通用拼音無異更接近原音；又如通用拼音把ㄓㄔㄙ的母音以"ih"表示，不同於漢語拼音把ㄓㄔㄙ的母音標成"i"，如此一來「司」（sih）不同於「西」（si），外國人也較不會唸錯。㉘反對通用拼音的學者則是認為既然要使用拼音，就應該採用最通行的系統，因此，唯有採用

㉕　如大部分的外國人多無法掌握 Mrs. Qi（祁太太）及 Mr. Xu（許先生）的正確發音，也無法明白地辨別 Lu（呂）與 Lu（路），見台灣拼音說帖：http://abc.iis.sinica.edu.tw/suoyie2002.htm。

㉖　如漢語拼音中的「翁」拼為"weng"，通用拼音則拼為"wong"，又如「風」字，漢語拼音拼為"feng"，通用拼音拼為"fong"，見陳慧珍：〈從日文的羅馬拼音看通用拼音與漢語拼音之爭〉，《國文天地》第十六卷七期（2000 年 12 月），頁 89。

㉗　如漢語拼音中的「女」、「徐」、「魚」分別拼為"nu"、"xu"、"yu"，較通用拼音拼為"nyu"、"syu"、"yu"難以理解，同上注，頁 88。

㉘　陳慧珍：〈從日文的羅馬拼音看通用拼音與漢語拼音之爭〉，《國文天地》第十六卷七期（2000 年 12 月），頁 89。

漢語拼音，才能達到對外溝通無礙，國際一致，與世界接軌。

　　平心而論，任何一個拼音方案都各有其優缺點，能夠擁有較多利多條件者，可算是較傑出的方案，但再優秀的方案如果實行成果不彰，一切都只是罔然。其實，漢語拼音與通用拼音僅僅只有 15% 的差異處❷，不管使用哪一套方案，對於另一套方式，都可以略加通曉，並不是一道難以跨越的鴻溝，但由於台灣的政治立場特殊，再加上意識型態的考量，使得意見眾多紛歧，難以統合，唯今之要，應該早日擇一最適方案，並且確實執行，讓台灣所有的中文譯音統一，不應再任由各地方使用自己認為對的方案，各行其事，造成一國多制的現象，而令人無所適從❸，如此，才能夠使中文拼音達到它所要達到的目的，而非流於政客口下的泡沫。

㈢ 語言教育之現況

　　自 1987 年宣布解嚴及解除報禁、黨禁之後，台灣各行各業都逐漸蓬勃發展，在教育體制上也有更為鬆動的空間。過去因高壓統治政策，在學校不能有說方言的機會，且制定了許多處罰來箝制語言的發展，但這樣的規範並不能阻擋本土語言的流行與發展。以下將分點敘述，說明現今語言教育之情況：

---

❷　見江文瑜，黃宣範：〈通用拼音利於與世界接軌〉（自由時報 2000/10/10）http://abc.iis.sinica.edu.tw/suoyie2002.htm。

❸　目前台灣所有的地名、人名多是採用威妥瑪式，而台北市想把通用拼音及漢語拼音並列的做法，就可能造成一路二名的困擾。見〈中文拼音沒有國際接軌的問題〉（自由時報 2002/07/14 社論）http://abc.iis.sinica.edu.tw/lun3.htm。

1.本土意識高漲

　　近十多年來因本土意識的蓬勃產生，有越來越多關懷台灣本土的聲音出現。再加上教改的聲浪高漲、課程的選擇多元化，從過去只有國立編譯館的統一版本到現在各家林立，如同戰場一樣的教育事業，學生學習的空間與選擇的機會更大了。在語言上出現了學習鄉土語言的熱潮，這股潮流也加入學生課程的學習中，小學生要開始學習母語。在過去說母語有刻意被忽略的感受，而現在卻是學生必要的課程之一，這樣的轉變使台灣的語言教育不再只是以國語為官方標準語的單一導向，轉而為多面向學習傳統的母語、方言。這樣的成果是多年來不斷強調本土之後，落實於實際生活中的政策，立意雖好但在執行上仍有許多無可避免的問題出現。

2.文字規範困難

　　過去說方言或母語時，似乎是自然而然的在某種環境下便學會的語言，甚至是這樣的語言思考模式。當要將其文字化或規範化，成為標準的學習模式來作為教學用時，便出現不知要用何種文字來詮釋此語言。在方言中有許多的發音是無法用漢字書寫出的，因此便有許多新造字或是拼音方法的出現。實際執行幾年後便產生困境，在學習方言上每個版本用各自不同的方式，有「漢語拼音」、「通用拼音」、「羅馬拼音」、「注音第二式」……等等。各種多元的學習方法，雖提供更多的學習選擇，在學習上卻出現了多頭馬車的現象；有些甚至是教學者自己都無法流利的說方言，如何教導學生學習正確的方式。語言教育正在改變，而此轉變的執行層面上確有其困境存在。

3.執行成效有限

　　當今台灣地區之語言教育在歷經政治局勢上劇烈的震盪和改變，可說是進入了戰國時代。樂觀的說法顯示語言教育有多元性的呈現，許多原住民的語言被發現，也開始有人將其作保護與傳承避免傳統語言的流失。台灣目前則以閩南方言和客家方言為方言中的兩大多數，學校與公共場所也平等的將其放入語言學習環境中。雖然公共場所將其視為傳播媒介之一，多元且密集的宣傳方式，是希望能使鄉土語言更落實於平常生活中使其成為生活的一部份，進而達到溝通、宣傳、甚至教育的目的，不再只是書本中的紙上談兵，或成為政治人物的籌碼甚至是談判的工具。在學校方面，將其視作母語的教學希望能有所傳承，但在教育的實際執行中卻出現某些隱憂。一方面在師資的養成教育上有品質上的落差與數量上的缺乏，因此普及率上便無法達到全面的效果；另一方面，學生雖已學習了方言，卻缺少在日常語言環境中自然的使用它，使得方言無法進入平常思考的語境中。如此，「方言」對學生而言便失去歸屬感，無法對其產生認同，在學習上便大打折扣了。

4.語言政策混亂

　　語言是族群溝通的重要媒介，對所有語言都應該一視同仁的對待，當語言不再被使用時，族群也將有被消滅的危機。❸❶不應有語言歧視的出現，更不應有為了突顯某種特定目的而刻意打壓其他語言的生存空間，像台灣如此混亂、複雜的語言環境，語言問題就代

---

❸❶　參見黃宣範：《語言、社會語族群意識》（台北，文鶴出版社，1995年），頁317。

表了族群的問題，不僅僅是教育的問題而已。再者，將這些母語或本土語言顯著地突出其存在與使用的活動頻率，雖能激發起有關人士的注意與其語言的特殊性，但無法給予相當於官方語的語言平等對待，這樣的刻意凸顯是否正加速其滅亡的速度？

四、台灣地區語言發展之未來展望

　　語言的發展反應著社會的實際需要，應該持續受到關注和導正；而語言規劃的重點，應該是保有各語言平等合法的原則。筆者以此為出發點，由上一章當代台灣地區語言現象切入，開展出台灣地區語言發展之未來展望。

㈠ 弱勢語言的保存

　　語言規劃的初衷是要關懷整個社會的語言，姚亞平曾表示：

> 語言規劃的研究目的是全社會，研究單位是語言集團，研究對象是語言關係。㉜

　　一個國家的語言規劃是否良善，就要看組成這個國家共同體的各個社會集團的語言資源是否妥善分配、各語言在社會交際中是否被廣泛使用。正是因為如此，一個社會的語言凝聚力強弱，也就取

㉜　參見姚亞平〈我國社會集團的語言關係及政策協調—論語言規劃的研究對象及主要任務〉，《南昌大學學報》第三十二卷四期（2001 年 10 月），頁 115。

決於組成這個社會的各語言集團❸相互之間是否感情融洽、不同的
族群在語言態度的訴求上是否有碰撞等等。換句話說，語言集團相
互交往和相互團結，對社會的存在、社會共同語的形成與發展關係
重要且密切。

　　台灣地區的社會共同語即是國語，使用的狀況非常普遍，可視
為國民政府推行國語運動的具體成效。然而近年興起「本土化」的
熱潮，使台灣地區的弱勢語言流失的問題，浮出檯面。洪惟仁曾表
示：

> 依上述語言流失的速度推算，如果情勢不變的話，台灣傳統
> 語言在五十年後，便會完全在社會上消失，退入家庭。再過
> 五十年，所謂鶴佬語、客家語、山地語、將成歷史陳跡。❸

強勢語言語弱勢語言的消長，在歷史中不斷的發生，並非新鮮事。
從歷史的觀察來看，強勢國家或族群，每每以武力征服或統治弱勢
民族，皆會竭盡所能，摧毀或消滅一個族群的文化與語言，因為語
言是族群認同與整合的力量。因此所謂「母語滅，族群亡」❸，印
證了母語是一個族群延續的生命靈魂。相對而言，若要保存族群的

---

❸　語言集團，據姚亞平的看法，意指「一些具有共同的語言特徵，共同的語
　　言態度或情感、共同的語言要求的社會成員所形成的社會群體。」同上
　　注，頁 116。

❸　參見洪惟仁：《台灣語言危機》（台北，前衛出版社，1992 年），頁
　　52。

❸　參見大衛·克里斯托：《語言的死亡》（台北，貓頭鷹出版社，2001 年 3
　　月），頁 15。

文化，語言的保存是首要工作。

　　台灣在族群、語言上都呈現多元文化的現象，然而在世界各國中並非唯一。許多國家制定多元文化主義的語言政策，就以比利時和瑞士為例，對於多元文化主義的語言政策行之多年，且成效良好。其中比利時以語言自決的原則輔以地區性權力分享❸的原則，分為三個地區（沃倫、佛蘭芒、布魯塞爾）和三個社區（分別講法語、佛蘭芒語、德語），一方面既享有自主地位，另一方面又由一種高度複雜的制度安排加以協調。❸而瑞士透過聯邦憲法的修訂，確立了「國家語言」（National language）和「官方語文」（Official language）的存在；張維邦在〈瑞士的語言政策與實踐〉中表示：

> 這種畫分有其法律上的直接意涵。人民與官方（特別是聯邦政府）聯繫時，有其實際意義。如果瑞士人所使用的母語成了「官方語文」，則可以用自己的母語書寫，政府得用該官方語文回覆。❸

　　在瑞士的四種國家語言❹之中，羅曼許語的存在就是對弱勢語

---

❸　意指各地區擁有主權的政治體制。

❸　參見馬蒂亞斯·柯尼格〈文化多樣性和語言政策〉，《國際社會科學雜誌》第 3 期（2002 年），頁 141。

❸　參見張維邦〈瑞士的語言政策與實踐〉，《各國語言政策—多元文化與族群平等》（台北，前衛出版社，2002 年），頁 386。

❹　瑞士的四種國家語言為德語、法語、義大利語、羅曼許語。

言的保存與尊重最好的例子。❹當然,比利時、瑞士與台灣國情並不同,不可能在制度上完全效法。但是在精神上,比利時和瑞士在制定語言政策時對多元文化的尊重,可說是我們要學習的對象。以尊重和珍惜的態度看待每一族群的語言資產,正是我們保存弱勢語言文化的唯一方法。

對於台灣弱勢語言的保存,在實際的做法上,首先應使這些弱勢語言「精制化」❹。發展、豐富一種語言,不僅要把它的詞彙集結成字典、辭典以作保存;更要使這種語言能精確的表達各種領域的不同意義,在科學上、在人文上、在社會上都能適應當代文化的需求,它不能只是某個小時代、小部落的「符號」,必須能擔起文化的功能、必須補充和使之能表達當代科學和技術的概念。對於台灣的弱勢語言,雖然這並非輕而易舉的工作,然而絕非完全不可能。

這項工作的起點,就是發展南島語、台語、客家語文學或者書面寫作。因為,寫作實踐增加的同時,就是在創造更多的詞彙,也發展、豐富了語言的生存環境;再者,寫作實踐亦能使語言在語法、句法上更具精確性和靈活性。

同時應發展研究的,是各語言與共同語間的相應關係。國語在台灣已經是主要語言,在未來的語言規劃中,拒絕弱勢語言與國語的連結不但是荒謬,也是與歷史發展背道而馳的;在發展弱勢語言

---

❹　羅曼許語族群在瑞士是少數人口。而且羅曼許語至 1982 年才有統一的共同書寫文,在 1982 年以前,羅曼許語並沒有統一的書寫文,這一點倒是與台灣弱勢語言十分相似。

❹　所謂「精制化」,意指「精準、精確」和「制式、固定」的結合。

的方法上，若是能藉由國語來學習、轉換，將會使學習更加容易，且各族群間溝通也更加便利。

㈡ 中文譯音的選擇與願景

　　拼音問題所牽涉的範圍甚廣，舉凡外交、教育、觀光旅遊、文化……等層面均有一定程度的影響，因此在選擇定案前，不可不審慎評估。除了前述「音譯優先」的考量外，國際流通性、自主性、認同性，以及教育性也是在選擇拼音方案時應納入考慮的因素。就國際流通性而言，在全球化聲浪高漲，天涯若比鄰的今日，增加國際競爭力，與世界溝通零障礙，是各國致力的目標，在漢字不可廢的前提下，台灣要實行中文譯音，最簡便的作法就是採用目前世界上最多人採用的中文譯音方案，眾所周知，目前全球流通的中文拼音方式是中國大陸所制定的漢語拼音，不單是大部分外國人學習漢語會使用，就是少數使用漢語的學術界人士，在找尋資料時，也必須借重漢語拼音❷；當然，在考慮到國際化的同時，也不能忽略到各國家的自主性，使用中文譯音的國際性原則是「人名與地名」具有相當的自主性，也就是名從主人，地名從國家，亦即「連戰」的人名拼音取決於「連戰自己」，「台灣地名路標」的拼音，取決於台灣政府，聯合國秘書處不會用「漢語拼音」來轉寫台灣地名拼音，正如同香港回歸中國，但是聯合國秘書處不會用漢語拼音

---

❷　林正修認為：不只是大陸，聯合國、美國國會、世界各大圖書館、學術機構等都已採用漢語拼音，故採用漢語拼音是從台灣主體自利的角度出發，其社會改革成本最小。見林正修〈回應「北市府推銷大陸拼音，理性負責嗎？」〉，http://abc.iis.sinica.edu.tw/lim-zing-siu.htm。

"Xiangga ng"，也不會用通用拼音"SiangGang"來拼寫「香港」，而是尊重香港政府的"Hong Kong"。㊸

再者，就認同性來看，當決定使用某一套譯音系統後，必須要能獲得國人的高度認同，如此一來，推行才會快速又見成效，如果一套方案連國人自己都不支持、不懂、甚至不使用，試問我們又有何能力去推行它？除了國內的認同度要高外，海外的認同性也是必須的，只有一套能受到海內外都認同並接受的方案，才能夠推行順利，可長可久，否則其結果只會像之前的「國語注音符號第二式」的下場一樣，乏人問津㊹；最後，台灣以注音符號為國語的音標，自國小入學，學生便先學習ㄅㄆㄇㄈ，注音符號是台灣特有的標音符號，具有其普遍性及獨特性，因此，我們選擇拼音方案，可以檢視何套與注音符號相似度高，也可以說是較適用於台灣，一旦推廣起來，障礙較少，學習速度較快，也較易收到成效。

以上所列，是決策拼音方案時的重要考量因素，但決非唯一的考慮要素，我們期許政府在決策拼音方案時，能夠理性而客觀地分析，儘量地抽離那些干擾因素，使定案的方案能夠完成其目的，達

㊸　見李建昌〈北市府推銷大陸拼音，理性負責嗎？〉http://abc.iis.sinica.edu.
tw/ligenciong.htm。

㊹　根據亓婷婷的說法，教育部曾於民國七十二年，委託國立台灣師範大學發展一套「國語注音符號第二式」，七十三年公告試用，七十五年公布正式使用，該套符號依民國二十九年教育部公布之「譯音符號」（原名國語羅馬字拼音法式，係民國十七年國民政府大學院公布），並改良了漢語拼音中一些不合理之處，但其結果是失敗的，海外根本無人呼應。見亓婷婷〈中文譯音以採用漢語拼音為宜〉，《中國語文》第八十七卷六期（2000年12月），頁8。

到「溝通零障礙」、「與世界接軌」的願景，讓台灣走向世界，也讓世界走進台灣。

㈢ 語言教育之前景

語言教育一直是極為重要的課題，但除了官方與的學習之外，對於其他外國語言或是本土語言的學習種類和學習時機，一直是語言學習斷限上很難切入的焦點。它的種類可能會因為商業市場的需求而有喜好偏重的問題存在，例如英語一直是強勢的外國語言，因此它便成為學習市場中的主流項目，直至近十多年來和歐洲語系的國家有更多直接接觸之後，歐洲語系的語言才逐漸成為語言學習市場中的重點選擇；而這幾年因為年輕族群哈日、哈韓風的興起，對於東洋的語言學習的興趣大增，也逐漸成為語言市場中的主流。本土語言方面，不管是閩南方言或是客家方言或是任何的原住民語言，在學習和溝通上都深受地區環境、族群分布的影響，各地區主要方言或母語的學習教育便需要因地作調整。有些學校教授客家方言、有些教授閩南方言，端看當地主要的方言作為選擇依據，並不一定強制要求學習哪一種本土的語言，而是交由市場決定。哪一種語言人口為地區的多數，則便選擇其主流的方言作為學習重點，只要任何一種方言正在流動著，皆表示此族群仍繼續存在。語言教育的前景只能給予大方向的路向，並不一定強制要求學習的種類，而是交由語言市場決定，用自然淘汰的方式，留下最大宗的語言人口，加以強化其方言的能力。這也許會適用在台灣眾多本土語言的學習選擇上，不僅保留了各自的族群特色，也不會喪失在國際上的競爭力。

結　論

「語言規劃」本質上即為規劃的一種。除規劃之外，語言本身的特性都應包括在內。如同國家層次的規劃一樣，語言規劃涉及了社會、文化、宗教、經濟及政治、教育等層面，其目的便是為了尋求有系統地解決語言問題而做的活動。❹

本論文名為「台灣地區語言規劃的歷史與未來展望」，著眼處即是因鑒於近幾年台灣的語言政策有明顯且突破性的改變開始。從只能准許說國語的高壓式政策，轉變為尊重各地區的方言皆有平等的發聲權，雖然主要原因是政治氣氛、環境的改變，語言發展因此找到喘息的空間，但也因為人民對自己的母語或方言有強烈的渴望需求，語言限制的鬆綁往往是最容易看到成效。但在這樣的過程當中，缺乏了有序統、漸進式且大量、廣泛的宣傳或教育計畫，在政策不明及未完全了解過往歷史因素的歷程下，語言發展便顯得多而零亂。當各種方言都想擺脫弱勢語言被消滅的危機而努力讓自己成為強勢語言時，語言便很容易被誤導或誤用，而失去原先發展的意義。因此本論文除回顧台灣地區過去語言規劃的歷史之外，並檢討當前語言教育實際執行的得失，更嘗試在此語言政策混亂未明的狀況下提出幾點思考的面向，希望得以突破過去對本土語言的迷思而有重新的認識。

---

❹　見謝國平〈從語言規畫看雙語教育〉，《臺灣史田野研究通訊》第十四期（1990 年 3 月），頁 10。

參考書目

專著

方師鐸：《國語運動五十年》（台北：國語日報社，1965 年）

司琦：《小學課程演進》（台北：正中書局，1971 年）

張博宇：《臺灣地區國語運動史料》（台北：臺灣商務印書館，1974 年 11 月）

王詩琅：《日本殖民地體制下的臺灣》（台北：臺灣風物雜誌社，1978 年 1 月）

林進輝：《台灣語言問題論集》（台北：台灣文藝雜誌社，1983 年 10 月）

李園會：《臺灣光復時期與政府遷臺初期教育政策之研究》（高雄：復文書局，1984 年）

洪惟仁：《台灣語言危機》（台北：前衛出版社，1992 年）

黃宣範：《語言、社會語族群意識》（台北：文鶴出版社，1995 年）

施政鋒：《語言政治與政策》（台北：前衛出版社，1996 年 8 月）

曹逢甫：《族群語言政策——海峽兩岸的比較》（台北：文鶴出版有限公司，1997 年 5 月）

陳美如：《臺灣語言教育政策之回顧與展望》（高雄：復文圖書出版社，1998 年 2 月）

林央敏：《語言文化與民族國家》（台北：前衛出版社，1998 年 10 月）

湯廷池：《漢語語法論集》（台北：金字塔出版社，2000 年 10
月）

大衛·克里斯托：《語言的死亡》（台北：貓頭鷹出版社，2001
年 3 月）

李壬癸：《漢字拼音討論集》（台北：中央研究院語言學研究所籌
備處，2001 年 8 月）

林慶勳：《台灣閩南語概論》（台北：心理出版社，2001 年 10
月）

張維邦：《各國語言政策——多元文化與族群平等》（台北：前衛
出版社，2002 年）

期刊論文

林央敏：〈台灣人族群及經濟地位〉，《語言文化與民族國家》
（1998 年 10 月）

陳慧珍：〈從日文的羅馬拼音看通用拼音與漢語拼音之爭〉，《國
文天地》第十六卷七期（2000 年 12 月）

亓婷婷：〈中文譯音以採用漢語拼音為宜〉，《中國語文》第八十
七卷六期（2000 年 12 月）

馬蒂亞斯·柯尼格：〈文化多樣性和語言政策〉，《國際社會科學
雜誌》第三期（2002 年）

謝國平：〈從語言規畫看雙語教育〉，《臺灣史田野研究通訊》第
十四期（1990 年 3 月）

網路資源

台灣拼音說帖：http://abc.iis.sinica.edu.tw/suoyie2002.htm

林正修：〈回應「北市府推銷大陸拼音，理性負責嗎？」〉，

http://abc.iis.sinica.edu.tw/lim-zing-siu.htm

李建昌：〈北市府推銷大陸拼音，理性負責嗎？〉

　　http://abc.iis.sinica.edu.tw/ligenciong.htm

〈中文拼音沒有國際接軌的問題〉（自由時報 2002/07/14 社論）

　　http://abc.iis.sinica.edu.tw/lun3.htm

江文瑜，黃宣範：〈通用拼音利於與世界接軌〉，（自由時報 2000/10/10）http://abc.iis.sinica.edu.tw/suoyie2002.htm

國家圖書館出版品預行編目資料

開創：第二屆淡江大學全球姊妹校漢語文化學
學術會議論文集

盧國屏・薛榕婷主編. – 初版. – 臺北市：臺灣學生，
2005[民 94]
面；公分

ISBN 957-15-1281-8(精裝)
ISBN 957-15-1282-6(平裝)

1. 中國語言 – 論文，講詞等

802.07   94020365

開創：第二屆淡江大學全球姊妹校
漢語文化學學術會議論文集(全一冊)

主　　編：盧　國　屏　・　薛　榕　婷
出　版　者：臺　灣　學　生　書　局　有　限　公　司
發　行　人：盧　　　　　保　　　　　宏
發　行　所：臺　灣　學　生　書　局　有　限　公　司
　　　　　　臺 北 市 和 平 東 路 一 段 一 九 八 號
　　　　　　郵 政 劃 撥 帳 號：0 0 0 2 4 6 6 8
　　　　　　電　話　：（0 2）2 3 6 3 4 1 5 6
　　　　　　傳　眞　：（0 2）2 3 6 3 6 3 3 4
　　　　　　E-mail：student.book@msa.hinet.net
　　　　　　http：//www.studentbooks.com.tw
本書局登
記證字號　：行政院新聞局局版北市業字第玖捌壹號
印　刷　所：長　欣　彩　色　印　刷　公　司
　　　　　　中 和 市 永 和 路 三 六 三 巷 四 二 號
　　　　　　電　話　：（0 2）2 2 2 6 8 8 5 3

定價：精裝新臺幣六六〇元
　　　平裝新臺幣五六〇元

西 元 二 〇 〇 五 年 十 一 月 初 版

臺灣 學生書局 出版

漢語文化學叢刊